Gerade hat Miss Julia den Tod ihres Gatten Wesley Lloyd Springer verwunden und die Last des großen Erbes, das er hinterlassen hat, auf sich genommen, da steht noch eine Hinterlassenschaft ihres Gatten vor der Tür: sein illegitimer Sohn Wesley Lloyd Junior. Die Mutter des Jungen, Hazel Marie Puckett, hat keinen Cent aus dem Vermögen geerbt, muss also dringend Geld verdienen, und so lässt sie den Jungen in Miss Julias Obhut, indem sie an ihre christliche Nächstenliebe appelliert. Und plötzlich sieht sich Miss Julia, die eine treue Kirchgängerin und glaubensfeste Christin ist, inmitten eines handfesten Skandals, und sie kann sich ausmalen, was sich die Einwohner der kleinen Südstaatengemeinde jetzt zu erzählen haben. Denn natürlich gab es in der ganzen Stadt nur eine einzige Person, die nichts von den außerehelichen Vergnügungen von Wesley Lloyd Springer ahnte.

Und dann ist da der kleine Wesley Lloyd Junior, der seinem Vater im Übrigen wie aus dem Gesicht geschnitten ist und der ihr Leben ganz schön durcheinander bringt. Wütend wie eine angestachelte Biene räumt sie auf – mit ihrem Leben und den festen Grundsätzen, mit der Bevormundung durch die Männer und vor allem mit Pastor Ledbetter, der mit frommen Sprüchen und üblen Tricks doch nur an ihr Geld will.

Mit rasiermesserscharfem Witz und einer gehörigen Portion Mut, den sie ganz im Stil der ›Magnolien aus Stahl‹-Frauenriege an den Tag legt, nimmt Miss Julia ihr Schicksal in die eigenen Hände und bekommt zu guter Letzt das, was sie sich schon immer erträumt hat.

Zurzeit wird der Roman mit Shirley McLaine und Dolly Parton in den Hauptrollen verfilmt.

Ann B. Ross, Mutter dreier erwachsener Kinder, lebt in Hendersonville, North Carolina und lehrt in Chapel Hill an der Universität von North Carolina Literatur und Philosophie. In früheren Jahren erschienen von ihr die beiden Krimis ›The Murder Cure‹ (Avon, 1978) und ›The Murder Stroke‹ (Norton, 1981) und im Jahre 1987 der historische Roman ›The Pilgrimage‹ (Macmillan).

Unsere Adresse im Internet: www.fischer-tb.de

Ann B. Ross

Ein Geschenk für Miss Julia

Roman

Aus dem Amerikanischen von
Irmengard Gabler

Fischer Taschenbuch Verlag

Originalausgabe
Veröffentlicht im Fischer Taschenbuch Verlag GmbH,
Frankfurt am Main, Juni 2001

Die Originalausgabe erschien 1999 unter dem Titel
›Miss Julia speaks her mind‹ im Verlag
William Morrow and Company, Inc., New York, N.Y. USA

Satz: Pinkuin Satz und Datentechnik, Berlin
Gesamtherstellung: Clausen & Bosse, Leck
Printed in Germany
ISBN 3-596-14957-6

Für Alice, Charles und John Michael

Danksagung

Mein Dank gilt allen aus der ›Wortschmiede‹, aber besonders danken möchte ich Elizabeth, Katie, Susan, Sally und unserem furchtlosen Anführer Ted; Dank auch an Boyd B. Massagee, Jr.; Charles Waters und Sharon Alexander, Rechtsanwälte, die gute Ratschläge gaben, die aber nicht immer beherzigt wurden (also machen Sie sie nicht dafür verantwortlich!).

Dank auch an Marion für seine Nachsicht; an Marian, Claudia und an John, die mich mit ihrem Engagement nie im Stich gelassen haben. Mein Dank geht auch an einen Freund, dessen Namen ich konfisziert habe, und, ganz besonders, an Jennifer Robinson, Delin Cormeny und an Katharine Cluverius.

I

Gerade hatte ich den Schrecken über das plötzliche Hinscheiden meines Gatten verwunden, als sein letztes Vermächtnis vor meiner Haustür stand. Ich hatte Wesley Lloyd Springer einige Monate vor diesem heißen, windstillen Augusttag beerdigt, hatte mich tapfer durch den Wust an Papieren gearbeitet und war froh, mich künftig weder mit Anwälten noch mit irgendwelchem Schreibkram herumschlagen zu müssen. Das eine sage ich Ihnen, das Sterben macht weit mehr Arbeit, als man denkt. Der Entschlafene hat ja keine Ahnung, was man alles auf sich nimmt, um seine Angelegenheiten ins Reine zu bringen, und diejenigen von Wesley Lloyd waren jetzt wirklich und wahrhaftig im Reinen. Dachte ich.

Gott, war das heiß an diesem Morgen, und ich musste wieder daran denken, wie sehr Wesley Lloyd sich gegen eine Klimaanlage im Haus gesträubt hatte, obwohl selbst die Conovers von gegenüber längst über diesen Komfort verfügten. Wesley Lloyd sagte, das sei Verschwendung, wir bräuchten ja nur zu lüften, ein bisschen frische Luft hätte noch keinem geschadet. Der hatte gut reden, in seinem Büro war es angenehm kühl, da konnte er es sogar in dem zugeknöpften Dreiteiler aushalten, den er tagein tagaus trug. Aber den Toten sollte man nichts Schlechtes nachsagen, auch wenn es die reine Wahrheit ist.

Ich saß also im Wohnzimmer und versuchte mich mit einem Stapel Versandhauskataloge von der Hitze abzulenken. Ich blätterte sie durch und schrieb mir auf, welche Sachen ich bestellen wollte. Binkie Enloe hatte nämlich gesagt, ich müsse unbedingt ein bisschen Geld ausgeben. Sam Murdoch hatte ihr beigepflichtet, und er musste es wissen, denn schließlich kümmerte er sich um den Nachlass, sodass ich derzeit ein denkbar angenehmes Leben führte. Du meine Güte, dass Wesley Lloyd einen solchen Haufen Geld besaß, hätte ich mir niemals träumen lassen, und jetzt gehörte alles mir, seiner trauernden, aber auch stolzen Witwe, denn schließlich hatte ich mit meinem Mann einen wahrhaft glücklichen Fang getan.

Aber als ich Wesley Lloyd damals mausetot über dem Lenkrad seines nagelneuen Buick Park Avenue liegen sah, na, ich muss schon sagen, da dachte ich, dass ich den Schock nie überwinden würde. Stahlgrau mit Plüschpolstern, mitten in der Auffahrt geparkt.

Aber ich überwand ihn doch und ließ meinen Mann in einer ordentlichen presbyterianischen Zeremonie zu Grabe tragen, wie er es von mir erwartet hätte. Dann bekam ich gleich noch einen Schock, als ich nämlich erfuhr, wie wohlhabend Wesley Lloyd tatsächlich gewesen war. Na ja, neben der Bank, die er von seinem Vater geerbt hatte, gehörte ihm, wie es aussah, der halbe Bezirk, dazu kamen noch die Aktien, die Pfandbriefe und die steuerfreie Leibrente, und das alles vermehrte sich täglich von ganz alleine. Als man mir den Umfang seines Vermögens darlegte, kamen mir unwillkürlich seine Worte in den Sinn, mit denen er mir freitags immer das Haushaltsgeld zugesteckt hatte: »Ich hoffe, du kommst damit zurecht, Julia. Das Geld wächst nämlich nicht auf den Bäumen, weißt du.« Und dabei besaß er einen ganzen Wald! Na ja, jetzt habe ich jeden Penny geerbt, das hat er nun davon!

Nach vierundvierzig Jahren seliger Ahnungslosigkeit, was Wesley Lloyds finanzielle und sonstige Betätigungen anbelangte, gedachte ich mich nunmehr an den Vorzügen des Witwendaseins und eines prallvollen Scheckbuchs zu erfreuen, wobei mir weder das eine noch das andere nennenswerte Probleme bereitete.

Ich sah aus dem Fenster. Ein paar Autos fuhren die Polk Street entlang in Richtung Main Street. Hinz und Kunz, sag ich Ihnen, hat jetzt schon ein Handy am Ohr kleben, obwohl diese Stadt bei Gott nicht so groß ist, dass man auf jeder Fahrt zum Krämer die Dienste einer Telefongesellschaft in Anspruch nehmen müsste. Auf der gegenüberliegenden Straßenseite befand sich die Einfahrt zum Parkplatz der Ersten Presbyterianischen Kirche von Abbotsville, der Wesley Lloyd und ich angehörten und die er, wie bereits sein Vater vor ihm, mit seiner Gegenwart, seinen Steuern und vor allem seinen Spenden beehrt hatte. Außerdem mit Ratschlägen, die zwar stets hingenommen, aber durchaus nicht immer geschätzt worden waren. Flimmernde Hitze lag über dem asphaltierten Platz, als ich nachsah, wer drüben sein Auto abgestellt hatte. Ich hatte es mir zur Gewohnheit werden lassen, über die Vorgänge in meiner Umgebung auf dem Laufenden zu bleiben, und da Pastor Ledbetter montags immer seinen freien Tag hatte, fragte ich mich natürlich, weshalb er sich mit mehreren Männern in der Kirche traf. Das hatte nichts mit Neugierde zu tun.

Ich konnte Lillian in der Küche ein Lied aus dem Radio mitsummen und gelegentlich mit dem Geschirr klappern hören, während sie das Mittagessen für mich kochte. Das war auch eines der Dinge, die sich verändert hatten, seit Wesley Lloyd nicht mehr zum Essen kam. Er hatte ein stilles Heim geschätzt und großen Wert auf regelmäßige Mahlzeiten gelegt, die er stets zum selben Zeitpunkt serviert haben wollte, alles streng nach Plan. Ich begann allmählich von diesem strengen Schema abzuweichen, ließ Lillian wissen, dass wir essen würden, wann immer eine von uns hungrig war oder den unwiderstehlichen Drang verspürte, sich am Herd zu betätigen.

Ich befeuchtete meinen Finger, blätterte eine Seite weiter und fragte mich, was wohl Sam und Binkie sagen würden, wenn ich mir tatsächlich ein paar Dinge bestellte. Ich muss schon sagen, manche Angebote schienen sich an Leute zu richten, die offensichtlich mehr Geld als Verstand hatten, was man von mir Gott sei Dank nicht behaupten konnte. Da hätten mir wohl eine Menge Leute widersprochen, wenn sie gewusst hätten, wie umsichtig und vorausschauend Wesley Lloyd tatsächlich gewesen war.

Wie dem auch sei. Bei all seiner Umsicht und Vorausschau hatte er nicht geahnt, dass ihn ein Herzinfarkt ereilen würde. Denn eines wusste ich so sicher, wie ich hier saß: Er hatte niemals die Absicht gehabt, mir seinen gesamten Besitz zu vermachen. Das wusste ich, seit sich Pastor Ledbetter, keine zwei Tage, nachdem Wesley Lloyd unter der Erde lag, an mich herangepirscht hatte, um mir mitzuteilen, wie fest er damit rechne, dass ich Mr. Springers Letzten Willen achten würde, auch wenn er ihn nicht mehr habe niederschreiben können. Und so erfuhr ich zum ersten Mal, dass Wesley Lloyd geplant hatte, die Erste Presbyterianische Kirche als Haupterben einzusetzen, mit Pastor Ledbetter und einem Mitglied des Kirchenrats als Treuhänder, die mir eine monatliche Rente zahlen sollten.

Und weil wir gerade davon reden, Sie würden nicht glauben, wie viele Anrufe und Broschüren und Briefe auf edel geprägtem Papier mich von Anlageberatern und Grundstücksmaklern erreichten, die mich allen Ernstes überreden wollten, ihnen mein Vermögen anzuvertrauen. Ob Kirche, College, Wohltätigkeitsverein oder Geschäftsmann, alle schienen zu wissen, was das Beste für mich sei. Überließe ich nur alles ihnen, erhielte ich zeit meines Lebens eine vierteljährliche Rente. Nun, ich habe vierundvierzig Jahre Rente bezogen, dankeschön, alles auf einmal war mir lieber.

Ich griff nach meinen weinroten Samtvorhängen und wollte sie zuziehen, weil die Morgensonne durchs Fenster fiel – man muss höllisch aufpassen, wenn die Perser nicht verblassen sollen –, und rückte meinen Stuhl aus der Sonne. Eine Haarnadel rutschte mir in den Nacken, und während ich sie wieder feststeckte, erinnerte ich mich daran, wie Velma während meines letzten Friseurbesuchs in einer Tour geschwatzt hatte, ohne auf das Eigentliche zu achten, nämlich meine Dauerwelle. Mir wurde ganz flau im Magen, als ich sah, was sie angerichtet hatte. Sie sagte, die starke Krause würde sich nach dem Waschen glätten, außerdem sähe die Frisur klasse aus und ich müsse mich nun mal damit abfinden, dass sich die Haarstruktur mit dem Alter ändere. Dann wollte sie noch wissen, ob ich irgendein Medikament eingenommen hätte, das mit der Lösung reagiert haben könne. Ich muss schon sagen, ich wünschte, diese Frau könnte nur ein einziges Mal einen Fehler eingestehen, anstatt mir oder meinem Haar die Schuld zu geben, dass ich jetzt aussehe wie ein Struwwelpeter.

Aber es gibt nun einmal Dinge, mit denen man leben muss. Dazu gehört auch fusseliges Haar. Und der Umstand, keine

Kinder zu haben, die einem das Alter versüßen. Beides kann einen schon hin und wieder zum Heulen bringen.

Doch um es von der positiven Seite zu betrachten: Krause wächst sich aus, und Kinder können einem, wenn sie erst erwachsen sind, das Erbe streitig machen, weshalb ich so schlecht auch wieder nicht dran war. Nicht dass ich jemals meinem Sohn oder meiner Tochter etwas vorenthalten könnte, was ihnen von Rechts wegen zustand. Aber dann kriegten die sich womöglich in die Wolle. Wie es aussah, würde mir der hässliche Anblick einer Familie, die sich um ihr Erbe balgt, erspart bleiben. Ich weiß, wovon ich rede, weil ich es schon zu viele Male miterlebt habe. Ich nehme an, dass kein Testament auf der ganzen Welt alle Erbberechtigten gleichermaßen zufriedenstellt, deshalb konnte ich mich nicht allzusehr darüber grämen, die einzige Hinterbliebene zu sein.

Ich seufzte und blätterte weiter, wobei meine Aufmerksamkeit so sehr von der Glitzerwelt des Katalogs in Anspruch genommen wurde, dass ich beinahe vom Stuhl gekippt wäre, als es plötzlich klingelte.

Ich ging an die Tür und sah durch den Sehschlitz eine Frau draußen stehen, in viel zu hochhackigen Schuhen, einem viel zu kurzen Kleid und mit viel zu blondem Haar. Im Großen und Ganzen zu jung für die harten Linien um die Augen und die leuchtend roten Lippen. Ein magerer kleiner Junge stand hinter ihr und ließ den Kopf hängen, und ich dachte schon, dass sie etwas verkaufen wolle. Hausierer tun so etwas gern, wissen Sie, schleppen ein Kind mit sich herum, damit man sich schuldig fühlt und sie nicht abweist. Ich öffnete die Tür einen Spalt, um ihr zu sagen ›Nein danke, wir kaufen nichts‹, aber da fing sie schon an zu reden.

»Tut mir Leid, wenn ich Sie belästige«, sagte sie, wobei sie den Riemen ihrer Umhängetasche höher schob. Ich bemerkte Schweißperlen unter ihrem Make-up, als sie tief Luft holte und folgende Sätze heraussprudelte: »Ich würde das nicht tun, wenn ich eine bessere Idee hätte. Aber die hab ich nicht, und er hat mir keine andere Wahl gelassen, ich muss schließlich Geld verdienen. Sie wissen ja, wie das ist; na ja, vielleicht auch nicht.

Ich muss los, an die Kosmetikschule in Raleigh. Nagelpflege. Na ja, Sie wissen schon, Acryl und so. Damit lässt sich Geld machen, und ich wüsste nicht, was ich sonst tun sollte.«

Ich öffnete mehrmals den Mund, um ihr zu sagen, dass sie das falsche Haus erwischt hatte, dass ich sie nicht kannte, aber sie ließ mir keine Chance. Sie zerrte den Jungen nach vorn und schob ihn sanft auf mich zu. Sah erbärmlich aus, der Kleine, dürr und blass, stand da mit traurigen Hundeaugen und hielt eine braune Einkaufstüte in beiden Händen.

»Das da ist Wesley Lloyd Junior, obwohl der Name, glaub ich, nicht legal ist«, sagte sie nervös lachend, »aber das wissen Sie ja. Ich nenne ihn Wesley Lloyd Springer, egal, was auf seiner Geburtsurkunde draufsteht, obwohl der Name seines Vaters da auch draufsteht. Sehen Sie, da ist er, schwarz auf weiß.«

Und sie hielt mir ein Blatt Papier unter die Nase, an dessen Oberkante groß ›Geburtsurkunde‹ geschrieben stand.

Wie im Schlaf nahm ich das Dokument entgegen und las darauf den Namen meines Mannes. »Vater: Wesley Lloyd Springer. Mutter: Hazel Marie Puckett.«

»Ich muss ihn leider hierlassen«, sagte Hazel Marie Puckett und schob mir ihr kleines Balg entgegen. »Ich muss auf Ihre christliche Nächstenliebe zählen, weil mir Wesley Lloyd keinen roten Heller hinterlassen hat. Ich hab mit Ihrer Anwältin geredet, und sie hat mir gesagt, ich kriege nicht mal das Haus, in dem ich seit zwölf Jahren lebe. Ich bin total pleite, und ich verlange auch gar nichts von ihnen, Miz Springer, nur dass Sie sich um meinen Jungen kümmern, solange ich zur Schule geh. Ich hab sonst keinen, bei dem ich ihn lassen könnte, und irgendwie ist er doch so etwas wie Ihr Stiefsohn, oder nicht? Ich komme in allerspätestens sechs Wochen wieder, und ich mach's wirklich nicht gern, aber … Sei schön brav«, sagte sie, während sie ihm über den Rücken streichelte und mit dem Fuß einen Pappkoffer neben ihn schob.

»Mach mir keinen Ärger, hörst du?« Sie drückte ihm einen flüchtigen Kuss auf den Scheitel und trippelte die Stufen hinunter zu einem braunweißen Wagen, der mit laufendem Motor vor dem Haus stand. Offenbar hatte er Probleme mit dem Öl, denn es kräuselten sich dicke Rauchwolken um meinen Buchsbaum.

»Miss! Miss!«, rief ich, nachdem ich endlich meine Stimme wieder gefunden hatte, und hastete hinter ihr her. »Kommen Sie sofort zurück! Das können Sie nicht tun! Ich kann dieses Kind nicht zu mir nehmen! Miss! Ich hol den Sheriff, wenn Sie nicht kommen!«

Sie aber schwang sich auf den Beifahrersitz, und da brauste das Auto auch schon los, sie hatte kaum noch Zeit, die Tür zuzuschlagen. Beifahrersitz, schoss es mir durch den Kopf. Also saß eine zweite Person am Steuer.

»Was schreien Sie denn so?« Lillian in ihrer weißen Livrée stand in der Tür. Man konnte sie auch für eine schwergewichtige Krankenschwester oder ein Dienstmädchen halten, bis man ihre abgelatschten Schuhe sah, die bei jedem ihrer Schritte gegen ihre Fersen schlappten. Sie sah mich an, dann sahen wir beide den Jungen an.

Ich hatte noch nie ein so Mitleid erregendes Geschöpf gesehen. Ungefähr neun oder zehn, nahm ich an, mit strähnigen braunen Haaren, die ihm in die Augen hingen, einer großen Hornbrille auf der Nase, blasser, sommersprossiger Haut und ängstlichen Augen, die keine von uns anzusehen wagten. Er ließ die Schultern hängen, seine Ansteckfliege saß schief auf dem dünnen Baumwollhemd, seine glänzende Hose war weit über die Taille heraufgezogen und von einem braunen Stretchgürtel gehalten. Zweifellos ein Spezialbilligangebot von Wal Mart's. Ich musterte ihn eingehend, ignorierte Lillian, die mit offenem Mund dastand. Ich hob sein Kinn, um ihm ins Gesicht zu sehen und um zu prüfen, was ohnehin sonnenklar war. Mein Herz setzte aus, als mir Wesley Lloyd Springer entgegenstarrte, nur sechzig Jahre jünger. Er war sein Ebenbild, nur fehlte ihm Wesley Lloyds Selbstvertrauen und seine Führernatur.

Ich holte tief Luft. »Sehen Sie her, Lillian, was Mr. Springer mir da noch hinterlassen hat.«

2

»Holen Sie den Sheriff«, sagte ich zu ihr, während ich Halt suchend ans Treppengeländer griff. Ich hätte mir die Autonummer aufschreiben sollen, aber inzwischen war der Wagen längst auf und davon, abgebraust in Richtung Lincoln Street. Eine schwarze Dunstglocke hing in der Luft.

Da ich hinter mir nichts hörte, drehte ich mich um und sah, dass Lillian den Arm um den kleinen Wicht gelegt hatte, und sein Kopf lehnte an ihrer weißen Nylonschürze. Er ließ die Tüte los, um sich mit dem Ärmel über seine Rotznase zu wischen, wobei seine Brille noch mehr beschlug. Da drehte es einem ja den Magen um.

Lillian sah mich an, als hätte ich den Verstand verloren. »Sie können doch diesem armen Kleinen nicht den Sheriff auf den Hals hetzen. Was hat er Ihnen denn getan?«

»*Er* hat mir gar nichts getan. Nur dass er auf der Welt ist. Aber ich will ja auch seine Mutter anzeigen.« Ich verschränkte die Arme vor der Brust und setzte mich aufs hohe Ross. »Die kann doch nicht einfach ankommen und wildfremden Leuten ihr Kind vor die Tür stellen. Ich zeige sie an, und zwar beim Sheriff und beim Bezirksrichter und bei allen, die ich kenne. Was fällt der denn ein? Stellt ihr Balg hier ab und macht sich aus dem Staub. Ich hol den Sheriff. Wenn er sich beeilt, erwischt er sie noch und bringt sie zurück. Für dieses Kind ist sie allein verantwortlich, nicht ich!«

Diese Schimpftirade entlockte dem kleinen Strolch ein weiteres feuchtes Schniefen, und ich handelte mir einen schiefen Blick von Lillian ein.

»Jawoll, ich seh schon die Schlagzeilen, wenn das Ganze in die Zeitung kommt! Haben Sie daran schon gedacht? Was glauben Sie denn, was das für ein Gerede und Gemauschel und Geschwätz geben wird? Und was wird der Pastor sagen? Und die braven Kirchenräte? Und Miz Conover?«

Na ja, daran hatte ich natürlich nicht gedacht. Lillian hatte mich in den zwanzig Jahren, die sie bei mir war, immer gut beraten. Wir kannten uns in- und auswendig, und keine von uns hatte je gezögert, der anderen offen und ehrlich die Meinung zu sagen. Trotzdem waren wir nie zu weit gegangen, deshalb waren wir wohl auch so gute Freunde. LuAnne Conover hatte mich einmal getadelt, ich wäre zu freundlich zu meiner Haushälterin, Gelegenheit mache Diebe, das würde dazu führen, dass sie hinter meinem Rücken schlecht über mich rede, und wenn ich nicht Acht gäbe, den lieben langen Tag nur faulenze. Es sei viel besser, meinte sie, ein nüchternes Dienstverhältnis zu haben und die Distanz zu wahren. Aber LuAnne hatte ihre Haushälterinnen nie länger als sechs Monate halten können, deshalb hatte ich meine Zweifel, ob ihr Rat wirklich so gut war.

Außerdem war Lillian eine tüchtige, selbstsichere Frau, ganz anders als ich, die immer und ewig Wesley Lloyd hatte fragen müssen, was sie über dies und jenes denken sollte. Außerdem besaß sie eine Menge gesunden Menschenverstand, auch wenn sie sich vor ein paar Jahren einen Goldzahn hatte einsetzen lassen. Eigentlich gab ich weit mehr auf Lillians Meinung als auf die von LuAnne Conover, die in der ganzen Stadt mit ihrem Mann angab, der angeblich so enorm wichtig war. Leonard, ein hängeschultriger Dickwanst, mit dem Wesley Lloyd nie hatte viel anfangen können, war in der Bezirkspolitik neuerdings eine große Nummer. Er hatte sich um ein halbes Dutzend Ämter bemühen müssen, bevor er tatsächlich eines bekam. Leonards Name auf der Liste musste in der ganzen Stadt ein solches Gelächter ausgelöst haben, dass man sich schließlich seiner erbarmte und ihn in irgendein kirchliches Amt im Nebengebäude des Gerichtshofes wählte, nur um ihn nicht mehr vor Augen zu haben. Als Wesley Lloyd mir sagte, ich solle Leonard wählen, hatte er behauptet, dass ein Protokollführer kein Anwalt sein müsse, auch keine Collegebildung zu haben brauche, nicht einmal die Gesetze kennen müsse. Da dies alles auf Leonard zutraf, gab ich ihm meine Stimme, und jetzt musste ich mir andauernd von LuAnne sagen lassen, wie

Anwälte und Richter auf ihn zählten und wie einflussreich seine Entscheidungen waren. Wenn man sie so reden hörte, konnte man meinen, der ganze Bezirk ginge den Bach runter, wenn Leonard nicht wäre. Ich brachte es nicht übers Herz, ihr zu sagen, dass Wesley Lloyd außerdem der Meinung war, Leonard könne nicht viel Schaden anrichten, wenn er das Protokoll führte, weil er sich grundsätzlich an die Vorschriften halte. LuAnne sonnte sich mit Hingabe in Leonards Wichtigkeit, und obwohl ich mir, was Wesley Lloyds Position anbelangte, dasselbe hatte zuschulden kommen lassen, ging mir ihr Gehabe gehörig auf die Nerven.

Lillian hatte mehr Verstand als wir beide zusammen. Ich dachte ein paar Minuten über ihre Worte nach und klammerte mich dann erneut ans Treppengeländer, weil ich immer noch weiche Knie hatte und mir der Schreck in allen Gliedern saß.

»Na gut«, lenkte ich ein, weil sie die Sachlage im Moment besser überblickte, »dann wecken Sie eben Deputy Bates.«

»Ich denk nicht dran. Der Mann braucht seinen Schlaf. Schließlich hat er die ganze Nacht geschuftet.«

Ich seufzte etwas theatralisch und ging ins Haus.

»Nun, dann tun Sie mir wenigstens einen Gefallen, ohne mit mir zu streiten«, sagte ich, während ich zur Treppe ging. »Holen Sie um Gottes willen dieses Kind herein, bevor die ganze Stadt es sieht.«

Deputy Coleman Bates war mein Untermieter. Als Wesley Lloyd gestorben war, bestand Sam Murdoch darauf, dass ich ihn zu mir ins Haus nahm. Nicht des Geldes wegen, das hätte ich nicht gebraucht, sondern weil Sam sagte, er könne besser schlafen, wenn er einen Mann bei mir im Haus wisse. »Da draußen gibt es eine Menge böser Menschen, Julia«, hatte er gesagt, »und eine allein stehende Frau, besonders eine mit deinem Bankkonto, wäre ein gefundenes Fressen für Einbrecher und Gesindel aller Art.« Daraufhin erklärte er mir, dass ein Polizeiauto in der Auffahrt das beste Abschreckungsmittel überhaupt sei, mit dem es keine noch so ausgeklügelte Alarmanlage aufnehmen könne. Deshalb ließ ich das hintere Schlafzimmer im ersten Stock für ihn zurechtmachen, das auf einen über die Hintertreppe zu erreichenden Balkon hinausführt, und nahm mir brav diesen Untermieter ins Haus. Zuerst tuschelten die Leute, fragten sich, ob Wesley Lloyd mich am Ende doch nicht so wohlversorgt zurückgelassen hatte, wie sie alle angenommen hatten. Bald nachdem der junge Mann eingezogen war, verkaufte ich Wesley Lloyds Park Avenue, weil ich ungern in seinem Sterbebett durch die Gegend fuhr, und ersetzte ihn durch einen dieser kleinen ausländischen Flitzer. Dann stellte ich das Haus auf den Kopf, tauschte die Vorhänge im Wohnzimmer aus und zahlte darüber hinaus noch eine saftige Spende in den Fonds der Kirchenorgel. Letzteres brachte die Stimmen, die über meine finanzielle Lage gemauschelt hatten, endgültig zum Schweigen.

Ich pochte an Deputy Bates' Tür und forderte ihn auf, gefälligst aufzustehen, unten gäbe es Schwierigkeiten. Ich hatte keinerlei Skrupel, ihn aus dem Schlaf zu reißen, zumal er schon volle sechs Wochen bei mir im Haus war und dies das erste Mal war, dass ich seine Hilfe in Anspruch nahm. Er hatte mir erzählt, er hätte die Polizei in Atlanta verlassen, weil Abbotsville ein ruhigeres Städtchen sei und die Arbeit hier weniger Nerven koste, aber ein bisschen Stress hie und da konnte so viel auch nicht schaden, dachte ich mir. Also klopfte ich noch einmal.

Ich hörte, wie er aus dem Bett sprang und schwungvoll eine Schublade öffnete. Dann flog die Tür auf, und vor mir stand ein verschlafener Deputy Bates in rotweiß gestreiften Boxer Shorts, in der Hand eine dunkelgraue Pistole.

»Was ist?«, fragte er und blickte misstrauisch nach beiden Seiten. »Wo brennt's denn?«

»Ganz so schlimm ist es auch wieder nicht«, sagte ich mit einem Blick auf seine Waffe. »Ich glaube kaum, dass Sie jemanden erschießen müssen.« Der Einzige, der es verdient hätte, war ja schon tot.

Er blinzelte und schüttelte den Kopf. »Dann muss ich mir was anziehen«, meinte er.

Ich ging wieder hinunter in die Küche, wo ich Lillian hantieren hörte. Sie hatte das verlassene Kind an den Tisch gesetzt und ihm ein riesiges Stück Schokoladenkuchen hingestellt, dazu ein Glas Milch. Ich holte tief Luft und spürte, wie mein Mund zum schmalen Schlitz wurde.

»Wir haben keine Gäste, Lillian«, sagte ich. »Der Junge kommt aus dem Haus, sobald ich weiß, wohin ich ihn bringen kann.«

»Kinder haben Hunger«, sagte sie, während sie einen Topf auf den Herd stellte. Sie mied meinen Blick, daher wusste ich, dass sie meine Haltung missbilligte. Schade.

Ich beachtete sie gar nicht und stellte mich an den Tisch. Ich tippte ungeduldig mit der Fußspitze auf den Boden, während ich das Kind betrachtete und meine Hände sich vor lauter Wut zu Fäusten ballten. Er rutschte immer tiefer in seinen Stuhl, bis sein Gesicht mit der zweiten Schicht des Kuchens auf einer Ebene war. Die Einkaufstüte stand neben seinem Stuhl auf dem Boden.

»Wie heißt du, Junge?«, fragte ich.

Tränen strömten sturzbachartig unter seiner verschmierten Brille hervor, aber er unternahm keinen Versuch sie wegzuwischen. Er hielt die Hände im Schoß, saß da und heulte lautlos vor sich hin.

»Du liebe Güte!«, sagte ich. »Ich habe dir doch nur eine Frage gestellt, also sitz gefälligst gerade und antworte mir.«

Seine mageren Schultern hoben sich, als er einen Versuch unternahm, sich im Stuhl hochzuziehen. Lillian beschloss einzugreifen, obwohl sie für diese Entscheidung weiß Gott nicht lange gebraucht hatte.

»Junior«, sagte sie zu mir, und das in ziemlich scharfem Ton. »Er heißt Junior, und das ist nun mal keine Art, mit 'nem Baby zu reden.«

Ich verdrehte die Augen bei der Vorstellung, dass dieses Baby mindestens neun Jahre alt sein musste. Ich wusste, dass ich meinen Ton hätte mäßigen sollen, aber sobald ich dieses Kind ansah, wollte ich jemandem wehtun, und der, der es verdient hätte, war nicht mehr zu erreichen.

»Hier nennt ihn bestimmt keiner Junior«, rief ich. »Nicht in diesem Haus. Das ist nicht legal, und solange du dich in meinem Haus aufhältst«, sagte ich mit einem Blick auf die kleine Schniefnase, »und das wird bestimmt nicht lange sein, heißt du Lloyd.«

»Ist gut«, murmelte er, und es klang, als wäre er unter Wasser. War er ja auch.

»Also gut, Miss Julia«, sagte Deputy Bates, der in die Küche kam. Als er durch die Sonnenstrahlen ging, die durch das Fenster fielen, erinnerten mich seine goldene Uhr und der blonde Flaum auf seinen Armen an einen Leibwächter, dessen schimmernde Sonnenbräune mir einmal auf Pawley's Island aufgefallen war. Er trug jetzt eine Jeans über den Shorts, die mir zuvor entgegengelacht hatten, und, ach du lieber Himmel, Cowboystiefel. Trotzdem, für einen so jungen Kerl schnitt er nicht schlecht ab, mit all den Muskeln, die sich durch sein weißes T-Shirt abzeichneten. Die Hände waren leer, ich bemerkte es mit Erleichterung. »Wo ist das Problem?«

»Da«, sagte ich und zeigte mit einem Finger auf das Kind, dessen schokoladebekleckertes Gesicht sich wieder verzog und von einem weiteren Sturzbach überschwemmt wurde.

»Wie geht's, Kumpel?«, sagte der Deputy mit einem Kopfnicken in seine Richtung, wobei er die Tränen einfach übersah und sich grinsend an Lillian wandte. »Noch Kaffee da?«

»Sofort«, sagte sie und strahlte übers ganze Gesicht, wie immer, wenn ein Mann im Haus war, den es zu füttern galt. Und dieser Mann hatte es ihr besonders angetan. Sie hatte ihn vom ersten Augenblick an gemocht, als er in seiner dunkelblauen Uniform inklusive Stern, Knüppel, Pistole, Walkie-Talkie und Weiß-Gott-was-alles durch die Tür marschiert war. Sie wissen ja, wie manche Frauen sind.

Ich verdrehte einmal mehr die Augen und setzte mich zu Deputy Bates an den Tisch. »Sind jetzt alle zufrieden?«, fragte ich, nachdem Lillian eine dampfende Tasse Kaffee vor den Deputy gestellt und dem Kind eine Gabel in die Hand gedrückt hatte, »dann könnte ich etwas Hilfe gebrauchen.«

»Was ist denn los?«, fragte Deputy Bates, und ich erzählte ihm alles.

»Hübsche Geschichte«, sagte er, als ich mit entrüstetem

Kopfschütteln geendet hatte. »Sie hatten wirklich keine Ahnung?« Er wies mit einem Anheben der linken Augenbraue auf Klein Lloyd. »Keiner wusste das! Keine Menschenseele. Nicht wahr, Lillian?«

»Nö«, murmelte sie und rührte dabei in einem Topf mit Mais herum, als nähme er ihre ganze Aufmerksamkeit in Anspruch.

»Haben Sie's etwa gewusst, Lillian?«, fragte ich und sprang auf. »Haben Sie?« Angst und Schmach brachen über mich herein wie eine schwere Woge. Ich fühlte mich überrollt, hatte plötzlich den faden Geschmack von Sand im Mund.

»Na ja, die Leute reden viel, wenn der Tag lang ist, das wissen Sie doch.« Sie hatte sich wieder abgewandt und hantierte mit ihren Töpfen.

»Sie meinen«, stöhnte ich und rang nach Luft, »dass die Leute die ganze Zeit wussten, was Wesley Lloyd da trieb, während ich … völlig ahnungslos war?«

Was für eine abscheuliche Vorstellung! Da war ich also hoch erhobenen Hauptes, in selbstvergessenem Stolz in der Stadt herumspaziert, zur Kirche, zum Friseur, zum Supermarkt, während die Spatzen es von den Dächern pfiffen, dass mein Ehemann – der reiche Bankier und Kirchenälteste, der geborene Anführer – mit einem Flittchen herumpoussierte. Gesichter meiner Freunde, meiner Nachbarn schossen mir durch den Kopf, die von Kirchenmitgliedern und Geschäftsleuten – du meine Güte, da war ja der Zeitungsjunge! –, und alles mauschelte und tuschelte. Einige lachten mich aus, andere bedauerten mich. Ich wusste nicht, was schlimmer war.

3

Mutlos sank ich auf einen Stuhl. »Was um alles in der Welt soll ich jetzt tun?«, flüsterte ich.

»Mal sehen«, meinte Deputy Bates. »Zuerst kann sich das Jugendamt um unseren Freund hier kümmern. Es nimmt ihn ein paar Tage in seine Obhut, während wir versuchen seine Mutter aufzustöbern. Wenn wir sie nicht finden, kommt er in ein Heim.« Er schwieg und strich sich mit dem Finger nachdenklich über die Lippen. »Ich nehme an, man wird sie verhören, sobald man sie aufgestöbert hat. Man könnte sie für unzurechnungsfähig erklären, dann müsste sich der Staat um ihn kümmern. Und Sie müssten als Zeugin aussagen.«

Das Kind beobachtete ihn durch seine Brille hindurch und knabberte dabei schniefend an seinem Kuchen. Als Deputy Bates sagte, dass der Staat sich seiner annehmen müsse, legte er die Gabel hin und senkte den Kopf. Lillian ging zu ihm an den Tisch, wobei ihre Schuhe über den Linoleumboden schlappten. Sie stand da, die Hände in die Hüften gestemmt, und sah mir geradewegs in die Augen.

»Bravo, Miss Julia«, sagte sie, »laufen Sie ruhig zu den Behörden, dann weiß bald die ganze Stadt Bescheid!«

Sie hatte Recht. Ich sah mich bereits vor dem Richter stehen und ihm erzählen, wie man mir Wesley Lloyd Springer Junior untergejubelt hatte. Die Stadt würde sich kringeln vor Lachen. Wesley Lloyd war viel zu erfolgreich gewesen, als dass die Leute seinen tiefen Fall nicht genossen hätten. Sogar jetzt noch, da er längst tot und begraben war. Was mich betraf, so war ich viel zu stolz auf ihn und auf mich gewesen, um die schneidenden Blicke zu übersehen oder das kleine, wissende Grinsen, wenn die Leute mir nur noch den Schein der Achtung entgegenbrachten, die ich gewohnt war.

»Was soll ich bloß tun?«, flüsterte ich noch einmal.

»Nun«, meinte Deputy Bates, »ich kann ja mal meine Fühler ausstrecken, vielleicht finden wir sie auf inoffiziellem Weg. Wenn sie ihn zurücknimmt, dann ist die Sache überstanden. Wenn nicht, oder wenn wir sie nicht finden, kann man immer noch entscheiden, ob man das Jugendamt verständigen soll. Natürlich können Sie dann nicht verhindern, dass die Sache publik wird, weil Reporter immer nach interessanten Fällen suchen. Und der hier wird sie zweifellos interessieren.«

»Könnten Sie inoffiziell nach ihr fahnden?«, fragte ich und schöpfte ein wenig Hoffnung. »Ich meine, dass niemand den Grund erfährt?«

Er strich sich übers Haar und verzog den Mund. »Ich kann's ja mal versuchen. Aber versprechen Sie sich nicht zu viel davon. Ich kann nur hier vor Ort ein wenig herumschnüffeln, Verhaftungsprotokolle, Wählerlisten und Strafregister überprüfen. Vielleicht hat sie auch Verwandte in der Stadt. Nur um sicherzugehen, dass das, was sie behauptet, auch wirklich stimmt.«

»Es stimmt«, sagte Lillian mit einem Blick auf Wesley Lloyds Abziehbild. »Außer Mr. Springer hatte einen Bruder, von dem niemand etwas wusste.«

»Bitte, Lillian«, stöhnte ich. Dann hatte ich plötzlich die Lösung. »Das ist es!«, rief ich. »Wir behaupten ganz einfach, der Junge sei Mr. Springers Neffe, der Sohn seines Bruders oder seiner Schwester, und bei mir zu Besuch. Das müsste doch gehen, vor allem wäre damit die Ähnlichkeit erklärt.« Ich lachte über die einfache Lösung.

»Hm.« Lillian verzog den Mund, schüttelte den Kopf. »Das wird nicht funktionieren. Alle kennen die Springers schon seit der Zeit, als Mr. Springers Großvater für die Kirche da drüben Land zur Verfügung gestellt hat. Mr. Springer ist in dieser Stadt aufgewachsen und hat sie nur verlassen, um aufs College zu gehen. Keiner würde glauben, dass er einen Bruder oder eine Schwester hatte, da müsste ja sein Vater ein außereheliches Kind gehabt haben.«

Ich ließ den Kopf hängen und stöhnte wieder, weil ich wusste, dass sie Recht hatte. Wesley Lloyd hatte auch keine Vettern. Er war vom ersten Tag an ein Einzelgänger gewesen, und in dieser Stadt, in der man Verwandtschaftsbande hundert Jahre und länger zurückverfolgen konnte, hätten die alten Männer beim Friseur und an der Ecke jeden Versuch, eine Lüge eine Generation lang aufrecht zu erhalten, bestimmt tausend Mal zunichte gemacht.

»Ich will nicht, dass die ganze Stadt über mich tuschelt und alles nur noch viel schlimmer macht«, fing ich an, als die Demütigung mich wieder niederdrückte. »Im Augenblick wäre es mir ziemlich egal, was die Leute über Mr. Springer sagen, wenn es nicht auf meine Kosten ginge. Ich kann nicht mehr erhobenen Hauptes durch diese Stadt gehen.«

Ich fühlte einen Kloß im Hals und meine Augen schwammen in Tränen. Ich zog ein Taschentuch heraus und vergrub mein Gesicht darin, versuchte mich wieder zu fangen. Kaum hatte ich die Augen geschlossen, sah ich im Geiste das Bild dieses Jungen vor mir. Und als ich sie wieder öffnete, saß er vor mir, in Fleisch und Blut, und starrte mich mit offenem Mund durch seine Goldfischglasbrille an. Womit hatte ich das bloß verdient?

»Miss Julia«, sagte Deputy Bates beschwichtigend, »ganz so schlimm wird es schon nicht werden. Wie es aussieht, wird man Sie eher dafür loben, wenn sie den Kleinen bei sich behalten, bis wir seine Mutter gefunden haben. Außerdem haben Sie nichts getan, wofür Sie sich schämen müssten.«

Er versuchte mich aufzurichten, und ich brachte ein schwaches Lächeln zustande über soviel Naivität. »So läuft das aber nicht, Deputy Bates«, sagte ich. »Wissen Sie denn nicht, dass man grundsätzlich der Frau die Schuld in die Schuhe schiebt, wenn der Mann fremdgeht? Oder zu viel trinkt? Oder spielt? Oder pleite macht? Immer ist die Frau die Schuldige, wenn ihr Mann auf die schiefe Bahn gerät. So ist es nun einmal.«

»Ganz bestimmt nicht.«

»Es ist die Wahrheit, da kann man nichts machen. Vor allem jetzt nicht, wo Pastor Ledbetter gerade eine Abhandlung darüber schreibt, dass das Wohl der Familie von der Ehefrau und Mutter abhängt.« Ich holte tief Luft und zupfte nervös an meinem Taschentuch herum. »Ich stelle mich wohl besser darauf ein, dass die Telefonleitungen bald heiß laufen mit lauter Klatsch und Tratsch. Alle werden ihr Möglichstes tun, um Wesley Lloyd freizusprechen und mir die Schuld zu geben.«

»Frauen sind die Schlimmsten, wenn es darum geht, einen Mann zu entschuldigen«, sagte Lillian.

»Genau«, stimmte ich ihr zu, »das kommt daher, weil sie sich einbilden, dass ihre Männer nicht auf dumme Gedanken kommen, solange sie selbst brav und artig sind. Als könnten sie dadurch irgendetwas bewirken. Sie wollen einfach nicht zugeben, dass ein Mann grundsätzlich tut und lässt, was er will, ganz gleich, was für eine Frau er hat.« Ich schniefte und trocknete meine Tränen, diese Ungerechtigkeit schrie wirklich zum Himmel. Die wässrigen Augen des Jungen, denen von Wesley Lloyd so ähnlich, folgten wachsam jeder meiner Gesten. Er tut gut daran, auf der Hut zu sein, dachte ich.

Ich trocknete mir ein letztes Mal die Tränen und richtete mich auf. Das Selbstmitleid wich der Wut. »Und ich bin der lebende Beweis dafür! Ich habe mir nicht das Geringste zuschulden kommen lassen, weil ich immer alles, wirklich alles genauso gemacht habe, wie Wesley Lloyd es von mir erwartet hat. Ich bin ja nicht einmal ohne seine Zustimmung aus dem Haus gegangen. Ich habe keine Meinung geäußert, keine Frage gestellt, ohne ihn vorher um Erlaubnis zu bitten. In der Bibel steht geschrieben: ›Die Frau sei dem Manne untertan‹, und das war ich auch, und das da ist jetzt der Dank! Diese Suppe hat er sich ganz allein eingebrockt, also soll er sie gefälligst auch auslöffeln.«

Während ich das sagte, fühlte ich eine wilde Entschlossenheit in mir aufsteigen. Kerzengerade saß ich da, und mir war auch nicht mehr zum Heulen zumute. Lillian blinzelte, und von ihrem Löffel tropfte sahniger Maisbrei auf den Boden. Klein Lloyd sperrte Mund und Augen auf, und Deputy Bates lächelte ein wenig verlegen.

»Ich weiß, was ich tun werde«, sagte ich.

»Aha«, sagte Lillian.

»Da bin ich aber gespannt«, sagte Deputy Bates.

Klein Lloyd schniefte und wischte sich mit der Serviette über die Nase.

»Lillian, gib dem Kind ein Taschentuch«, sagte ich.

»Also«, fuhr ich fort, die Worte genau abwägend, »das Erste, was ich *nicht* tun werde, ist das Jugendamt anzurufen. Dieses Kind hier zu behalten ist das Kreuz, das ich tragen muss, obwohl ich es nicht verdient habe, aber es ist die einzige Möglichkeit, Wesley Lloyd zur Verantwortung zu ziehen. Er hat dieses Kind zehn Jahre lang versteckt, aber ich werde es nicht verstecken. Und mein Gesicht werde ich auch nicht verstecken. Nichts von alledem ist meine Schuld, warum sollte ich dann ein schlechtes Gewissen haben? Die Leute werden sich so und so die Mäuler zerreißen. Dann will ich ihnen wenigstens einen Grund geben. Ich werde weiter erhobenen Hauptes durch die Stadt gehen, und wenn es mir noch so schwer fällt, ich denk nicht dran, Wesley Lloyd Springer vor den Folgen seines Betragens zu bewahren. Das ist sein Sohn, und alle sollen es wissen, ohne viel Rätselraten. Ich werde dieses Kind in der ganzen Stadt herumzeigen, ab jetzt wird mit offenen Karten gespielt!«

»Aber Miss Julia«, sagte Deputy Bates, »wie wollen Sie Mr. Springer zur Verantwortung ziehen?«

»Warum, Deputy Bates, glauben Sie etwa nicht an ein Leben nach dem Tod? Dann können Sie kein Presbyterianer sein, wir sind nämlich der festen Überzeugung, dass die Toten irgendwo weiterleben. Und glauben Sie mir, Wesley Lloyd Springer wird noch einmal tausend Tode sterben, da wo er ist. Nichts war ihm heiliger als sein guter Name, und ich habe mich mein Leben lang bemüht, seinen hohen Ansprüchen zu genügen. Nun, das habe ich jetzt hinter mir. Ich werde dieses Kind überallhin mitnehmen, alle sollen wissen, wer sein Vater war, dafür werde ich sorgen. Sollen sie doch damit machen, was sie wollen!«

»Halten Sie das für eine gute Idee?«, fragte Lillian mit mehr als der üblichen Skepsis.

»Sie sollten vielleicht bedenken, was das für den Kleinen bedeuten könnte«, schlug Deputy Bates vor. »Ich will Ihnen natürlich keine Vorschriften machen, aber für ihn könnte es ziemlich hart werden.« Er zuckte mit den Schultern. »Das sollte man vielleicht bedenken.«

Das Kind hatte von einem zum anderen geblickt, als wir redeten, und ich fragte mich, wie viel es über seine heikle Herkunft wusste. Nicht viel, entschied ich, als ich den benommenen oder benebelten oder, Gott vergib mir, schwachsinnigen Ausdruck auf seinem Gesicht bemerkte.

Ich sah ihn mir lange an, prägte mir sein sommersprossiges Gesicht gut ein, dazu die schief sitzende Fliege, die Brille, seine mageren Glieder, und da drehte sich mir fast der Magen um.

»Ich habe es mir überlegt«, sagte ich. »Er hat die Wahl. Er kann für sich einstehen und der Stadt die Stirn bieten oder sich in eine Ecke verkriechen, bis seine Mutter zurückkommt. Vielleicht möchte er auch lieber dem Sheriff und dem Jugendamt übergeben werden.« Ich beugte mich vor und blickte dem Jungen tief in die Augen. »Du willst doch nicht etwa ins Heim, Junge? Antworte mir.«

»Nein.« Seine Schultern zitterten von der übergroßen Anstrengung, die Tränen zurückzuhalten.

»Seht ihr, er weiß, was gut für ihn ist«, sagte ich triumphierend.

»Miss Julia, hören Sie auf, dem Kind Angst einzujagen«, tadelte mich Lillian. »Iss deinen Kuchen, Herzchen, gib gar nicht Acht auf sie.«

»Hören Sie auf, mir in den Rücken zu fallen«, schimpfte ich. »Wir werden also Folgendes tun: Deputy Bates, Sie versuchen so viel wie möglich über den Jungen und seine Mutter herauszufinden, aber unauffällig, bitte, sonst kommt noch irgendein übereifriger Beamter daher und reißt sich den Job unter den Nagel. Lillian wird mir mit dem Kind helfen, und Klein Lloyd!« Er erschrak, als sein Name fiel. »Du bist Mr. Springers einziges Kind – das hoffe ich wenigstens –, und darauf bist du stolz, hörst du?«

Er nickte kläglich, aber ich hatte keine Zeit für Mitleid. »Ich hoffe, Sie wissen, was Sie da tun, weil Sie sich nämlich eine Menge Ärger aufhalsen«, schimpfte Lillian. »Mr. Springer hatte keine ehelichen Kinder, Sie machen doch alles nur noch schlimmer!«

»Er hatte auch keine zwei Ehefrauen«, schnappte ich zurück. »Aber was er hatte, habe ich jetzt auszubaden, deshalb muss ich das Beste daraus machen. Dieser Junge hier ist Mr. Springers Sohn, und früher oder später wird man es mir danken, dass ich weit mehr getan habe als nur meine Christenpflicht, ein paar neue Zacken in der Krone würden mich nicht wundern!«

»Na ja, mag ja sein«, räumte Lillian ein, während sie sich die Hände an einem Geschirrtuch abtrocknete und der Versuchung widerstand, die Augen zu verdrehen. Sie weiß, was ich davon halte.

»Sie sind mir schon eine, Miss Julia«, sagte Deputy Bates mit einem breiten Grinsen. »Ich dachte, Atlanta sei haarig, aber das hier ist auch kein Zuckerschlecken.«

4

Ich hatte bereits etliche Kilometer auf meinem Dielenboden zurückgelegt, bevor ich Sam an diesem Nachmittag erreichte. Natürlich wusste ich, wo er war, aber das machte mir das Warten auch nicht erträglicher. Sam hatte sich nicht lange nach Wesley Lloyds Tod, ausgerechnet als ich ihn am meisten gebraucht hätte, in den Ruhestand begeben, *zum Angeln!* Um des Himmels willen. Er hatte meine Routinegeschäfte Binkie Enloe übertragen, sodass ich jetzt zwei Anwälte hatte. Einer davon war eine junge Frau, an deren Fähigkeiten ich zuerst gezweifelt hatte, und der andere dieser alte Mann, der seine Zeit am liebsten mit Angeln verbrachte.

›Wenn ich jetzt noch einmal bei ihm anrufe‹, sagte ich mir, ›und er ist wieder nicht zu Hause, dann gehe ich zu ihm rüber und setze mich auf seine Veranda, bis er kommt.‹

Ich warf einen Blick aus dem Fenster und sah Deputy Bates mit dem Jungen im Hinterhof. Er sollte eine Untersuchung führen, das Kind befragen, ein paar Einzelheiten über die Pläne dieser Puckett in Erfahrung bringen. Das sah mir aber eher nach Spielen aus, da fehlte doch ganz und gar der nötige Ernst.

Als ich mir das unwillkommene Kind so ansah – den konnte nur eine Mutter lieben, sag ich Ihnen, und sogar die hatte sich davongemacht –, verspürte ich einen Stich von Mitleid, bevor ich mich dagegen wehren konnte. Es wurde noch schlimmer, als ich sah, wie der Junge unvermittelt in Tränen ausbrach. Deputy Bates zog ihn an seine Schulter und wartete geduldig, bis er sich ausgeweint hatte. Ich hielt mich am Spülbeckenrand fest und senkte den Blick. Ich wurde nicht mehr schlau aus all den widersprüchlichen Gefühlen, die über mich hereinbrachen. Natürlich habe ich ein weiches Herz, wenn es um Kinder geht.

Obwohl ich vorhatte, den Jungen der ganzen Stadt vorzuführen, war ich im Augenblick noch ganz froh um die Schierlingshecke, die den Garten und alles, was darin vor sich ging, vor neugierigen Blicken schützte. Ich wusste, dass ich mich erst wieder in der Gewalt haben musste, bevor ich mich mit dem Jungen in der Öffentlichkeit sehen ließ und die Leute glauben machte, dass er mir nicht den Schock meines Lebens verpasst hatte. Ich blickte wieder aus dem Fenster und sah, wie er diese schiefe Brille abnahm und sich mit dem Taschentuch, das Deputy Bates ihm reichte, über die Augen wischte. Das Kind brauchte dringend ein wenig Zerstreuung, sonst setzte es mir mit seinen Tränen noch die ganze Gegend unter Wasser. Ich hatte aber nichts im Haus, womit er hätte spielen können, zumal Wesley Lloyd und ich nie Kinder hatten. Nun ja, Wesley Lloyd offensichtlich doch. Ich brauchte nur ein paar Schecks auszustellen für Schaukeln und Spielsachen, und alle würden wissen, wie glücklich ich über meinen kleinen Gast war.

Ich ließ das Spülbecken los, seufzte und wählte erneut Sams Nummer.

»Sam!«, sagte ich, als er endlich ans Telefon ging. »Beweg dich auf der Stelle hier rüber. Ich muss mit dir reden.«

»Nett, von dir zu hören, Julia«, sagte Sam Murdoch in seiner ironischen Art, die ich noch nie hatte leiden können, und im Augenblick schon gar nicht. Es war schlimmer geworden mit ihm, seit Wesley Lloyd gestorben war. »Was ist dir denn über die Leber gelaufen?«

»Ich werde es dir sagen, sobald du hier bist, also leg deine Angel oder womit du gerade in der Gegend herumfuchtelst, beiseite und komm her. Ich stecke bis zum Hals in Schwierigkeiten.«

»Scheint tatsächlich schlimm zu sein. Bin schon auf dem Weg.«

Ich setzte mich auf mein Sofa im Wohnzimmer und wartete auf Sam, zu dem ich Vertrauen hatte, auch wenn er sich andauernd über mich lustig machte. Ich hatte ihn immer für Wesley Lloyds engsten Freund gehalten, aber langsam hatte ich den Eindruck, dass mein Mann überhaupt keine engen Freunde gehabt hatte. Wesley Lloyd hatte sich nie in die Karten schauen lassen, eine bewundernswerte Eigenschaft bei einem knallharten Geschäftsmann, nur konnte sie unvermutete Herzattacken auslösen, wie er leider Gottes am eigenen Leib erfahren musste.

Ich kannte Sam Murdoch seit dem Tag, an dem ich als Braut nach Abbotsville gekommen war, und betrachtete ihn und Mildred als meine Freunde. Sie pflegten uns an Sonntagnachmittagen zu besuchen, dann fuhren wir zusammen aus, Sam und Wesley Lloyd vorne, Mildred und ich auf der Rückbank. Das war, bevor Mildred vor einigen Jahren vor ihren Schöpfer trat. Die Männer unterhielten sich über Geschäfte und die Kirche, denn sie gehörten beide dem Kirchenrat an, und wir redeten über den Haushalt und die Kirche und tauschten im Flüsterton, um der Sache ein wenig Würze zu verleihen, ein bisschen Klatsch und Tratsch aus. Wesley Lloyd hielt nichts von Klatsch und Tratsch.

Sam beendete die Fahrt immer mit einem Aufenthalt im Dairy Queen, wo es Vanilleeis mit Schokoladensoße gab. Wir alle bestellten es uns in der Waffel, nur Wesley Lloyd löffelte seine Portion aus dem Becher. Wollte sich seinen Anzug nicht bekleckern. Er war stets umsichtig, und damals beobachtete ich mit stillem Stolz seine Eigenheiten. Seinen Eistee zum Beispiel rührte er immer exakt siebzehnmal um – ich habe mitgezählt –, mit siebzehn kleinen Klirrern am Glasrand.

Über Sam Murdoch sollte man wissen, dass seiner zerknitterten Erscheinung und besonnenen Art nicht zu trauen ist. In der Stadt erzählte man sich Geschichten über ihn, zum Beispiel, dass er seine Kollegen aus Charlotte oder Raleigh vor einem Gerichtstermin mit den Worten ›Ich bin nur ein einfacher Provinzanwalt‹ in Sicherheit wiegte, sodass sie herablassend und siegesgewiss nach Abbotsville kamen, wo Sam sie dann in die Mangel nahm, dass ihnen Hören und Sehen verging und sie nicht wussten, wo ihnen der Kopf stand, wenn sie danach die Stadt verließen.

Als Sam vor der Tür stand, mit seinem durchgeschwitzten Strohhut in der Hand, wusste ich, dass er die vier Straßen bis hierher zu Fuß gegangen war. Und das in dieser sengenden Augusthitze.

»Komm rein und kühl dich ab, Sam«, sagte ich, als ich ihm die Tür öffnete. »Es ist albern, in dieser Hitze zu Fuß zu gehen, finde ich. Da draußen hat es über dreißig Grad im Schatten.«

»Ja, recht warm heute«, sagte er, als er ins Wohnzimmer kam. »Lillian hat doch bestimmt noch Eistee?«

»Ja, hat sie, und Schokoladenkuchen, zu dem du wohl kaum nein sagen wirst. Komm in die Küche; ich will dir ohnehin was zeigen.«

Er folgte mir den Flur entlang bis zur Küche und machte es sich am Tisch bequem, wo Lillian und ich schon so manche Tasse Kaffee zusammen getrunken hatten. Mir fiel auf, wie natürlich es für mich war, Sam in die Küche zu bitten, wobei es mir nie eingefallen wäre, mit Wesley Lloyd hier zu sitzen. Wesley Lloyd war kein Küchentyp. Er nahm seine Mahlzeiten im Esszimmer zu sich – ›alles an seinem Platz, Julia‹, pflegte er zu sagen.

Da Lillian nicht im Zimmer war, blickte ich aus dem Fenster und sah sie draußen bei Deputy Bates und diesem Kind. Also holte ich für Sam Eistee und ein Stück Kuchen. Dann setzte ich mich zu ihm und erzählte ihm von der schweren Bürde, die man mir am Morgen aufgeladen hatte.

Er aß und nickte, runzelte ein paarmal die Stirn und sagte dann: »Es tut mir Leid, Julia, dass du es auf diese Weise erfahren musstest.«

Das nahm mir den Wind aus den Segeln. Das letzte Fünkchen Hoffnung, die Stadt habe über Wesley Lloyds Techtelmechtel nicht Bescheid gewusst, schwand dahin.

»Warum hast du mir nichts gesagt?«, fragte ich und überlegte, ob ich mir die Seele aus dem Leib brüllen oder mich lieber kräftig ausheulen sollte.

»Das ist nicht gerade die Art von Geschichte, die man einer Ehefrau erzählen möchte«, antwortete er. Das Mitleid in seiner Stimme brach mir fast das Herz. »Und außerdem«, fuhr er fort, »war ich mir nicht sicher; ich hatte nur einen Verdacht. Niemand, der auch nur ein Fünkchen Verstand besitzt, hätte dir eine Geschichte aufgetischt, die nur auf Gerüchten gründet.«

»Hier gibt es eine Menge Leute ohne viel Verstand«, sagte ich. »Deshalb bin ich ja so überrascht, dass mir niemand etwas davon erzählt hat. Nicht mal Andeutungen habe ich gehört.«

»Die Leute haben Angst vor dir, Julia«, sagte er, und seine Augen fingen wieder an zu lachen.

»Ach was, Angst. Warum sollte jemand vor mir Angst haben?«

»Du besitzt einen ausgeprägten Sinn für Recht und Unrecht und scheust dich nicht, den Leuten den Unterschied zu erklären.«

»Das ist alles so fürchterlich«, flüsterte ich und holte mein aufgeweichtes Taschentuch heraus. »Ich habe doch immer nur nachgeplappert, was Wesley Lloyd mir vorsagte. Ich hatte weder eigene Gedanken noch eine eigene Meinung, das erkenne ich jetzt. Wenn ich genügend Verstand gehabt hätte, für mich selbst zu denken, wäre ich ihm vielleicht längst dahinter gekommen.

Etwas möchte ich gern wissen, Sam. Warum um alles in der Welt hat er für diese Frau und ihr Kind nicht irgendwelche Vorkehrungen getroffen, bevor er starb? Mochte er sie denn nicht? Wie sollte sie seiner Meinung nach zurechtkommen, wenn sie das Kind allein großziehen musste? Es sieht ihm so gar nicht ähnlich, dass er auf einen solchen Notfall nicht vorbereitet war.«

»Ich habe es versucht, Julia«, sagte er. »Ich habe ihn seit Jahren bekniet, seine Angelegenheiten in Ordnung zu bringen. Dabei meinte ich gar nicht diese Frau im Besonderen, obwohl ich wie die meisten Leute die Gerüchte kannte. Aber alles, was er hatte, war dieses Standardtestament, das ihr beide vor ungefähr zwanzig Jahren vereinbart habt. Erinnerst du dich? Er kam und wollte ein Testament machen, eines für sich und eines für dich, wobei ihr euch gegenseitig alles hinterlassen würdet. Es sollte nur das Grundlegendste regeln, bis er Zeit haben würde, wie er mir sagte, sich detaillierter mit dem Thema zu befassen.«

Ich konnte spüren, wie ich blass wurde und meine Augen sich weiteten. »Und ob ich mich daran erinnere! Als wäre es gestern gewesen! Das war gleich, nachdem Papa gestorben war und mir fünfundzwanzigtausend Dollar hinterlassen hatte. Meinen Anteil vom Verkauf unseres Hauses. Sam«, sagte ich, und ein heißer Schmerz durchfuhr mich, »diese Testamente waren zu seinen Gunsten! Er wollte sicher sein, dass er auch alles bekam, was ich hatte, falls ich vor ihm sterben sollte. Das ist die Wahrheit, nicht? Er hat nicht im Traum daran gedacht, vor mir zu sterben!? Und ich, Gott steh mir bei, ich Schaf habe brav alles unterschrieben, was er mir unter die Nase hielt.« Ein jäher Schmerz ersetzte meinen Zorn. Ich schloss die Augen und holte tief Luft. »Ich weiß, er hatte nie die Absicht, mir alles zu hinterlassen. Er traute mir nie etwas zu, wenn es um Geschäfte ging, deshalb verstehe ich nicht, warum er sein Testament später nicht geändert hat.«

»Ich verstehe es auch nicht, Julia. Als ich meine Praxis aufgab, war dies eine der Angelegenheiten, die ich Binkie übertrug. Ich wollte sehen, ob sie mehr Erfolg haben würde als ich, den alten W. L. dazu zu bringen, sein Testament zu überarbeiten.«

»W. L.«, sagte ich mit bitterem Lächeln. »Er mochte es nicht besonders, wenn du ihn so nanntest.«

»Viel zugeknöpfter, als gut für ihn war. Weißt du, mir kam der Gedanke, dass er sein Testament womöglich aus einem bestimmten Grund nicht geändert hat, weil er sich dann nämlich zu dieser Frau hätte bekennen müssen. Vielleicht wollte er mir nicht sagen, warum er sie und das Kind im Testament berücksichtigen wollte. Deshalb dachte ich auch, Binkie könnte ihn dazu bringen.«

»Binkie hatte bei Wesley Lloyd keine Chance«, sagte ich und verscheuchte den Gedanken. »Er hätte sich niemandem anvertraut, den er für unerfahren hielt, am allerwenigsten einer Frau, auch wenn sie noch so tüchtig war. Aber Sam, niemand hätte etwas zu erfahren brauchen, wenn er außerhalb des Testaments für sie gesorgt hätte. Du weißt schon, für sie ein Haus und eine Art Treuhandfonds für das Kind. Warum hat er nicht etwas in dieser Art unternommen?«

»Julia«, seufzte Sam, »ich spreche ungern schlecht über die

Toten, aber das hier ist meine Meinung. Ich denke, W. L. konnte sich einfach nicht von seinem Geld trennen. Er musste alles greifbar haben, ein Fehler, den viele erfolgreiche Männer begehen. Nun sag mir doch mal«, fuhr er fort, »warum du eigentlich so besorgt um sie bist? Du fühlst dich doch nicht etwa schuldig deswegen? Oder hast du Mitleid mit dem Kleinen da draußen?«

»Weder noch!«, rief ich, indem ich ruckartig aufstand und dabei fast den Stuhl umgestoßen hätte. »Das ist absurd! Ich empfinde weder Schuldgefühle wegen ihr noch Mitleid für ihn. Nein, ich bin bloß fuchsteufelswild, weil ich nie etwas über sie erfahren hätte, wenn er außerhalb des Testaments für sie gesorgt hätte. Und weil ich nicht wusste, wie viel Geld er besaß, hätte ich die Summe, die er in sie investierte, nicht vermisst. Ich will dir was sagen, Sam, wenn er sich schon mit dieser Frau einlassen musste, hätte er sie mir wenigstens vom Leib halten können. Das wäre das mindeste gewesen. Stattdessen sitze ich nun da und habe dieses uneheliche und ... und ungewollte Kind am Hals!«

5

Mit dem feuchten Taschentuch in der Hand schritt ich im Zimmer auf und ab, bis ich mich so weit beruhigt hatte, um wieder still sitzen zu können. Sam legte seine Hand auf meine, aber ich war viel zu aufgewühlt, um mich so leicht trösten zu lassen.

»Und da ist noch was, Sam«, sagte ich, weil ich so viel als möglich über den Mann in Erfahrung bringen wollte, an dessen Seite ich über vierzig Jahre gelebt hatte. »Weißt du, ob er vorhatte, irgendetwas der Kirche zu hinterlassen?«

Sam legte beide Hände auf die Tischplatte und lehnte sich zurück, bis sich die vorderen Stuhlbeine vom Fußboden hoben. Er schüttelte lächelnd den Kopf. »Er hat nichts gesagt. Kein Wort. Aber auf unserer Versammlung hörte ich einiges munkeln. Wie es scheint, hat W. L. Larry Ledbetter gegenüber so etwas angedeutet, und Ledbetter nahm ihn gleich beim Wort. Er überlegt schon seit Jahren, wie er diesen unverhofften Geldsegen ausgeben soll, und seit W. L. tot ist, redet man im Kirchenrat über neue Baupläne. Das ist einer der Gründe, warum ich zurückgetreten bin.«

»Du bist was?« Ich traute meinen Ohren nicht. »Du kannst doch nicht einfach zurücktreten! Man hat dich gewählt, Sam. Wie konntest du da zurücktreten?«

»Ganz einfach«, sagte er. »Ich hab's eben getan. Ich dachte, dass sich etwas ändern würde, wenn der Kirchenvorstand nach dem Rotationssystem funktionierte, aber da habe ich mich getäuscht. Er besteht eben aus einem Haufen alter Karpfen, die seit 1950 keinen eigenen Gedanken mehr gefasst haben. Ich hatte es einfach satt, gegen sie anzureden.«

»Nun«, sagte ich, noch immer fassungslos. Ich hatte noch nie von einem Mitglied des Kirchenrats gehört, das zurückgetreten war, außer der Mann hatte eine unheilbare Krankheit oder zog aus der Stadt. »Nun«, sagte ich noch einmal, »langsam sollte mich eigentlich in Bezug auf dich gar nichts mehr überraschen, Sam Murdoch.«

Ich stand auf und trat ans Fenster, weil ich insgeheim hoffte, mein Problem da draußen könnte sich inzwischen verflüchtigt haben. Aber es war immer noch da, saß mit hängendem Kopf auf einer Gartenbank und hielt seine Plastiktüte an die Brust gedrückt. Deputy Bates kniete vor ihm, hatte seine Ellbogen auf die Knie des Kindes gelegt und redete mit ihm. Ich sah, wie der Junge den Kopf schüttelte und etwas später auf eine Frage von Deputy Bates hin nickte. Das Kind war nicht richtig erzogen worden, was mich nicht weiter überraschte.

»Was soll ich bloß tun, Sam?« Ich wandte den Blick vom Fenster, als mir auffiel, wie sehr ich darauf angewiesen war, dass Sam jede meiner Unternehmungen absegnete.

»Verstehe ich dich richtig, du willst den Jungen behalten?«

»Ich habe keine andere Wahl, auch wenn Deputy Bates wirklich tut, was er kann, um diese Frau zu finden.« Ich kramte mein Taschentuch hervor, weil ich spürte, wie eine weitere Welle der Empörung auf mich zurollte. »Ich sollte ihr eine kräftige Tracht Prügel verabreichen! Und das werde ich auch tun, wenn er sie findet.«

»Sei vorsichtig mit so etwas, Julia«, sagte Sam, nun seinerseits auf der Hut. »Bei der letzten Sitzung des Kirchenrats, an der ich teilnahm, gab es eine Diskussion darüber, dich zu verklagen.«

»Mich! Weswegen denn?«

»Geld. Einige Mitglieder, sogar ziemlich viele, sind der Ansicht, sie hätten Anspruch auf einen Teil von W. L.s Nachlass. Sie wollen sich auf das berufen, was Larry Ledbetter eine mündliche Vereinbarung nennt. Anscheinend denkt er, dass ein Versprechen, das man einem Mitglied des Kirchenrats gegeben hat, mehr Gewicht hat als ein zwanzig Jahre altes Testament.« Sam unterbrach sich, blickte nachdenklich auf seinen leeren Teller und sah mir dann in die Augen. »Ich will dir was sagen, Julia. Wenn ein Pfarrer und sein Kirchenrat beschließen, dass Gott ein neues Haus braucht, dann gibt es wenig, was sie aufhalten könnte. Bis auf die Frage der Finanzierung, und da kommst du ins Spiel. Deshalb will ich, dass du auf dich Acht gibst. Deute nichts an, versprich nichts, und vor allem, unterzeichne nichts.«

Nun, das verschlug mir wirklich die Sprache, aber zugleich kam mir ein tröstlicher Gedanke. »Das ist der Grund, weswegen du zurückgetreten bist, nicht wahr, Sam?«

»Da ich der Vollstrecker dieses Testaments bin, werde ich mich wohl kaum an einem Versuch beteiligen, es außer Kraft zu setzen. Ich will nicht bestreiten, dass Geld wichtig ist, aber der Gedanke, dass der Kirchenrat deswegen eines seiner Mitglieder verklagt, schlägt mir auf den Magen. Besonders wenn dieses Mitglied eine hilflose Witwe ist.« Er grinste, bis ich sein Lächeln erwiderte.

»Ha«, schnaubte ich, »die hilflose Witwe wird es ihnen zeigen, die sollen mich kennenlernen. *Ihr sollt keine Witwen und Waisen bedrängen*, Exodus, Kapitel zweiundzwanzig, Vers zweiundzwanzig, und das ist nur ein Vers von vielen. Also mit dir und Binkie Enloe an meiner Seite, ganz zu schweigen von unserem Herrgott, überrascht es mich, dass sie so etwas überhaupt in Erwägung ziehen können.«

»Oh, sie werden versuchen, eine große Anwaltskanzlei aus Raleigh oder Atlanta zu beauftragen, aber da werden sie kein Glück haben. Die einzige Möglichkeit, dieses Testament außer Kraft zu setzen, wäre, ein neueres zu finden.«

»Die sind doch alle nicht ganz bei Trost«, stieß ich aus, »aber ich kann mich jetzt nicht mit ihnen befassen. Ich habe zu viel anderes Zeug im Kopf.«

»Das weiß ich, Julia, und es tut mir Leid. Ich will dich nicht noch mehr beunruhigen, aber es überrascht mich ein wenig, dass diese Puckett nicht daran gedacht hat, Klage einzureichen. Sie hätte eine bessere Chance als die Kirche, sich wenigstens einen Teil des Erbes zu sichern. Vorausgesetzt, sie kann ihre Behauptung beweisen.«

»Sie sagte mir, dass sie mit Binkie gesprochen habe, vielleicht hat sie doch daran gedacht.«

»Na ja, dann solltest du vielleicht auch mit Binkie reden, damit sie Bescheid weiß. Am Ende hat die Dame gar nichts mit

Maniküre am Hut, sondern hat die Stadt nur verlassen, um sich einen Anwalt zu verschaffen. Dass sie den Jungen bei dir abgegeben hat, könnte ein Versuch sein, dich weich zu klopfen, damit du ihn anerkennst oder Mitleid mit ihm hast. Falls die Angelegenheit nicht zu ihren Gunsten ausgehen sollte.«

»Das ist das Dümmste, was ich jemals gehört habe«, rief ich. »Wie um alles in der Welt soll jemand auf den Gedanken kommen, dass ich auch nur einen Funken Gefühl für so ein Kind aufbringen könnte? Das ist doch nicht zu fassen! O nein, da besteht keinerlei Gefahr, aber Sam, die ganze Geschichte ist ein einziger Alptraum. Sag mir doch, was ich tun soll.«

»Mir scheint, du hast dir das alles schon ziemlich gut zurechtgelegt. Da kann man nur hoffen, dass Coleman die Mutter bald aufspürt, damit sie eine bessere Lösung findet. Wenn sie das nicht kann« – er zuckte mit den Schultern –, »na ja, dann tust du das einzig Richtige. Ich hasse es, wenn man Kinder in so etwas reinzieht. Aber sei vorsichtig, Julia, die Leute mögen es nicht, wenn man sich gar zu weit aus dem Fenster lehnt. Dir mag es egal sein, was sie über W. L. oder dich sagen, aber diesem kleinen Jungen da draußen könnten sie übel mitspielen.«

»Das sollen die bloß versuchen«, sagte ich und wrang wütend mein Taschentuch aus. »Der Junge steht unter meinem Schutz, da müssen die es zuerst mit mir aufnehmen!«

»Na ja, ich würde mich nicht gern mit dir anlegen wollen«, sagte Sam. Dann stand er auf und fügte hinzu: »Außer es wäre zu meinen Bedingungen.«

Ich verbrachte den scheußlichsten Abend meines Lebens und war in meiner Fahrigkeit zu nichts zu gebrauchen.

»Lillian«, sagte ich, »könnten Sie ein bisschen länger bleiben und das Kind für mich zu Bett bringen? Ich fühle mich außerstande, ihn anzufassen.«

»Das sollten Sie aber schleunigst überwinden«, riet sie mir. »Wenn Sie den Leuten morgen den Jungen vorführen wollen und die auf Ihre Show reinfallen sollen, dann müssen Sie wenigstens so tun, als würden Sie sich freuen, den Kleinen hier zu haben. Und das heißt, dass Sie sich um ihn kümmern müssen.«

»Ich weiß, ich weiß, das brauchen Sie mir nicht zu sagen. Ich bin dermaßen durchgedreht, sag ich Ihnen, dass ich keinen klaren Gedanken fassen kann, außer dass der Junge dringend einen Haarschnitt nötig hätte. Man könnte doch meinen, dass ich weiß Gott wichtigere Sorgen hätte, als seinen Struwwelkopf!« Ich hatte Menschen schon immer nach dem Aussehen beurteilt, aber in diesem Fall ging es mir mehr um mein Aussehen mit diesem Kind im Schlepptau.

»Albernheiten!«, sagte sie und eilte wieder in die Küche, wo der Junge wartete. »Dann verpassen Sie ihm eben einen, basta. Und schon kommt die nächste Sorge daher.«

Da standen eine Menge Sorgen Schlange, dachte ich und hörte die beiden nach oben gehen. Lillian bezog das Bett im Gästezimmer, das meinem Schlafzimmer gegenüber lag, packte das Kind mitsamt seiner Plastiktüte zwischen die Laken und riet mir, ins Bett zu gehen und aufzuhören mit der Grübelei. Dann ging sie nach Hause.

Leichter gesagt als getan, denn diese Nacht entpuppte sich als die schlimmste meines Lebens, schlimmer noch als die, in der ich Wesley Lloyd in seinem Wagen fand, Augen und Mund weit aufgesperrt, als wäre ihm die Überraschung seines Lebens zuteil geworden.

Ich schlief in jener Nacht bereits den Schlaf der Gerechten, als ich gegen Mitternacht sein Auto in der Auffahrt hörte, genau wie jeden Donnerstag seit über zehn Jahren. Wesley Lloyd glaubte fest an Routine und blieb der seinen immer treu. Außer donnerstags, wenn er, wie ich glaubte, bis spät in die Nacht hinein arbeitete, um sich auf die Besprechungen vorzubereiten, die regelmäßig am Freitag morgen im Versammlungsraum der Springer-Bank stattfanden. Ich hatte mich auf die andere Seite gedreht und darauf gewartet, das Schlagen der Autotür zu hören, die Schlüssel im Schloss und Wesley Lloyds Schritte auf dem Beton. Aber ich hörte nichts.

Nachdem ich noch kurz liegen geblieben war und mich gefragt hatte, was ihn wohl aufgehalten hatte, war ich in einen

Morgenmantel geschlüpft und nach unten gegangen, um nach ihm zu sehen. Wenn Wesley Lloyd seine Routine änderte, hatte das gute Gründe, sag ich Ihnen. Und so war es auch, denn er war mausetot. Mitten in der Auffahrt. In seinem nagelneuen Buick Park Avenue. Stahlgrau mit … aber das erwähnte ich bereits.

Es war schrecklich, ich möchte so etwas nie wieder durchmachen müssen. Und das muss ich auch nicht, zumal ich nicht vorhabe, ein zweites Mal zu heiraten und noch einen Mann zu Grabe zu tragen. Nun ja, der Teil mit dem Begräbnis war nicht mehr ganz so schlimm gewesen, die Stadt und meine Kirche wissen Trauernde zu trösten. Sie kamen mit Körben voller Essen und Blumen und Spenden für meine Lieblingswohltätigkeitseinrichtung, und jemand blieb den ganzen Tag über bei mir und las mir jeden Wunsch von den Augen ab. Ich kam mir vor, als spielte ich die Hauptrolle auf Wesley Lloyds Beerdigung, war Königin für ein, zwei Tage, bis sie annahmen, dass ich alleine zurechtkommen würde. Und mit Lillians, Binkies und Sams Hilfe tat ich das auch. Es war in der Tat alles so einfach gewesen, dass ich nicht wusste, weshalb um alles in der Welt eine Witwe jemals wieder heiratete. Womöglich erfuhr man im Nachhinein – und da war es zu spät –, welchem Mann man untertan gewesen war, so wie ich.

Nicht dass ich mir einen Rat gewusst hätte, wenn ich Wesley Lloyd vor seinem Tod auf die Schliche gekommen wäre. Aber die ganze lange Nacht hindurch, während ich auf meinem einsamen Bett lag, in die Dunkelheit starrte und an das Kind im Gästezimmer denken musste, sagte ich mir, dass mir schon *irgendetwas* eingefallen wäre. Aber bevor man etwas gegen die Umtriebe seines Gatten unternehmen konnte, musste man über sie Bescheid wissen. Und ich wusste absolut gar nichts, bis das Ergebnis an meine Tür klopfte. Ich hatte die dicksten Tomaten in ganz North Carolina auf den Augen gehabt, hatte jedes Märchen geglaubt, das man mir auftischte, besonders wenn mein Mann der Märchenonkel war. So war ich als Südstaatlerin und Presbyterianerin nun einmal erzogen worden. Nein, das nehme ich zurück. Ich nahm nur das für bare Münze, was von Larry

Ledbetter kam, meinem Pastor, oder Sam Murdoch, meinem Anwalt, oder Wesley Lloyd Springer, dem Mann, mit dem ich vierundvierzig Jahre verheiratet gewesen war.

Ich war stolz darauf gewesen. Stolz darauf, einen Ehemann zu haben, der Geld und eine gesellschaftliche Stellung besaß, einer der wenigen Männer in den Staaten, der eine Bank sein eigen nannte, alles grundsolide. Sowohl er als auch die Bank. Die Leute hatten Vertrauen zu ihm, und ihr Geld war auf der Springer-Bank hundertprozentig sicher, das muss man wirklich sagen.

Wir führten eine gute Ehe. Dachte ich. Er hatte mich im Haus meines Papas kennengelernt, unten in South Carolina, als er nach neuen Ideen suchte, um die Bank zu leiten, die sein Vater ihm hinterlassen hatte. Wesley Lloyd hatte schon damals sehr fortschrittlich gedacht. Er ging auch regelmäßig in die Kirche, und dort sah ich ihn dann auch zum ersten Mal – nach der Sonntagsmesse in meiner Heimatkirche. Er war sonntags immer in der Kirche, egal, wo er war oder was er gerade tat. »Der Sonntag ist der Tag unseres Herrn, Julia«, hatte er zu mir gesagt. »Da ist unser Platz im Gotteshaus.« Da war er also und schüttelte zuerst dem Pastor, dann mir die Hand, nachdem die Gemeinde an jenem Sonntag vor vielen Jahren mit Gottes Segen entlassen worden war.

Ich war die älteste Tochter in der Familie, die letzte, die noch übrig war. Meine beiden Schwestern waren schon verheiratet, und alle sahen mich schon als alte Jungfer enden. Dreiundzwanzig, ledig und keine Aussichten. Klingt Mitleid erregend heutzutage, nicht? Warum um alles in der Welt ich nicht auf die Idee gekommen war, mich alleine auf den Weg zu machen, mir mein eigenes Leben aufzubauen, weiß ich nicht. Aber ich war eben in einer dieser Kleinstädte aufgewachsen, die randvoll waren mit verstaubten Regeln. Ich hatte eine Zeit lang das Lehrercollege in Winthrop besucht, doch als Papa zu Hause Hilfe brauchte, raten Sie mal, wen er sich aussuchte? Sobald Papa »spring« sagte, war ich als Erste in der Luft. Ich wusste, dass er meine Schwestern lieber mochte als mich – ist Ihnen schon einmal aufgefallen, dass diejenige, die nach Anerkennung heischt, sie nie bekommt? –, aber er musste mit mir vorlieb nehmen. Bis Wesley Lloyd Springer auftauchte.

Klingt wie eine Liebesgeschichte, nicht wahr? Nun, sie war keine, aber das machte mir nichts aus. Wesley Lloyd war kein Mann für romantische Gefühle und all den Kram, den man in Romanen liest. Er war Geschäftsmann, und er wusste genau, was er wollte und wie er es bekam. Also hielt er um meine Hand an. Alle dachten, wir müssten aus bestimmten Gründen so schnell heiraten. Aber Wesley Lloyd, der ein paar Jahre älter war als ich, verlor niemals den Kopf.

»Ich brauche eine Frau von Format«, hatte er zu mir gesagt. Wir saßen vor Papas Haus, auf der Veranda, und ich betrachtete den Ring mit dem halbkarätigen Solitär, den er mir in einer blauen Samtschatulle mitgebracht hatte. »Ich habe eine gesellschaftliche Stellung zu wahren«, fuhr er fort, während er seine goldene Uhr aus der Westentasche zog und einen Blick darauf warf. Das war eine Gewohnheit, die ihn nie verließ. Zeit ist Geld, pflegte er zu sagen. »Und ich brauche eine Frau, die mir den Haushalt führt und mir stets treu zur Seite steht. Ich bin kein ausgesprochen wohlhabender Mann, aber es wird Ihnen bei mir an nichts fehlen.«

Ich nahm den Ring aus der Schatulle und begutachtete ihn von allen Seiten. Dann steckte ich ihn mir an den Finger, und die Tatsache, dass er passte, deutete ich als eine glückliche Fügung. Ich gab viel auf Zeichen, die mir halfen, Entscheidungen zu treffen. Als ich Wesley Lloyds Antrag annahm, hörte ich nicht, wie ich es aus Kinofilmen kannte, die Glocken läuten. Aber sie fehlten mir nicht. Meine Schwestern hatten mit leuchtenden Augen geheiratet, und nach wenigen Jahren war das Leuchten daraus verschwunden und der Verzweiflung gewichen, jeden Pfennig zweimal umdrehen zu müssen. Ich war stolz darauf, meine Ehe auf eine vernünftige Basis gestellt zu haben, und dachte mir, dass Wesley Lloyd und ich in grundlegenden Dingen gleicher Ansicht waren und deshalb gut zusammenpassten. Ich hatte mir immer gewünscht, meinen eigenen Haushalt mit einem Mann zu gründen, der sich die Ehe leisten konnte, und genau das hatte ich bekommen.

Er brachte mich vor vierundvierzig Jahren in dieses Haus, und ich werde wohl hier wohnen bleiben, bis ich sterbe. Aber ich will dabei auf gar keinen Fall über dem Lenkrad eines Buick Park Avenue liegen. Das Haus war damals neu. Ein Ziegelbau, zweistöckig, mit einer Veranda an der Vorderfassade, von der aus man einen freien Blick auf alles Kommen und Gehen rings um die Erste Presbyterianische Kirche hatte. Nur ein paar Straßen von der Main Street entfernt, also gleichsam im Zentrum des Geschehens. Wesley Lloyd erzählte mir, er habe das Haus für seine Braut gebaut, und ich erinnere mich, wie glücklich und stolz ich damals war. Erst später erfuhr ich, dass er es hatte bauen lassen, bevor er mich kannte. Aber so war er nun einmal, mein Mann, stets vorausschauend, stets auf alle Eventualitäten vorbereitet. Dachte ich.

Ich passte in diese Stadt, als wäre ich hier zur Welt gekommen. Die Rolle der Gattin von Wesley Lloyd Springer war wie für mich geschaffen. Ich lernte schnell, dass die Menschen in Abbotsville Wesley Lloyd ebenso respektierten und verehrten wie ich. Andere Männer mochten größer sein, tiefere Stimmen oder stärkere Muskeln haben. Wenn Wesley Lloyd einen Darlehensantrag prüfte, gab es in der ganzen Stadt keinen größeren als ihn. Die Leute hörten auf ihn, folgten seinen Weisungen, und das nicht nur in seiner Bank. Mitglieder des Stadtrats, Anwälte, Geschäftsleute fragten ihn um Rat, und die Erste Presbyterianische Kirche gab ohne seinen Segen keinen Pfennig aus. Er war der geborene Anführer, das wussten alle.

Und ich war so stolz darauf, die zu sein, die ich war. Julia DeWitt Springer. Wesley Lloyd Springers Frau.

Das dümmste Weib der Stadt.

6

Es grenzt an ein Wunder, dass ich in dieser Nacht überhaupt eine Minute lang die Augen schloss. Wie sollte ich auch, zumal der außereheliche Sohn meines Mannes in meinem Gästezimmer schlief? Ich war noch nie so aufgewühlt gewesen. Der Gedanke, dass Wesley Lloyd mich betrogen, sein Versprechen gebrochen, ein heuchlerisches Leben geführt hatte, dass er nicht nur einmal, sondern, wie ich jetzt erkannte, jahrelang donnerstags Unzucht getrieben hatte, ließ mich nicht los.

Und wer wusste, ob diese Puckett überhaupt die Einzige gewesen war? Mein ganzes Leben, alles, worauf ich gebaut, woran ich geglaubt hatte, zerfiel unter mir zu Staub. Ich sagte mir, dass die Vergangenheit sich durch nichts mehr ändern ließ, dass sich der Nebel lichten musste, in dem ich die ganze Zeit gelebt hatte, dass ich diesem Problem besser mit klarem Kopf und innerer Ruhe begegnete. Ich musste die Dinge beim Namen nennen und ertragen, dass beim Hobeln nun einmal Späne fielen.

Als endlich der Morgen dämmerte, stand ich auf. Ich hatte einen Entschluss gefasst.

Es gab etwas, das ich tun konnte und tun wollte – ich würde mich weigern, irgendetwas zu beschönigen oder rein zu waschen, was dieser Mann mir angetan hatte. Wesley Lloyd war ein Heuchler erster Güte gewesen, aber ich sah keinen Grund, es ihm hierin gleichzutun. Außen hui, innen pfui, das war er gewesen. Gott, hatte ich eine Wut, ich war wütend, weil er mir so etwas angetan hatte und jetzt nicht einmal mit der Schande leben musste. Während der langen durchwachten Nacht war ich zu dem Schluss gekommen, dass es eigentlich ganz leicht sein müsse, seinem Angetrauten den Hals umzudrehen.

Wer nun glaubt, diese überschäumenden Gefühle wären der Liebe oder Eifersucht entsprungen, der irrt. Ich hatte immer gedacht, ich würde Wesley Lloyd lieben – schließlich war ich ja mit ihm verheiratet, nicht? Aber das war mir so etwas von egal. Ich war fuchsteufelswild, nicht aus Liebe oder weil er unser Ehebett besudelt hatte, sondern weil er von mir ein völlig untadeliges Betragen gefordert, mich stets gemaßregelt, kritisiert und mit Bibelversen zur Räson gebracht hatte, während er selbst sich einmal pro Woche mit einer anderen Frau im Bett gewälzt hatte.

Verstehen Sie mich nicht falsch, es gab keinen anderen Mann, mit dem ich mich gerne gewälzt hätte, um Gottes willen, nein. Dafür war ich auch zu alt. Es war eine Sache des *Prinzips*.

Zuerst hatte ich Gift und Galle gespien, dann wäre ich vor Scham fast im Boden versunken, als ich daran dachte, was wohl die Stadt zu dieser saftigen Geschichte sagen würde. Es würde mich viel Kraft kosten, mein Haupt trotz alledem hoch zu tragen und ihre grinsenden Gesichter zu übersehen. Ich wünschte mir nur, Wesley Lloyd hätte sehen können, wie stark ich war, wenn es sein musste. Dann hätte er sich in puncto Charakterstärke eine Scheibe von mir abschneiden können. Immerhin tat ich jetzt Dinge, die er mir nie zugetraut hätte. Zum Beispiel Buch führen. Oder Schecks ausstellen. Oder das Scheckheft ausgleichen.

Binkie Enloe konnte bei unserem ersten Treffen kaum glauben, wie sehr Wesley Lloyd mich vor der rauhen Wirklichkeit abgeschirmt hatte. Ich saß in meinem grauen Kostüm und den weißen Pumps in ihrem Büro und hielt die Handtasche auf dem Schoß, während Binkie mir meine Finanzlage erklärte. Sie warf mir über den Goldrand ihrer Lesebrille hinweg einen ungläubigen Blick zu und meinte: »Miss Julia, ich wusste gar nicht, dass es auf dieser Welt noch eine Frau gibt, die nicht weiß, wie man einen Scheck ausstellt.« »Ja«, sagte ich mit stolzem Lächeln, »Mr. Springer hat immer gut für mich gesorgt.« Binkie schnaubte vernehmlich und zeigte mir dann, wie man Schecks ausstellte und Buch führte, und es war kinderleicht. Ich weiß nicht, warum Wesley Lloyd dachte, ich hätte kein Talent für Zahlen.

Punkt sechs Uhr dreißig an diesem Morgen war ich bereits ausgehfertig, um zu Binkies Büro in die Stadt zu fahren. Es würde noch eine Weile dauern, bis es acht war und sie wie gewöhnlich an ihrem Schreibtisch saß. Ich ging nach unten, und da saß der Junge auf der Treppe, in denselben kitschigen Klamotten wie am Vortag, nicht einmal die Ansteckfliege fehlte. Ich hatte die ganze Nacht lang keinen Pieps von ihm gehört, und jetzt saß er da, war schon aufgestanden und fertig angezogen, neben sich Koffer und Plastiktüte.

Ich blieb zwei Stufen über ihm stehen und musterte ihn, während er sich gegen die Wand drückte. Er zog die Plastiktüte näher an sich heran, um die Treppe frei zu machen, und warf mir dann einen schnellen Blick zu. Die Tüte sah flach aus und halb leer, eingerollt wie sie war, aber offensichtlich hatte er sie gern bei sich. Da ich bereits von den Schätzen kleiner Jungen gehört hatte, mochte ich mir lieber nicht vorstellen, was er da mit sich herumschleppte.

»Bist wohl ein Frühaufsteher, was?«, fragte ich. Was sagt man denn frühmorgens als Erstes zu einem Neunjährigen?

»Kommt meine Mama heute wieder?«, fragte er.

Ich holte tief Luft, wusste nicht, was ich ihm antworten sollte. Aber im Zweifelsfall ist die Wahrheit immer das Beste. »Wohl kaum«, sagte ich. »Jetzt komm mit in die Küche. Lillian wird bald hier sein, dann frühstücken wir. Deine Sachen kannst du hier stehen lassen.«

Er folgte mir in gebückter Haltung die Treppe hinunter in die Küche und erinnerte mich an ein altes Männlein. Er sah zwar aus wie Wesley Lloyd, handelte aber nicht wie er. Wesley Lloyd war kein großer Mann gewesen, hatte aber wegen seines aufrechten, geräuschvollen Gangs sehr resolut gewirkt.

Ich wies Klein Lloyd einen Stuhl zu, während ich Kaffee machte. Der Tag versprach schön zu werden, die Sonne schien, Vögel sangen im Hintergarten, die schweren Köpfe der Balsaminen funkelten von Tau. Die Welt drehte sich weiter, als hätte man mir gestern nicht den Boden unter den Füßen weggezogen.

Ich goss zwei Tassen Kaffee ein und stellte eine davon vor

den Jungen. Er sah kurz zu mir auf und senkte dann wieder den Blick. Lillian musste dann gleich seine Brille putzen. Ich schob ihm Sahne und Zucker hinüber und sagte: »Nimm dir, was du brauchst.«

Er füllte die Tasse bis zum Rand mit Sahne und schüttete zwei Löffel Zucker hinterher. Dann kostete er, wobei er den Löffel in der Tasse stecken ließ, verzog das Gesicht und kippte noch zwei Löffel Zucker hinterher. Kaffeetrinker ist er keiner, dachte ich, als ich mich zu ihm setzte.

Ich konnte ihn nur aus dem Augenwinkel heraus ansehen und merkte auf einmal, dass es ihm ebenso erging. Wir hatten uns wenig zu sagen, und ich wünschte, ich hätte das Radio eingeschaltet, solange ich noch stand. Ich zermarterte mir das Hirn, worüber ich mit ihm reden konnte, weil ich noch immer der Überzeugung war, dass eine gepflegte Unterhaltung das Rüstzeug des gebildeten Menschen sei.

Ich stellte meine Tasse ab und fragte: »Hattest du schon Stuhlgang?«

Sein Kaffee schwappte über den Rand der Tasse in den Unterteller. »Wie bitte?«

»Dein Darm. Hast du ihn schon entleert?«

Seine Augen weiteten sich hinter der Brille, und er blickte sich ängstlich nach allen Seiten um. »Ja, ein bisschen.«

»Nun, das muss aber heute noch mehr werden. Ich habe festgestellt, dass man Probleme besser bewältigt, wenn man regelmäßig, am besten täglich, Stuhlgang hat. Ich habe Abführtabletten hier, wenn du welche brauchen solltest.«

»Nein danke, Ma'am, so etwas brauch ich nicht.«

Von nun an hielt er den Kopf gesenkt, unsere Unterhaltung war zu Ende. Ich gab den Versuch auf, ihn aus der Reserve zu locken. Ein wenig später wagte er die Frage, wo Deputy Bates sei. Ich erklärte ihm, dass Deputy Bates nachts arbeiten müsse, bald zu Bett gehen würde und wir daher weder durchs Haus rennen, noch herumhopsen oder Krach machen durften. Er schien mit dieser Antwort zufrieden, aber ich war trotzdem erleichtert, als Lillian durch die Hintertür kam. Sie legte die *Abbotsville Press* auf den Tisch und sah mich streng an.

»Sie geben dem Kind Kaffee zu trinken?«

»Warum nicht? Er konnte ein bisschen Aufmunterung gebrauchen.«

Sie schüttelte den Kopf und fing an, Eier mit Schinken zu brutzeln. Der Junge erwies sich als schlechter Esser, was ich schon tags zuvor bemerkt hatte. Er aß folgsam seinen Teller leer, aber es war nicht zu übersehen, dass er keinen großen Appetit hatte. Ich notierte mir im Geiste, dass ich ihm ein Mittel aus der Apotheke besorgen würde. Und bei Buddy's würde ich ihm die Haare schneiden lassen.

Um sieben Uhr fünfundvierzig stand ich vor dem Spiegel in der Halle und rückte meinen Hut zurecht. Dann nahm ich meine Handtasche und machte mich auf den Weg. Nach ein paar Schritten kehrte ich wieder um. Ich würde den Stier am besten gleich bei den Hörnern packen.

»Klein Lloyd!«, rief ich durch die Tür. »Ich möchte, dass du mich begleitest.«

Er kam mit seiner Plastiktüte in der Hand und machte ein Gesicht, als müsse er zum Zahnarzt anstatt zum Anwalt. Unglücklich sah er aus, wenn Sie mich fragen, aber das war nicht meine Schuld.

»Willst du die Tüte nicht lieber hier lassen?«, fragte ich, weil ich dachte, dass er ohne dieses Ding vielleicht etwas weniger proletenhaft aussehen würde.

»Nein, Ma'am.« Er drückte sie noch fester an die Brust, und ich verdrehte entnervt die Augen und machte mich erneut auf den Weg.

»Bleib neben mir«, sagte ich. »Wir haben etwas zu erledigen.«

Er blieb lieber einen halben Schritt hinter mir und ließ die Schultern so sehr hängen, dass ich mir ernsthaft über seine Haltung Sorgen machte. Man kann sich ziemliche Unarten angewöhnen, wissen Sie.

Um diese Zeit war noch niemand zu Fuß unterwegs, aber mehrere Leute fuhren in ihren Autos vorbei und winkten zur Begrüßung. Ich konnte sehen, wie sie den Rückspiegel verstellten, um uns ausführlich zu begutachten.

Binkie ließ uns nicht lange im Vorzimmer warten. Wenn man genügend Geld auf dem Konto hat, nimmt ein Anwalt sich immer für einen Zeit, ohne den ganzen Quatsch mit Terminen und so. Binkie Enloe hatte eine ernste Miene aufgesetzt, aber trotzdem wirkte ihr Gesicht unglaublich jung, und das war kein Wunder, denn schließlich *war* sie jung. Sie versuchte diesen Umstand mittels der Brille etwas zu vertuschen, die sie abnahm, wenn sie einem etwas klarzumachen suchte. Sie trug dunkle Kostüme mit schlichten Leinenblusen und versuchte ihre Locken mit einer strengen Frisur im Zaum zu halten. Das klappte aber nicht. Spätestens zu Mittag standen sie ihr wie eh und je zu Berge. Ich vermute, dass ihre unbändigen Locken der Grund waren für ihr ernsthaftes Gehabe. Ich hatte schon immer die Theorie, dass man widerspenstiges Haar auf irgendeine Weise kompensieren muss. Binkie versuchte dieses Manko durch Leistung wettzumachen, und ich weiß nicht, was ich in den vergangenen Monaten ohne sie angefangen hätte. Obwohl ich zugeben muss, dass ich ganz zu Anfang, als Sam mich zum ersten Mal zu ihr geschickt hatte, der Ansicht war, sie sei ihrer Aufgabe nicht gewachsen.

»Sie wissen, wer das ist, nicht wahr?«, fragte ich, bevor ich mich hinsetzte. »Seine Mama sagte mir, sie habe mit Ihnen gesprochen.«

»Nun, das hat sie in der Tat«, sagte sie, kalt wie eine Hundeschnauze. Binkie Enloe warf so leicht nichts um. »Wie kommt es, dass er jetzt bei Ihnen ist?«

Als ich ihr erzählte, wie diese Puckett ihn einfach bei mir abgegeben hatte und davongebraust war, hob sie eine Augenbraue. Fassungslos. »Ach so«, meinte sie, »verstehe. Sie wollen ihn bei sich behalten, bis man seine Mutter gefunden hat?«

»Was bleibt mir denn anderes übrig?«, fragte ich. »Hör auf herumzuzappeln, Klein Lloyd.« Er saß in einem von Binkies Ohrensesseln und baumelte mit den Beinen.

»Nun ja, Sie könnten –«

»Nein, könnte ich nicht«, fiel ich ihr ins Wort. »Sie wollten bestimmt sagen, dass ich ihn auch dem Jugendamt überlassen könnte, aber das sähe doch so aus, als wollte ich die Wahrheit vertuschen. Da würden die Leute doch erst recht reden. Nein, ich gedenke diese Stadt mit den Tatsachen zu konfrontieren. Und wenn das Mr. Springers Ansehen schaden sollte, kann ich es auch nicht ändern. Also. Sam Murdoch riet mir, Sie ins Vertrauen zu ziehen, was ich hiermit tue. Und jetzt möchte ich wissen, welche Leute mich verklagen wollen. Die Mutter des Jungen? Meine Kirche? Wer noch?«

»Bis jetzt noch niemand«, sagte sie. »Ich habe eine gewisse Ahnung, was die Kirche betrifft, aber da brauchen Sie sich keine Sorgen zu machen. Versprechen und/oder Absichtsbekundungen haben keinerlei Bedeutung. Mr. Springers Testament macht Sie zur alleinigen Erbin, und damit hat sich's. Die Kirche kann nichts tun als drohend mit den Zähnen zu knirschen.« Diese Vorstellung entlockte ihr ein kleines Lächeln. Klein Lloyd in seinem Sessel schniefte feucht. Ich griff in meine Handtasche und reichte ihm ein Kleenex über die Schulter. »Was Mrs. Puckett anbelangt«, fuhr Binkie fort, »so wies keine ihrer Äußerungen darauf hin, dass sie derlei Pläne hatte. Aber ich muss Ihnen sagen, Miss Julia, dass sie durchaus Chancen hat, wenn sie die richtigen Dokumente vorweisen kann, um ihre Ansprüche geltend zu machen.«

»Du liebe Güte, sie hat eine Geburtsurkunde, auf der deutlich der Name Springer steht! Was braucht sie denn noch?«

»Die Informationen für die Geburtsurkunde erhält eine Krankenschwester für gewöhnlich von der Mutter. Deshalb sind sie nicht beweiskräftiger als das Wort der Mutter. Aber wenn sie mit Quittungen und Ähnlichem beweisen kann, dass Mr. Springer das Kind als das seine anerkannt hat, dann ist sie in einer ziemlich starken Position.«

»Aber sie hat mit keinem Wort erwähnt, dass sie irgendwelche Ansprüche geltend machen will! Sie sagte, sie wolle gar nichts, nur dass ich mich um den Jungen kümmern solle, bis sie ihre Ausbildung zu Ende gebracht habe und selbst für ihn sorgen könne. Ich möchte nicht aufs Kreuz gelegt werden, Binkie. Mr. Springer hat seinen gesamten Besitz mir hinterlassen, was immer seine *Pläne* waren, und ich habe die Absicht, was mir gehört auch zu behalten.«

»Alles klar«, sagte sie und nickte dabei, als sei sie auf meiner Seite, und das war sie meines Wissens ja auch. Was Recht ist, muss schließlich Recht bleiben. »Wir können im Moment nur abwarten, ob tatsächlich jemand dieses Testament anficht. Aber da Sie schon hier sind, möchte ich noch etwas anderes mit Ihnen besprechen. Die First Union und die Wachovia Bank haben Interesse bekundet, die Springer-Bank zu kaufen, wollen sich aber noch nicht festlegen. Sie warten darauf, dass Sie mit dem Preis runtergehen, aber die Springer-Bank ist jeden Penny wert, den wir verlangen. Ich werde noch ein oder zwei andere Kunden mit ins Spiel bringen, um die Sache ein bisschen anzuheizen, denn ich will möglichst viel für Sie herausschlagen. Aus Steuergründen sollte man weitgehend auf Bargeld verzichten, lieber ein gewinnträchtiges Aktienpaket einhandeln. Ist Ihnen das recht?«

»Ja, solange die Bank, an die wir verkaufen, solide ist. Ich möchte kein Schließfach mit einem Haufen wertloser Papiere, nur weil da jemand eine dieser Sparguthaben-und-Darlehens-Nummern abgezogen hat.«

Sie lächelte ihr flüchtiges Lächeln und warf einen Blick in ihre Unterlagen. Dann musterte sie eine Minute lang Klein Lloyd. Am Ende schüttelte sie den Kopf über dieses lebende Zeugnis eines Heuchlers. »Halten Sie mich auf dem Laufenden«, sagte sie. »Wenn Sie etwas hören von Mrs. Puckett, dann will ich es wissen.«

Ich bedankte mich bei ihr und ging aus dem Büro, mit Klein Lloyd im Schlepptau. In der Eingangshalle wandte ich mich an Mary Alice McKinnon an der Rezeption. Eine angenehme junge Frau, die mich stets anstandslos zu Binkie durchstellte, wenn ich anrief.

»Mary Alice«, sagte ich, während ich den Jungen an den Schultern fasste und zu ihr umdrehte, »ich möchte Ihnen Mr. Springers Sohn vorstellen. Dies hier ist Lloyd Springer. Sag Miss McKinnon guten Tag, Lloyd.«

Der Junge machte einen Diener, und Mary Alice schnappte

nach Luft und wurde puterrot. Sie stammelte einen Gruß, aber es war nicht zu übersehen, dass meine Unverblümtheit sie aus der Fassung gebracht hatte.

Auf dem Gehweg draußen sagte ich: »Das war doch gar nicht so schlimm, nicht wahr? Und jetzt genehmigen wir uns eine Cola.«

7

Als wir unsere Erfrischungspause beendet hatten, gingen wir die Straße hinunter zu Buddys Friseursalon. Im vorderen Bereich hatte Buddy Whitesides zwei Stühle, wo er und Arlo Turner mit Rasiermessern, Scheren und Haarschneideapparaten hantierten. Und mit kleinen Pinseln Puderwolken verbreiteten. Im hinteren Teil, der durch einen grauen Flanellvorhang abgetrennt war, widmete sich Alva, Buddys Frau, denjenigen Damen, die an unmöglichen Stellen unansehnlichen Haarwuchs loswerden wollten. Keine zehn Pferde hätten mich in dieses Hinterzimmer gebracht.

Buddy und Arlo schnipselten gerade an zwei mir unbekannten Männern herum – dem Aussehen nach Farmer –, als wir den Laden betraten. Und in einem der mit braunem Kunstleder bezogenen rostigen Chromstühle saß Leonard Conover, ausgerechnet, und wartete, bis er an der Reihe war. Er blickte von seiner Zeitschrift auf, als die Ladenglocke bimmelte, schlug sie schnell zu und stopfte sie unter den Stapel auf dem Tisch neben ihm.

»Nanu, Julia«, sagte er, während sein Gesicht unappetitlich rot anlief. »Dich hätte ich nicht hier drin erwartet.«

»Ich auch nicht. Aber jetzt bin ich hier, weil der Junge dringend einen Haarschnitt braucht. Buddy«, sagte ich an den Ladeninhaber gerichtet, »wer von euch beiden beherrscht den besten Kinderhaarschnitt?«

»Ach, wir sind beide recht gut«, antwortete er, wobei er im Schnipseln innehielt und zwischen mir und dem Jungen hin und her blickte. »Sie werden auf jeden Fall zufrieden sein. Ein kleiner Freund von Ihnen?« Er wies mit einer Kopfbewegung auf das Kind.

»So kann man es auch ausdrücken«, sagte ich, während ich mich zu Leonard setzte und Klein Lloyd auf den Stuhl neben mir zog. »Wie geht es dir, Leonard? Was tut sich bei Gericht?«

»Alles bestens, immer viel zu tun.« Er schaute die ganze Zeit an mir vorbei nach dem Jungen, neugierig wie ein junger Hund. Ich hätte sofort eine Bemerkung fallenlassen sollen, denn wenn man möchte, dass etwas bekannt wird, muss man es in einem Friseursalon kundtun. Aber noch hielt ich mich zurück.

»Ja«, fuhr Leonard fort, während sein Gesicht nach und nach wieder die gewohnte Blässe annahm, »neben meinen vielen Pflichten bei Gericht nimmt mich zur Zeit auch die Kirche sehr in Anspruch. Ich habe eine Menge Pläne, enorm viel Arbeit.« Er nickte, um seine Worte zu bekräftigen.

»Das bezweifle ich nicht«, sagte ich. Leonard hatte noch nie viel Feuer, auch nicht, bevor er Beamter geworden war. Ich faltete die Hände im Schoß und starrte intensiv zu Buddy hinüber, damit er sich beeilte und wir an die Reihe kamen.

»Weißt du, Julia«, sagte Leonard, indem er sich mir zuwandte und meine Aufmerksamkeit auf sich zog. Ich bemerkte sein schütteres, angegrautes Haar, unter dem die Kopfhaut sichtbar wurde, seine schmächtigen Schultern und die Art, wie er sich auf den Stuhl geflegelt hatte, und fragte mich, ob LuAnne sich nicht daran störte. Aber sobald man verheiratet ist, muss man mit dem vorlieb nehmen, was man sich eingefangen hat. »Ich kann noch nichts Genaues sagen«, flüsterte er mir vertraulich zu, »weil es noch in der Planungsphase ist. Aber die Kirchengemeinde ist so gewachsen, dass wir mit dem Gedanken spielen, das Gebäude zu erweitern. Ich habe nachgedacht, und da bin ich auf die Idee gekommen, dass du jetzt, wo Wesley Lloyd von uns gegangen ist und so, vielleicht lieber in ein kleineres Haus ziehen möchtest. Dann solltest du daran denken, dein Haus der Kirche zu stiften. Wir könnten das Grundstück gut gebrauchen, und wenn es nur für einen Parkplatz wäre.«

Ich sah ihn an, biss die Zähne zusammen und sagte: »Du willst also allen Ernstes mein Haus niederreißen, damit einmal pro Woche für eine Stunde da drüben die Autos parken können? Nicht in einer Million Jahren, Leonard Conover.«

Er richtete sich auf, zuckte mit den Schultern und sackte

dann in sich zusammen. Leonard war daran gewöhnt, dass man seine Ideen abschmetterte. »Es war ja nur für den Fall, na ja, dass dir das Haus zu viel werden sollte.«

Arlo rasierte seinem Kunden den Hals, während Buddy die Ohren des seinigen umschnippelte, dabei galt beider Aufmerksamkeit mehr unserem Gespräch als ihrer Arbeit. Der Gedanke, einer von ihnen könne danebenschneiden, ließ mich erschauern. Im Gegensatz zu dem, was ich immer über Plaudereien in einem Friseursalon gehört hatte, war es in diesem auffällig still. Alle waren viel zu sehr mit dem Versuch beschäftigt, Leonard und mich zu belauschen und eventuell herauszufinden, was es mit diesem Kind auf sich hatte, das ihnen unheimlich bekannt vorkam.

»Ich würde mich an deiner Stelle nicht darauf verlassen, dass so etwas in der nächsten Zeit passieren könnte. Buddy«, sagte ich, »ich will dich ja nicht hetzen, aber es gibt Leute, die ihre Zeit nicht gestohlen haben.« Er nickte, schnippelte weiter und legte einen Zahn zu, als ich spitz hinzufügte: »Nicht alle von uns arbeiten bei Gericht, weißt du.«

»Na hör mal, Julia«, sagte Leonard, während er sich ein zweites Mal zu einer aufrechteren Haltung bequemte, »du hast nicht die geringste Vorstellung, was es bei Gericht alles zu tun gibt, und ich hoffe, dass du es auch nie herauszufinden brauchst. Aber eines solltest du bedenken: Wesley Lloyd wollte dich niemals mit Verantwortung belasten. Was er hinterlassen hat, ist zu viel für eine Person, besonders wenn sie keinerlei Erfahrung im Umgang mit Grundbesitz und so etwas hat. Glaube mir, ich weiß, wovon ich rede. Ich würde bestimmt nicht wollen, dass LuAnne eine solche Last zu tragen hat.«

Ich starrte ihn an. Dass Leonard LuAnne mit seinem Besitz überfordern könnte, war ebenso wahrscheinlich, wie dass man ihr den Pulitzer-Preis verlieh.

»Hältst du mich für unfähig?«

»Nun ja«, sagte Leonard und tauschte mit Buddy und Arlo ein viel sagendes Lächeln. Das Triumvirat des Friseursalons. »Du wirst nicht jünger, Julia.«

Eins zu null für ihn.

Buddy nahm seinem Kunden schwungvoll den Umhang ab und bestreute den Hals des Ärmsten großzügig mit Puder.

»Komm, Klein Lloyd«, sagte ich und nahm ihn bei der Hand. »Jetzt bist du an der Reihe.«

Ich half dem Jungen, auf das Sitzbrett zu steigen, das Buddy quer über die Armlehnen gelegt hatte, damit er höher saß. »Nimm deine Brille ab«, sagte ich, und zu Buddy gewandt: »Sie sollen ihn weder rasieren, noch toupieren noch sonstwie aufstylen. Sorgen Sie nur dafür, dass ihm die Haare nicht mehr über Augen und Hals hängen. Ach ja, Sie können ihm denselben Schnitt verpassen, den sein Daddy trug.«

Als sie mit dieser Aussage ihren Verdacht bestätigt fanden, erstarrten alle Anwesenden zu Stein. Arlo fielen fast die Augen aus dem Kopf, und sein Mund klappte auf. Sein Kunde runzelte die Stirn in dem Versuch, aus den Vorgängen im Raum schlau zu werden. Leonard saß da wie vom Donner gerührt. Er öffnete und schloss immer wieder den Mund, wobei seine Lippen, sooft sie sich trafen, ein schmatzendes Geräusch von sich gaben. Aus dem Radio ertönte die Stimme eines Countrysängers, dessen Geschluchze wenig dazu beitrug, die peinliche Stille zu füllen.

»Nun, machen Sie weiter«, sagte ich zu Buddy, der dastand wie ein Chirurg, die Hände reglos in der Luft.

»Jawohl, Madam, geht klar, wir werden diesem Jungen einen hübschen Haarschnitt verpassen.« Er wirbelte herum, griff sich einen Kamm, ließ ihn zu Boden fallen, fummelte nach einem anderen, und zeigte mir ein tumbes Grinsen, als er sich endlich am Kopf des Jungen zu schaffen machte.

Einige Leute scheinen nicht zu wissen, wie sie sich verhalten sollen, wenn man sie mit der Wahrheit konfrontiert.

Als wir endlich nach Hause gingen, nachdem ich eine Unmenge Leute getroffen hatte, war ich müde bis in die Knochen. Die Wahrheit zu sagen, wozu ich mich durchgerungen hatte, nachdem ich im Friseursalon fast schwach geworden wäre, kann ziemlich anstrengend sein. Klein Lloyd schien es nicht anders zu gehen, weil er seine Füße den gesamten Heimweg über den Boden schleifen ließ und ich ihn zurechtweisen musste.

»Heb deine Füße, Klein Lloyd«, sagte ich. »Hier, gib mir deine Hand und lächle, damit jeder sehen kann, wie glücklich du bist.«

Er gab mir seine Hand und sagte: »Ich glaube aber nicht, dass ich glücklich bin.«

»Na ja, natürlich nicht, wo deine Mutter auf und davon ist und alles. Trotzdem musst du die Leute fröhlich angucken, damit sie nicht merken, wie es dir innerlich geht, und über dich reden. Da fällt mir ein, wir sollten dir etwas zum Spielen kaufen. Was hättest du denn gerne?«

Er dachte einen Augenblick nach und sagte dann: »Puzzles mag ich gern. Und Musik.«

»Puzzles habe ich auch immer gern gemocht. Wir wollen uns welche besorgen und sie gemeinsam zusammensetzen. Welche Art von Musik magst du denn?«

»Alles Mögliche, aber am besten gefallen mir Tim Mc Graw und Sawyer Brown. Meine Mama mag Dwight Yoakam. Sie guckt sich immer seine Videos an.«

»Was du nicht sagst«, murmelte ich und hatte keinen blassen Schimmer, wovon er da redete. »Da sind wir«, sagte ich, als wir auf das Haus zugingen. »Das war ganz schön aufregend, dabei ist der Tag noch nicht mal halb vorbei.«

Vor mir lag noch ein langer Tag, denn LuAnne Conover hatte es sich in einem meiner weinroten viktorianischen Samtsessel bequem gemacht. Sie sprang auf, sobald wir durch die Tür kamen, und lief hysterisch mit den Armen rudernd auf uns zu.

»Julia, o Julia«, sagte sie und nahm mich bei der Hand, als käme ich ohne ihre Hilfe nicht durch die Tür. »O, ich habe gerade diese entsetzliche Nachricht erhalten; ich kann es einfach nicht glauben; sag mir, dass es nicht wahr ist! O Julia, es tut mir ja so Leid für dich, ich weiß nicht, wie du das ertragen kannst. Wie geht es dir denn?« Sie redete mit mir, aber ihre Augen, die neugierig funkelten, waren auf den Jungen geheftet.

»Setz dich hin, LuAnne«, sagte ich, während ich versuchte den Hut abzunehmen.

»Mir geht's gut, aber du könntest Hilfe gebrauchen, wie's aussieht. Hat Lillian dir nichts angeboten?«

»O, ich könnte keinen Bissen hinunterbringen. Ich bin viel zu aufgewühlt und du tust mir so schrecklich Leid, Julia. Erzähl mir doch«, sagte sie, während sie sich zu mir aufs Sofa setzte und sich fast in mein Gesicht lehnte, »erzähl mir, was eigentlich passiert ist. Du glaubst ja nicht, welche Geschichten ich heute morgen zu hören bekam!«

»O, das kann ich mir lebhaft vorstellen«, sagte ich seufzend. Ich kannte die Stadt, wie man sie nicht besser kennen konnte, und Mary Alice, sowie alle anderen, die wir getroffen hatten, außer vielleicht Leonard, der noch nie zwei und zwei zusammenzählen konnte, hatten sich bestimmt sofort ans Telefon gehängt, als ich ihnen den Rücken gekehrt hatte. »Übrigens, dort steht der Stein des Anstoßes.« Ich schaute zu Klein Lloyd hinüber, der immer noch in der Tür stand. »Sag guten Tag zu Miz Conover, Lloyd, dann lauf schnell in die Küche und bitte Lillian, dir etwas zu essen zu geben. Falls du dir mit diesem Kirschcola nicht den Appetit verdorben hast.«

Er verbeugte sich und murmelte etwas in LuAnnes Richtung, bevor er aus dem Zimmer schlurfte. Ich hätte ihn seines Benehmens wegen gerügt, wäre das von LuAnne nicht noch schlechter gewesen. Sie starrte ihn nur mit offenem Mund an.

»Ich würde es nicht glauben, wenn ich es nicht mit meinen eigenen Augen sehen würde!«, keuchte sie. »Jemand sagte mir, du hättest diesen Jungen zu dir genommen, aber ich sagte: ›Nein, so etwas würde Julia niemals tun.‹ Was um alles in der Welt denkst du dir dabei, Julia? Wie kannst du nur dieses Kind in deinem Haus dulden? Ich kann dir sagen, wenn Leonard sich so etwas leisten würde, also ich würde seinen –« sie unterbrach sich, blickte sich um und flüsterte – »*Bastard* nicht bei mir aufnehmen.«

»Du tust, was du für richtig hältst, LuAnne«, sagte ich, »und ich mache es genauso. Nun will ich dich etwas fragen. Wusstest du, dass Wesley Lloyd diese Frau hatte?«

»Aber Julia, *jeder* hat es gewusst. Na ja, ich meine«, berichtigte sie sich, »die Leute reden doch seit Jahren darüber. Du weißt ja, wie solche Geschichten die Runde machen.«

»Weshalb hast du mir nichts gesagt?«

»Nun ja, weißt du, ich habe es nicht geglaubt.« Sie lachte ein kleines nervöses Lachen und brach sofort ab, als sie den Blick sah, den ich ihr zuwarf. »Keiner hat es geglaubt, wirklich nicht. Vielleicht dachten die Leute auch, du wüsstest es längst und würdest darüber hinwegsehen. Ann Landers sagt, dass die Ehefrau es immer weiß und dass man seine Nase nicht in anderer Leute Angelegenheiten stecken sollte.«

»O Gott«, stöhnte ich und schlug die Hände vors Gesicht.

Ich hörte das Telefon klingeln und Lillian den Hörer abnehmen. Ich wollte mit niemandem sprechen, auch nicht mit LuAnne. Aber da redete sie schon weiter.

»Julia, die Leute regen sich alle darüber auf, was du tust, das muss ich dir sagen, und sie fragen sich, ob du womöglich nicht mehr alle Tassen … na ja«, sagte sie, als ich aufblickte und sie anfunkelte, »wir wissen doch alle, unter welcher Anspannung du gestanden hast, seit Wesley Lloyd tot ist und alles. Es war einfach zu viel für dich, jetzt musst du dir mal Ruhe gönnen und deinen Freunden das Ruder überlassen. Leonard sagte neulich, es gebe gesetzliche Mittel gegen so etwas.«

»Gesetzliche Mittel? Wovon redest du denn da, LuAnne?«

»Na ja, von deinem Problem natürlich. Leonard erlebt so etwas jede Woche, und die Entscheidungen, die er zu treffen hat, zehren schrecklich an ihm.«

Ich lehnte meinen Kopf zurück und schloss die Augen. »Hab ein Einsehen, o Herr«, betete ich laut genug, damit nicht nur der, an den das Gebet gerichtet war, es hören konnte, sondern auch LuAnne. Wenn ich dumm genug wäre, Leonard Conover die Entscheidungen treffen zu lassen, dann wäre ich nicht nur zu bemitleiden, sondern bräuchte zudem eine kräftige Schocktherapie.

»Nun, Julia«, sprach LuAnne weiter. »Ich werde alles tun, was in meiner Macht steht, um dir zu helfen. Leg dich ein wenig hin, und ich gehe an die Tür, wenn es klingelt. Die Leute werden vorbeikommen und nach dir sehen wollen.«

»Niemand ist hier gestorben, LuAnne! Und ich will keine Leute um mich haben, die nur ihre Neugierde befriedigen wollen. Ich habe jetzt ohnehin keine Zeit zum Plaudern, du kannst also getrost nach Hause gehen und dich um Leonard kümmern.«

»Nun«, sagte sie, und ich konnte sehen, dass sie gekränkt war. Nun, ich war es auch. »Ich dachte nur, du könntest in dieser schweren Stunde eine Freundin brauchen.«

»Meine schweren Stunden hatte ich in all den Jahren, als Wesley Lloyd sich mit dieser Frau traf. Damals hätte ich eine Freundin gebrauchen können, aber da hatte ich keine einzige.«

»Wie ich sehe, bist du sehr aufgebracht, Julia, und ich werde es dir nicht übel nehmen.« Sie stand auf und legte ihre Hand auf meine Schulter. »Ich bete für dich, und mit mir alle Mitglieder unserer Gebetskette. Ich habe sie bereits verständigt.«

»Danke«, flüsterte ich. Was hätte ich auch sonst sagen sollen? Die Gebetskette der Presbyterianischen Frauen gab Neuigkeiten weiter über Krankheiten, Unfälle, Todesfälle, Scheidungen, Schwangerschaften, Pubertätsprobleme, Bankrotterklärungen und weiß Gott was noch alles, und zwar schneller als ein Blizzard. Nun, ich hatte nichts anderes erwartet, zumal ich die Gebetskette selbst bereits unzählige Male aktiviert hatte, wenn mir etwas zu Ohren gekommen war, wofür gebetet werden musste.

Als LuAnne gegangen war, kam Lillian ins Wohnzimmer, wo ich noch immer saß, um zur Ruhe zu kommen.

»Ich hab Ihnen Suppe gekocht«, sagte sie und setzte mir ein Tablett auf den Schoß. »Ich geb dem Kleinen in der Küche was zu essen, und danach hilft er mir beim Äpfelschälen, für einen Kuchen. Essen Sie. Sie werden es brauchen, das war nämlich der Pastor, der vorhin angerufen hat. Er hat wissen wollen, ob Sie zu ihm in die Kirche kommen können. Er will Ihnen was sagen.«

»Ich könnte seinen geistigen Beistand jetzt gut gebrauchen«, sagte ich. »Danke, Lillian. Ich esse das und gehe dann zu ihm hinüber.«

Ich war mein Leben lang gläubige Christin gewesen und die

meiste Zeit davon Presbyterianerin. Die Art und Weise, wie ich aufgewachsen war, und der Mann, den ich geheiratet hatte, hatten mir keine große Wahl gelassen. Nicht, dass ich es anders gewollt hätte. Wie dem auch sei, weder Wesley Lloyd noch ich hatten jemals geistigen Beistand gebraucht. Und jetzt war ich plötzlich in einer Lebenslage, in der ich hoffte, mein Pastor würde meine wunde Seele trösten und mir helfen, die schwere Bürde zu tragen, die Wesley Lloyd mir aufgeladen hatte.

Wir hatten diesen Pastor mittlerweile vier, nein, fünf Jahre, und er hatte sich ziemlich gut eingefügt. Sein Name war Larry Ledbetter; nicht Lawrence, sondern Larry. Ist Ihnen schon einmal aufgefallen, wie viele Pfarrer und Prediger Kleine-Jungen-Namen haben? Dann schlagen Sie bloß mal die *Abbotsville Press* auf, und Sie finden einen Haufen Jimmys und Johnnys, Billy Earls und Ronnies, die für ihre Gottesdienste an irgendeiner kleinen Kirche werben. Für gewöhnlich ist noch eine Dawn oder Tammy oder Debbie dabei, die singt oder Klavier spielt oder ins Saxophon bläst. Man könnte meinen, dass ein Mann irgendwann den Kinderkram beiseite legen möchte, mitsamt seinem Spitznamen. Eben deshalb mag ich die Presbyterianer; wenn die etwas tun, dann ohne Schnörkel und Getue. Wenn wir zur Messe gehen, wissen wir genau, was uns erwartet. Wir wollen weder überrascht noch unterhalten werden. Wir wollen alles so belassen, wie es schon immer war.

Einmal zum Beispiel hatten wir einen Aushilfspfarrer, der auf drastische Weise in die Gottesdienstordnung eingriff, indem er den Klingelbeutel unmittelbar nach der Predigt herumreichen ließ, anstatt wie sonst davor, während des Chorgesangs. Man hätte meinen können, er habe sich etwas Unanständiges zuschulden kommen lassen, so, wie die Leute sich aufregten, die daran gewöhnt waren, ihre Dollarnote oder ihren Spendenumschlag just in dem Moment herauszukramen, wenn der Chor sich von den Bänken erhob. Auch ich fand die Idee nicht besonders geistreich, aber nicht etwa, weil ich gegen Veränderungen bin. Ich dachte nur, dass der Pastor womöglich größere Chancen hatte, wenn er den Beutel vor seiner Predigt herumreichte, ich meine, nur für den Fall, dass er einen schlechten Tag hatte und die Predigt deshalb nicht so gut ausfiel wie sonst. Ich hätte dieses Risiko nicht eingehen wollen.

Wesley Lloyd sprach mit ihm darüber, und bald wurde wieder die alte Gottesdienstordnung eingehalten.

Als Pastor Ledbetter unserem Ruf Folge leistete, erkannte er sofort, wo der Hund begraben lag, und machte keine falsche Bewegung. Er lernte schnell, wer hier das Sagen hatte und wem es zuzustimmen galt. Im Gegensatz zu den meisten Nachwuchsgeistlichen, die frisch aus den Seminaren kamen, war er ein waschechter Calvinist, und das hieß, dass er Wesley Lloyd im Aufstöbern von Bibelversen, die seine Meinung bestätigten, um nichts nachstand. Er und Wesley Lloyd waren in vielerlei Hinsicht ebenbürtige Gegner, und wenn sie es nicht waren, nun ja, dann erfuhr man es bestimmt nicht von Pastor Ledbetter. Er merkte sofort, dass Wesley Lloyd Diskussionen über die Art und Weise, wie die Kirche zu führen sei, nicht besonders schätzte.

In letzter Zeit hatte ich jedoch bemerkt, dass Pastor Ledbetter freier wirkte, sowohl als Pastor als auch als Prediger. Ausladender vielleicht in seinen Gesten und Reden, die er einem auch auf der Straße hielt, sobald man ihm auch nur die Andeutung eines Grußes zuteil werden ließ. Ich glaubte zu wissen, wie ihm zumute war – merkwürdig erleichtert, als sei man von einschnürenden Fesseln befreit worden.

8

Nachdem ich über den Parkplatz gegangen war, empfand ich es als eine Wohltat, in die klimatisierte Kirche einzutreten. Ich ging durch die Halle und weiter zum Büro des Pastors. Norma Cantrell, die Sekretärin von Pastor Ledbetter, benahm sich immer so, als täte sie mir einen Gefallen, wenn sie mich zu ihm durchstellte. Als ich in ihr Büro kam, blickte sie suchend an mir vorbei und reckte den Hals, um in die Halle hineinzusehen. Sie suchte Klein Lloyd, das wusste ich, und ich war froh, ihn daheim gelassen zu haben. Sie wollte immer als tüchtig und unentbehrlich gelten, dabei war sie die größte Tratschtante, die ich kannte. Deshalb mochte sie ihren Job auch so gern, weil jeder Presbyterianer, der Probleme hatte, früher oder später beim Pastor landete. Ich hatte Pastor Ledbetter vor ihrer Gesprächigkeit gewarnt, aber er hatte mir nur die Hand auf die Schulter gelegt und gesagt, er würde sich schon darum kümmern. Seither tänzelte sie geschäftig herum, wenn ich im Büro war – nicht dass jemand mit ihren Maßen recht viel tänzeln sollte – und deshalb wusste ich, dass der Pastor sie ins Vertrauen gezogen hatte, und da war es um mein Vertrauen zu ihm geschehen.

Dennoch war er mein Pastor, und so viel war sicher, er hatte gute Arbeit geleistet, als er Wesley Lloyd unter die Erde brachte. Mit der Grabrede hatte er genau meine Erwartungen getroffen, denn er hatte all das Gute aufgezählt, das Wesley Lloyd für die Kirche und die Gemeinde getan hatte, und das hatte mich mit Stolz erfüllt.

Aber bei diesem Besuch fühlte ich mich alles andere als stolz, eher zutiefst gedemütigt. Ich sehnte mich nach ein wenig Trost für den doppelten Verlust, den ich erlitten hatte.

Norma strich sich mit einer Hand über ihr auftoupiertes Haar und spielte mit der anderen mit ihrer Perlenkette, an der ihre Brille hing. »Tag, Miss Julia«, sagte sie, während sie nach einem Stift griff, um zu demonstrieren, wie überaus beschäftigt sie war. »Sie wollen Pastor Ledbetter sprechen? Er hat im Moment aber sehr viel zu tun.«

»Er hat mich vorhin angerufen und zu sich bestellt, was Sie sehr gut wissen, Norma, weil Sie höchstwahrscheinlich die Nummer für ihn gewählt haben. Also sagen Sie ihm bitte, dass ich hier bin.«

Sie warf mir einen Blick zu, der schlecht in diese fromme Kulisse passen wollte, hob den Hörer ab und drückte auf einen Knopf. Sie hätte nicht mehr als zwei Schritte zu seinem Büro zu gehen brauchen, aber nein, sie musste die Sprechanlage benutzen.

Sie drehte den Kopf beiseite und säuselte beflissen: »Mrs. Springer ist hier. Soll ich sagen, dass sie warten soll?«

Offensichtlich erhielt sie nicht die erhoffte Antwort, weil sie säuerlich den Mund verzog, als sie den Hörer auflegte. Etwa zur gleichen Zeit erschien Pastor Ledbetter in der Tür seines Büros und füllte den Raum mit seiner priesterlichen Gegenwart und Autorität. Charisma nennt man das, glaube ich, und er hatte einmal eine ganze Predigt mit der Vielschichtigkeit dieses Wortes bestritten. Er berief sich für sein Leben gern auf seine Ausbildung im Priesterseminar und warf nicht selten mit altgriechischen Vokabeln um sich. Und uns hatte er erklärt, dass man, um charismatisch zu sein, nicht unbedingt mit fremden Zungen reden müsse, dergleichen stehe einem geradlinigen Presbyterianer nicht gut an.

»Kommen Sie rein, Miss Julia«, sagte er in seiner leutseligen Art, mit der er einen für sich einzunehmen pflegte. »Wie geht es Ihnen? Schön, Sie auch einmal werktags hier zu sehen.«

»Ich komme doch auch montags hierher, wenn sich die Frauen der Kirchengemeinde treffen, und mittwochs abends zum gemeinsamen Gebet«, rief ich ihm ins Gedächtnis. Dachte er denn, ich käme nur sonntags zur Messe hierher?

»Aber das weiß ich doch«, sagte er und schenkte mir sein breites Lächeln. »Ich wollte Sie nur ein wenig necken, Miss Julia. Bitte, nehmen Sie Platz. Setzen wir uns in diese bequemen Sessel.« Er schloss die Tür hinter uns und wies auf die beiden Armsessel im Erker. Es waren schöne Sessel, mit cremefarbener Polsterung, die man statt einer Schaukel für den Kinderspielplatz angeschafft hatte.

Ich setzte mich und strich den Rock meines Leslie-Fay-Kostüms glatt. Ich war nervös, wie immer, wenn ich einen Termin beim Pastor hatte. Es war wie in der Schulzeit, wenn man zum Direktor zitiert wurde, auch wenn ich mir keinerlei Schuld bewusst war. Ich erwartete, dass er mit mir über diverse Bauvorhaben und über meine Beiträge dazu sprechen wollte, zumal Leonard Conover den Stein ins Rollen gebracht hatte. Ich dagegen wollte nur ein wenig Anteilnahme von ihm angesichts der unerträglichen Lage, in die Wesley Lloyd mich gebracht hatte. Etwas Mitleid konnte ich gut gebrauchen.

»Nun, Miss Julia«, sagte er, indem er die Hände gegeneinander legte und mir in tiefer Sorge in die Augen blickte. Er schlug die Beine übereinander und beugte sich zu mir herüber. Ich konnte besagtes Charisma spüren und dachte wieder einmal, was für ein eindrucksvoller Prediger er doch war. Nun ja, er füllte jeden Zoll seines Priestergewands aus und machte auf der Kanzel eine gewichtige Figur. Er breitete mit Vorliebe seine Arme aus und hielt die Kanzel fest, als müsse er sie davon abhalten, über die Köpfe der Versammelten hinweg von dannen zu flattern.

»Nun, Miss Julia«, sagte er noch einmal, wobei er ein paar Tropfen Trauer in seine Worte träufelte und seine Mundwinkel kummervoll nach unten zog. »Was muss ich da von Ihnen hören?«

Ich verspürte ein leichtes Unwohlsein, das sich merkwürdig nach schlechtem Gewissen anfühlte, aber ich konnte mir beim besten Willen keinen Grund dafür denken.

»Das weiß ich doch nicht. Was haben Sie denn gehört?«

»Soso«, sagte er, wobei er mich forschend ansah. Dann nickte er, als hätte er gefunden, wonach er suchte. »Es ist schwer, alles im Gedächtnis zu behalten, nicht? Aber der Verlust des Kurzzeitgedächtnisses ist eine natürliche Begleiterscheinung des Alterungsprozesses, Gottes Art, uns dabei zu helfen, uns leichter von weltlichen Dingen zu lösen.«

»Mit meinem Gedächtnis, ob lang oder kurz, ist alles in Ordnung. Ich fragte, was Sie denn gehört hätten, weil es von Gerüchten in dieser Stadt nur so wimmelt und ich deshalb nicht weiß, auf welches Sie gestoßen sind.«

»Nun, um Ihr Gedächtnis aufzufrischen, ich bin wegen dieses Kindes besorgt, das Sie als Mr. Springers Sohn ausgeben.«

»Ach so«, sagte ich fast erleichtert, dass er sich nicht über Gottes dringendes Bedürfnis nach neuen Parkplätzen zu verbreiten gedachte. »Sie wissen ja nicht, wie nötig ich gerade jetzt, nach diesem entsetzlichen Schock, Ihre Gebete brauche, Pastor. Es hat mir ja schier das Herz gebrochen, als ich von Mr. Springers Extravaganzen erfuhr. Ich versuche eine gute Christin zu sein, obwohl es das Schwierigste ist, was ich jemals getan habe.«

»Ich verstehe«, sagte er mit weicher, verständnisvoller Stimme. Ich spürte, wie mir bei dem Mitleid, das ich zu hören glaubte, Tränen in die Augen stiegen. Gegen Neugier und Spott war ich gefeit, aber Freundlichkeit brachte mich stets aus der Fassung.

»Ja«, sagte er, »ich kann mir vorstellen, was Sie gerade durchmachen. Aufgewühlte Emotionen können unser Einschätzungsvermögen erheblich beeinträchtigen. Sie müssen sehr vorsichtig sein, Miss Julia. Gewissenlose Menschen könnten Ihre Gutgläubigkeit ausnutzen, und soweit ich das beurteilen kann, sind Sie im Moment ziemlich durcheinander, weshalb Sie nicht mehr klar denken können. Zum Beispiel wissen wir in ungewöhnlichen Situationen nicht immer, was Gottes Wille ist. Und was wir für unsere Christenpflicht halten, mag etwas ganz anderes sein. Deshalb wollte ich mit Ihnen sprechen.«

Meine Tränen versiegten, ich wusste nicht, worauf er hinaus wollte. »Ich verstehe Sie nicht«, sagte ich. »Ich dachte, ich würde mich nach dem Willen Gottes richten.«

»Nun, das ist eine heikle Angelegenheit, aber wir kriegen das schon wieder hin, und wenn wir uns erst unterhalten haben, können Sie mit den Dingen bestimmt besser umgehen. Sehen Sie, Miss Julia, Mr. Springer hat wirklich ein hohes Ansehen in dieser Stadt genossen, ja, im ganzen Bezirk. Und erst recht in unserer geliebten Kirche. Ich kann Ihnen gar nicht sagen, wie enorm groß seine Beiträge waren, wenn ihm etwas am Herzen lag, deshalb sollten wir sehr vorsichtig sein, damit wir seinen guten Namen nicht beflecken.«

»Ich kann Ihnen nicht ganz folgen«, sagte ich, aber in meinen Gedärmen begann es zu rumoren.

»Ich sage, dass es einer anständigen Christin wie Ihnen nicht gut zu Gesichte steht, in der ganzen Stadt herumzulaufen und dieses Kind als Mr. Springers Sohn auszugeben.« Er beugte sich so nah zu mir, dass ich das Pfefferminzbonbon riechen konnte, das beim Lutschen gegen seine Zähne stieß. »Es hilft uns doch nicht weiter«, fuhr er fort, »wenn wir Mr. Springer in den Dreck ziehen. Und doch sind Sie drauf und dran, eben dies zu tun. Sie wissen ja, dass das Land, auf dem die Kirche steht, ursprünglich der Familie Springer gehörte, die seit eh und je großzügige Spenden für dieses Gotteshaus zur Verfügung stellte.«

»Das weiß ich.« Meine Hände auf den Armlehnen begannen zu zucken, also klemmte ich sie zwischen meine Schenkel.

»Wir haben einen Sonntagsschulsaal nach Ihrem Mann benannt, und sämtliche Gesangsbücher tragen den Stempel seines Namens, weil er sie gestiftet hat.«

»Auch das weiß ich.« Wesley Lloyds Ring – er hatte ihn mir mit einem Treueeid an den Finger gesteckt – grub sich in meine Handfläche.

»Aber vielleicht wissen Sie nicht, dass der Kirchenrat den Bau eines Familienzentrums in Erwägung zieht, das Familienbande stärken soll, weil dort alle möglichen Aktivitäten stattfinden werden. Wir denken an eine Turnhalle, einen Videoraum für junge Leute, ein Studierzimmer und noch andere Möglichkeiten, die Kirche wieder in den Mittelpunkt unseres Lebens zu rücken«, sagte er, wonach er verstummte und mich eine Weile musterte. Dann senkte er die Stimme zu einem vertraulichen Flüstern: »Und wir haben vor, es das Wesley-Lloyd-Springer-Zentrum zu nennen.«

Ich konnte es nicht glauben. Das Gesicht von Klein Lloyd

mit seiner Rotznase, seiner dreckigen Brille und dem offenen Mund schob sich über dasjenige von Wesley Lloyd, als ich mir vorstellte, wie ein Porträt in Öl, für jedermann sichtbar, in ihrem Begegnungszentrum prangte. »Ich finde nicht, dass man Mr. Springers Namen hier ins Spiel bringen sollte«, entfuhr es mir, »wenn man bedenkt, welche Art von Begegnung er bevorzugte.«

»Miss Julia, Miss Julia«, schalt er mich, als wäre ich ein Kind. »Genau davon rede ich ja die ganze Zeit. Sie scheinen die Essenz dessen, was ich Ihnen zu sagen versuche, nicht begriffen zu haben. Und dieses Handicap wird mit den Jahren immer schlimmer werden. Sie sollten allen Ernstes in Erwägung ziehen, jemand anderem, den Sie für vertrauenswürdig halten, die Verantwortung zu übertragen, damit Sie sich nicht mehr mit all den komplexen Angelegenheiten herumschlagen müssen.«

»Sam kümmert sich um die komplexen Angelegenheiten.«

»Das weiß ich, aber sobald der Nachlass geregelt ist, wird alles wieder an Sie zurückfallen. Und offen gestanden, Miss Julia, ich glaube nicht, dass Sie diese Last auf sich nehmen sollten. Und wenn ich Ihnen das in aller Freundschaft sagen darf, so bin ich nicht sicher, dass Sie alledem überhaupt noch gewachsen sind.«

Das war ein Argument. Ich war auch nicht ganz sicher, ob ich alledem gewachsen sein würde. Ich konnte mich nicht ewig auf Sam verlassen, und Binkie hatte langsam so viele Klienten, dass sie sich nicht auch noch um Wesley Lloyds Geschäfte kümmern wollte. Nur hätte ich es wahrscheinlich netter ausgedrückt.

»Wen würden Sie vorschlagen, Pastor Ledbetter?«

»Keinen Anwalt«, sagte er, als hätte er meine Gedanken erraten. »Anwälte können einen vollkommen verwirren, indem sie einem erst die eine Seite eines Problems, dann die andere erläutern und einem die letzte Entscheidung schließlich selbst überlassen, aber jede Minute in Rechnung stellen. Sie sollten jemanden nehmen, der in erster Linie Christ ist und in zweiter ein starker, solider Familienvater. Einer, der bewiesen hat, dass er für diejenigen zu sorgen weiß, die seinem Schutz anvertraut sind. Ich würde einen aus dem Kirchenrat vorschlagen, der seine Fähigkeiten durch Beständigkeit und Fleiß bewiesen hat. Jemanden, der fähig wäre, jeden Versuch zu durchschauen, wie man sich durch List und Tücke das Springervermögen erschleicht. Dies probiert man derzeit mithilfe dieses Kindes, das Sie so gedankenlos bei sich aufgenommen haben.«

»Vielleicht kann ich Ihnen noch immer nicht folgen«, sagte ich. »Wollen Sie mir etwa sagen, dass Sie die Herkunft des Kindes verleugnen wollen, obwohl jeder, der es einmal ansieht, sofort weiß, wer sein Vater war? Wollen Sie, dass ich lüge?«

»Oh, Julia.« Er lachte und schüttelte den Kopf über so viel Begriffsstutzigkeit. »Sie sollen doch nicht lügen. Wenn man nicht alles sagt, hat das ja noch lange nicht zu bedeuten, dass man lügt. Mr. Springer hat so viel Gutes getan in seinem Leben und wird noch mehr Gutes tun in Zukunft, dass wir es, denke ich, durchaus verantworten können, über einige, äh, menschliche Schwächen hinwegzusehen. Immerhin ist ein Christ doch ein Mensch, dem die Sünden vergeben werden, nicht?«

Meine Nerven waren zum Zerreißen gespannt. Ich dachte immer wieder, ich hätte nicht richtig gehört, aber seine Äußerungen wurden von Mal zu Mal, wenn er den Mund aufmachte, schlimmer. »Sie verlangen von mir, dass ich die Existenz dieses Kindes einfach leugnen soll, ist es das?«

»Nun ja, wir wissen doch gar nicht, wessen Kind es ist, nicht wahr?« Er sah mich lange an und warf die Stirn in sorgenvolle Falten. »Ich mache mir Sorgen um Sie, Miss Julia, wirkliche Sorgen. Ich fürchte, Sie haben nicht bedacht, welche Komplikationen sich aus Ihrem Tun ergeben könnten. Es kommt mir so vor, als bräuchten Sie geistliche Führung, damit dieses, sagen wir, vorschnelle Handeln Ihrerseits ein Ende hat. Haben Sie zum Beispiel daran gedacht, dass der Junge Anspruch erheben könnte auf Mr. Springers Vermögen? Und dass Sie, indem Sie ihn anerkennen, diesen Anspruch auch noch fördern? Es ist sogar möglich, dass ein tüchtiger Anwalt Sie um Ihr gesamtes Erbe bringen könnte, um es stattdessen diesem hergelaufenen Kind zu geben. Darf ich Sie daran erinnern, dass Sie Pflichten haben, Mrs. Springer?«

Jetzt verstand ich. Immer wenn ein Pastor Ihnen etwas von Pflichten erzählt, meint er eigentlich Ihr Geld und seine Pläne. Seine Baupläne vor allem. Man kann sich gar nicht vorstellen, welche Strecken einige von ihnen bereit sind zurückzulegen, um den Klingelbeutel zu füllen. Vor nicht allzu langer Zeit hörte ich von einem Pastor in Chapel Hill, der in seiner Kirche einen Geldautomaten aufstellen ließ. Aber das war, wie Wesley Lloyd so schön sagte, eben Chapel Hill.

»Darf ich Sie etwas fragen, Pastor?«, sagte ich und lenkte seine Aufmerksamkeit wieder auf meine Belange. »Wussten Sie über Wesley Lloyds Ehebruch Bescheid?«

»Nun ja«, sagte er und lächelte, während er sich zurücklehnte und über mich hinwegsah. »Ich glaube nicht, dass wir über dieses Thema diskutieren sollten. Es regt Sie ja doch nur auf, und Klatschgeschichten – mehr war nicht dran – sind doch unter unserer Würde, meinen Sie nicht?«

»Also wussten Sie es.«

»Lassen Sie uns ein ernstes Wort miteinander reden, Miss Julia.« Er beugte sich wieder nach vorn, legte seine Hände auf die Knie und setzte eine ernste Miene auf. »Gewisse Männer tragen eine schwere Bürde im Leben. Auf ihnen lastet eine große Verantwortung. Wir verstehen das vielleicht nicht, aber in vielerlei Hinsicht befinden sie sich auf einem anderen Niveau als wir übrigen. Denken Sie nur an David und seine vielen Frauen und Konkubinen. Er war des Ehebruchs, sogar des Mordes schuldig, und dennoch hatte Gott sein Wohlgefallen an ihm. Verstehen Sie, was ich Ihnen sage? Wir müssen Männern, die mehr zu geben haben als der Durchschnitt, ihre Fehler nachsehen.«

Ich weiß nicht, weshalb mir erst jetzt auffiel, wie grob seine Gesichtshaut war, wie eng seine Augen standen. »Ich verstehe sehr wohl, was Sie meinen«, sagte ich. »Sie wollen sagen, dass reiche Männer Sünden begehen dürfen, die einem Armen die ewige Verdammnis einbringen könnten. Und Sie sagen, Sie hätten Angst, dass dieser kleine Junge Ihnen das Geld wegnehmen könnte, das Sie für die Kirche haben wollen, stimmt's?«

»Aber woher denn«, sagte er und lächelte immer noch, als

hätte er es mit einer Schwachsinnigen zu tun. »So dürfen Sie das nicht sehen. Ich versuche lediglich den Namen Springer reinzuhalten. Und den der Kirche. Mr. Springer stand in derart enger Verbindung zur Ersten Presbyterianischen Kirche von Abbotsville, dass alles, was ihn besudelt, auch uns besudelt. Wir müssen zusammenhalten, Miss Julia. Ich denke, Sie werden sich um einiges besser fühlen, wenn Sie lernen, sich in dieser Angelegenheit dem Willen Gottes zu fügen. Warum sprechen wir nicht ein gemeinsames Gebet?«

Er blickte zur Decke und schloss die Augen. Als er den Mund öffnete, um Gott anzurufen, stand ich auf und ging hinaus.

Als ich Normas Büro betrat, ließ sie rasch eine Serviette in ihrer Schreibtischschublade verschwinden. Das Aroma von Krispy Kreme Doughnuts lag in der Luft.

»Schon fertig?«, zirpte sie. »Ich dachte, Sie hätten mehr zu besprechen.«

»Denken Sie nicht so viel, Norma«, sagte ich, während ich auf den Ausgang zusteuerte. »Über Ehebruch, zu dem der Pastor seinen Segen gibt, muss man nicht groß reden!«

Ich warf einen Blick zurück, sah, wie ihr die Kinnlade nach unten klappte, und sagte: »Sie haben Puderzucker auf der Bluse«, und ging aus der Tür.

9

Ich weiß nicht, wie ich es in meinem Zustand schaffte, über den Parkplatz und die Straße zu gehen und dann noch die Verandatreppe hinaufzusteigen, denn ich zitterte wie Espenlaub. In irgendeinem verborgenen Winkel meines Gehirns registrierte ich, wie bei jedem meiner Schritte der heiße Asphalt meine Schuhe ansaugte. Und ich merkte, dass ich kurz innehielt, bevor ich über die Straße ging, um einen Lieferwagen von UPS vorbeizulassen, aber das Dröhnen in meinem Kopf übertönte jeden vernünftigen Gedanken. Ich war nur noch imstande, den Schaukelstuhl auf der Veranda anzupeilen und mich hineinfallen zu lassen. Gott sei Dank schirmte wilder Wein einen Teil der Veranda ab, sodass mich von der Straße aus niemand sehen konnte, denn ich brauchte dringend ein paar Minuten Ruhe, um mich ein wenig zu fassen.

Mein Pastor! Ein Mann Gottes, und sagte solche Sachen! Verglich Wesley Lloyd ausgerechnet mit König David, weil der sich bekanntlich auch in anderen Betten herumgetrieben hatte. Aber das entschuldigte Wesley Lloyd noch lange nicht. Und wenn doch, dann hieß das, dass nichts, was ich jemals im Gottesdienst gehört, in der Bibel gelesen und mein Leben lang geglaubt hatte, auch nur die mindeste Bedeutung hatte.

Ich umklammerte die Armlehnen des Schaukelstuhls und stieß mich mit einem Fuß ab. Ich schaukelte und grübelte und schaukelte und grübelte. Es wäre mir niemals in den Sinn gekommen, dass mein Pastor mich in dieser heiklen Lage im Stich lassen könnte. Wie oft hatte ich ihn predigen hören, wie hart es war, das Richtige zu tun, weil es dem sündigen Herzen verständlicherweise gegen den Strich ging. Deshalb wusste ich ja auch, dass ich das Richtige tat, indem ich den Jungen als Wesley Lloyds Sohn anerkannte, weil es so enorm schwierig war. Und Pastor Ledbetter hätte mein Bemühen honorieren und ermutigen sollen.

Na gut, sagte ich mir und schaukelte schneller. Ich wusste, dass die meisten Ratsmitglieder mit Pastor Ledbetter an einem Strang ziehen würden. Nicht umsonst bezeichnete man eine Gemeinde auch als eine Herde Schafe. Also würde ich meinen ganzen Mut brauchen, um mit Klein Lloyd zum Gottesdienst zu gehen. Bis Sonntag hatte ich noch ein paar Tage Zeit und ich beschloss, mich darauf vorzubereiten, mich nicht vor der Pflicht zu drücken, ein Kind in der rechten Gesinnung zu erziehen, auch wenn mir dafür nicht viel Zeit blieb. Die Kirche mochte mich fallenlassen, aber sie war nun einmal ein Teil von mir, den ich nicht einfach aufgeben mochte. Pastoren kommen und gehen, aber wir Presbyterianer bleiben bestehen.

Schließlich stand ich auf und ging mit weichen Knien nach hinten in die Küche. Lillian sah mich nur kurz an und griff sofort nach der Kaffeekanne.

»Dieser Pastor war keine große Hilfe, hab ich Recht?«, fragte sie, goss uns zwei Tassen ein und stellte sie auf den Tisch.

»Nicht nur das«, sagte ich und sank auf einen Stuhl, »er hat es noch schlimmer gemacht.« Ich erzählte ihr den Verlauf unserer Unterhaltung im Büro des Priesters. »Und er besitzt die Frechheit, mir zu sagen, es sei Gottes Wille, dass ich seinen Rat beherzige!«

»Da sieht man's wieder«, meinte Lillian entrüstet. »Die Pfaffen haben doch keinen Schimmer, was Gottes Wille ist. Wie's scheint, verwechseln die ihren eigenen Willen mit dem von unserem Herrgott. Das hab ich schon oft genug erlebt. Wissen Sie noch, ich hab Ihnen doch von dem Pfaffen in unserer Kirche erzählt? Der, der sich mit der Vorsängerin des Kirchenchors eingelassen hat? Das war ein Affentheater, kann ich Ihnen sagen, bis wir die zwei losgeworden sind, wo doch der Mann von der Sängerin den Pfaffen erschießen wollte und der Pfaffe behauptet hat, der liebe Gott hätte ihn geführt.« Sie lehnte sich zurück und lachte. »Wir wussten alle, was ihn da geführt hatte, und das war gewiss nicht der liebe Gott, nee, nee!«

Ich musste lächeln und legte beide Hände um die Kaffeetasse. »Das scheint mir eine Menge Männer zu führen«, meinte ich und war ein bisschen verlegen, weil wir uns über derart weltliche Dinge unterhielten.

»Wo ist eigentlich der Junge?«, fragte ich plötzlich, weil ich es noch nicht gewohnt war, jemanden im Haus zu haben, um den ich mich kümmern musste.

»Ich hab ihn nach oben geschickt, damit er sich ausruht«, erklärte sie. »Er wirkt ein bisschen mitgenommen. Hoffentlich wird er uns nicht krank.«

»Du meine Güte«, sagte ich, und der Gedanke an eine weitere Komplikation in meinem Leben machte mir nicht gerade Mut. »Ich werde sofort in der Apotheke anrufen und Medizin kommen lassen. Das wollte ich vorhin schon tun und gleich noch im Baumarkt anrufen und fragen, ob sie uns vielleicht eine Schaukel in den Garten stellen könnten.«

»Der Junge ist schon zu groß für 'ne Schaukel«, belehrte mich Lillian. »Außerdem hat Deputy Bates heute früh schon gesagt, dass er, sobald er heimkommt, einen Reifen an den großen Baum da draußen hängen will, wenn's Ihnen recht ist.«

»Na gut«, sagte ich, obwohl ich noch vor wenigen Tagen den Gedanken an einen schmierigen Reifen, der von einem meiner Bäume hing, ebenso abwegig gefunden hätte wie einen mit roten Geranien bepflanzten Weißwandreifen im Vorgarten. »Eine Reifenschaukel ist eine gute Idee. Lillian, ich glaube, ich gehe nach oben und lege mich ein wenig hin. Dieser Tag hat mich eine Menge Nerven gekostet.«

Ich stieg auf Zehenspitzen die Treppe hinauf, um Deputy Bates nicht aufzuwecken, der schließlich die ganze Nacht gearbeitet hatte. Oben angelangt, fiel mir auf, dass die Tür zum Gästezimmer offen stand. Ohne nachzudenken, stieß ich sie auf. Ich hatte eigentlich gar nicht die Absicht gehabt, nach dem Jungen zu sehen, weil es mir ziemlich egal war, ob er schlief oder nicht.

Sein Bett war leer, und im ersten Moment dachte ich, er sei fortgelaufen, um seine Mutter zu suchen. Mein zweiter Gedanke war, dass mir der Junge schon genügend Schwierigkeiten gemacht hatte und dass ich nicht die geringste Lust hatte, den Sheriff anzurufen und nach ihm suchen zu lassen.

Ich lief nach hinten zu Deputy Bates' Zimmer und warf schnell sämtliche Skrupel, ihn aufzuwecken, über Bord. Und da bemerkte ich Klein Lloyd, der vor Deputy Bates' Tür eingerollt lag und schlief, die braune Plastiktüte an den Bauch gepresst. Ich bückte mich, um ihn aufzuwecken, besann mich und holte ihm ein Kissen und eine Decke aus seinem Zimmer. Das Kissen schob ich ihm unter den Kopf und die Decke breitete ich über ihn, wobei er sich kaum bewegte. Dann ging ich in mein Schlafzimmer und schloss die Tür. Er konnte schlafen, wo immer es ihm gefiel. Das hatte sein Daddy schließlich auch getan.

Aber ich konnte wieder einmal kein Auge zutun. Sobald ich es versuchte, musste ich daran denken, dass ich am Sonntag mit diesem vaterlosen Jungen an der Hand zur Messe gehen würde, während sich die braven Kirchgeher die Hälse nach uns verrenkten und hinter vorgehaltener Hand tuschelten. Ich wusste, was sie sagen würden. Sie würden sagen, dass die hochnäsige Julia Springer nun endlich bekam, was sie verdiente, und sich mächtig freuen. Ich erschauerte bei dem Gedanken, obwohl ich nichts getan hatte, dessen ich mich hätte schämen müssen. In der Bibel steht geschrieben, dass die Kinder für die Sünden der Väter büßen müssen, aber nirgends heißt es, dass Ehefrauen für die Sünden ihrer Männer büßen müssen. Ich lag im Bett und meine Unruhe wuchs von Minute zu Minute. Also stand ich auf und ging wieder hinunter.

»Ich fahre ein bisschen spazieren«, sagte ich zu Lillian. »Ich muss nachdenken.«

»Na, dann passen Sie mal auf sich auf, wenn Sie mutterseelenallein in der Gegend rumkutschieren«, sagte sie. »Autofahren ist ja nun wirklich nicht Ihre Stärke.«

Da diese Behauptung keine Antwort verdiente, erhielt sie auch keine. Ich holte mein neues Auto aus der Garage und fuhr los. Es war ungewohnt, loszufahren und dabei weder ein Ziel noch den Zwang zu haben, vor Wesley Lloyd wieder zu Hause sein zu müssen. Also steuerte ich den Wagen stadtauswärts und blieb auf den kleineren Straßen, auf denen nicht viel Verkehr war. Ich fuhr langsam, vorbei an Feldern und Obstgärten, an großen und kleinen Farmen am Fuß der Hügel. Ich fuhr durch Gegenden, wo ich noch nie zuvor gewesen war, entdeckte neue Ortschaften am French Broad River und am Briar Creek, schlich hinter Mähmaschinen her und sah Traktoren auf den Feldern rote Staubwolken aufwirbeln. Ich fuhr kreuz und quer, mied dabei die breite Interstate, weil ich befürchtete, nie mehr wenden zu können, wenn ich erst einmal darauf geraten war. Natürlich war ich noch nicht allzu oft auf der Interstate gefahren, weil meistens Wesley Lloyd am Steuer saß. Den Wagen zu lenken, war seine Aufgabe. Ich übernahm das Navigieren. Aber heute war mir nach Fahren zumute. Am liebsten wäre ich immerzu so weitergefahren, weit weg von all den Sorgen.

Ich hatte nicht viel übrig für die Schönheit der Umgebung, registrierte nur am Rande die Reihen fruchtbeladener Apfelbäume und die wenigen Autos und Trucks, die mich überholten. Ich war bedrückt und hauptsächlich damit beschäftigt, die verschiedenen Möglichkeiten und Was-wäre-wenns abzuwägen, die mir im Zusammenhang mit dem fürchterlichen Durcheinander, in dem Wesley Lloyd mich zurückgelassen hatte, durch den Kopf gingen.

An der Kreuzung, an der die Craven Gap Road sich mit der Jessup traf, hielt ich an, und weil kein Verkehr war, konnte ich bei laufendem Motor in aller Ruhe überlegen, welche Richtung ich einschlagen sollte. Die Sonne versank langsam hinter den Bergen im Westen, färbte sie purpurn und verlängerte die Schatten der Bäume entlang der Straße, und die Einsamkeit der Landschaft machte mir plötzlich ein wenig Angst. Höchste Zeit heimzufahren.

Da ging ein tiefes Dröhnen durch mein kleines Auto, erschreckte und verwirrte mich. Alles, was mir dazu einfiel, war ein Flugzeug, das die Felder mit Kunstdünger besprühte und sich anschickte, auf der Straße zu landen, und ich war ihm im Weg.

Ich blickte nach links und nach rechts, um herauszufinden, woher dieser Lärm kam. Dann warf ich einen Blick in den Rückspiegel und fiel vor Schreck fast in Ohnmacht. Unmittelbar hinter mir war plötzlich ein mächtiger Truck aufgetaucht, dessen gewaltiger, chromglänzender Kühlergrill mein kleines Auto zu verschlingen drohte. Ich reckte den Hals, um zu sehen, wer am Steuer saß, konnte aber durch die verdunkelte Windschutzscheibe nur vage die Umrisse zweier Gestalten erkennen. Da ich die Straße blockierte, fuhr ich auf die Kreuzung hinaus und bog nach rechts ab in Richtung Abbotsville. Der Truck blieb dicht hinter mir, hielt nur wenige Meter Abstand, was mir Gelegenheit gab, ihn mir näher anzusehen. Er war schwarz, mit einer Reihe gelber Scheinwerfer oberhalb der Windschutzscheibe, aber das wirklich Beängstigende an diesem Fahrzeug waren seine riesigen Reifen, die die Karosserie über allem thronen ließen, was sonst noch auf der Straße unterwegs war. Was um alles in der Welt mochte jemanden dazu bewegen, sich ein derart scheußliches Vehikel anzuschaffen?

Ich dachte, der Fahrer hätte vielleicht das Bedürfnis, mich zu überholen, und fuhr langsamer. Er tat es mir gleich. Ich beschleunigte wieder, ohne jedoch die vorgegebene Höchstgeschwindigkeit zu überschreiten, weil er nicht denken sollte, ich hätte Angst vor ihm. Ich hatte ja auch keine, konnte mir nur nicht ganz erklären, weshalb ich seine Gegenwart hinter mir als bedrohlich empfand. Es wurde ziemlich schnell dunkel, also schaltete ich die Scheinwerfer ein. Er ebenso, nur waren seine Scheinwerfer leuchtend gelb, sowohl diejenigen über der Windschutzscheibe als auch die Nebelscheinwerfer vorne.

Je dunkler es wurde, desto mehr wurde der Truck von der Nacht verschluckt, bis ich im Rückspiegel nur noch diese merkwürdigen gelben Lichter über der Straße schweben sah. Das gefiel mir ganz und gar nicht. Ich fühlte mich einsam und verängstigt, obwohl der Truck im Grunde nichts anderes tat, als dicht hinter mir zu bleiben.

Er war noch immer hinter mir, als ich den Highway erreichte, der nach Abbotsville hineinführte. Ich ordnete mich ein, erleichtert, andere Autos auf der Straße, an den Tankstellen, Drive-ins und auf der Einfahrt zu Wal-Mart's Schnäppchenmarkt vorzufinden. Ich schaute mehrmals in den Rückspiegel, aber der Truck war verschwunden. Ich hatte mir unnötig Sorgen gemacht. Wahrscheinlich waren es ein junger Mann und seine Flamme, die auf dem Weg zum Kino waren und keinen Gedanken an mich verschwendet hatten. Wir hatten nur zufällig denselben Weg.

Trotzdem war ich froh, als ich endlich in meine Auffahrt einbog. Aus den Fenstern ergoss sich Licht und hieß mich willkommen, und meine Laune besserte sich schlagartig. Mich erwartete mehr als ein einsames, leeres Haus.

Lillian hatte Deputy Bates und Klein Lloyd bereits das Abendessen aufgetischt, und so musste ich ihr Gemaule und Gemurre ertragen, während ich mir selbst einen Teller holte. Sie hatte sich Sorgen gemacht, was mir, obwohl ich es nicht gerne hörte, die tröstliche Gewissheit gab, dass jemand an mich dachte.

»Ich war schon drauf und dran, 'ne Vermisstenanzeige aufzugeben«, brummte sie.

»Du siehst zu viel fern, Lillian. Wo ist eigentlich Deputy Bates? Ich will wissen, was er herausgefunden hat.«

»Der Junge braucht nicht unbedingt zu hören, wie Sie beide über seine Familie herziehen. Und das werden Sie, so viel ist sicher«, sagte sie, wobei sie eine Schachtel Eiskrem aus der Gefriertruhe holte. »Schokoladeneis, das isst er so gern.« Sie klatschte einen kräftigen Löffel voll in eine Schüssel und trug diese ins Wohnzimmer, wo sich Klein Lloyd und Deputy Bates eine Folge der Serie *Baywatch* ansahen. Ich hätte das normalerweise nicht erlaubt, weil zu befürchten war, dass all diese halbnackten jungen Frauen den Jungen vorzeitig auf dumme Gedanken brachten, aber im Augenblick fehlte mir dazu die Kraft.

Deputy Bates kam in die Küche und setzte sich zu mir. »Also, Miss Julia«, sagte er, »ich habe mich ein wenig umgehört. Gegen eine Hazel Marie Puckett liegt uns nichts vor. Aber gegen die Pucketts im Allgemeinen eine ganze Menge. Mein Lieutenant meinte, dass fast jeder Officer in unserem Department schon mal mit einem von denen zu tun gehabt hätte. Wie's scheint, gehören sie zu den Leuten, die grundsätzlich in Schwierigkeiten stecken. Zumindest ein paar von ihnen.«

»Welche Art von Schwierigkeiten meinen Sie?«

»Hausfriedensbruch zum Beispiel. Ordnungsverstöße, Trunkenheit am Steuer, Schlägereien, Randale. Vor Jahren waren sie im Bootleggeschäft, jetzt bauen sie Marihuana an. Sie stammen alle aus der Gegend um Benson's Gap im Südwesten des Bezirks. Da unten gibt es haufenweise Pucketts, und alle sind sie miteinander verwandt, und wenn sie nicht gerade mit den Nachbarn streiten, schlagen sie sich gegenseitig die Schädel ein. Mein Lieutenant meinte, dass es nicht lange dauern könne, bis man mich hinunterbeordern würde.«

»Du liebe Zeit«, sagte ich, »das ist ja schlimmer, als ich dachte.«

»Nicht unbedingt«, der Deputy schüttelte den Kopf. »Denken Sie dran, dass gegen die Frau selber nichts vorliegt. Es gibt in solchen Familien immer ein paar, die aus dem Rahmen fallen. Und sie hat kein Strafregister, zumindest nicht in diesem Bezirk.«

»Ich kann mir nur nicht vorstellen, dass Wesley Lloyd jeden Donnerstag bis zum Bezirksrand gefahren ist, um mit solchen Leuten zu verkehren. Sie haben ihn nicht gekannt, aber glauben Sie mir, das sah ihm einfach nicht ähnlich.« Schon als ich es sagte, wurde mir klar, dass nichts von dem, was ich über ihn herausgefunden hatte, ihm ähnlich sah.

»Hat diese Puckett nicht von einem Haus gesprochen, in dem sie angeblich gewohnt hat?«

»Stimmt!«, antwortete ich. »Sie sagte, er habe ihr nicht einmal das Haus vermacht, in dem sie jetzt seit über zehn Jahren wohne. Wenn wir es finden, kann uns vielleicht ein Nachbar oder sonst wer weiterhelfen.«

»Rufen Sie Ihren Anwalt an«, sagte er. »Da Sie das gesamte Springervermögen geerbt haben, müssten die einzelnen Werte irgendwo aufgelistet sein. Mithilfe des Jungen müssten wir herausfinden, welches Haus es ist. Ich konnte nicht viel aus ihm herauskriegen, obwohl ich es versucht habe. Er sagte nur, er würde draußen auf dem Land leben und mit dem Bus zur

Schule fahren. Aber er ist bestimmt imstande, das Haus zu erkennen, wenn wir ihn in die richtige Gegend bringen.«

»Man sollte meinen, ein Junge müsste wissen, wo er wohnt«, bemerkte ich.

»Ich habe das Gefühl, dass seine Mutter ihn nicht weit von zu Hause fortlassen wollte«, meinte Deputy Bates. Er griff sich den Salzstreuer und drehte ihn nachdenklich auf den Kopf. »Anscheinend hat seine Mutter die meisten Einkäufe drüben in Delmont erledigt, und natürlich geht er in eine der Schulen in der Gegend. Anscheinend wollte sie sich von Abbotsville fernhalten.«

»Ich wünschte, Wesley Lloyd hätte sich von *ihr* ferngehalten.« Ich lud Bohnen auf meinen Teller, obwohl ich nicht die Spur hungrig war, denn ich brauchte irgendetwas, um meine Hände zu beschäftigen. Es war demütigend, mit Deputy Bates über die Verfehlungen meines Mannes zu reden und seinen Versuch, sie mir zu verheimlichen. Aber natürlich hatte er nicht nur mich an der Nase herumgeführt, sondern jeden, der ihn für einen feinen, aufrechten Mann gehalten hatte.

»Ich werde morgen schon frühnachmittags aufstehen«, sagte Deputy Bates, »wenn Sie also Ihren Anwalt verständigen und sich eine Liste der Häuser geben lassen, die Mr. Springer besaß, dann schnappen wir uns den Kleinen und machen uns auf die Suche.«

»Gut«, sagte ich. »Ich kann mir zwar nicht denken, wozu das gut sein soll, aber wenigstens sehe ich auf diese Weise den Tatort.«

10

Die Liste, die Binkie mir gegeben hatte, war bereits vorsortiert, enthielt ausschließlich Wohnhäuser, war aber trotzdem noch ziemlich lang. Deputy Bates fuhr mein Auto, ich saß neben ihm und Klein Lloyd mit seiner Plastiktüte auf dem Rücksitz.

»Ich freu mich auf daheim«, sagte er, als er den Sicherheitsgurt anlegte. »Sie werden schon sehen, mein Haus ist wirklich hübsch.«

»Kann ich mir denken«, sagte ich und warf Deputy Bates, der sich auf die Straße konzentrierte, einen flüchtigen Blick zu. Ich wollte kein süffisantes Grinsen sehen über die Funktion des hübschen Hauses. Nicht, dass dies Deputy Bates' Art gewesen wäre, aber man konnte ja nie wissen. Ich drehte mich zu Klein Lloyd um und fragte: »Bist du sicher, dass du uns keinen Tipp geben kannst, wo es liegt?«

»Nein, ich war ja noch nie hier«, sagte Klein Lloyd. Er sah aus dem Fenster, als Deputy Bates mit uns nach Benson's Gap fuhr und dann durch die kleinen Ortschaften entlang des Flusses. Ich musste mich ein bisschen mehr mit diesem Jungen beschäftigen, ihn lehren, die Leute anzusehen, wenn er mit ihnen redete. Aber vielleicht konnte er nur mir nicht in die Augen blicken, was durchaus verständlich war, weil auch ich Probleme hatte, ihn anzusehen.

Von der Straße aus sah man Farmhäuser mit ungestrichenen Fassaden oder solchen, von denen die Farbe abblätterte, mit durchgesessenen Sofas auf der Veranda und rostigen Gerätschaften im Hof. Deputy Bates fuhr jedes Mal langsamer, wenn eines vor uns auftauchte, damit Klein Lloyd es sich genau betrachten konnte.

»Erkennst du es wieder?«, fragte er den Jungen jedes Mal und: »Glaubst du, wir kommen der Sache näher?«

Immer schüttelte der Junge den Kopf, bis wir zu ein paar

Holzhäusern um einen Krämerladen und eine Poststelle kamen, vor der schlaff eine verstaubte Fahne hing.

»Da ist es«, rief er und deutete geradeaus.

»Welches denn, Kumpel?«, fragte Deputy Bates.

»Das da! Ganz hinten. Vielleicht ist Mama zu Hause.« Er beugte sich nach vorn, um einen besseren Blick durch die Windschutzscheibe zu haben, und atmete aufgeregt durch den Mund, wodurch seine Brille beschlug.

Wir bogen auf einen Kiesweg, der zu einem weiß getünchten Häuschen mit eingezäunter Veranda führte. Eine hohe Schierlingshecke umgab sowohl den vorderen als auch den hinteren Garten und eine mächtige Eiche warf ihren Schatten auf das Haus. Unmittelbar vor uns befand sich eine geschlossene Doppelgarage mit einem kurzen überdachten Durchgang, der zu einer Seitentür des Hauses führte. Deputy Bates schaltete die Zündung aus und wir drei lauschten auf das Knistern des langsam abkühlenden Motors. Ringsum war alles still, nichts regte sich. Wehen Herzens musste ich daran denken, wie oft mein Mann diese Zufahrt wohl benutzt und sein Auto in der Garage abgestellt haben mochte, um dann ungesehen ins Haus zu schleichen, in dem dieses Kind, das mir gerade seinen Atem in den Nacken blies, gezeugt worden und aufgewachsen war.

»Hier wohn ich«, sagte er. »Isses nich hübsch?«

»Ist es nicht hübsch«, verbesserte ich ihn.

»Jawoll, isses.«

Ich seufzte und sagte: »Nun, mal sehen, ob jemand zu Hause ist.«

Wir stiegen aus, und der Deputy kippte seinen Sitz nach vorn, um Klein Lloyd aussteigen zu lassen. Dieser rannte zu den Verandastufen und rief: »Mama, Mama, ich bin da!« Hoffentlich war sie es auch.

Klein Lloyd riss die Tür auf und rannte ins Haus, während wir ihm langsam folgten. Als wir über die Veranda gingen, hörte ich drinnen die Schritte des Jungen. Immer schriller wurde seine Stimme, als er nach seiner Mama rief, überschlug sich am Ende, und ich konnte ihm seine Verzweiflung nachfühlen. Das Haus war leer, kein Möbelstück, keine Kleider. Nichts.

Der Junge kam wieder zurück, sein Gesicht war ein Bild des Jammers. Fast hätte er mir Leid getan, wenn ich nicht eine solche Wut auf diese Frau gehabt hätte, die ihn einfach im Stich gelassen hatte.

»Komm her, Kleiner«, sagte Deputy Bates und zog den Jungen an sich. »Deine Mutter hat doch gesagt, dass sie nach Raleigh will, weißt du noch? Sie lernt einen Beruf und kommt dich dann holen. Es ist ganz logisch, dass sie ihre Möbel mitgenommen hat. Vielleicht hat sie sie auch irgendwo eingelagert, bis ihr wieder hier wohnt, also Kopf hoch. Das hat gar nichts zu bedeuten.«

Mag sein, dachte ich. Aufknüpfen müsste man dieses Weib! Überlässt ihr Kind einfach wildfremden Leuten!

»Da wir schon einmal hier sind, sollten wir uns doch mal genauer umsehen«, schlug ich vor, wobei mir auffiel, wie klein und eng die Räume waren. Klein Lloyd mochte es noch so hübsch finden, aber in Schulden gestürzt hatte sein Vater sich wahrlich nicht für sein kleines Liebesnest. Fast hätte ich mich für den Geizhals geschämt, wenn es mir nicht so unendlich schwer gefallen wäre, ihn mir darin vorzustellen.

Der Rest des Hauses war ebenso leer wie der vordere Bereich; nicht einmal die Küchenmöbel waren noch da. Deputy Bates öffnete sämtliche Wandschränke, untersuchte die Decken nach einem Zugang zum Speicher, fand keinen und ging dann hinüber zur Garage.

»Sie beide bleiben hier«, rief er, als der Junge und ich ihm folgen wollten. »Gehen Sie zum Auto zurück, ich bin gleich wieder da.«

Ich hatte nicht mehr Interesse an einer leeren Garage als an einem leeren Haus, also hatte ich nichts dagegen, im Auto zu warten. Je eher das Kind wieder von hier fortkam, desto besser, dachte ich mir. Wir saßen bei heruntergekurbelten Fenstern im Auto und warteten in der nachmittäglichen Stille auf Deputy Bates. Es war schwülheiß, Schmetterlinge umflatterten die Büsche vor der Veranda, Grillen zirpten, und auf dem

Rücksitz schniefte Klein Lloyd. Ich reichte ihm ein Kleenex nach hinten, aber mir fiel nichts ein, was ich ihm hätte sagen können. Wir hatten beide an unseren Problemen zu knabbern.

»Und wenn meine Mama nie mehr wiederkommt, was wird dann aus mir?«, fragte er und kämpfte mit den Tränen.

»Die kommt schon wieder, da mach dir mal keine Sorgen.« Dabei machte ich mir selber welche.

»Aber was –« er brach ab, der Kloß im Hals war zu dick geworden –, »ich meine, was ist, wenn ihr was passiert ist und sie nicht zurückkommen kann? Was soll ich dann tun?«

Gott im Himmel, was dachte sich dieses Kind? Dass ich es eiskalt auf die Straße jagen würde? Wie kam er bloß auf solch eine abstruse Idee?

»Du liebe Güte«, seufzte ich, »wenn deiner Mutter irgendetwas zugestoßen sein sollte, was ich sehr bezweifle, dann bleibst du eben bei mir, bis uns was Besseres einfällt. Mach dir mal keine Sorgen.«

Mehr konnte ich ihm nicht sagen, obwohl er mir Leid tat und ich ihn gern beruhigt hätte, aber ich wollte mich nun einmal nicht auf längere Sicht zum Kinderhüten verpflichten. Ich war froh, als Deputy Bates die Garagentür schloss und zum Auto kam. Er stieg ein und ließ den Motor an, sein Gesicht war verschlossen und nachdenklich.

»Ist was in der Garage?«, fragte ich, als er zurückstieß.

»Na ja, Auto ist keines drin. Nur ein paar Ölflecken und so.« Er biss sich auf die Unterlippe und warf einen Blick in den Rückspiegel auf den Jungen, der zusammengekauert in einer Ecke saß. »Miss Julia, ich werde bei diesem Krämerladen da unten halten und uns allen eine Cola holen. Es ist verfl... ziemlich heiß«, meinte er mit einem flüchtigen Grinsen.

»Ist mir recht«, stimmte ich zu. »Ich könnte tatsächlich eine Cola vertragen und Klein Lloyd auch, nehm ich an.«

Deputy Bates parkte unmittelbar vor dem Laden im Schatten eines Baumes. Blechschilder, verblichen und rostig, warben für Winston-Zigaretten und Peelers-Milch. Eine von Hand beschriebene Tafel vor der Tür verkündete, dass es frische Farmeier und selbst gezogene Tomaten zu kaufen gab. Während wir auf unsere Getränke warteten, stieg ich aus und setzte mich unter den Baum auf eine Bank, wo ich auf eine kühle Brise hoffte. Gott, war das heiß und schwül. Ich nahm die Zeitung vom letzten Sonntag aus meiner Handtasche und fächelte mir Luft zu. Klein Lloyd blieb im Auto sitzen und blickte kläglich zum Schaufenster hinüber.

Deputy Bates reichte ihm eine eiskalte Cola durchs Fenster und setzte sich dann neben mich.

»Miss Julia«, sagte er, und sein Tonfall ließ mich aufmerken. »Sie nehmen jetzt den Kleinen und fahren mit ihm nach Hause. Ich werde hierbleiben und auf Sheriff Frady und ein paar Deputies warten. Ich fahre dann mit denen zurück in die Stadt.«

»Was? Warum sollte denn Earl Frady hier herauskommen?«

»Ich hab ihn angerufen«, sagte er mir. »Ich habe außer den Ölflecken noch etwas anderes in dieser Garage entdeckt; vielleicht täusche ich mich, aber es sieht aus wie Blut.«

Während der Rückfahrt musste ich immerzu an Deputy Bates' Entdeckung denken, und als wir daheim in die Auffahrt bogen, war ich sicher, dass irgendetwas nicht stimmte. Lillian saß auf der Treppe, das Gesicht in den Händen vergraben. Sie sprang auf, als sie uns kommen sah.

»Was ist denn nun schon wieder?«, fragte ich mich laut.

Sie war am Fenster, bevor ich noch den Schlüssel aus der Zündung nehmen konnte, und ihre Miene ließ mich das Blut auf dem Garagenboden vergessen.

»O Miss Julia!«, rief sie, als ich aus dem Wagen stieg. »Sie werden's nicht glauben ... Ich hab ja nicht gewusst, was ich tun soll! Ich hab auf Sie gewartet. O Gott, wie fürchterlich!«

»Was um alles in der Welt ist los, Lillian?« Ich legte den Arm um ihre Schultern. »Was haben Sie denn?«

»Ich bin bloß zum Einkaufen gegangen, wie immer, und ich hab die Türen alle fest zugesperrt. Sie wissen, dass ich die Türen immer zusperre. Und ich hab's noch nicht mal gemerkt, wie ich die Sachen in den Schrank stelle, weil nämlich die Küche heil geblieben ist. Aber dann geh ich ins vordere Zimmer und trau meinen Augen nicht!«

»Wovon sprechen Sie denn da?«

»Jemand ist im Haus gewesen, davon red ich! Hat alles über den Haufen geschmissen. Im Wohnzimmer liegt alles drunter und drüber, mehr hab ich nicht gesehen. Ich bin gleich raus auf die Stufen und hab auf Sie gewartet, weil doch die von Aktenzeichen XY immer sagen, dass man ja nichts anrühren darf, wenn Einbrecher im Haus waren.«

»Mein Gott«, keuchte ich, ganz schwindelig von dem Wortschwall, der auf mich niederprasselte, und musste mich kurz am Auto festhalten. »Komm her, Klein Lloyd, halt meine Hand. Wir wollen mal nachsehen, was alles kaputt ist.«

Er gab mir die Hand, und ich versuchte nicht daran zu denken, wie oft er sich damit schon über die Nase gewischt hatte. In der anderen hielt er die Plastiktüte. »Kommen Sie, Lillian.«

»Wir sollen doch nichts anrühren«, warnte sie mich.

»Ich will ja auch nichts anrühren. Aber ich will nachsehen, wo sie überall waren und was sie gestohlen haben. Und ich muss zum Telefon und den Sheriff anrufen.« Außer er hielt sich mit Deputy Bates gerade im äußersten Zipfel dieses Bezirks auf.

Lillian hatte Recht. Das Haus war durchwühlt worden, die Schubladen aus dem Schreibtisch und der Kommode gerissen, Papiere und Silber auf den Fußboden gekippt. Die Sofapolster waren auf den Teppich geschleudert, die Sessel umgekippt worden. Meine bestickten Kissen lagen im ganzen Raum verteilt, die Leselampe war umgeworfen worden und zu Bruch gegangen.

»O Gott«, sagte ich und griff Halt suchend nach einer Stuhllehne. »Meine *Vom Winde verweht*-Lampe! Wer tut denn so etwas? Und warum?«

Wir gingen nach oben, und meine schlimmsten Befürchtungen bestätigten sich, als wir die Schlafzimmer sahen. Die Schubladen, in denen ich meine Dessous aufbewahrte, waren über dem Fußboden und dem Bett ausgekippt worden, die Kleider aus dem Schrank gerissen und achtlos auf einen Haufen geworfen worden, Schuh- und Hutschachteln waren ausgeleert worden und lagen überall herum. Sogar die Badezimmerschränke und der Wäscheschrank waren leer geräumt worden. Es sah aus, als hätte jemand einfach mit seinem Arm über die Regale gewischt und alles darauf zu Boden geworfen. Seife, Badesalz, Puder, Parfum, Handtücher, Waschlappen – alles lag zertrampelt auf dem Fußboden. Eine Rolle Toilettenpapier war in die Kommode gestopft worden, ebenso der rote Plastikbeutel, den ich für meine persönliche Hygiene benutzte. Der Zitronenduft von Jean Naté war nicht stark genug, um den Gestank des halbweichen Haufens eines gewissen Etwas auf meinen guten weißen Handtüchern außer Gefecht zu setzen.

»Heimatland«, keuchte ich und presste die Hand auf den Mund. »Das glaube ich einfach nicht!« Ich zog Klein Lloyd von der Tür weg. Er brauchte sich diesen Affront gegen die Geruchsnerven nicht anzutun.

»So 'ne Sauerei hab ich noch nie gesehen«, jammerte Lillian. »Wer tut denn so etwas? Am besten, wir rufen die Polizei.«

»Das hab ich auch vor«, sagte ich und zog Klein Lloyd von der Tür weg. »Aber zuerst sehen wir uns die anderen Schlafzimmer an.«

Überall bot sich uns das gleiche Bild. In Klein Lloyds Zimmer sah es noch schlimmer aus als in meinem, wenn das überhaupt möglich war. Die Matratze war aus dem Bett gehoben und halb auf den Boden gestoßen worden. Die Kleider des Jungen waren über den Boden verstreut, und sein Pappkoffer war zerschnitten und zerstampft worden. Wir standen da und starrten auf diese sinnlose Verwüstung, und ich konnte fühlen, wie sich Klein Lloyds feuchte Hand fester um die meine schloss.

»Ich hab Angst«, flüsterte er.

»Die brauchst du nicht zu haben«, sagte ich. »Lass uns in die Küche hinunter gehen, dann rufe ich den Sheriff an. Hab keine Angst, Klein Lloyd. Jemand, der sehr krank und böse ist, hat das alles hier getan, aber er wird es nicht wieder tun, dafür werde ich sorgen, kannst dich drauf verlassen!«

11

Während ich im Büro des Sheriffs anrief, lief Lillian händeringend in der Küche auf und ab. Sie weinte, entschuldigte sich immer wieder, dass sie zum Einkaufen gegangen war, gab sich an allem die Schuld. Klein Lloyd stand mit ängstlichen Augen neben mir.

»Die schicken jemanden vorbei«, sagte ich nervös, während ich den Hörer auflegte. »Ich sagte ihnen, sie sollten auch Deputy Bates verständigen. Nun Lillian, setzen Sie sich hin und reißen Sie sich zusammen. Das war nicht Ihr Fehler, ich will jetzt nichts mehr davon hören. Sieht mir ganz so aus, als hätte jemand etwas Bestimmtes gesucht, oder es waren einfach nur Vandalen, die Spaß daran haben, Sachen kaputt zu machen. Ich habe nicht gesehen, dass irgendetwas fehlt, Sie etwa? Der Fernseher ist noch da, mein Silber auch. Ich muss noch die Papiere im Schreibtisch durchsehen, aber ich kann mir nicht vorstellen, was irgendjemand mit stornierten Schecks anfangen sollte, und Sie? Setzen Sie sich hin, Lillian. Sie machen mich ganz nervös. Wir müssen uns überlegen, wer das getan haben könnte. Wie, denken Sie, sind die reingekommen?«

Endlich setzte sie sich an den Tisch und wischte sich mit der Schürze übers Gesicht. »Ich denk mir, dass sie über die Hintertreppe reingekommen sind. Haben Sie gesehen? Die Balkontür in Deputy Bates' Zimmer steht offen, und das Glas ist rausgebrochen.«

»Stimmt. Ich hab es zwar gesehen, aber nicht registriert. Ich war viel zu sehr mit der Schweinerei in meinem Badezimmer beschäftigt, um irgendeinen klaren Gedanken fassen zu können.«

Es dauerte nicht lange, bis zwei Deputies kamen, sich gründlich umsahen und einen Bericht schrieben. Die wollten doch tatsächlich wissen, wie alt ich war, stelle sich das einer vor! Als hätte mein Alter irgendetwas mit dem zu tun, was hier passiert ist. Sheriff Earl Frady kam wenig später mit Deputy Bates angefahren, und jeder von uns musste seine Geschichte nochmal von vorn erzählen. Sie fragten mich immer wieder, ob irgendetwas fehle, aber nachdem ich bestimmt ein Dutzend Mal durchs Haus gegangen war, war ich mir ziemlich sicher, dass man mir nicht das Geringste gestohlen hatte. All diese uniformierten Beamten, die in Rudeln hier ein und aus gingen und überall herumstocherten, fielen mir mit ihren aufdringlichen Fragen entsetzlich auf die Nerven. Doch dann sah ich, wie einer von ihnen mit einem großen Plastikbeutel das Haus verließ, ihn sich auf Armlänge vom Leib hielt. Deputy Bates fragte mich, ob ich mein Handtuch zurückhaben wolle, aber ich sagte ihm, er solle sich keine Umstände machen. Ich war ihnen sehr dankbar, dass sie diese stinkende Visitenkarte aus meinem Badezimmer entfernt hatten, und Lillian war es auch, möchte ich wetten.

Als sie alle gegangen waren, hatte ich für diesen Tag wirklich genug Aufregung gehabt. Lillian ließ zwei ihrer Enkelinnen kommen, die ihr beim Aufräumen zur Hand gingen, und ich war ihnen sehr dankbar. Deputy Bates stand mit sorgenvoller Miene, eine Tasse Kaffee in der Hand, in der Küche.

»Klein Lloyd«, sagte ich, »geh doch ein wenig hinaus in den Garten. Du warst den ganzen Tag entweder im Auto oder im Haus und brauchst ein bisschen frische Luft. Hier« – ich griff in den Küchenschrank – »da hast du eine Tüte Kekse. Wir haben heute Abend womöglich nicht viel zu essen.«

Er warf mir durch seine dicke Brille einen Blick zu, der mir durch und durch ging. Seine Augen waren denen Wesley Lloyds manchmal so ähnlich, dass ich das Gefühl hatte, ich sähe meinen Mann vor mir, als er noch ein kleiner Junge gewesen war.

Als er mit seinen Keksen aus der Tür war, wandte ich mich an Deputy Bates. »Was um alles in der Welt ist hier los? Zuerst finden Sie Blut im Haus dieses Jungen, und dann wird bei mir eingebrochen. Langsam habe ich das Gefühl, dass jedes Mal, wenn ich mich umdrehe, irgendetwas Schlimmes passiert. Glauben Sie, dass uns einer der Kerle, die Sie hinter Gitter gebracht haben, diese üblen Streiche spielt?«

»Das bezweifle ich, Miss Julia. Ich bin ja noch nicht lange genug hier. Aber was den anderen Fall anbelangt, wir haben die Spurensicherung ins Haus des Kleinen kommen lassen, und vorläufige Tests bestätigen, dass es sich bei den Flecken tatsächlich um Blut handelt. Ob menschlich oder nicht werden wir erst wissen, wenn wir die Laborwerte haben. Es war nicht viel Blut, ein paar Spritzer und ein längerer Streifen an der Wand, dazu eine kleine Pfütze auf dem Boden. Das Blut war noch klebrig, dürfte also noch nicht lange dort sein, wobei sich die genaue Zeit des Geschehens wegen der feuchten Luft in der geschlossenen Garage nicht so genau bestimmen lässt. Ich habe allerdings schlechte Nachrichten für Sie. Sollte sich herausstellen, dass es sich um Menschenblut handelt, müssen Sie Sheriff Frady erzählen, warum Sie den Jungen bei sich haben. Wir müssten dann nach seiner Mutter fahnden, um auszuschließen, dass es ihr Blut ist. Immerhin hat sie als letzte in dem Haus gewohnt. Und wie es aussieht, haben Sie sie zuletzt hier in der Gegend gesehen. Wenn wir nach ihr fahnden, bedeutet das eine Menge Scherereien für Sie.«

»Das glaube ich gern«, sagte ich. Ich lehnte mich an die Küchentheke, todmüde nach all den Komplikationen, die Wesley Lloyd mir hinterlassen hatte. »Es war jemand bei ihr, als sie von hier weggefahren ist. Ich habe Ihnen doch schon gesagt, dass sie nicht selbst am Steuer saß, also habe nicht ich sie zuletzt gesehen.«

»Stimmt, aber wir wissen nicht, wer das war. Wir wissen nicht, ob sie von hier aus auf dem schnellsten Weg nach Raleigh oder noch einmal zurück zu ihrem Haus gefahren ist. Wir können auch nicht sagen, ob das Blut schon in der Garage war, als sie den Kleinen hier abgeliefert hat, oder ob es erst später hingekommen ist. Wir wissen gar nichts, und das wird auch so bleiben, bis wir sie finden. Ich möchte nur, dass Sie vorbereitet sind. Sie müssen den Ermittlern genau erzählen, was passiert ist. Und seien Sie darauf gefasst, dass die Mutter des Kleinen weiß, wessen Blut sich in ihrer Garage befindet, oder noch schlimmer, dass es ihres ist.«

»O Gott«, stöhnte ich. »Glauben Sie denn, dass ihr etwas

zugestoßen ist?« Ich muss zu meiner Schande gestehen, dass mir schlagartig der Gedanke kam, wie schrecklich das für mich wäre, die ich in diesem Fall das Kind ja endgültig am Hals hätte. Dabei hatte ich dem Jungen, um ihn zu beruhigen, erst vor drei Stunden beteuert, wie gern ich ihn um mich hatte. »Die Ärmste«, setzte ich dann schnell hinzu, nachdem ich meine Gedanken rasch zurechtgebogen hatte.

»Es ist noch zu früh für derlei Spekulationen. Im Moment kann ich nicht mehr für Sie tun, als Ihnen Vorhängeschlösser für Ihre Türen zu besorgen. Und eine neue Glasscheibe.«

»Gehen Sie zu Prince«, riet ich ihm, »er soll den Betrag auf meine Rechnung setzen.«

Ich ging ins Wohnzimmer, um Lillian und ihren beiden Enkelinnen zu helfen, aber sie sagte, ich solle ihnen nicht in die Quere kommen. Also ging ich in den Hintergarten, setzte mich zu Klein Lloyd auf die Bank, faltete die Hände im Schoß und seufzte.

»Möchten Sie einen Keks, Lady?« Der Junge hielt mir die Tüte hin.

»Da sag ich nicht nein«, meinte ich und nahm mir einen. »Aber nenn mich Mrs. Springer, nicht Lady. Das klingt ja, als wüsstest du nicht, wer ich bin.«

»Nein, Ma'am. Ich meine, ja, Ma'am.« Er knabberte wie eine Maus rund um das Herzstück seines Kekses, das er zum Schluss genoss, in klitzekleinen Bissen. Auch Wesley Lloyd hatte merkwürdige Essgewohnheiten gehabt.

Sein Geknabbere machte mich ganz nervös, also sagte ich: »Willst du nicht spielen?«

»Nein, Ma'am, mir ist nicht danach.« Er wandte mir zwar während des Sprechens den Kopf zu, wollte mir aber noch immer nicht in die Augen sehen.

Mir war nicht so ganz nach Reden zumute, also aßen wir Kekse und lauschten dem Vogelgezwitscher in den Bäumen.

Nach einer Weile steckte Lillian den Kopf aus der Tür und rief mich ins Haus. »Sie haben Besuch«, sagte sie. »Mrs. Conover und Mr. Sam und Ihr Pastor, alle sind hier, um nach Ihnen zu sehen.«

Seufzend stand ich auf und erklärte Klein Lloyd, er sei besser dran, wenn er hier draußen bliebe. »Falls du's noch nicht gemerkt haben solltest, Neuigkeiten sprechen sich in dieser Stadt ziemlich schnell herum. Es würde mich nicht wundern, wenn die Notrufnummer direkt mit der Frauengebetskette verbunden wäre.«

Ich war froh, dass Lillian und ihre Mädchen das Wohnzimmer inzwischen wieder soweit in Ordnung gebracht hatten, dass ich darin Gäste empfangen konnte. Alle waren da: Sam, der es sich in einem der Sessel bequem gemacht hatte, den Hut auf dem Schoß und einen besorgten Ausdruck im Gesicht; LuAnne, die wie üblich wild drauflosschnatterte; und Pastor Ledbetter, der am Fenster stand, als wolle er dem Einbrecher die Stirn bieten, falls der sich erneut ins Haus wagen sollte.

Pastor Ledbetter und LuAnne traten auf mich zu und bombardierten mich mit Fragen, wie es mir ginge, was man alles gestohlen habe, ob ich wisse, wer es gewesen sein könne. Sam stand auf, als ich ins Zimmer kam, hielt sich aber dezent im Hintergrund.

»Es geht uns gut«, versicherte ich ihnen. »Jetzt setzt euch hin. Ich weiß eure Besorgnis zu schätzen, aber es ist wirklich nicht so schlimm. Rowdies vermutlich.«

»Das bezweifle ich nicht«, sagte Pastor Ledbetter. »Es gibt keine Moral mehr in diesem Land. Und es wird immer schlimmer. Und die Wurzel allen Übels liegt im Zerfall der Familie, Miss Julia, deshalb müssen Sie dieses Kind unbedingt zu seiner eigenen Familie zurückbringen. Sie wollen doch einer intakten Familie nicht im Wege stehen, ich rate Ihnen also dringend, den Jungen zu seinen Angehörigen zurückzubringen. Dieser ganze Ärger hat angefangen, als Sie bereit waren, ihn seiner Mutter wegzunehmen.«

Sam runzelte die Stirn, öffnete den Mund und wandte sich dann ab, als ringe er mit sich, um nicht die Fassung zu verlieren. Ich holte tief Luft, weil ich nicht zugeben wollte, dass auch ich mich schon gefragt hatte, ob dieser Einbruch etwas mit Klein Lloyd zu tun haben könnte. Aber ich schüttelte nur den Kopf, weil ich einsah, wie sinnlos es war, dem Pastor zu erklären, dass man mir keine andere Wahl gelassen hatte, als den Kleinen zu mir zu nehmen.

Und so sagte ich nur: »Ich weiß Ihre Sorge zu schätzen, Pastor, aber bitte denken Sie daran, dass nicht ich es war, die eine Familie zerstörte.«

»Aber es ist unser aller Pflicht«, sagte er, »Familienwerte hochzuhalten. *Biblische* Familienwerte.«

Ich konnte nicht einsehen, weshalb ich Schuld haben sollte an einem Einbruch in mein eigenes Haus und am Zerfall sämtlicher Familien. Ich hatte die Nase gestrichen voll.

»Von welcher biblischen Familie reden Sie denn da?«, fuhr ich ihn an, weil mir all die Ehebrüche, Brudermorde, Inzeste und Metzeleien, die ganze Vielweiberei, Neiderei und Schlechtigkeit in den Sinn kamen, die eine beträchtliche Anzahl biblischer Familien an den Tag legten.

»O Julia«, säuselte LuAnne, indem sie meine Hand tätschelte. »Du bist ja ganz aus dem Häuschen.«

»Jawohl, das bin ich, LuAnne«, sagte ich und entzog ihr unsanft meine Hand. »Was erwartest du denn, nachdem man mir meine Papiere, meine Unterwäsche, sämtliche Schränke und Schubladen durchwühlt hat? Setz dich, Sam. Ich wüsste nicht, was daran komisch sein sollte.« Ich sagte das, weil seinen Mund ein kleines Lächeln umspielte, auch wenn in seinen Augen ernsthafte Sorge zu lesen war.

»Ich finde auch nichts Komisches daran«, sagte er, aber da fiel mir ein, dass er sich wohl vorgestellt hatte, wie jemand in meiner Unterwäsche wühlte. Typisch Sam. »Was sagt Coleman dazu, Julia?«

»Er hilft bei den Ermittlungen«, antwortete ich, »und es ist noch zu früh für irgendwelche Mutmaßungen. Aber nimm bitte zur Kenntnis, dass ein Deputy im Haus diesen Einbrecher auch nicht abschrecken konnte.«

»Das ist leider wahr«, sagte Sam und bekam diesen abwesenden Blick, wie immer, wenn er scharf nachdachte. Wahrscheinlich kam er zu demselben Ergebnis wie ich, nämlich, dass es jemand auf etwas ganz Bestimmtes abgesehen und kein Risiko gescheut hatte, es zu bekommen.

Nachdem ich LuAnne und Pastor Ledbetter versichert hatte, dass alles wieder unter Kontrolle war, begleitete ich sie zur Tür. Ich wollte sie loswerden, um ungestört mit Sam sprechen zu können. LuAnne sagte mir, dass Leonard daheim auf sein Abendessen warte, und erbot sich, später zurückzukommen und mir ein wenig Gesellschaft zu leisten.

»Das brauchst du nicht, LuAnne«, sagte ich entschlossen. »Ich möchte früh zu Bett gehen. Es war ein anstrengender Tag, wir sehen uns dann morgen in der Kirche.«

Erst als sie merkte, dass Pastor Ledbetter mir noch etwas zu sagen hatte, war sie bereit zu gehen.

»Miss Julia«, sagte er mit der Stimme eines Arztes, der schlechte Nachrichten zu überbringen hat. »Ich muss Sie noch einmal dringend ersuchen, Ihren Plan, dieses Kind zu behalten, aufzugeben. Dieser schreckliche Vorfall sollte Ihnen eine Warnung sein. Irgendetwas ist hier gehörig faul. Sie wissen nicht, in welche Schwierigkeiten Sie hineingeraten, möglicherweise sind Sie in großer Gefahr.«

Wie gerne hätte ich mich bei ihm ausgeweint und seinen Rat eingeholt, aber ich kannte sein Programm bereits, und es stimmte nicht mit meinem überein. Oft spüren wir instinktiv, wie wir uns zu verhalten haben, ohne dass es uns jemand sagen muss. Und ich wusste, dass ich mich um Klein Lloyd kümmern musste, ganz gleich, ob das Blut in der Garage seines Hauses oder der heutige Vorfall etwas mit ihm zu tun hatte oder nicht.

»Pastor«, sagte ich, »dieser kleine Junge kann nichts dafür, dass man hier eingebrochen hat. Das waren eindeutig Vandalen. Außerdem war er bei mir und Deputy Bates, als es passiert ist.«

»Ich beschuldige nicht das Kind, Miss Julia. Ich will lediglich sagen, dass wir, sobald wir uns für den falschen Weg entscheiden, dem Übel Tür und Tor öffnen. Sie stellen sich zwischen dieses Kind und seine Mutter, und das ist falsch. Wir müssen tun, was in unserer Macht steht, um Familien zusammenzuhalten, wir dürfen sie nicht auseinanderreißen, meinen Sie nicht auch?«

Nein, meinte ich nicht. Ich hatte schon von zu vielen Familien gehört, die man dringend hätte auseinanderreißen müssen – gewalttätige Väter, betrunkene Mütter, drogenabhängige Freunde, verprügelte Frauen und so weiter und so weiter. Aber ich hatte Pastor Ledbetter sich von der Kanzel zu all diesen Problemen äußern hören, und wenn es nach ihm ging, würden ein paar Gebete und eine gute Prise Familiensinn sie allesamt lösen. Meiner Ansicht nach gab es nur eine Antwort darauf, nämlich einen Baseballschläger.

»Sam erwartet mich, Pastor«, sagte ich. »Er möchte wahrscheinlich ein paar geschäftliche Dinge mit mir besprechen. Danke, dass Sie gekommen sind.« Ich machte kehrt und ging zurück ins Haus.

»Sam«, sagte ich, während ich die Tür hinter mir zuzog, »findest du auch, dass ich die Familie dieses Jungen kaputt mache?«

Er lachte. »Julia, sein Vater ist tot und seine Mutter hat ihn verlassen. Lass dir doch von Ledbetter keinen Unsinn einreden. Das Kind hat keine Familie außer dir, Lillian und Coleman. Gebrauche deinen Verstand, Frau.«

»Das versuche ich ja, Sam. Aber langsam bin ich am Ende mit meinem Latein, dabei weißt du noch längst nicht alles.« Und ich erzählte ihm von dem Blut in der Garage und dass Deputy Bates gesagt hatte, ich müsse alles dem Sheriff erzählen. »Nun, ich nehme an, dass das Jugendamt versuchen wird Klein Lloyd so schnell wie möglich irgendwo unterzubringen. Das sind doch alles Wichtigtuer und Bürokratiehengste. Was würden die Leute sagen, wenn ich zuließe, dass man den Jungen wie einen Habenichts behandelt, während ich Wesley Lloyds Vermögen verprasse? Ich finde, es geht sie gar nichts an, wer sich um den Jungen kümmert.«

»Wir werden uns schon durchsetzen, wenn es hart auf hart kommen sollte«, sagte Sam. »Ich wüsste nicht, weshalb du nicht seine Pflegemutter werden solltest, wenn sie sich unbedingt wörtlich an die Gesetze halten müssen. Mach dir mal keine Sorgen darüber. Ich rede Montag früh mal mit Binkie, dann werden wir schon sehen, was sich machen lässt.«

»Das wäre mir eine große Erleichterung. Ich habe ohnehin mehr Sorgen als mir lieb ist. Ich habe allen gesagt, irgendwelche Rowdies hätten bei mir eingebrochen, Sam, aber das glaube ich nicht. Und Deputy Bates ebenso wenig. Wir denken, dass jemand etwas ganz Bestimmtes gesucht hat. Ich kann mir nur nicht denken, was. Von meinen Wertsachen fehlt nichts.« Ich legte meinen Kopf zurück und starrte an die Decke. »Es würde mich interessieren, warum sie ausgerechnet jetzt gekommen sind. Was ist in diesem Haus, was vorher noch nicht da war?«

Sam warf mir einen bedeutsamen Blick zu und sagte: »Es ist kein Ding, Julia, sondern dieser kleine Junge da draußen.«

12

Während ich mich den restlichen Abend mit diesem beunruhigenden Gedanken herumschlug, vergaß ich ganz, Klein Lloyd ins Bett zu bringen, und am Ende war er so schläfrig, dass er sich kaum noch die Treppe hinaufschleppen konnte. Wir waren beide sehr nervös, hatten Angst, alleine von einem Zimmer ins nächste zu gehen. Ich ließ es mir nicht anmerken, des Kindes wegen, aber der Gedanke, in meinem Haus könne sich ein Fremder aufhalten, der meine Sachen durchwühlt, um nach irgendetwas zu suchen, jagte mir immer noch eine Gänsehaut über den Rücken.

Lillian erbot sich, die Nacht über hier zu bleiben, aber ich schickte sie nach Hause. Sie war viel zu ängstlich, hätte womöglich die ganze Nacht kein Auge zugetan, obwohl es unwahrscheinlich war, dass sich der Vorfall wiederholte. Nicht nach all den Polizeibeamten, die den ganzen Nachmittag über hier aus und ein gegangen waren. Ich hätte mich jedoch um einiges sicherer gefühlt, wenn Deputy Bates nicht hätte arbeiten müssen, aber er hatte mir versprochen, dass sämtliche Polizisten auf Streife hier regelmäßig nach dem Rechten sehen würden. Und so wanderte des Öfteren der Schein einer Taschenlampe über Haus und Garten. Es gab mir ein gutes Gefühl, meine Steuergelder auf diese Weise verwendet zu sehen.

Als ich die Stufen hinaufstieg, nachdem ich ein halbes Dutzend Mal die Türen überprüft hatte, hoffte ich, dass Klein Lloyd nicht wie ich wach im Bett liegen und bei jedem Geräusch aufhorchen würde. Ich ließ unsere beiden Türen offen, damit er sich sicherer fühlte, aber gegen Morgen, als ich schließlich aufstand, lag er eingerollt vor meiner Tür.

Ich entschied mich gegen die Sonntagsschule, weil ich Klein Lloyd nicht einem Rudel neugieriger Neunjähriger aussetzen wollte, die bis obenhin mit den Vorurteilen ihrer Eltern vollgestopft waren. Seine Woche war schwer genug gewesen, ganz zu schweigen von meiner. Ich wusste, dass LuAnne in der Lula-Mae-Harding-Klasse ohne mich in ihrem Element sein würde. Endlich hatte sie Gelegenheit, jedem in aller Ausführlichkeit von Klein Lloyd und dem Einbruch zu erzählen. Die Lula-Mae-Harding-Klasse war gnadenlos in ihrer Gier nach Details, denn angeblich taten Gebete nur dann ihre Wirkung, wenn Gott auch die Details erfuhr. Als säße Er da oben, hätte keinen Schimmer, was hier unten vor sich ging und wäre auf uns angewiesen, um zu erfahren, was Sache war. Heute würde er ganz schön was zu hören bekommen, so viel war sicher.

Ich legte Klein Lloyds Kleider heraus, die ich ihm auf Deputy Bates' Anweisung gekauft hatte. Khakis, ein weißes Hemd, ein blauer Blazer und eine rotblau gestreifte Krawatte. Er zog sich an und bat mich, ihm die Krawatte zu binden. Als ich das erledigt hatte, trat ich einen Schritt zurück, um mein Werk zu begutachten. Ein Ende reichte ihm bis über den Gürtel, während das andere auf Brusthöhe baumelte.

»So geht es nicht«, sagte ich und band sie auf, um einen zweiten Versuch zu wagen.

»Ich könnte doch die andere anstecken«, schlug der Junge vor.

»Diese Fliege? Nein, auf keinen Fall. Wenn man in die Kirche geht, trägt man seine besten Kleider.« Ich verkniff mir eine abfällige Bemerkung über seine Sachen und über diejenige, die sie für ihn ausgesucht hatte. Das Kind konnte ja nichts dafür.

»Heb den Kopf, dann versuch ich es noch mal«, sagte ich und verglich die beiden Enden. »Dieses Ding hat ein Eigenleben, sag ich dir.«

»Aber hübsch ist sie«, meinte er, als wolle er sich für ihren Eigensinn entschuldigen.

»Ja, das ist sie, und sie steht dir ausgezeichnet. So!«, sagte ich, nachdem ich dem Knoten den letzten Schliff verliehen hatte. »Schau in den Spiegel. Ich glaube, wir haben es geschafft.«

Er begutachtete eine Weile sein Spiegelbild und strich dabei mit ernster Richtermiene über die Krawatte.

»Ich wünschte, meine Mama könnte mich jetzt sehen«, sagte er schließlich. »Sie mag hübsche Sachen. Danke, Mrs. Springer.«

»Gern geschehen, mein Junge. Jetzt lass uns gehen, sonst kommen wir noch zu spät.«

Ich gab ihm seine Jacke und setzte den Hut auf. In der Kirche einen Hut zu tragen ist altmodisch, ich weiß, aber es gehöre sich nun mal so, meint Pastor Ledbetter.

»Bevor ich es vergesse, du weißt hoffentlich, wie man sich in der Kirche benimmt?«, fragte ich, weil ich befürchtete, dass der Junge noch nie im Leben ein Gotteshaus von innen gesehen hatte.

»Ja, Ma'am, weiß ich.« Er runzelte gedankenverloren die Stirn, als ihm die Brille auf die Nase rutschte. »Ich muss still sitzen, ruhig sein, aufpassen und mich benehmen.«

Er blickte über die Brille hinweg in meine Richtung, wartete zerstreut auf Bestätigung. »Sehr gut«, sagte ich. »Dann lass uns mal gehen.« Da fuhr es mir siedendheiß durch den Kopf, dass ich mein Leben lang ruhig gewesen war, gut aufgepasst und mich benommen hatte, und was hatte ich davon? »Wenn ich es mir recht überlege«, sagte ich, »dann möchte ich, dass du irgendwann, wenn du alt genug bist, eigene Entscheidungen triffst. Bist du bereit?«

»Ja, Ma'am.«

Ich war mir nicht ganz sicher, ob ich selbst bereit war, zumal ich ja wusste, was auf uns zukam. Aber ich hatte mich nun mal für diesen Weg entschieden und war fest entschlossen, ihn auch durchzuhalten.

»Denk daran«, ermahnte ich ihn noch an der Tür, »sei höflich, aber beantworte keine Fragen. Überlass das Reden mir.«

»Ja, Ma'am.«

Ich sperrte ab, und wir machten uns auf den Weg.

Ich zupfte ihm eine Fussel vom Ärmel und sagte: »Es gibt eine Menge Menschen, die sich von Klatsch und Tratsch ernähren, weißt du, also nimm es nicht so tragisch.«

»Nein, Ma'am.«

Als wir an die Straße kamen, hielt ich ihn fest. »Schau immer zuerst nach links und nach rechts, bevor du über die Straße gehst.«

»Ja, Ma'am.«

Der Junge war sehr gelehrig, dass muss ich schon sagen, und trotzdem, je näher wir der Kirche kamen, in der an die zweihundert gierige Augenpaare auf uns warteten, desto heftiger schlotterten mir die Knie.

Ein Auto nach dem anderen fuhr auf den Parkplatz, und die Leute begannen in die Kirche zu strömen. Einige Männer, zumeist Kirchenälteste, standen vor der hinteren Pforte und rauchten ihre letzte Zigarette vor dem Gottesdienst. Der Holunderbusch an der Mauer war schon halb tot von all den Zigarettenstummeln, die man in seiner Erde ausgetreten hatte.

Sonntags pflegte ich den Haupteingang auf der anderen Seite zu benutzen, weil ich es für einen offiziellen Gottesdienst passender fand. Doch als wir um die Ecke bogen, wäre ich am liebsten stehen geblieben und wieder nach Hause gegangen. Da war diese protzige Anzeigetafel, die Pastor Ledbetter genau eine Woche nach Wesley Lloyds Beerdigung hatte aufstellen lassen. Wesley Lloyd hatte sich immer dagegen gesträubt, weil wir schließlich Presbyterianer und keine Baptisten seien und deshalb eine Anzeigetafel, auf der Predigtthemen angekündigt würden, unpassend und überflüssig sei. Aber Wesley Lloyd war nicht mehr, und so gab es niemanden, der sich dem Pastor hätte widersetzen können oder wollen. Deshalb leuchteten neuerdings Namen und Themen auf, wurden einmal pro Woche ausgetauscht und hießen alle willkommen. Ich kann Ihnen sagen, das zehrte ganz schön an den Nerven, besonders an diesem Morgen. Das heutige Thema der Predigt lautete nämlich »Die Frau, das Herz der Familie.«

Aber ich betrat tapfer die Kirche und führte Klein Lloyd an meinen gewohnten Platz am Mittelgang, vier Bänke vom Altar entfernt. Ich legte meine Hand auf seine Schulter, wie ich sie früher in Wesley Lloyds Armbeuge gelegt hatte. Diese Geste sollte den Jungen daran hindern, mir hinterherzuschlurfen, und mir die Möglichkeit geben, ihn nötigenfalls zu zwicken, falls er sich mit dem Ärmel über die Nase wischen wollte. »Kopf hoch, Klein Lloyd«, flüsterte ich.

Wir schritten Seite an Seite über den Marmorboden, wie früher Wesley Lloyd und ich. Diesmal blickte ich jedoch weder nach links noch nach rechts und wusste trotzdem, dass die Leute sich die Hälse nach uns verrenkten und über uns tuschelten. Ich warf einen verstohlenen Blick hinüber zu LuAnne Conover und sah, wie ihr beinahe die Augen aus dem Kopf fielen. Und ich bemerkte, dass Mamie Harrison mit dem Finger auf uns zeigte und dabei wütend mit ihrem Mann flüsterte, der im Übrigen stocktaub war. Ich hatte das Timing für unseren Auftritt genauestens geplant, um niemandem die Gelegenheit zu geben, uns anzusprechen. Wir hatten kaum Platz genommen, als bereits der Chor den Altarraum betrat und das Eingangslied sang und Pastor Ledbetter in seiner schwarzen Robe auf die Kanzel stieg.

Den Gottesdienst ließ ich über mich ergehen. Anders lässt es sich nicht sagen. Klein Lloyd begann nach fünfzehn Minuten zappelig zu werden, also steckte ich ihm einen Stift zu und flüsterte, er dürfe etwas auf die Kirchenzeitung zeichnen.

Pastor Ledbetter begann mit den Worten, wie schwer ums Herz es unserem Herrgott werde, wenn er Frauen sehe, die sich als Mütter versuchten, aber keine waren. Jedes seiner Worte war gegen mich gerichtet, das wusste ich. Ich saß da und blickte zu ihm auf, während er mit monotoner Stimme immer weiter schwadronierte, wie christliche Frauen sich von weltlichen Dingen einfangen ließen und gegen die Bibel verstießen, indem sie Verantwortung übernahmen, für die sie nicht geschaffen waren, Entschlüsse fassten, finanzieller und anderer Art, für die sie nicht qualifiziert waren. Und dies alles stürze die Kirche in die schlimmste Krise, die sie jemals erfahren habe.

Ich ließ ihn nicht aus den Augen, und nach fünf Minuten sah er überall hin, nur nicht zu mir. Er hatte die Kanzel, aber ich hatte ihn. Immer wieder verlor er den Faden und wiederholte sich, erhielt erst wieder frischen Wind, als er am Kern seiner Predigt angelangt war.

»Dieses Thema«, deklamierte er, während er seine Blätter aufeinander legte, »soll uns Anlass sein, ein frommes Auge auf die jüngste Aktion der Generalversammlung zu werfen. Diese Aktion zielt nämlich darauf ab, den *Homosexuellen* in unserer geliebten Kirche Tür und Tor zu öffnen. Dies ist nur der jüngste Versuch, an den biblischen Grundfesten unseres Glaubens zu rütteln. Geliebte Gemeinde, hieran lässt sich ersehen, welche Forderungen die Liberalen stellen, sobald wir ihnen auch nur den kleinen Finger reichen. Und dies alles hat vor fünfundzwanzig Jahren begonnen, als die Generalversammlung beschloss, dass auch Frauen den Priesterberuf ergreifen dürfen.«

Er hielt inne und ließ seinen kummervollen Blick über die Gemeinde schweifen. In der Stille konnte man eine Stecknadel fallen hören.

»Ich weiß natürlich«, fuhr er fort, indem er die Stimme senkte, um seine Zuhörer bei der Stange zu halten, »dass das, was ich eben sagte, nicht jedermann gefallen wird, besonders nicht den Frauen, die sich um diese Kirche verdient gemacht haben. Aber hört mich an, ich will euch sagen, was passieren kann oder wird, wenn wir die Lehre der Heiligen Schrift missachten. Ob es uns nun gefällt oder nicht, geschrieben steht nun einmal, dass nur Männer als Kirchenräte, Kirchenälteste und Pastoren dienen sollten. Paulus schreibt an Timotheus, dass Priester nur eine Ehefrau haben sollen, ein klarer Hinweis darauf, dass er keine weiblichen Diakone oder Kirchenälteste im Sinn hatte. Ferner schreibt Paulus an Timotheus, dass er Frauen nicht gestatte, einen Mann zu belehren oder zu beherrschen. Sie habe zu schweigen. Dies ist bestimmt nicht leicht zu akzeptieren, zumal Frauen unserer Glaubensrichtung in allen Ämtern ja tatsächlich schon gute und treue Dienste geleistet haben. Aber darum geht es gar nicht, sondern darum, dass wir gegen Gottes Heiliges Wort verstoßen haben. Und wohin hat es uns gebracht? Homosexuelle an unseren Schulen, in unserem Militär und auf unseren Kanzeln. Geliebte Gemeinde, wenn unsere Kirche und unsere Nation überleben sollen, müssen wir uns dem Willen Gottes vollkommen unterwerfen.«

Ich tat mein Bestes seine Stimme kurzerhand auszuknipsen,

weil ich diese Kirchenpolitik satt hatte, in der sich eine Gruppe Männer mit einer anderen Gruppe Männer über die Rolle der Frauen in der Kirche zankte. Ich kannte Pastor Ledbetters Meinung zu diesem Thema. Er war der Auffassung, dass die Pflichten der Frauen sich darin erschöpften, Haupt- und Pfannengerichte zuzudecken, und ich hatte alle drei Pflichten zur Genüge erfüllt. Aber als er anfing, sämtliche Probleme der Kirche auf die Pastorinnen abzuwälzen, hätte ich Paulus mitsamt seinem Timotheus am liebsten den Hals umgedreht, weil er Männern wie Pastor Ledbetter eine Rechtfertigung für ihre Vorurteile verschaffte. Und kommen Sie mir bloß nicht damit – das hatte Pastor Ledbetter nämlich gerade gesagt –, dass Demut und Unterwerfung eine Frau erhöhen und adeln. Ich kannte mich aus in Sachen Demut, und was hatte ich davon? Die Fleisch gewordene Demütigung in Khakis neben mir.

Als diese schier endlose Predigt endlich überstanden war, nahm ich Klein Lloyd bei der Hand und schritt mit ihm in Richtung Ausgang. Die Leute strömten aus ihren Bänken, hielten uns aber den Weg frei, dadurch wusste ich, dass auch sie verstanden hatten, auf wen die Predigt gezielt hatte. Einige lächelten mir zu, wobei ihre Augen wie magnetisch auf dem Kind hafteten, das ich bei mir hatte. Andere unterhielten sich lebhaft mit ihren Nachbarn und waren viel zu beschäftigt, um uns zu bemerken. Ja, und als ich zur Tür kam, stand da der Pastor und schüttelte den Leuten die Hand. Wahrscheinlich hatte er erwartet, dass ich mich durch einen der Seitenausgänge davonschleichen würde, aber ich marschierte geradewegs auf ihn zu, um ihm gründlich die Meinung zu sagen. Es gelang mir, ihm Klein Lloyd direkt vor die Nase zu schieben.

»Klein Lloyd, das hier ist Pastor Ledbetter. Dein Wohlergehen liegt ihm sehr am Herzen«, sagte ich, und zwar in einer Lautstärke, dass die Unterhaltungen um uns herum ins Stocken gerieten. »Pastor, es war mir eine besondere Freude, Ihre Predigt zu hören, aber ich finde, dass Ihr Herz, was dieses Thema anbelangt, noch Kapazitäten frei haben sollte. Sie könnten Gott zum Beispiel über die Pflichten von Ehemännern und Vätern konsultieren und Ihn fragen, was Er von Männern hält, die beides sein wollen, und zwar in verschiedenen Haushalten. Und wenn die Erlaubnis, dass Frauen in der Kirche Pflichten übernehmen dürfen, uns auf die glitschigen Abhänge der Sünde gebracht hat, dann möchte ich wirklich gern wissen, auf welcher Bergeshöh die Kirche zweitausend Jahre lang saß, in denen die Männer sie für sich alleine hatten.«

Ich hörte einige Frauen angesichts meiner Unverfrorenheit nach Luft schnappen, aber das war mir egal. Ich nahm Klein Lloyd bei der Hand und schritt heftig atmend, aber hoch erhobenen Hauptes von dannen.

Ich war dermaßen wütend, dass es einige Minuten dauerte, bis das Auto vor meinem Haus in mein Bewusstsein einsickerte. Ein uraltes Vehikel, braunweiß mit Flossen. Und einer rostigen Stoßstange.

»Sieh mal, Klein Lloyd«, rief ich und spürte, wie mir zum ersten Mal seit Tagen wieder leichter ums Herz wurde. »Ich glaube, das ist das Auto von deiner Mama!«

»Ist es auch! Sie ist wieder da!« Er riss sich los und rannte auf das Haus zu.

13

»Warte! Achte auf die Autos! Klein Lloyd, lauf ja nicht über die Straße, bevor ich komme!« Ich eilte ihm hinterher, und wir hasteten über die Straße, dann die Auffahrt entlang und auf die Veranda. Mein Herz klopfte laut vor Freude, dieser Frau endlich die Meinung sagen zu können. Ich wollte sie kräftig in die Mangel nehmen, aber ich kam nicht dazu.

In meinem Schaukelstuhl, verdeckt vom wilden Wein, saß ein Mann. Von Hazel Marie Puckett weit und breit keine Spur.

Sein Anblick bremste Klein Lloyds Schwung und ließ auch mich innehalten. Er war kräftig gebaut, nicht groß, aber solide wie eine Mauer. Sein Haar, schwärzer als seine Augenbrauen, der sorgsam zurechtgestutzte Schnauzer und das Kinnbärtchen glänzten pomadig. Auf seiner Stirn kringelte sich eine Locke. Er trug einen graugrünen Anzug, ein weißes Hemd und eine Krawatte mit grünbraunen Sprenkeln. Und als wäre das noch nicht genug, weiße Socken. Am rechten Handgelenk prangte, nach innen gedreht, eine dicke goldene Uhr und an beiden Mittelfingern jeweils ein goldener Ring. An seine Brust drückte er eine Bibel aus weichem Leder und mit Goldschnitt. Sie wies ihn, noch ehe er den Mund aufmachte, als Prediger aus – einer von der schmierigen Sorte, wenn Sie mir die Bemerkung erlauben.

Er stand auf und schritt uns mit einem gewinnenden Lächeln entgegen. Klein Lloyd versteckte sich hinter mir.

»Mrs. Springer«, sagte der Mann mit großem Pathos, während er sich auf eine Weise verneigte, die ich nur als hündisch beschreiben kann. »Ich bin hier, um mich bei Ihnen in aller Form für das schlechte Benehmen meiner Nichte Hazel Marie Puckett zu entschuldigen und Sie unser aller aufrichtiger Dankbarkeit für Ihre Freundlichkeit und christliche Nächstenliebe zu versichern, gelobt sei Gott, der Herr. Wir, die Familie Puckett, stehen auf immer tief in Ihrer Schuld, weil Sie

Junior bei sich aufgenommen und für ihn gesorgt haben. Ich bin gekommen, um Sie von dieser Last zu befreien und Junior in den Schoß seiner Lieben zurückzubringen, die ihn mächtig vermisst haben.«

Na halleluja, dachte ich, und musste unwillkürlich lächeln über meinen höchst merkwürdig aussehenden Retter.

»Vergeben Sie mir, Ma'am«, fuhr er fort, bevor ich etwas erwidern konnte, »aber dürfte ich mich Ihnen vorstellen, obwohl ich hoffe, dass Sie mich bereits kennen, und zwar aus der Sendung *Schüret die Flamme*, die jeden Dienstagabend von neun bis zehn auf WCHR ausgestrahlt wird und auf diese Weise mit Gottes Macht in zigtausend christliche Haushalte gelangt.« Ich schüttelte den Kopf und erwiderte leise, dass ich nicht oft fernsähe. Er lächelte, als würde er in mir einen potenziellen Zuschauer und Spender wittern. »Ich bin Reverend Vernon Puckett, weit und breit bekannt als Bruder Vern, wie Sie mich freundlichst nennen wollen.« Er streckte mir seine Hand entgegen, ich schüttelte sie und musste feststellen, dass sie verschwitzt war. Aber es war ja auch ein heißer Tag.

»Nehmen Sie Platz, Mr. Puckett«, sagte ich, »und dann sagen Sie mir bitte, wo ich die Mutter dieses Jungen finde.«

»Na ja, sie ist unten in Raleigh«, sagte er seufzend, während er in den Schaukelstuhl sank und seine Oberschenkel aufquollen wie Schinken. Für gewöhnlich bemerke ich derlei Eigenheiten nicht, aber Polyester sorgt für knappen Sitz. Er zog ein großes Taschentuch heraus und wischte sich den Schweiß von der Stirn. »Ich sage Ihnen, dieses Mädchen ist eine große Plage für uns Pucketts, und ich brauche Ihnen bestimmt nicht zu erklären warum, Mrs. Springer.« Er warf mir einen durchdringenden Blick zu, der mich wissen ließ, dass er über ihr Verhältnis mit Wesley Lloyd im Bilde war. »Nun, Sie werden es vielleicht nicht wissen, aber dank meiner frommen Arbeit komme ich im ganzen Staat herum und über seine Grenzen hinaus. Ich war bereits im schönen Californien, viele Monate lang, und ich sage Ihnen, Mrs Springer, dort brauchen die Menschen das Wort Gottes dringender als irgendwo sonst. Wohin mein Ruf mich führt, da fahre ich hin, gelobet sei der

Herr. Das hält mich auf Trab. Zufällig bin ich die ganze nächste Woche in der Bethany Crossroads-Baptistenkirche, außerhalb von Raleigh, um Wiederauferstehungs-Gottesdienste abzuhalten. Es war Gottes Fügung, Mrs. Springer, denn ich erhielt vor etwa zwei Tagen einen Anruf von Hazel Marie, die mich fragte, ob zufällig jemand nach Raleigh fahre und bei der Gelegenheit den Kleinen zu ihr bringen könne.« Er richtete seine schwarzen Rosinenaugen auf Klein Lloyd und sagte: »Willst du zu deiner Mama, Junge?«

»Ja Sir«, antwortete Klein Lloyd. Er stand neben mir und hielt sich mit einer Hand an der Armlehne meines Stuhls fest. Wahrscheinlich hatte es ihm vor Freude die Sprache verschlagen.

»Na gut«, sagte Bruder Vern und klopfte sich mit seiner biegsamen Bibel auf die Schenkel, »hol dein Zeug, und auf geht's. Bis Sonnenuntergang müssen wir da sein, wir wollen morgen schon in aller Herrgottsfrühe anfangen zu drehen, Lob sei dem Herrn. Muss mit den Hühnern aufstehen!« Er warf den Kopf zurück und lachte, wobei man seine großen, künstlichen Zähne sah. Der Mann war mir unsympathisch. Er hatte etwas allzu Glattes, Routiniertes an sich. Aber er trat ja auch im Fernsehen auf, deshalb hatte er wohl ein bisschen Schauspielerblut in sich. Wie die meisten Prediger.

Klein Lloyd neben mir zögerte. Ich verstand den Jungen nicht. Plötzlich wurden unser beider Gebete erhört: Er konnte seine Mutter wiedersehen, und ich hatte endlich einen Weg aus diesem Dilemma gefunden.

»Mach schon, Junge«, sagte ich. »Pack alles in den Koffer, den ich dir gegeben habe, auch deine neuen Sachen. Die darfst du natürlich behalten. Deine Mama kann es bestimmt kaum mehr erwarten, dich wiederzusehen.«

»Werden Sie Deputy Bates von mir grüßen?«, fragte er mit einem flüchtigen Seitenblick auf seinen Onkel oder Großonkel, wie ich vermutete.

»Natürlich«, beteuerte ich. »Er wird dich bestimmt besuchen, wenn du wieder mal hierherkommst.«

Er lächelte flüchtig und rannte ins Haus. Ich hörte seine

Füße die Treppe hinauftapsen. Ich setzte mich zurück, dankbar, dass dieses Kind, das auf der falschen Seite des Betts gezeugt worden war, wieder dorthin zurückkehrte. Ich wandte meine Aufmerksamkeit wieder dem Mann neben mir zu, gerade noch rechtzeitig, um zu sehen, wie ein breites Grinsen den missbilligenden Blick auslöschte, den er dem Jungen zugeworfen hatte.

»Mr. Puckett –«

»Ah, ah, ah«, fiel er mir ins Wort, den Zeigefinger drohend erhoben.

»Na dann, Bruder Vern«, sagte ich, »Sie können Ihrer Nichte ruhig bestellen, was ich von ihr halte. Ich habe noch nie gehört, dass jemand sein Kind einfach wildfremden Leuten vor die Tür gestellt hätte. In diesem Fall kommen noch erschwerende Umstände hinzu, wie Sie anscheinend wissen.«

»Ich bin tatsächlich im Bilde«, sagte er. Er lehnte sich in dieser vertraulichen Manier zu mir herüber, die Prediger im Seminar zu lernen scheinen. Mir wehte ein schweres, moschushaltiges Aftershave in die Nase, und ich sah ein edelsteinbesetztes Kreuz auf seiner Krawatte glitzern. Zirkone? Diamanten? Wohl kaum. Ich lehnte mich zurück, um den Duftwolken auszuweichen, während er weiterredete. »Als ich vor ein paar Jahren erfahren musste, wie meine Nichte lebte, war ich bis ins Innerste erschüttert, sag ich Ihnen. Ich habe für sie gebetet, ihre Angelegenheit unzählige Male dem Herrn vorgetragen, mit ihr gesprochen, mit Engelszungen auf sie eingeredet, aber es hat alles nichts genützt. Und für Sie, Mrs. Springer, hab ich auch gebetet, dabei hab ich Sie nicht mal gekannt.«

»Was Sie nicht sagen!«, rief ich aus, gegen meinen Willen gerührt.

»Ja, dieses Mädchen hat uns allen sehr viel Kummer bereitet, aber dass sie den Jungen liebt, das weiß ich. Und die Liebe einer Mutter wiegt schwerer als die schwerste Sünde, Lob sei dem Herrn.«

»Mag wohl sein. Ach, wo habe ich denn nur meine Gedanken? Sie beide können unmöglich so weit fahren, ohne einen Happen zu essen. Ich mach Ihnen rasch etwas zurecht. Das dauert nur eine Minute. Bei der Gelegenheit werde ich gleich mal nachsehen, was der Junge so lange treibt.« Ich stand auf und wollte zur Küche gehen, aber er hinderte mich daran.

»Nicht nötig, Ma'am, nicht nötig. Ich halte kurz am Burger King, draußen auf dem Highway. Wir essen dann auf der Fahrt, Lob sei dem Herrn für all das Gute, das Seinem Volk zur Verfügung steht. Ich bin wirklich knapp dran, und Hazel Marie kann es schon nicht mehr erwarten, bis wir kommen. Danke für das Angebot, Lob sei dem Herrn.«

Da kam Klein Lloyd auf die Veranda, in einer Hand den Koffer, in der anderen den Blazer. Seine Brille war ihm auf die Nase gerutscht, und er blickte benommen und trübselig über sie hinweg. Ohne seine dicke Brille war er blind wie ein Maulwurf, möchte ich wetten. Ich hätte ihm eine bessere besorgt, wenn er länger geblieben wäre. Aber wenigstens hatte ich ihm zu einem guten Haarschnitt verholfen.

»Nun, Klein Lloyd, wir werden dich vermissen«, sagte ich, sicher, dass der Herr mir die kleine Lüge verzeihen würde. Aber sind gute Manieren im Grunde nicht auch Lügen? »Lillian wird ganz schön traurig sein, wenn sie morgen kommt. Und Deputy Bates wird sich fragen, was jetzt aus der Reifenschaukel hinten im Hof werden soll. Ich hoffe, du kommst uns mal besuchen.« Na ja, der Blitz hatte mich auch beim ersten Mal nicht getroffen.

»Ja, Ma'am«, murmelte er und ließ den Kopf hängen, als wolle er gleich anfangen zu weinen. Beim Anblick seines jämmerlichen Gesichtsausdrucks durchzuckte mich jähes Mitleid. Nicht, dass ich den Jungen ins Herz geschlossen hatte, verstehen Sie mich nicht falsch, ich wusste nur nicht, wie seine Mutter es schaffen wollte, sich um ihn zu kümmern. Unwillkürlich fühlte ich mich für ihn verantwortlich.

»Wissen Sie, Mr. Puckett, ich möchte den Jungen lieber doch bei mir behalten, bis seine Mutter sich persönlich meldet. Verstehen Sie mich nicht falsch, ich weiß, dass Sie gut für ihn sorgen werden«, beeilte ich mich zu sagen, als er mir einen strafenden Blick zuwarf. »Aber Sie haben doch auch ohne ihn alle Hände voll zu tun mit ihren Fernsehshows und Gottesdiensten, und was wird aus ihm, wenn Sie seine Mutter verfehlen? Sie können das Kind doch nicht quer durchs Land schleppen, ihn zwingen, bis spät in die Nacht aufzubleiben und mit Fast Food und was weiß ich noch alles füttern. Ja, ich fände es besser, wenn der Junge hier bliebe.«

Ich schaute von einem zum anderen, bemerkte Klein Lloyds Unentschlossenheit und Bruder Verns erschrockenen Blick.

»O nein, das wird nicht gehen.« Bruder Vern hob seine Hand, als wolle er dem Verkehr Einhalt gebieten. »Entschuldigen Sie meine Heftigkeit, Mrs. Springer, aber sehen Sie, man hat mich beauftragt, diesen Jungen zu seiner Mutter zurückzubringen. Ich habe es ihr versprochen und, na ja ...« Er brach ab, schüttelte den Kopf und kniff die Augen zusammen. »Ich will Ihnen die Wahrheit sagen, Mrs. Springer. Sie sollten dieser Frau lieber aus dem Weg gehen. Man weiß nicht, wozu sie imstande ist, und glauben Sie mir, Sie wollen es auch gar nicht wissen.«

»Nun ja, wenn Sie meinen«, sagte ich, während mir mein durchwühltes Haus wieder in den Sinn kam. Das konnte doch nie und nimmer die Puckett gewesen sein. Sie war doch in Raleigh, oder nicht? »Jetzt weiß ich nicht, was ich tun soll. Was meinst denn du, Klein Lloyd?«

»Er will zu seiner Mutter«, antwortete Bruder Vern an seiner Stelle. »Nicht wahr, Junge?«

»Ja schon, Sir, ich –«

»Dann bedanke dich bei dieser netten Lady, damit wir uns auf den Weg machen können.« Bruder Vern hievte sich mit schweißglänzender Stirn aus dem Schaukelstuhl und knöpfte sich sein Jackett zu, einen Zweireiher, nicht eben vorteilhaft für einen Mann seiner Statur. Er klemmte sich die Bibel unter den Arm und ging zur Treppe. Er war reisefertig.

»Bist du sicher, dass du alles hast?«, fragte ich den Jungen. »Malbuch und Stifte? Ein Buch zum Lesen für die Fahrt?«

»Ja, Ma'am, ich hab alles.« Er hob den Kopf und starrte mich eindringlich an, blickte mir angestrengt geradewegs in die Augen, wie Wesley Lloyd es zu tun pflegte. Keine Spur mehr von dem eingeschüchterten Jungen, der sich mit kummervoller Miene im Haus herumgedrückt hatte.

»Na ja, was ist mit –?«

»Ich habe alles im Koffer«, sagte er, wobei seine Augenbrauen zuckten, als er mir dermaßen angestrengt zublinzelte, dass ich dachte, irgendetwas sei nicht in Ordnung mit ihm. Dann überraschte und beschämte er mich, indem er sagte: »Danke, dass ich bei Ihnen bleiben durfte. Es tut mir Leid, dass ich Ihnen so viele Umstände bereitet habe.«

»Ach was«, stammelte ich, »das waren doch keine Umstände. Es war nett, dich hier zu haben.« Und während ich noch vergeblich darauf wartete, dass mich nun endgültig der Blitz treffen würde, erkannte ich, dass ein Körnchen Wahrheit in dem war, was ich zu ihm gesagt hatte.

Bruder Vern Puckett nahm den Koffer und lenkte Klein Lloyd mit fester Hand die Stufen hinunter zum Wagen. Während ich den beiden hinterherblickte, wartete ich darauf, dass Erleichterung sich in mir Bahn brach, aber ich spürte nichts. Der Motor röhrte, und aus dem Auspuff quoll schwarzer Rauch.

»Meine Güte!«, rief ich, verdutzt, weil ich offenbar die ganze Zeit Tomaten auf den Augen gehabt hatte. Es war derselbe Wagen, in den die Puckett vor kaum einer Woche gestiegen war. Wer hatte damals am Steuer gesessen? Wie war Bruder Vern zu dem Auto gekommen?

»Warten Sie!«, rief ich, während ich winkend die Stufen hinunterrannte. Aber das Auto fuhr weg. Klein Lloyd hatte den Kopf seitlich aus dem Fenster gesteckt und schaute zu mir zurück. Der Wagen bog auf die Lincoln hinaus und war verschwunden, zurück blieb nur noch schwarzer Rauch über meinem Buchs.

Noch bevor ich das Haus erreichte, hörte ich plötzlich ein dumpfes Dröhnen, das immer lauter wurde. Ich blickte mich um, konnte aber nicht ausmachen, woher es kam. Da sah ich einen schwarzen Pickup auf gigantischen Reifen, der am anderen Ende der Straße um die Ecke gebogen kam und auf mich zufuhr. Ach du meine Güte, dachte ich, und mein Herz begann wild zu klopfen, das ist derselbe Truck, oder sein Zwillingsbruder, der mich neulich nachts verfolgt hat. Dieselben gelben

Scheinwerfer auf dem Dach, dieselben Reifen, dieselben schwarzen Fenster. Als er im Abstand von drei Metern an mir vorbeifuhr, sah ich auf der Tür einen orangen Blitz. Ich stand da wie angewurzelt, betäubt vom lauten Dröhnen des Motors. Ich sah zu, wie er in die Lincoln einbog, und hörte den entsetzlichen Motorenlärm allmählich in der Ferne verklingen wie Donnergrollen. Ich hastete zurück auf die Veranda und versteckte mich im Schaukelstuhl hinter dem wilden Wein, so erschrocken war ich über diesen Zufall. Sofern es einer war. Ich saß da und starrte auf die leere Straße, machte mir Sorgen um Klein Lloyd, fragte mich, ob der Truck womöglich gar nicht hinter mir, sondern hinter ihm her war.

Kleine Wölkchen schwarzen Auspuffrauchs kräuselten sich die Stufen herauf, und ich fühlte mich verlorener und einsamer als damals, nach dem jähen Verlust meines Mannes.

14

Später versuchte ich mich auf die Zeitung zu konzentrieren, auch auf den Teil »Wir über fünfzig«, der Leute wie mich ansprechen sollte, es aber nicht tat, und bemühte mich, den langen Sonntagnachmittag zu füllen, der sich schier endlos dehnte. Die Luft war reglos und heiß, das Haus so ruhig und so einsam, dass ich mich fragte, was ich von nun an mit mir anfangen sollte. Meine Kehle fühlte sich trocken und eng an, und es wurde schlimmer, wann immer mir dieser Junge in den Sinn kam, was öfter der Fall war, als ich mir eingestehen wollte. Wo war er, was tat er, und warum interessierte es *mich*?

Das tut es ja gar nicht, sagte ich mir. Er war nicht länger mein Problem, war es nie gewesen. Ich faltete meine Zeitung zusammen, legte die Hände in den Schoß und blickte durch das leere Zimmer. Vielleicht würde ich die schweren Samtvorhänge durch leichtere ersetzen, vielleicht die Polstermöbel neu beziehen lassen. Vielleicht würde eine neue Wohnzimmereinrichtung mich von meinen Sorgen ablenken. Vielleicht auch nicht.

Ich war froh, als es gegen vier Uhr nachmittags an der Vordertür klopfte, und noch froher, als ich Sam draußen stehen sah.

»Komm rein, Sam«, sagte ich und öffnete ihm die Tür. »Stell dir vor, meine Probleme sind gelöst.«

»Wie hast du das angestellt, Julia?« Er ließ sich in einem der viktorianischen Sessel neben dem Kamin nieder. Seine wohlvertraute Gestalt füllte den Raum und den einsamen Nachmittag. Ich bemerkte sein lichtes Haar und das auffallende Blau seiner Augen.

Ich nahm seinen Hut, legte ihn auf die Marmorauflage der Kommode und setzte mich dann auf die Couch. »Sein Onkel, besser gesagt der Onkel seiner Mutter hat nach der Kirche auf uns gewartet. Er hatte mit Hazel Marie gesprochen, und sie hatte ihn gebeten, Klein Lloyd nach Raleigh zu bringen. Ich nehme an, sie hat irgendeine Möglichkeit gefunden, ihn bei sich zu behalten. Sie sind gegen Mittag losgefahren und schon eine ganze Weile unterwegs.«

Ich warf einen Blick auf meine Uhr und fragte mich, wo der Junge gerade sein mochte. Es wollte mir partout nicht gelingen, sein Gesicht loszuwerden, das mich aus dem Wagenfenster angestarrt hatte. Oder sein Gezwinkere, bevor sie losgefahren waren.

»Das Problem wäre also gelöst«, sagte Sam. Er unterbrach sich, blickte mir forschend in die Augen und redete dann weiter, als könne er meine Gedanken lesen. »Wo ist denn bitteschön die Freude, von der du gesprochen hast?«

»Nun ja, die Sache ist die«, sagte ich und fingerte an einem meiner Knöpfe herum, »ich war mir plötzlich nicht mehr ganz sicher, ob ich ihn tatsächlich gehen lassen sollte, und Klein Lloyd schien mir auch nicht übermäßig wild darauf zu sein. Zu dem Zeitpunkt ist mir das aber noch nicht aufgefallen, weil *ich* so wild darauf war, ihn loszuwerden. Ich meine, er freute sich natürlich auf seine Mutter, das konnte man deutlich sehen. Aber wenn ich es recht bedenke, war da irgendetwas in seinem Benehmen, das mich stutzig werden ließ.

Und ich muss leider zugeben, dass ich nicht geistesgegenwärtig genug war, Bruder Vern ein paar Fragen zu stellen. Über dieses Auto zum Beispiel.«

»Warum erzählst du mir nicht alles hübsch der Reihe nach, Julia? Wer ist Bruder Vern, und was ist mit seinem Wagen?«

Also erzählte ich Sam die Geschichte, und je mehr ich ins Detail ging, desto klarer wurde mir, dass es falsch von mir gewesen war, das Kind einem mir völlig fremden Menschen zu überlassen.

»Aber der Junge kannte ihn doch?«, fragte Sam.

»Ja, schon. Allerdings schien er ihn nicht besonders zu mögen, aber da kann ich mich auch täuschen. Ach, Sam«, seufzte ich, stand auf und ging auf und ab, »weshalb habe ich den Menschen nicht gefragt, wie ich diese Puckett erreichen kann? Dann hätte ich sie anrufen und sicher sein können, dass der

Junge auch wirklich bei ihr angekommen ist. Das hätte ich tun sollen. Jetzt habe ich keinerlei Möglichkeit herauszufinden, wo die beiden sind. Oder wo Bruder Vern ist. Ich hätte ihm auf den Zahn fühlen sollen. Stattdessen hatte ich nur einen Gedanken, nämlich mir Wesley Lloyds Kind vom Hals zu schaffen. Absolut egoistisch war das von mir.«

»Sei nicht gar so hart zu dir selbst, Julia. Du warst doch bereit, dich um den Jungen zu kümmern –«

»Ja schon, aber wirklich gewollt hab ich es nicht. Das ist der Unterschied zwischen dem Buchstaben und dem Inhalt eines Gesetzes. Es ist das Herz, was zählt, Sam«, sagte ich, »du weißt das ebenso gut wie ich. Am besten, ich erzähle dir gleich noch die Sache mit dem komischen Truck.«

Als ich mit meiner Geschichte zu Ende war, war Sam dermaßen aufgebracht, dass er aufstand und mir die Hände auf die Schultern legte. »Julia, warum in drei Teufels Namen musstest du in der Dunkelheit noch allein durch die Gegend fahren?«

»Mir war eben danach«, antwortete ich schnippisch. »Sam Murdoch, Wesley Lloyd hat mich mein Leben lang wie eine Zehnjährige behandelt, und das lasse ich mir in Zukunft weder von dir noch von sonst wem gefallen.«

Er nahm die Hände von meinen Schultern. »Du hast Recht, bitte entschuldige. Ich mache mir nur Sorgen um dich, Julia. Erlaubst du mir das?«

Ich tat so, als würde ich darüber nachdenken, nickte dann und sagte: »Meinetwegen, Sorgen kannst du dir machen, aber ich verlange, dass du mich nicht wie ein Kind behandelst.«

Dann solle ich mich gefälligst auch nicht danach aufführen, hätte Wesley Lloyd nun wohl gesagt, aber Sam meinte lächelnd: »Ich traue dir mehr zu, als du denkst, Julia.«

Weil ich nicht wusste, was ich dazu sagen sollte, wechselte ich das Thema. »Was sollen wir wegen des Jungen unternehmen?«

»Jetzt, wo du keine Angst mehr zu haben brauchst, dass das Jugendamt dir den Kleinen wegnimmt, wollen wir als Erstes Deputy Bates verständigen. Er soll die Polizei in Raleigh bitten, die Puckett aufzustöbern. Sie kann bestätigen, dass der

Junge bei ihr ist und dass sie für ihn sorgt. Das wird dich beruhigen.«

»Na gut. Deputy Bates schläft noch, er hat bis zum Vormittag gearbeitet, aber jetzt muss er jede Minute aufwachen. Lass uns in die Küche gehen, dann werde ich ihm eine Kanne Kaffee kochen. Er wird auch etwas essen wollen. Was hältst du von Spiegeleiern zum Abendessen?«

»Da sag ich nicht nein«, antwortete er und folgte mir durch den Flur. »Sieh mal an, Julia, ich wusste gar nicht, dass du kochen kannst.«

»Ein paar Eier in die Pfanne schlagen kann doch jeder, um Gottes willen«, sagte ich, obwohl ich gestehen muss, dass ich im Kochen noch nie ein großes Licht gewesen war und es auch nicht zu werden gedachte.

Ich durchlebte noch eine unruhige Nacht, trotz Sams Zuspruch und obwohl Deputy Bates sich bereit erklärt hatte, offiziell nach Hazel Marie Puckett fahnden zu lassen. Der Sheriff sei ebenfalls daran interessiert, die Frau zu finden, weil man sie fragen wolle, wie das Blut in ihre Garage gekommen sei. Deputy Bates war nicht ausgesprochen froh darüber, dass Klein Lloyd nicht mehr hier war. Enttäuschung und Sorge standen ihm auf die Stirn geschrieben, was wiederum mir Unbehagen verursachte.

»Ich werde den Jungen vermissen«, sagte er.

Ich fasste das als Kritik auf und schnappte zurück: »Nun, ich nicht. Hat jemand daran gedacht, wie ich mich fühle, wenn mir plötzlich das uneheliche Kind meines Mannes ins Haus geschneit kommt?«

Meine Augen wurden feucht, und Sam sagte: »Nicht doch, Julia.«

Das war mir keine große Hilfe, denn ich war leichtsinnig gewesen, den Jungen gehen zu lassen. Das wussten die beiden, und ich wusste es auch, aber was hätte ich tun sollen, wenn ein Verwandter auftauchte und ihn mitnehmen wollte? Eine Menge, wie sich herausstellte. Ich hätte erstens Deputy Bates aufwecken können. Zweitens hätte ich Bruder Vern ausfragen können, von ihm verlangen können, mir ihre Adresse zu geben. Ich hätte mit Klein Lloyd nach oben gehen und ihn außer Hörweite seines Onkels fragen können, ob er wirklich mitfahren wolle.

Ja, es gab eine Menge Dinge, die ich hätte tun können, aber nicht getan hatte, und mit diesem schlechten Gewissen musste ich jetzt leben. Ich stand mitten in der Nacht auf und ging in Klein Lloyds Zimmer. Das verwaiste Bett brachte mir zu Bewusstsein, wie leer mein Haus und vielleicht auch mein Leben waren.

Ich war nichts anderes als eine selbstsüchtige alte Frau, die nichts besaß als ein paar Millionen Dollar und ihren guten Namen. Keinen Mann, keine Kinder, nichts, wofür es sich zu leben lohnte. Nicht einmal der Gedanke an Schecks Ausstellen und Shopping konnte mich noch aufheitern.

Ich begann zu weinen, saß da in Klein Lloyds Zimmer, in einem dunklen Haus, eine alte Dame mit bläulichem Haar, die ihr Leben lang immer nur an sich selbst gedacht hatte. Ja, ich weinte.

Aber nicht etwa, weil ich den Jungen vermisste, keine Spur. Er erinnerte mich nur so stark an Wesley Lloyd und ich vermisste *ihn,* so ungern ich das sage. Ich machte mir Sorgen um den Jungen, hatte das Gefühl, nicht genügend auf ihn aufgepasst zu haben. Hätte ich nur gewusst, ob er auch wirklich bei seiner Mutter angekommen war, dann hätte ich diese Woche abhaken und weiterleben können wie bisher. Ich konnte sogar eine Teeparty veranstalten und alle Kirchenfrauen einladen. Wesley Lloyd lag noch kein Jahr unter der Erde, aber deshalb konnte ich doch Gäste empfangen, wenn ich das wollte. Alle sollten sehen, dass ich mein Haupt noch immer hoch tragen konnte. Also ging ich wieder zu Bett und dachte an Gurkenbrote, mehrstöckige Streichkäsesandwiches, Käsehäppchen, Pastetchen, Blumenarrangements und Stoffservietten, womit ich die raffinierteste Teeparty zu gestalten dachte seit Lula Mae Hardings letztem Fest, bevor sie gestorben war und der Frauensonntagsschule ihren Namen gegeben hatte.

Am Montagmorgen kamen Sam und Lillian etwa zur selben Zeit bei mir an, er durch den vorderen, sie durch den hinteren Eingang. Schließlich landeten wir alle in der Küche, tranken Kaffee und aßen Toast. Lillian wollte sich nicht zu uns setzen, weil sie der Meinung war, es stehe ihr nicht zu, bei meinen Gästen zu sitzen. Mir war es gleich, noch dazu weil ich Sam nicht zu meinen Gästen rechnete, aber sie hantierte mit Töpfen und Pfannen und bereitete ein gewaltiges Frühstück für Deputy Bates, der bald von der Nachtschicht zurückkommen würde. Sie hörte uns allerdings zu und ließ uns durch ein lebhaftes Minenspiel ihre Meinung wissen. Es passte ihr nicht, dass ich Klein Lloyd mit diesem angeblichen Onkel hatte mitfahren lassen.

»Warum haben Sie das gemacht, Miss Julia?«, wollte sie wissen. »So ein Baby muss man doch beschützen, das gibt man doch nicht dem erstbesten Kerl an die Hand.«

Ich versuchte mich zu verteidigen: »Das war der Onkel seiner Mutter, nicht irgendein dahergelaufener Kerl. Ich kann nichts für die Nachlässigkeit seiner Mutter.«

»Schlappe Ausrede«, sagte sie.

Sam rührte in seinem Kaffee herum, langte dann zu mir herüber und legte seine Hand auf die meine. »Ich bin heute Morgen bei Sheriff Frady gewesen. Ich brauche dir wohl nicht zu sagen, dass er mächtig interessiert war an der Beziehung zwischen dir und dem Jungen. Dann rief er seinen Lieutenant ins Zimmer, und ich musste die Geschichte in dessen Gegenwart noch einmal erzählen. Dieser Lieutenant ist ein cleverer Bursche. Er hat sofort vermutet, dass es da einen Zusammenhang mit dem Blut in der Garage des Jungen gibt.«

»Ich dachte, Deputy Bates hätte längst einen Bericht abgeliefert«, sagte ich, angenehm überrascht von Deputy Bates' Loyalität mir gegenüber.

»Nein, Coleman hat lediglich gesagt, dass du den Jungen bei dir hättest und dass ihr euch zu dritt in diesem Haus umgesehen habt. Er hat ihnen erzählt, dass die Puckett eine Bekannte von dir sei und dass du dich bereit erklärt hättest, auf den Jungen aufzupassen. Er hat versucht das Jugendamt aus der Sache rauszuhalten.«

»Ich hoffe, er bekommt keine Schwierigkeiten deswegen.«

»Wohl kaum. Er konnte schließlich nur sagen, was er sicher wusste, und das hat er ja auch getan. Und er respektierte deinen Wunsch, den Jungen nicht ins Heim zu schicken. Aber du wirst selber mit ihnen reden müssen, Julia. Dieser Lieutenant, wie heißt er doch gleich, Peavey, der will erfahren, wie viel du weißt und wie du die Lage einschätzt. Er hat die Puckett auf seiner Vermisstenliste, und seit er meine Geschichte gehört hat, neigt er dazu, den Jungen ebenfalls dazuzusetzen.«

»Aber er ist doch bei seinem Onkel!«, protestierte ich. »Großonkel, meine ich. Ich weiß, ich weiß, hör auf, mich so anzusehen, Lillian. Ich weiß ja, dass ich ihn nicht hätte gehen lassen dürfen, aber was sollte ich denn tun?« Ich hatte Lust zu weinen. Stattdessen goss ich uns Kaffee nach. Es war alles so ungerecht. Ich hatte nicht darum gebeten, von meinem Mann betrogen zu werden oder sein uneheliches Kind vor die Tür gestellt zu bekommen, und erst recht nicht, die gesamte Schuld allein zu tragen.

»Niemand gibt dir die Schuld, Julia«, sagte Sam, der mal wieder meine Gedanken las. »Weißt du was, warum gehst du morgen nicht mit mir zum Angeln?«

Lillian fing an zu lachen, und ich funkelte sie an. »Das fehlte mir noch, Sam Murdoch. Erstens habe ich noch nie im Leben geangelt, und zweitens haben die Leute dann noch mehr Grund, sich über mich das Maul zu zerreißen.«

»Ich finde nur, dass dir ein bisschen Abwechslung gut täte, Julia, sollen die Leute doch reden! Die Männer wären gern an meiner Stelle, und die Frauen wären neidisch auf dich, weil du dir den bestaussehenden Mann der Stadt geangelt hast.«

Lillian lachte laut auf. »Das klingt mir aber gar nicht nach Angeln.«

»Ihr seid mir vielleicht zwei«, sagte ich und spürte, wie ich rot wurde. »Ich habe auch ohne dich schon genügend Sorgen, Sam Murdoch.«

»Ach Julia«, sagte Sam, neigte seinen Kopf zur Seite und senkte die Stimme. »Ich will dich doch nicht auch noch belasten. Ich will dir helfen, aber du lässt mich ja nicht. Ein paar Stunden weg von hier, an einem See, und schon ist die Welt wieder in Ordnung. Es würde dir gefallen, ganz bestimmt.«

»Nein, und damit basta«, sagte ich und wich seinem Blick aus. »Du kannst von mir aus deine Zeit verbummeln, aber ich hab eine Menge zu tun.«

»Besser, Sie hören auf ihn, Miss Julia«, sagte Lillian. »Soweit ich das beurteilen kann, klopfen so viele Männer auch wieder nicht bei Ihnen an, und schon gar keiner wie Mr. Sam.«

»Nur zu, Lillian«, sagte Sam grinsend. »Sag ihr, dass ihr der beste Mann, den sie sich nur wünschen kann, durch die Lappen geht, wenn sie so weitermacht.«

»Das ist wahr«, pflichtete Lillian ihm bei und blickte mich vorwurfsvoll an.

»Das Thema ist abgehakt«, sagte ich, weil ich für ihre Späßchen auf meine Kosten nicht in der Stimmung war.

Da hörte ich Deputy Bates' Wagen in der Auffahrt und war erleichtert, als er durch die Hintertür hereinkam. Er sah müde aus, aber vielleicht gelang es ihm trotzdem, das Gespräch in etwas vernünftigere Bahnen zu lenken. Lillian und Sam fingen sofort an, ihn zu bemuttern, Sam schob ihm einen Stuhl zurecht, und Lillian kam mit Kaffee angerannt.

»Ich werd Ihnen zwei Eier anbraten, mit Wurst und Grütze. In Ordnung?«, fragte sie ihn.

»Klingt großartig«, sagte er und schaltete sein Funkgerät aus, das unangenehme Pfeiftöne von sich gab und zwischendurch die Wortfetzen eines Mannes mit verschnupfter Nase. »Was für eine Nacht«, meinte er, »bin wirklich froh, dass ich sie hinter mir habe.«

»'ne Menge Einsätze?«, fragte Sam.

»Ja, Mann. Ein Einbruch im Motor Inn. Drei Schlägereien auf der Mercer Avenue und dazu noch die Raser im ganzen Bezirk. Dann war ein Alzheimerpatient aus einem Pflegeheim ausgebüxt, und wir mussten die Spürhunde auf ihn ansetzen, um ihn zu finden. Es wollte einfach nicht abreißen.«

»Was Sie brauchen«, deklamierte Lillian, während sie die Eier aufschlug, »ist ein bisschen was Süßes im Leben.« Daraufhin musste sie so fürchterlich lachen, dass ich Angst hatte, sie würde die Dotter platzen lassen.

Deputy Bates grinste und sagte: »Wer sagt Ihnen denn, dass ich nicht schon was habe?«

Sie ließ einen vieldeutigen Pfiff hören und behauptete, dass man es einem Mann an der Nasenspitze ansehe, ob er ein bisschen oder viel oder gar nichts Süßes habe, und er gehöre zweifellos in die letzte Kategorie. Sam lachte mit den beiden, aber für mich rutschte die Unterhaltung etwas weit unter die Gürtellinie. Das war immer noch meine Küche.

»Irgendwas Neues über Klein Lloyd oder seine Mutter?«, fragte ich, und alle wurden wieder ernst.

»Nein, nichts«, sagte Deputy Bates und machte sich über sein Frühstück her, als hätte er die ganze Nacht noch nichts gegessen – und so war es wohl auch. »Wir haben der Verkehrspolizei eine Beschreibung des Wagens durchgegeben, aber sie haben noch nichts gefunden. Die Polizei in Raleigh wird heute Morgen sämtliche Kosmetikschulen überprüfen, um herauszufinden, in welcher die Puckett eingeschrieben ist. Mehr können wir im Augenblick nicht tun. Ach ja, Lieutenant Peavey wird heute irgendwann nach Benson's Gap runterfahren und sich ein paar Leute aus der Puckett-Sippe vorknöpfen. Er kennt ein paar von ihnen, weil sie alle schon mal im Knast waren, und sollte einer von denen irgendwas wissen, dann erfährt er es. Lillian, wenn es Ihnen nicht zu viel Mühe macht, dann könnte ich noch ein Ei vertragen.«

»Überhaupt keine Mühe«, sagte sie, strahlend wie immer, wenn jemand ihre Kochkünste zu schätzen wusste. Ich verschwieg ihr, dass er die Nacht zuvor vier von meinen Eiern gegessen hatte.

Als Deputy Bates endlich den Teller von sich geschoben und Lillian über den grünen Klee gelobt hatte, was, unter uns gesagt, ein bisschen übertrieben war, holte er tief Luft.

»Miss Julia«, sagte er, »Sheriff Frady kommt heute Vormittag zu Ihnen rüber, um Sie über Klein Lloyd und seine Mutter zu befragen. Am besten Sie sind ganz offen zu ihm und erzählen ihm alles.«

»Sam hat mich schon vorgewarnt«, meinte ich. »Und ich habe nicht die Absicht, ihm irgendetwas zu verschweigen. Ich will, dass man den Jungen findet, damit ich endlich aufhören kann, mir Sorgen zu machen, und wieder ein wenig Schlaf bekomme. Ich will Ihnen aber Folgendes sagen: Ich bin froh, dass ich nicht versucht habe zu vertuschen, dass Klein Lloyd der Sohn meines Mannes ist. Das Ganze wäre um einiges schlimmer, weil ich es jetzt ja doch gestehen müsste. Sehen Sie, Lillian? Manchmal weiß ich genau, was zu tun ist.«

»*Manch*mal«, räumte sie ein.

Da hörte ich auch schon das Schlagen von Autotüren vor dem Haus, und mein Herz setzte aus. Ich war noch nie von Hütern des Gesetzes befragt worden und ziemlich nervös. Womöglich entpuppten sich ihre Fragen als genauso schlimm wie der gute Rat, den mein Pastor mir gegeben hatte. Earl Frady sah nicht nach besonders viel aus, aber er repräsentierte viel, auch wenn ich wusste, dass seine Frau hin und wieder volltrunken durch die Stadt torkelte und nur deshalb noch nie im Gefängnis gelandet war, weil keiner seiner Deputies es wagte, sie zu verhaften.

Sam stand mit mir auf und sagte: »Komm schon, Julia, lassen wir sie rein.«

Deputy Bates folgte uns, und auch Lillian legte ihr Geschirrtuch beiseite und leistete uns Gesellschaft.

Wir gingen gemeinsam ins Wohnzimmer und begrüßten den Sheriff.

15

Earl Frady war schon seit achtzehn Jahren Sheriff in Abbot County, und in seinem braunen Polyesteranzug und den schwarzen Stiefeln sah er immer noch wie ein nicht allzu wohlhabender Krämer aus. Er lächelte sein flüchtiges, nervöses Lächeln, als ich an die Tür kam, und strich sich das dünne Haar über die kahle Stelle auf seinem Kopf. Er sah noch unsicherer und unprofessioneller aus als sonst, wie er so dastand und dem großen Mann hinter ihm in der zackigen Uniform gerade mal bis zur Schulter reichte.

Ich bat die beiden herein, und Deputy Bates stellte uns Lieutenant Wayne Peavey vor. Er überragte uns alle und ging mir auf die Nerven mit seiner dunklen Brille, die mir mein Bild zurückwarf, aber nichts von ihm preisgab. Er hatte dünne, harte Lippen, die sein Gesicht zu spalten drohten, wenn er lächelte.

Keinem von uns musste Earl Frady vorgestellt werden; er war pünktlich alle vier Jahre wieder in sein Amt gewählt worden. Nicht etwa, weil er so viel über die Gesetze wusste, sondern weil er die Bezirkspolitik mitsamt den Politikern kannte wie seine Westentasche. Und weil er wusste, wie man Profis anheuerte, ausgebildete und erfahrene Deputies, die für Ordnung sorgten, und er besaß genügend Verstand, sie in Ruhe ihre Arbeit tun zu lassen. Das war Grund genug, ihn immer wieder im Amt zu bestätigen.

Er tauchte nur dann auf, wenn eine Sache wichtig genug war, um eventuell Schlagzeilen zu machen, oder wenn, wie im gegenwärtigen Falle, eine bekannte Persönlichkeit möglicherweise in ein Verbrechen verwickelt war.

Wir setzten uns alle hin, bis auf Lillian, die sich gegen die Flügeltür zum Esszimmer lehnte. Sie hatte sich hinter Lieutenant Peavey gestellt, wo ich sie sehen konnte. Deputy Bates nahm mit der Klavierbank vorlieb, und Sam zog sich einen

Stuhl neben Sheriff Frady. Wir blickten erwartungsvoll auf den Sheriff, aber der hochgewachsene Lieutenant räusperte sich und zückte einen kleinen Notizblock. Dann begann er mich auszufragen, was seit dem Tag, als Hazel Marie Puckett mit ihrem Jungen vor meiner Tür aufgetaucht war, alles geschehen war.

Lillian runzelte jedesmal die Stirn, wenn er den Mund aufmachte. Ganz zu Anfang fiel Sam ihm ins Wort, um ihm klarzumachen, dass ich seine Fragen nur in einer Atmosphäre der Zusammenarbeit beantworten würde, und dass, falls der Sheriff etwas anderes im Sinn haben solle, die Anwesenheit meines Anwalts erforderlich sei. Lillian verschränkte die Arme und nickte beifällig.

»Wir führen nichts Böses im Schilde«, sagte Sheriff Frady, indem er das dehnbare Material seiner Hose über dem Knie etwas lüftete, um sich ein wenig Beinfreiheit zu verschaffen. »Wir möchten lediglich wissen, was bis zu diesem Einbruch am Samstag, bei hellichtem Tag, alles passiert ist. Außerdem würde uns interessieren, ob Mrs. Springer inzwischen irgendetwas vermisst.«

»Dann achten Sie auf Ihre Fragen«, sagte Sam und blickte den Sheriff dabei aus zusammengekniffenen Augen an.

Sam war durch und durch Demokrat, desgleichen Sheriff Frady, der wusste, mit wem er es sich besser nicht verscherzen sollte. Der Sheriff bedeutete dem Lieutenant mit einem Kopfnicken fortzufahren, während er sich bequem zurücklehnte und eine unbeteiligte Miene aufsetzte.

Der Lieutenant führte mich Schritt für Schritt durch die vergangene Woche und machte sich Notizen. Nachdem ich in allen Einzelheiten erzählt hatte, wie der Junge tags zuvor mein Haus verlassen hatte, beschrieb ich ihm Bruder Vern und seinen Wagen und erklärte, dass Hazel Marie Puckett angeblich drüben in Raleigh Fingernägel zurechtfeile. Daraufhin klappte er den Block zu und stand auf.

»Na gut, Mrs. Springer«, sagte er, während ich mir den Hals verrenkte, um zu ihm aufzusehen. »Wir wissen nicht, was in dieser Garage passiert ist. Von Nachbarn haben wir erfahren, dass die Frau und ihr Sohn da gewohnt haben, aber beide verschwunden sind. Wie es aussieht, ist es Ihr Haus, und auch der Junge war hier bei Ihnen, von welcher Seite man die Sache auch betrachtet, immer gibt es eine Verbindung zu Ihnen. Und es war nicht nur Blut in der Garage, wir haben auch ein paar ausgeschlagene Zähne gefunden. Wir warten noch auf den Laborbericht, um definitiv sagen zu können, dass es sich dabei um menschliche Substanzen handelt, aber dann wissen wir noch immer nicht, wem sie gehören und wie sie dorthin kamen.«

»Ich fürchte, das kann ich Ihnen auch nicht sagen«, sagte ich.

»Nein, wohl kaum, aber diese Blutspuren waren noch nicht länger als vierundzwanzig Stunden in dieser Garage, und Ihren Aussagen zufolge kann niemand bezeugen, wo Sie am Freitagabend waren.«

»Aber am Freitag wusste ich doch noch gar nicht, wo dieses Haus steht, geschweige denn, dass es mir gehört. Und ich habe Ihnen doch schon gesagt, dass ich einfach nur in der Gegend herumgefahren bin. Den ganzen Abend, ungefähr drei Stunden. Sie können Lillian fragen. Und Deputy Bates. Die waren beide hier, als ich heimkam.« Deputy Bates hatte seine Ellbogen auf die Knie gestützt und auf den Boden gestarrt. Nun blickte er auf und bestätigte meine Aussage mit einem Nicken. Lieutenant Peavey bemerkte es nicht.

»Aber Ihrer eigenen Aussage nach hat Sie während dieser drei Stunden niemand gesehen.«

»Nun ja, bis auf den schwarzen Truck.«

Lieutenant Peavey richtete seine schwarze Brille auf mich und sagte: »Welcher schwarze Truck?«

Ich erzählte es ihm. Er zuckte die Schultern und machte sich nicht einmal die Mühe, seinen Notizblock aufzuklappen. »Es wimmelt in der Gegend nur so von schwarzen Pickups. Sie müssen uns schon einen besseren Zeugen liefern.«

»Moment mal«, ließ Sam sich hören und stand auf. »Wollen Sie damit sagen, dass Sie Mrs. Springer verdächtigen, etwas mit dem Blut in der Garage zu tun zu haben? Ich habe dich gewarnt, Earl«, sagte er zum Sheriff, »pass bloß auf. Solltest du irgendeine Aussage von Mrs. Springer gegen sie verwenden, dann bist du in Schwierigkeiten. Ich sag's noch mal: Mrs. Springer hat keinen Anwalt bei sich.«

»Nun, Sam«, sagte der Sheriff, stand auf und ging zur Tür. »Wir müssen jeden befragen, und bislang ist noch keiner beschuldigt worden.«

»Das will ich hoffen«, sagte Sam. »Bis jetzt hast du auch noch keine Verdachtsmomente. Welches Verbrechen ist, abgesehen von dem Einbruch in dieses Haus, begangen worden? Oder habt ihr da auch Mrs. Springer in Verdacht?«

»Aber nein, natürlich nicht«, sagte der Sheriff und warf seinem Lieutenant einen strengen Blick zu, den dieser jedoch zu übersehen schien. »Wir müssen lediglich alles abklären, wissen Sie.«

Der Lieutenant wandte sich an mich. »Sie haben hoffentlich nicht vor, in der nächsten Zeit die Stadt zu verlassen? Möglicherweise möchte ich noch einmal mit Ihnen sprechen.«

Als sie gegangen waren, bebte Sam vor Wut, weil man mich verdächtigte, ein Verbrechen begangen zu haben, bei dem es nicht einmal ein Habeas Corpus oder Delicti, oder wie immer das hieß, gab. Dieser Junge war unvermittelt in mein Leben geschneit, und seither war nichts mehr, wie es vorher war.

Es war Montagabend gegen neun, draußen war es gerade dunkel geworden, und ich wünschte mir nichts sehnlicher, als endlich wieder einmal gut schlafen zu können. Nach dem Verhör heute Morgen hatte ich allerdings nicht viel Hoffnung.

Ich ging in die Küche, um mir Milch für eine Tasse Ovomaltine warm zu machen, weil ich dachte, das könnte mir eventuell beim Einschlafen helfen. Dann kam mir ein anderer Gedanke, und ich nahm den Topf vom Herd und Lillians Kochsherry aus dem Regal. Ein Schluck hiervon würde mit Sicherheit wirken, dachte ich. Presbyterianer dürfen eigentlich keinen Alkohol zu sich nehmen, aber viele tun es trotzdem. Nicht so Wesley Lloyd, der ein überzeugter Abstinenzler war, was zur Folge hatte, dass auch ich nichts trinken durfte. Als ich das ekelhafte Zeug hinunterkippte, dachte ich, dass es im Laden bestimmt Besseres zu kaufen gab, zumal es so vielen

Leuten zu schmecken schien. Also beschloss ich, mir etwas zu besorgen, was trinkbarer war als dieser Fusel. Ob mich jemand dabei sehen würde, war mir egal. Schließlich wollte ich mir ja nur ein Tröpfchen holen, um meine Schlafstörungen zu überwinden. Und die Verdauung zu fördern. Da war doch nichts weiter dabei, außerdem hat sogar Paulus Timotheus aufgefordert, dem Magen zuliebe etwas Wein zu sich zu nehmen. Wenn man einen Bibelvers finden kann, der einem Rückendeckung gibt, dann lassen einen sogar die Presbyterianer in Ruhe.

Ich hatte gerade die Flasche ins Regal zurückgestellt, als ich an der Hintertür ein Kratzen hörte. Dann ein zaghaftes Klopfen. Ich war starr vor Schreck. Wer kam zu dieser nachtschlafenden Zeit noch an die Hintertür? Alle, die ich kannte, würden zum Vordereingang kommen und sich durch lautes Juhurufen bemerkbar machen.

Ich zögerte, überlegte fieberhaft, was ich tun sollte. Zum Telefon greifen? Mir die Seele aus dem Leib schreien? Durch die Vordertür aus dem Haus rennen? Im Bademantel? Mich mäuschenstill verhalten und so tun, als sei ich nicht zu Hause?

O Gott, das ging ja nicht. Ich stand direkt vor dem Glaseinsatz in der Tür, und wer immer da draußen war, konnte mich deutlich sehen.

Ich griff mir die Sherryflasche, ging zur Tür, schaltete das Terrassenlicht ein – und wäre beinahe in Ohnmacht gefallen.

Ich konnte die Tür nicht schnell genug öffnen, und als sie hereingestolpert kam, wünschte ich mir, ich wäre in Ohnmacht gefallen.

Hazel Marie Puckett fiel mir entgegen und klammerte sich an mir fest, sodass mir nichts anderes übrig blieb, als in ihr armes, aufgeschwollenes Gesicht zu blicken. »Miz Springer!«, keuchte sie. Ich stützte sie, spürte ihre zerbrechliche Statur. »Tut mir Leid, Sie zu belästigen«, glaubte ich zu hören. Ihre Worte waren derart verzerrt, dass ich Schwierigkeiten hatte, sie zu verstehen. »Ich muss den Kleinen sehen. Bitte, ich muss ihn sehen.«

»Setzen Sie sich erst mal hin«, rief ich, legte den Arm um

ihre Taille und brachte sie zu einem Stuhl. »Was ist denn passiert? Sie sehen schrecklich aus!«

Ihre Augen waren fast zugeschwollen, ihre Lippen gesprungen und völlig verquollen. An der Nase und in den Mundwinkeln klebte geronnenes Blut, ihr Gesicht war übersät mit blauen und gelbgrünen Flecken, den schlimmsten Blutergüssen, die ich je gesehen hatte. Ihre Fingernägel waren schmutzig und teilweise abgebrochen, und dieser Umstand sagte mir, dass sie wohl kaum in Raleigh an der Kosmetikschule gewesen war. Ihr Kleid war zerrissen und starrte vor Dreck, und ihre bloßen Füße waren zerkratzt und dreckig. Sie sah also alles in allem ziemlich mitgenommen aus.

»Was ist mit Ihnen passiert?«, fragte ich noch einmal, als Tränen aus ihren verquollenen Augen sickerten. Ihre zerschundenen Lippen begannen wieder zu bluten, und sie versuchte mit der Hand das Blut daran zu hindern, auf den Teppich zu tropfen. »Haben Sie getrunken?«, fragte ich sie.

»O nein, Ma'am. Ich ... ein Unfall. Ich hatte einen Unfall. Bitte, Miz Springer, ich muss den Kleinen sehen.«

Sie war nicht in der Verfassung, irgendjemanden zu sehen, höchstens einen Arzt, außerdem wollte ich nicht zugeben, dass ihr Kleiner gerade in Raleigh drüben nach ihr suchte. Ich nahm ein paar Eiswürfel aus dem Gefrierfach und wickelte sie in ein Geschirrtuch.

»Hier«, sagte ich, »halten Sie das auf Ihr Gesicht. Es wird die Schwellung ein wenig lindern. Waren Sie schon im Krankenhaus? Ihre Lippen müssen wahrscheinlich genäht werden.«

»Nein, Ma'am, das geht schon. Nur ein paar Zähne«, sagte sie, indem sie die Eiswürfel auf ihr Gesicht presste.

»Zähne! Sie haben ein paar Zähne verloren? Sie müssen zum Zahnarzt, und zwar möglichst schnell. Sie müssen auf Ihre Zähne achten. Ich gehe zweimal im Jahr. Eisern. Ob es nötig ist oder nicht.« Ich plapperte zu viel, aber das tat ich immer, wenn ich nervös war, und jetzt war ich nervös.

»Ich brauche meinen Kleinen«, sagte sie ins Geschirrtuch. »Bitte, ist er schon im Bett? Ich möchte doch nur sicher sein, dass ihm nichts fehlt.«

»Na ja«, sagte ich und holte tief Luft. »Natürlich fehlt ihm nichts. Es ist nur so, dass Sie ihn verpasst haben. Er ist nämlich in Raleigh und sucht nach Ihnen.«

»Raleigh!« Sie starrte mich so erschrocken an, wie ich es noch nie gesehen hatte. »Aber ... er sollte doch hier sein! Bei Ihnen, wo er in Sicherheit wäre. Ich hab ihn doch hier gelassen, er kann nicht fort sein! Sagen Sie es, Miz Springer, sagen Sie, dass er hier ist, bei Ihnen.«

»Still, still«, versuchte ich sie zu beruhigen, »es geht ihm gut. Ihr Onkel hat ihn gestern abgeholt, um ihn zu Ihnen zu bringen.«

»Sie meinen ... Bruder Vern? Sie meinen, Bruder Vern hat ihn?« Der Blick auf ihrem Gesicht nahm mir jeden Mut.

»Ja.«

»Um Gottes willen«, schluchzte sie, und ihr ganzer Körper schien in sich zusammenzufallen. »Wie konnten Sie ihn nur mitfahren lassen? Ich habe mich auf Sie verlassen, Sie sollten doch auf ihn aufpassen.«

»Moment mal, Miss«, sagte ich, weil ich nicht die geringste Lust verspürte, mir auch noch diese Sünde aufzuhalsen. »Sie haben ihn ohne Begleitzettel hiergelassen. Sie haben mit keinem Wort erwähnt, wo ich Sie erreichen kann, und dann haben Sie Bruder Vern gebeten, den Jungen wieder abzuholen, und genau das hat er getan. Er ist sein Onkel oder Großonkel, was also hätte ich tun sollen?«

Sie schüttelte den Kopf. »Ich hab niemand angerufen. Ihn schon gar nicht. Ich dachte, mein Kleiner wäre hier sicher.«

»Das wäre er auch, wenn Sie mich aufgeklärt hätten«, sagte ich. Ich gebe offen zu, dass ich ein schlechtes Gewissen hatte. Bruder Vern war mir gleich nicht ganz geheuer gewesen, und ich wollte mir nicht anhören müssen, dass ich dazu allen Grund gehabt hatte. »Ich konnte das doch nicht riechen! Wenn Sie mir freundlicherweise gesagt hätten, dass ich ihn unter gar keinen Umständen einem Mitglied Ihrer eigenen Familie überlassen dürfe, dann wäre er jetzt noch hier. So hatte ich keine andere Wahl.« Wie es aussah, musste ich mich in der letzten Zeit ziemlich häufig rechtfertigen.

»Tut mir Leid, Miz Springer«, flüsterte sie und vergrub ihr Gesicht wieder im Geschirrtuch. Dieses blonde Haar musste dringend gewaschen und frisch getönt werden. »Es ist nur, na ja, seit dem Freitag ist Bruder Vern hinter irgendwas her. Er wollte mich dazu bringen, es herauszurücken, aber ich wusste überhaupt nicht, was er meinte.«

»Hat er etwa versucht ...?« Langsam ging mir ein Licht auf. »Wollen Sie etwa sagen, dass Sie gar keinen Unfall hatten? Dass Bruder Vern Sie so zugerichtet hat?«

Sie schüttelte den Kopf, ließ ihn aber im Geschirrtuch. »Nein, er hat Schläger beauftragt.«

»Gott steh uns bei«, keuchte ich und ließ mich auf den Stuhl neben sie fallen. »Und das will ein Prediger sein! Ich glaube es einfach nicht.«

»Dass einer ein Prediger ist, hat überhaupt nichts zu bedeuten, Miz Springer«, sagte sie. »Auch nicht, wenn die Leute sich Christen nennen.«

»Na ja, Kindchen«, sagte ich kleinlaut, zumal ich mich selbst ein kleines bisschen angesprochen fühlte, »da erzählen Sie mir nichts Neues.«

»Warum wollte Bruder Vern Klein Lloyd unbedingt mitnehmen?«, fragte ich.

»Wen?«

»Na Klein Lloyd, Ihren Junior«, schnappte ich. »Ich hoffe, Sie erwarten nicht, dass *ich* ihn Junior nenne.«

»O«, sagte sie. Sie hob das Gesicht aus dem Geschirrtuch und holte tief Luft. Dann brach sie keuchend zusammen, hielt sich die Seite. »Meine Rippen. Ich glaub, da ist was gebrochen.«

»Ich rufe einen Arzt«, sagte ich und wollte zum Telefon gehen.

»Nein, bitte.« Sie berührte meinen Arm, hielt mich zurück. »Wir müssen Junior suchen. Jetzt hab ich schon so lange durchgehalten, da kann ich auch noch warten, bis wir ihn gefunden haben.«

Ich sah sie eine Minute lang an, bemerkte die verschiedenen Farbschattierungen ihrer blauen Flecke und das verkrustete

Blut in ihrem Gesicht. Die Wunden schienen schon ein bisschen älter zu sein. Ich wusste nicht, wie sie es ohne ärztliche Hilfe geschafft hatte, hierher zu kommen, aber da sie nicht gestorben war, konnte sie vielleicht auch noch ein Weilchen länger durchhalten.

»Also gut«, gab ich nach. »Aber wir müssen Sie ein bisschen auf Vordermann bringen.«

»Vielleicht damit«, sagte sie und zeigte auf die Sherryflasche, die ich noch immer in der Hand hielt. »Ich könnte jetzt einen Schluck gebrauchen.«

Ich gab ihr die Flasche und sah zu, wie sie sie ansetzte und ein paar kräftige Schlucke nahm. Als sie sie wieder absetzte, schnappte sie hustend und spuckend nach Luft, als müsse sie ersticken.

»Scheiße! Was ist das für ein Zeug?«

»Passen Sie auf, was Sie sagen, Miss«, sagte ich. »Und merken Sie sich eins, wer arm dran ist, kann nicht wählerisch sein.«

»Ja, Ma'am, tut mir Leid. Ich danke Ihnen.« Sie wandte sich ab, unterdrückte ein Würgen.

»Kommen Sie zum Spülbecken«, sagte ich und half ihr auf die Beine. »Ich geb Ihnen ein wenig warmes Salzwasser, damit können Sie Ihren Mund spülen. Das wird Ihrem fehlenden Zahn gut tun.«

»Meinen Zähnen«, korrigierte sie mich, zog die Lippen nach oben und zeigte mir die Lücke, in der einmal zwei Schneidezähne gesteckt hatten.

Jetzt war mir auch nach Würgen zumute, aber ich riss mich zusammen und führte sie zum Waschbecken. Als sie mit der Mundspülung fertig war, gab ich ihr ein paar Aspirin und führte sie sachte zur Treppe.

»Sie brauchen jetzt erst mal eine schöne warme Dusche«, sagte ich.

»Aber ich muss Junior finden.«

»Jetzt hören Sie mir mal gut zu«, sagte ich, indem ich auf der ersten Stufe stehenblieb und sie bei den Schultern nahm. »Sie sind nicht in der Verfassung, irgendjemanden zu finden. Sie können ja nicht mal klar denken! Aber ein kühler Kopf ist wichtig bei dieser Sache, also kommen Sie mit, wenn Sie erst mal sauber sind, werden Sie sich gleich besser fühlen. Anschließend besprechen wir dann, was zu tun ist.«

Als ich sie aus der Dusche geschleppt, abgetrocknet und ihr in eines meiner Nachthemden geholfen hatte, konnte ich sie nur noch in Klein Lloyds Bett legen. Sie schlief auf der Stelle ein. Sie musste todmüde gewesen sein. Vier Aspirintabletten und ein herzhafter Schluck Kochsherry hatten ihre Wirkung nicht verfehlt.

Ich machte ihre Tür zu, ließ aber die meine offen. Ich legte mich zu Bett, dachte über diese Wendung der Ereignisse nach und fragte mich, ob ich Deputy Bates oder Sam oder sonst irgendwen anrufen sollte. Sie hätten jedoch nicht mehr tun können als ich in dieser Nacht, das Mädchen war ja vollkommen am Ende.

Ich beschloss daher, bis zum Morgen zu warten und dann zu versuchen, mehr aus ihr herauszubekommen, zum Beispiel, warum Bruder Vern sie hatte halbtot prügeln lassen und warum er sich Klein Lloyd geholt hatte, und was in drei Teufels Namen das alles zu bedeuten hatte!

Am Ende schlief ich ein und träumte von riesengroßen Reifen, die mich überrollen wollten, während ich Himmel und Hölle in Bewegung setzte, um das Kind zu finden.

16

Es war keine ruhige Nacht. Um fünf Uhr früh war ich bereits hellwach und auf den Beinen, hatte immer noch den Jungen im Kopf. Ich konnte an nichts anderes mehr denken, der Junge war die ganze Nacht durch meine Träume gegeistert. Und was um Himmels willen sollte ich mit der Frau da drüben anfangen? Ich dachte schon daran, den Sheriff anzurufen oder Deputy Bates und mich aus der Sache rauszuhalten. Andererseits war es vielleicht der Mühe wert, sie hier zu behalten, schon allein um Pastor Ledbetters Gesicht zu sehen, wenn er davon Wind bekam. Vielleicht würde ich ihn an Davids Harem erinnern. Es hätte mich interessiert, ob er Wesley Lloyd selbst dann noch in Schutz nahm.

Und bei diesem Gedanken holte mich wieder die Schwermut ein. Mein Haus war zum Auffanglager für Wesley Lloyds zweite Familie geworden, Leute kamen und gingen, und ich wusste nicht, wem von ihnen ich trauen konnte und wem nicht.

Eines aber wusste ich gewiss. Man hatte mich wieder einmal ausgetrickst, und diesmal war es dieser Prediger gewesen, ein Wolf im Schafspelz. Wesley Lloyd Springer hatte mich ausgetrickst, indem er mir einfach klebrigsüßen Honig ums Maul geschmiert hatte, und jetzt hatte Bruder Vern das Gleiche getan. Sie hatten mein Vertrauen missbraucht. Bei dieser Erkenntnis wurde ich fuchsteufelswild, nicht nur auf sie, sondern auch auf mich, weil ich auf ihre Tricks hereingefallen war. Das sollte mir so schnell nicht noch einmal passieren!

Und auf der anderen Seite des Flurs schlief dieses lose Weibstück, das jahrelang sein Bett mit meinem Mann geteilt hatte, und jetzt lag es in einem meiner Betten. Hätte Wesley Lloyd nicht zwei Meter tief unter der Erde gelegen, hätte er von einem Bett ins andere steigen können.

Bei diesem Gedanken wurde mir speiübel. Ich brauchte dringend meinen Morgenkaffee.

Ich warf mir meinen Bademantel über und schlich auf Zehenspitzen in die Küche hinunter. Merkwürdig war das, dachte ich, jetzt begann ich den Tag also damit, mir Wesley Lloyd mit dieser Frau vorzustellen, dabei hatte ich in der Nacht, als sie mit zerschlagenem Gesicht in mein Haus gestolpert kam, nicht einen Gedanken an Wesley Lloyd verschwendet. Besser gesagt an das, was die beiden miteinander getan hatten.

Ich kochte mir Kaffee, setzte mich mit meiner Tasse an den Tisch und dachte nach. Versuchte zu begreifen, was da vor sich ging. Versuchte mir keine Sorgen um Klein Lloyd zu machen. Das war schwer, zumal ich jetzt wusste, dass seine Mutter große Angst um ihn hatte.

Das Schicksal war schon eigenartig, da war Hazel Marie Puckett, ohne Geld, ohne Heim und ohne Mann, aber dafür mit Kind. Und hier war ich, eine anständige verheiratete Frau, die alles hatte, was ein Kind sich nur wünschen konnte, und doch kinderlos geblieben war. Das war wieder eines dieser berühmten Beispiele, bei denen ich mich fragte, was um alles in der Welt Er sich dabei gedacht hatte.

Ich hatte nach unserer Hochzeit fest damit gerechnet, nach einer gewissen Zeit mit Nachwuchs gesegnet zu sein. Aber es hatte sich keiner eingestellt, und ich hatte mich in mein Schicksal gefügt. Nicht so Wesley Lloyd. Nachdem wir ein paar Jahre verheiratet waren, hatte er eines Morgens verkündet, dass ich einen Termin bei Dr. Monroe hätte, der herausfinden würde, was mit mir nicht in Ordnung war. Die Aussicht gefiel mir gar nicht, aber wer war ich, um Wesley Lloyds Entscheidungen in Frage zu stellen?

Ich möchte lieber nicht in allen Einzelheiten erzählen, was dieser Arzt alles mit mir anstellte, nur so viel: Ihnen hätte es auch nicht gefallen. Ich musste auf eine dieser merkwürdigen Liegen und meine Beine in metallene Schienen legen; dann klappte mir der Arzt mit den Worten, ›Dann werden wir uns das mal ansehen‹, buchstäblich den Boden unterm Hintern weg, wodurch sich meine Knie weit nach außen spreizten. Du meine Güte, ich wäre beinahe gestorben vor Scham, als er sich auf einen niedrigen Hocker setzte, die Zudecke lüftete und meine unteren Regionen genauestens unter die Lupe nahm. Und seine Sprechstundenhilfe beugte sich zu ihm hinunter und glotzte ebenfalls, was das Zeug hielt. In diesem Moment riss eine zweite Sprechstundenhilfe die Tür auf, sodass man sich auch draußen auf dem Flur im Kino wähnen konnte. Ich denke nicht daran, Ihnen zu beschreiben, wie Dr. Monroe da unten herumstocherte, meinen Bauch knuffte und drückte. Und wo er seine Finger hatte.

Es war eine demütigende Prozedur, und kaum hatte ich die Praxis verlassen, war ich fest entschlossen, sie nie wieder zu betreten. Wenn ich so was über mich ergehen lassen musste, um Kinder zu kriegen, dann konnte ich gern darauf verzichten.

Und schon am nächsten Sonntag, wie sollte es auch anders sein, wartete Dr. Monroe vor der Kirche auf uns und begleitete uns hinein. Ich konnte ihm nicht in die Augen sehen, besonders als er lächelnd, in seiner zuvorkommenden, galanten Art, im Knopfloch eine rosarote Rosenknospe, meine Hand drückte. Ich empfand es als Demütigung, nach alledem, was er auf seiner Untersuchungsliege besehen, befingert und befummelt hatte. Und ich mochte nicht, wie er Wesley Lloyd die Hand schüttelte und sich nach seinem Befinden erkundigte.

Ich hatte die Nase gestrichen voll von der Medizin. Als treue Anhängerin der presbyterianischen Kirche sah ich keine Veranlassung, mich auf irgendwelche fragwürdigen Experimente einzulassen. Ich teilte Wesley Lloyd daher mit, dass ich dasselbe tun würde, was Sarah, Hannah und andere unfruchtbare Frauen auch getan hatten: Ich würde beten. Da konnte er mir natürlich schlecht widersprechen, zumal es genau das war, was er mir immer empfohlen hatte. Ich war der Meinung, dass Gott, wenn Er wollte, dass ich ein Kind bekam, mir schon eines schenken würde.

Meine Tasse schwappte über, als mir blitzartig wieder Klein Lloyds Gesicht vor Augen stand. Ich riss mich zusammen und sagte laut: »Lieber Gott, *so* habe ich das aber nicht gemeint.«

Langsam dämmerte der Morgen und die dunklen Umrisse von Büschen und Bäumen im Garten nahmen Gestalt an. Die

Vögel erwachten und durchbrachen mit ihrem Gesang die Stille. Morgenstund hat Gold im Mund. Ein Schokoladenkeks zu einer zweiten Tasse Kaffee wäre aber auch nicht zu verachten. Das war zwar nicht die Art von Frühstück, die Wesley Lloyd gebilligt hätte, aber der weilte ja bekanntlich nicht mehr unter uns, um seine Meinung abzugeben.

Ich ging in die Speisekammer und begann die Regale nach den Keksen zu durchwühlen. Weil sie auch Lillian schmeckten, kam es schon manchmal vor, dass wir die letzten in irgendeinem Winkel voreinander versteckten. Ich rückte Dosenbohnen und -suppen, Gläser mit Erdnussbutter und Mayonnaise beiseite, spähte hinter Päckchen mit Lily Maid Mehl, Dixie Crystals' Zucker und Yelton's Maisgericht, aber die Kekse fand ich nicht. Ich war wild entschlossen und warf deshalb auch einen Blick zwischen die gefalteten Einkaufstüten, die Lillian sammelte, und fand schließlich eine, dem heiligen Antonius sei Dank, die aussah, als wäre etwas drin.

»Lillian, du hinterhältiges Weibsstück«, dachte ich bei mir und lächelte bei der Vorstellung, wie sie vergeblich nach den Keksen suchen würde, die ich alle aufzuessen gedachte.

Ich griff in die Tüte und förderte ein Bilderbuch zutage. Ich starrte eine Minute lang verständnislos darauf, bis mir einfiel, dass ich ja Klein Lloyds kostbare Tüte in der Hand hielt. Dieselbe, die er immer mit sich herumgetragen, mit der er geschlafen, die er nie aus den Augen gelassen hatte und ohne die er bestimmt nicht weggefahren wäre. Ich hatte erwartet, dass sie die Schätze eines kleinen Jungen enthalten würde, das hatte auch Lillian gesagt und hinzugefügt, ich solle gefälligst meine Finger davon lassen. Jetzt stand ich da und hielt ein abgegriffenes Bilderbuch in der Hand, das in einer leeren Tüte gesteckt hatte. Ich hätte es sofort wieder zurücklegen sollen. Das Kind hatte einen Grund gehabt, es hier zu deponieren, obwohl ich mir beim besten Willen nicht denken konnte, welchen.

Aber weil ich den Inhalt der Tüte bereits in aller Unschuld entdeckt hatte, schlug ich das Buch auf und las die Widmung. Wenn schon, denn schon. Ich erkannte die gewichtige, selbstsichere Handschrift meines Mannes: ›Zu Deinem Geburtstag‹, darunter sein Namenszug, ›Wesley Lloyd Springer.‹ Ich seufzte bei dem Gedanken an den Unterschied zwischen dem ausgefüllten Privatleben meines Mannes und meinem kargen. Ich blätterte weiter. Auf der Titelseite stand zu lesen: Aslans Bilderbuch. Wesley Lloyd hatte genauso wenig Ahnung, was Kinder sich zum Geburtstag wünschten, wie ich. Trotzdem hätte ich mir bestimmt etwas Besseres einfallen lassen als ein Buch über Löwen.

Ich hörte Lillian auf der Veranda und bekam ein schlechtes Gewissen, weil ich in fremden Sachen wühlte. Doch dann dachte ich mir, dass Lillian es erfahren sollte, damit sie diese Tüte nicht mit den anderen in den Müll warf.

»Was haben Sie in der Speisekammer zu suchen?«, fragte sie streng, als sie zur Tür hereinkam.

»Sehen Sie mal, was ich gefunden habe«, sagte ich und hielt ihr das Buch entgegen. Ohne die Kekse zu erwähnen, erzählte ich ihr, wie ich es gefunden hatte. »Ich habe nach einem Stift gesucht«, behauptete ich.

»Nun«, sagte sie, »dann legen Sie das Buch dahin zurück, wo Sie's gefunden haben.«

»Das hatte ich auch vor.«

»Sie wissen, was dies zu bedeuten hat, oder nicht?«

»Nein, was denn?«

»Es bedeutet«, erklärte sie, »dass er wiederkommen will. Wer einen Gegenstand, an dem sein Herz hängt, an einem bestimmten Ort zurücklässt, den zieht es wieder dorthin zurück.«

»Das ist doch Unsinn, Lillian«, sagte ich, während ich das Buch wieder in der Tüte verstaute.

»Ich sage ja nicht, dass es einen tatsächlich wieder hinzieht, sondern dass man möchte, dass es das tut. Der Junge möchte wiederkommen, deshalb hat er das hiergelassen, was ihm am meisten bedeutet.«

»Nein so was«, meinte ich, gegen meinen Willen gerührt. »Ich glaube, Sie haben Recht. Ein anderer Grund fällt mir auch nicht ein. Er hat bestimmt viel Wert auf die Tüte oder ihren Inhalt oder beides gelegt. Und er hat ein gutes Versteck dafür gefunden, Lillian. Ich wäre im Leben nicht darauf gekommen, sie hier zu suchen. So«, sagte ich und legte die Tüte zu den anderen, »da liegt sie wieder und wartet auf ihn.«

Ich machte die Tür zur Speisekammer zu und setzte mich an den Tisch. »Holen Sie sich eine Tasse Kaffee und setzen Sie sich zu mir«, sagte ich. »Ich habe Ihnen noch etwas zu sagen.«

Als sie Platz genommen hatte, erzählte ich ihr von unserer Besucherin und ihrem jämmerlichen Zustand. Sie kommentierte meine Schilderung immer wieder mit ›Nein!‹ und ›Was Sie nicht sagen!‹, und als ich endlich zu Ende erzählt hatte, musste ich ihr gestehen, dass ich keinen blassen Schimmer hatte, was ich als Nächstes tun sollte. Das überraschte sie nicht.

»Der Junge sitzt ganz schön in der Tinte, und seine Mama auch«, stellte sie fest. »Was können wir da tun, Miss Julia?«

»Ich wünschte, das wüsste ich. Ich werd ihr was zu essen hinaufbringen, was Weiches oder Flüssiges muss es sein, Lillian, man hat ihr zwei Zähne ausgeschlagen. Vielleicht kann sie, wenn sie eine Kleinigkeit gegessen hat, mit entscheiden, was wir tun sollen.«

»Suppe«, sagte Lillian und stand auf. »Ich werd Suppe warm machen und ihr ein paar Cracker reinkrümeln. Das wird ihr gut tun. Und Sie gießen ihr ein Glas Milch ein. Das baut auf!«

»Was ich gerne wüsste«, fuhr sie fort, während sie einen Topf auf den Herd stellte, »was sollen wir Deputy Bates sagen? Er wird jeden Moment zurückkommen.«

»Ich werd ihm überhaupt nichts sagen«, erwiderte ich. Und als sie mir einen fragenden Blick zuwarf, fügte ich eilig hinzu: »Fürs Erste. Er ist in einer schlechten Position, Lillian. Der Sheriff, besser gesagt dieser Lulatsch von einem Lieutenant will Miss Puckett verhören, und das könnte den ganzen Tag dauern, wo wir doch nach Klein Lloyd suchen müssen. Wenn ich Deputy Bates erzähle, dass sie hier ist, dann muss er es melden, und was dann ist, weiß keiner. Am besten, er erfährt gar nichts. Was er nicht weiß, macht ihn nicht heiß. Und melden kann er es auch nicht.«

»Ah so«, sagte sie, schüttete Suppe in einen tiefen Teller und zerkrümelte Cracker darin, bis ein dicker Brei entstand. Dann stellte sie die Schüssel mitsamt einem Löffel, einer Serviette und einem Glas Milch auf ein Tablett. Ich legte noch ein Päckchen Aspirin dazu.

»Sie tragen das zu ihr rauf«, sagte Lillian, »und ich mach dem Deputy sein Frühstück. Machen Sie schnell, ich glaub, ich hab sein Auto gehört. Und ziehen Sie sich was an. Wie's aussieht, kriegen wir 'ne Menge zu tun, sobald Deputy Bates sich aufs Ohr gelegt hat.«

Ich eilte mit dem Tablett in den ersten Stock, Deputy Bates sollte glauben, ich sei noch im Bett. Hazel Marie Puckett stöhnte, als ich ihre Schulter berührte. Gott, bei Tage sah sie noch schlimmer aus.

»Schsch«, flüsterte ich. »Hier ist was zu essen für Sie, aber wir müssen leise sein. Wir haben einen Deputy im Haus.«

Ihre Augen weiteten sich, soweit es die Schwellung zuließ, und ich konnte die Angst darin sehen.

»Ist er meinetwegen hier?« Ihre Lippen waren derart aufgequollen, dass sie die Worte kaum formen konnte.

»Sollte er das denn?«, entgegnete ich scharf, weil mir wieder einmal zu Bewusstsein kam, wie wenig ich über sie wusste.

Sie schüttelte den Kopf. »Das kann man nie wissen.«

Na ja, das war die Wahrheit, besonders nach meinem Streit mit Lieutenant Peavey. »Essen Sie«, sagte ich ihr, »aber tun Sie es leise. Deputy Bates wohnt hier am Ende des Flurs und wird bald schlafen gehen.«

Als sie die Suppe aufgegessen hatte, führte ich sie über den Flur in mein Schlafzimmer und ließ ihr ein heißes Bad ein. Deputy Bates würde denken, dass ich mein morgendliches Ritual begonnen hätte. Ich riet ihr, sie solle kräftig schwitzen, damit sich ihr zerschundener Körper regenerieren könne, und kleidete mich an. Ich legte ihr Unterwäsche neben die Wanne und ging dann an den Schrank, um ihr ein Kleid herauszusuchen. Als sie in meinem Slip aus dem Badezimmer kam, vor Schmerzen noch immer ganz krumm, hatte ich drei zur Auswahl. Keines meiner Sonntagskostüme, nur meine guten Hemdblusenkleider für jeden Tag. Sie sah sie sich eine ganze Weile an.

Dann sagte sie: »Haben Sie nichts anderes?«

»Was ist denn an diesen hier auszusetzen, möchte ich wissen?«

»Tut mir Leid, ich meinte doch nur ein paar Jeans oder Shorts.«

»Merken Sie sich eins, es gibt gewisse Sachen, die eine Dame nicht trägt. Und Jeans und Shorts sind zwei davon.«

»Entschuldigung«, sagte sie, nahm sich das erstbeste Kleid und schlüpfte hinein. Zugegeben, es war ihr vielleicht eine Spur zu weit, aber sie war ja auch spindeldürr, und ein klein wenig länger als die Sachen, die sie sonst zu tragen pflegte, und das war nicht das schlechteste. Ich suchte nach ein paar passenden Slippers.

Wir hörten ein Klopfen, da steckte auch schon Lillian den Kopf durch die Tür. »Er ist im Bett«, sagte sie, schlüpfte herein und schloss die Tür hinter sich. »Ich werd Sie erstmal verarzten«, sagte sie zu Hazel Marie und hielt ihr eine Rolle Mullbinden entgegen.

Mit vereinten Kräften zogen wir Hazel Marie noch einmal aus, dann bewies Lillian noch eines ihrer vielen verborgenen Talente, als sie der Frau einen fachgerechten Verband anlegte. Ich musste daran denken, dass der Mull sich um Stellen wand, um die sich früher die Arme meines Mannes geschlungen hatten.

17

Als Lillian fertig war, musste Hazel Marie ein paarmal heftig schlucken und presste sich dann die Hand auf den Mund.

»Kotzen!«, keuchte sie und stolperte in Richtung Badezimmer. Sie schaffte es gerade noch zum Waschbecken, bevor Suppe, Cracker, Milch und Aspirin wieder zum Vorschein kamen.

Ich verzog mich in den äußersten Winkel des Zimmers, so weit wie irgend möglich von dieser Geräuschkulisse entfernt. Ich bin empfindlich in diesen Dingen, wissen Sie, und ich konnte mich nicht überwinden, hineinzugehen und ihr zu helfen. Ich zog die Vorhänge beiseite und schaute hinaus auf die Straße. Vorbeifahrende Autos, Leute, die zur Arbeit gingen, zwei Jogger, die keuchend und schwitzend auf dem Gehweg draußen vorbeiliefen. Normalität, wohin man auch blickte, nur in meinem Haus ging alles drunter und drüber. Lieber Gott, steh mir bei.

Ich hörte das Wasser laufen im Badezimmer und Lillian, die Hazel Marie beruhigte. Ich drehte mich um, als Lillian sie zum Bett führte. Sie wischte mit einem feuchten Tuch über Hazel Maries Gesicht und hob die Bettlaken an.

»Legen Sie sich wieder hin«, sagte sie. »Sie sind viel zu schwach, um irgendwas zu tun. Sie brauchen einen Arzt.« Sie starrte mich an.

Ich setzte mich auf die Bettkante und versuchte nicht daran zu denken, dass diese Frau jetzt in meinem Bett lag. Wesley Lloyds Bett. Im Augenblick gab es Wichtigeres, und allem voran stand dieser kleine Junge.

»Miss Puckett«, sagte ich, »ich weiß, dass Sie sich nicht wohl fühlen, aber ich brauche ein paar Auskünfte von Ihnen und zwar gleich. Wir machen uns alle beide Sorgen um Klein Lloyd, und da Sie außer Gefecht sind, muss ich wissen, wie ich vorgehen soll, um ihn zu finden.«

»Bitte«, sagte sie, »bitte finden Sie ihn.«

»Das werden wir. Hören Sie mir jetzt gut zu und antworten Sie mir geradeheraus. Wer saß am Steuer, als Sie Klein Lloyd zu mir gebracht haben?«

»Bruder Vern«, sagte sie mit schwacher, aber entschlossener Stimme. »Er sollte mich nach Raleigh fahren – ich hab Sie nicht angelogen. Ich hatte eine Zusage von der Kosmetikschule, und Bruder Vern war gerade zurückgekommen, hatte irgendwo drüben in Californien gepredigt. Wesley Lloyds Tod hat ihn ziemlich mitgenommen. Er hat's erst erfahren, als er heimgekommen ist, da hat er mir gleich angeboten, dass er mich nach Raleigh fährt, damit ich von vorn anfangen kann.«

Ich nickte. »Und warum haben Sie Ihre Pläne geändert?«

»Hab ich ja gar nicht.« Sie legte eine Hand über ihre Augen, aber ich konnte trotzdem sehen, wie ihr die Tränen ins Haar liefen. »Ich hab gedacht, dass er mich hinfahren will, aber kaum hatten wir Junior bei Ihnen abgesetzt, da hat er mir gesagt, er müsste ein paar Leute treffen, wegen Kirchenangelegenheiten und so, und es würde nicht lange dauern.« Sie tupfte sich die Tränen mit dem Zipfel meiner Dreihundert-Dollar-Bettwäsche aus ägyptischer Baumwolle aus dem Gesicht, holte tief Luft und fuhr fort. »Er ist dann weit in die Berge gefahren, bis an den Rand des Nationalparks, glaub ich. Ich war noch nie zuvor dort gewesen, aber wir sind zu einer Wohnwagensiedlung gekommen. Die Kerle, die da hausen, sind das mieseste Pack, das ich je gesehen hab. Richtiges Gesindel, mit Plumpsklos und Dreck überall.«

Das musste dann ja wirklich eine üble Bande gewesen sein, dachte ich bei mir, wo doch ihre Verwandten schon zur untersten Kategorie zählten. Aber ich sagte nichts.

»Und was ist dann passiert?«

»Na ja, er hat eine Ausrede nach der anderen gefunden, warum er noch nicht wegfahren kann, hat andauernd mit den Leuten da zusammengesteckt und mir gesagt, er wär auf Geheiß Gottes unterwegs, deshalb müsste ich geduldig sein. Und die ganze Zeit hat er mich beraten – so nannte er das –, mir aus der Bibel vorgelesen und für mich gebetet.«

»Aha«, sagte ich wissend, als ich das Wort ›beraten‹ hörte.

»Ich hab nicht verstanden, was das Ganze zu bedeuten hatte«, sagte Hazel Marie und sah zuerst mich und dann Lillian an. »Er hat mich die ganze Zeit über Wesley Lloyd ausgefragt, hat wissen wollen, wie er gestorben ist, ob er seinen Frieden mit Gott gemacht und seine Angelegenheiten in Ordnung gebracht hat, bevor er vor seinen Schöpfer getreten ist. Aber ich weiß doch nichts, Miz Springer, ich schwöre es, Wesley Lloyd hat über so etwas nie mit mir gesprochen, glauben Sie mir!« Sie begann wieder zu weinen, vergrub ihr Gesicht im Laken.

»Aber das tue ich doch«, sagte ich. »Er hat auch mit mir nie über solche Sachen geredet. Aber machen Sie sich keine Sorgen darüber, ob er gerettet wurde. Als Presbyterianer gehörte er zu den Auserwählten, was allerdings ein merkwürdiges Licht auf das Auswahlverfahren wirft. Aber das ist wahrscheinlich überall das Gleiche. Was ist dann passiert?«

»Na ja, Bruder Vern hat weiter auf mich eingeredet und behauptet, dass Wesley Lloyd für mich und Junior bestimmt vorgesorgt hätte. Er hat gesagt, ich würd ihm was vorenthalten, wär selbstsüchtig und undankbar und müsste die Hierarchie beachten, die Gott eingerichtet hätte, weil die Frau nun mal das schwächere Vehikel wär. Er ist immer lauter geworden, und Sie glauben ja gar nicht, Miz Springer, wie aufbrausend der sein kann. Ich hab schon befürchtet, dass er mich schlagen wird, aber der Herr hat seine Hand im Zaum gehalten.«

»Ich verstehe nicht ganz«, sagte ich, obwohl Pastor Ledbetter sich oft genug über besagte Hierarchie verbreitet hatte. Seiner geschätzten Meinung nach unterstanden in einer Familie die Kinder der Frau, während diese dem Mann unterstand, und nur der Mann allein war Gott Rechenschaft schuldig. Aber ich konnte mir nicht erklären, welche Rolle dem Onkel dabei zukam. »Dachte er denn, er hätte ein Recht auf alles, was Ihnen gehört?«

»Ja, Ma'am, das ist in unserer Familie eben so. Die Männer kümmern sich ums Geld, wenn welches da ist, auch wenn es den Frauen gehört. Und seit mein Daddy tot ist und ich keinen … Na ja, jetzt wissen Sie, wie er auf den Gedanken kommt, sich in meine Angelegenheiten einzumischen. Aber bei mir gibt's nun mal nichts, wo er sich einmischen könnte.«

»Du meine Güte«, seufzte ich und hätte beinahe angewidert die Augen verdreht, als mir einfiel, dass meine Lage sich gar nicht so sehr von der ihren unterschieden hatte. Nur hatte mir niemand etwas zu Leide getan. Andererseits hatte ich Wesley Lloyd auch nie etwas vorenthalten. »Wie sind Sie ihm entkommen?«

»Ich hab ihm immer wieder gesagt, dass ich in Raleigh sein müsste, dass er es mir versprochen hat. Nach ein oder zwei Tagen – ich weiß nicht mehr genau, wie lang es war – hab ich dann endlich beschlossen davonzulaufen. Ich wusste nicht mal, wo wir waren, aber ich hab mir gedacht, ich geh einfach drauflos, bis ich auf eine Straße komme. Aber ein paar von denen haben mich bald wieder erwischt und nicht mehr gehen lassen.«

»Diese Mistkerle«, sagte Lillian. »Erzählen Sie nicht weiter, bis ich wieder hier bin. Sie brauchen was Flüssiges im Magen. Bleiben Sie mal ganz ruhig liegen, ich hol Ihnen was zu trinken.«

Sie kam mit einem Glas zerschlagenem Eis zurück, einem Löffel und einer Kanne Ginger Ale.

»Lutschen Sie das«, kommandierte sie, indem sie einen Löffel Eis in Hazel Maries Mund schaufelte. »Und wenn Ihr Magen sich dann beruhigt hat, probieren wir's mit Trinken.«

»Weiter«, drängte ich sie. »Was ist dann passiert?«

»Na ja, Bruder Vern hat weiter versucht, mich mit Gott auszusöhnen, wie er sagte, das war nicht so schlimm, nur weg konnte ich nicht. Er hat sich den Mund fransig geredet, bis ich ganz dusselig im Kopf geworden bin. Er wollte einfach nicht glauben, dass Wesley Lloyd mir keinen Cent hinterlassen hatte. Ich besaß nichts als meine dreihundert Dollar für die Kosmetikschule. Die hab ich ihm angeboten, und er hat sie genommen und immer weitergefaselt von Wesley Lloyds Vermögen. Ich wusste nicht, wovon er redete, und weiß es immer noch nicht. Ich schwöre es. Das nächste, was ich weiß, ist, dass er zu mir gesagt hat, ich soll ins Auto steigen. Das war am Freitag, glaub ich, abends. Er ist mit mir zu meinem Haus gefahren, ich meine, wo ich drin gewohnt hab, und dann, Miz Springer, hab ich einen fürchterlichen Schreck gekriegt. Zwei von meinen Vettern, Jerome und Donnie, waren dabei, meine Möbel rauszutragen. Sie haben sie einfach in einen Lieferwagen und einen Pickup geladen. Ich hab versucht sie aufzuhalten, aber sie haben nicht auf mich gehört. Angeblich hatte Bruder Vern ihnen gesagt, dass sie sich alles holen könnten, was nicht niet- und nagelfest wär. Sie stammen aus einem anderen Zweig der Familie, die Sippschaft ist keinen Pappenstiel wert.«

Fast hätte der Pappenstiel mir ein Schmunzeln entlockt, aber ich verkniff es mir. »Die haben also Ihre Möbel mitgenommen?«

»Jawohl, jedes einzelne Stück«, erzählte sie weiter, rieb sich die Augen und rang zitternd nach Luft. »Ich hab versucht, Bruder Vern dazu zu kriegen, sie davonzujagen, aber er hat behauptet, dass der Anwalt meine Sachen kriegen würde, wenn die Familie sie sich nicht abholen würde. Er sagte, er hätte sämtliche Zimmer durchsucht, aber Wesley Lloyds Papiere nicht finden können, jetzt wär ihm endlich der Geduldsfaden gerissen.«

Sie wandte sich ab und verbarg ihr Gesicht. Lillian beugte sich über sie und streichelte ihren Arm. »Jetzt machen Sie sich mal keine Sorgen, Schätzchen. Hier bei uns sind Sie sicher.«

Ich verdrehte entnervt die Augen und fragte Hazel Marie: »Was ist dann passiert?«

»Er hat sich eine Weile mit meinen Vettern unterhalten und ist weggefahren.«

»Und?«

»Die zwei haben mir die Scheiße aus dem Leib geprügelt.«

Mein Mund wurde schmal, als dieses hässliche Wort durch Wesley Lloyds Schlafzimmer tönte. Ich war solche Sprache nicht gewohnt. Aber was sie erzählt hatte, schien leider wahr zu sein.

»Bruder Vern ist irgendwann wiedergekommen«, fuhr sie fort, »aber Miz Springer, ich konnte ihm doch nicht geben, was ich nicht hatte, und da hat er mir gedroht, dass er mir, falls ich ihm nicht gehorchen würde, wie es sich gehörte, meinen Jungen wegnehmen müsste. Ich wär nicht befugt, ein Kind großzuziehen, wenn ich nicht bereit wär, mich dem Willen Gottes zu unterwerfen. Miz Springer, ich bin da in dieser Garage gelegen, hab fast keine Luft gekriegt und solche Schmerzen gehabt, dass ich dachte, ich müsste sterben, und da kam der mir auch noch mit der Drohung an, er würde Junior bei sich behalten, solange ich nicht tat, was Gott von mir wollte. Dann hat er mich da liegen gelassen, obwohl ich geblutet und mir was gebrochen hab, und ich wusste, dass er hinter meinem Kleinen her war.«

Sie fing an zu schluchzen.

Um ihr Zeit zu geben, die Fassung wiederzuerlangen, erzählte ich ihr, wie wir zu ihrem Haus gefahren waren und wie Deputy Bates Blut und ausgeschlagene Zähne in der Garage gefunden hatte und wie wir bei unserer Rückkehr hatten feststellen müssen, dass jemand bei mir eingebrochen hatte.

»Das sind bestimmt Jerome und Donnie gewesen«, meinte sie. »Vielleicht hat Bruder Vern gedacht, dass Sie was Schriftliches hätten von Wesley Lloyd.«

»Hab ich ja auch«, sagte ich. »Beziehungsweise mein Anwalt. Aber da ist nichts dabei, was Sie oder das Kind betrifft. Das wüsste ich.«

»Ich möchte wetten, dass dieser Reverend nur deshalb das ganze Haus auf den Kopf hat stellen lassen, weil er Klein Lloyd nicht kriegen konnte«, sagte Lillian. »Der Kerl ist giftig wie 'ne Schlange. Aber sagen Sie mal, Schätzchen, wie sind Sie denn bloß in diesem Zustand hierhergekommen?«

»Gegangen und gekrochen«, sagte sie. »Per Anhalter zu fahren, hab ich mich nicht getraut, so wie ich aussah. Hatte Angst, jemand könnte mir die Bullen auf den Hals hetzen. Außerdem wusste ich ja nicht, ob Jerome und Donnie noch hinter mir her waren. Also bin ich querfeldein gegangen, hab mich tagsüber versteckt und bin dann nachts in die Stadt gekommen, weil ich solche Angst hatte, dass er vor mir zu Junior kommen würde. Und das ist ihm ja auch gelungen.« Erneutes Weinen.

Ich hatte ein schlechtes Gewissen. Da hatte ich es so eilig gehabt, den Jungen loszuwerden, dass ich ihn in aller Seelenruhe hatte fortgehen lassen, während seine Mama trotz ihrer Verletzungen meilenweit gelaufen war, um ihn wiederzusehen. Ich fühlte mich hundsmiserabel.

»Hier, trinken Sie einen Schluck«, meinte Lillian, wobei sie ihr das Glas Ginger Ale vor die Nase hielt. »Es wird schon drin bleiben.«

»Mir ist immer noch schlecht«, sagte Hazel Marie, »aber ich muss aufstehen und Junior suchen.«

»Da gibt es aber ein Problem«, warf ich ein, »wir wissen ja gar nicht, wo wir suchen sollen. Könnte Bruder Vern ihn nach Raleigh mitgenommen haben, wie er behauptet hat?«

Sie dachte eine Minute lang nach. »Nein. Das hat er nur gesagt, um Ihnen Junior abzuluchsen. Nein, er treibt sich bestimmt immer noch in der Gegend herum, weil er denkt, dass Wesley Lloyd mir was hinterlassen hat. Oje«, stöhnte sie und schälte sich aus den Laken. »Ich glaub, ich muss gleich noch mal kotzen.«

Lillian half ihr ins Badezimmer und sagte: »Das Mädchen braucht dringend einen Arzt oder so etwas.«

»Keinen Arzt«, sagte Hazel Marie. »Ich bin schon in Ordnung.«

»Kümmere dich um sie, Lillian. Zieh ihr einen von meinen Bademänteln über. Ich laufe schnell in die Stadt und hole ihr was aus der Apotheke. Irgendetwas werde ich schon finden, was ihr hilft.«

Ich setzte den Hut auf, nahm die Handtasche und ging los. Die Apotheke von Perkins war nur zwei Häuserblocks entfernt, an der Ecke Polk und Main, also war ich zu Fuß schneller als mit dem Auto, weil ich keinen Parkplatz zu suchen brauchte.

Während ich ausschritt, überlegte ich mir, was ich für die Puckett alles zu besorgen hatte. Miss Myrtie Gossett kam mir entgegen, ihr hässliches Einkaufsnetz über die Schulter gehängt, und machte Anstalten, ein Schwätzchen mit mir zu halten. Ich winkte ab und ließ sie stehen. Ich hatte keine Zeit für

Getratsche. Außerdem stand ich ja neuerdings auf der Tagesordnung, weshalb sie mir nichts hätte sagen können, was ich ohnehin nicht schon wusste.

Troy Beckworth lehnte an der Tür zu seinem Versicherungsbüro und hoffte auf irgendeinen widrigen Zufall, der ihm einen Kunden ins Netz gehen ließ, das meine ich ganz wörtlich. Er warb inzwischen im Asheville-Fernsehkanal und warnte die Leute vor den Gefahren der durch Hurrikane ausgelösten Flutwellen, dabei lag Abbotsville doch zweihundert Meilen von der Küste entfernt und tausend Meter über dem Meeresspiegel.

»Wie geht's, Miz Springer?«, fragte er.

»Flutwellen«, schnaubte ich. »Ich bitte Sie.« Und ging weiter. Und als ich in die Apotheke ging, wem lief ich in die Arme? Ausgerechnet Norma Cantrell mit der üblichen Hochfrisur und einem türkisfarbenen Hosenanzug. Sie holte sich ihre verschriebenen Medikamente, anstatt sich um das Büro des Pastors zu kümmern, was ihre Aufgabe gewesen wäre.

»Miss Julia«, sagte sie und fasste sich an ihren Haarturm wie um sicherzugehen, dass er immer noch einen halben Meter in die Höhe ragte. »Was tun Sie denn in der Apotheke?«

»Ich kümmere mich um meine Angelegenheiten«, antwortete ich und warf einen Blick auf meine Armbanduhr. »Ich werd ja auch nicht im Büro vermisst.«

Sie schnaufte beleidigt, aber schließlich bezogen sie und der Pastor ihre Gehälter aus den Beiträgen der Gemeindemitglieder, da hatte ich doch wohl das Recht, für einen Tageslohn auch einen Tag Arbeit zu verlangen.

Ich holte mir ein paar der Sachen, die ich mir auf meinem geistigen Einkaufszettel notiert hatte. Eine Packung Strohhalme, ein Fläschchen Tylenol gegen Schmerzen, extrastark, noch eine Mullbinde, dazu eine Wärmflasche für die gebrochenen Rippen. Ich trug alles an die Ladentheke vor der Kasse, an der bereits Norma stand. Sie gab sich betont desinteressiert, obwohl sie alles ausgiebig beäugte, was ich auf die Theke stellte. Ich ertappte sie sogar dabei, wie sie mit dem Kopf ein paarmal auf meinen Stapel wies, um Buck Tatums Aufmerksamkeit darauf zu lenken. Da er noch mit Pillenzählen beschäftigt war, ging ich noch einmal an die Regale.

Mir waren all die Stellen eingefallen, an denen Hazel Marie Prellungen hatte, und so wollte ich vorsichtshalber zwei weitere Wärmflaschen holen. Elektrische Heizdecken sind mir ein Gräuel. Man kommt gut damit zurecht, solange man gerade sitzt und sich nicht bewegt, aber versuchen Sie mal, sich mit den Dingern im Bett umzudrehen!

Ich legte die Wärmflaschen zu den übrigen Sachen und gebot Norma mit einem scharfen Blick Schweigen. Ich tippte zerstreut mit den Fingern auf den Ladentisch, während ich überlegte, ob ich noch etwas vergessen hatte.

»Ah ja«, sagte ich, drehte mich um und ertappte Norma bei einem ihrer wissbegierigen Blicke. Ich kümmerte mich nicht weiter um sie und suchte nach einer Tube Ben-Gay-Salbe gegen Muskelschmerzen und Steifheit in den Gliedern. Ich nahm noch ein paar Wattestäbchen, ein Päckchen Heftpflaster und ein Fläschchen Jod zum Desinfizieren dazu. Dann suchte ich nach einem passenden Make-up, um das die Puckett mich gebeten hatte, damit sie ihre Blutergüsse abdecken konnte. Cover Girl, das schien mir das Passende zu sein.

Am Ladentisch meinte ich an Buck gewandt, er möge mir helfen, ich bräuchte noch ein paar Artikel.

»Ich bin in einer Minute für Sie da, Miz Springer«, sagte er hinter seinem Schalter. »Muss nur noch geschwind ein paar Dinge für Miz Cantrell einpacken.«

Es hätte mir nichts ausgemacht, ein paar Minuten zu warten, aber Norma sagte: »Das geht in Ordnung. Gehen Sie nur und bedienen Sie Miz Springer. Ich habe es nicht eilig.« Sie drehte sich um und blickte mir geradewegs in die Augen. »Ich bin ja in Pastor Ledbetters Auftrag hier«, setzte sie hinzu, um mich wissen zu lassen, dass dieser Apothekenbesuch Teil ihrer Arbeit war.

»Na gut«, sagte Buck, »was kann ich für Sie tun, Miz Springer?«

»Ich brauche ein starkes Schmerzmittel.«

Normas Augenbrauen schnellten in die Höhe, als säßen sie auf Sprungfedern.

»Kann ich Ihnen leider nicht geben, Miz Springer. Das ist neuerdings verschreibungspflichtig.«

Ich verdrehte ärgerlich die Augen. Irgendwer hatte offenbar nichts Besseres zu tun, als andauernd Regeln zu ändern, die jahrelang tadellos funktioniert hatten. »Und was sollen die Leute dann tun, um sich Linderung zu verschaffen? Den Arzt holen und auch noch seine Rechnung bezahlen?«

Buck und Norma tauschten wissende Blicke. Offenbar hielten sie mich für blind oder zu blöd, sie zu bemerken.

»Nun ja, Miz Springer«, sagte Buck, indem er am Saum seines weißen Jacketts herumzupfte. Er verteilte mit Hingabe fachkundige Ratschläge, zumal er für sein Leben gern Arzt geworden wäre – oder Veterinär? So genau weiß ich es nicht, jedenfalls erhielt er keine Zulassung.

»Das gibt es nur noch auf Rezept«, ließ er mich wissen. »Zu viele Leute haben probiert, sich damit selbst zu kurieren. Soll ich Ihren Hausarzt anrufen und Ihnen ein Rezept besorgen?«

»Nein danke, ganz so dringend brauche ich es auch wieder nicht.« Ich war nicht gewillt, einem Arzt zu erklären, weshalb ich ein Rezept für ein Schmerzmittel brauchte. »Dann geben Sie mir eben eine große Flasche Pepto-Bismol gegen Magenbeschwerden.«

Norma platzte schier vor Neugierde. »Wozu brauchen Sie denn das ganze Zeug, Miz Springer, wenn Sie mir die Frage gestatten?«

»Ich gestatte nicht, Norma«, sagte ich, »aber ich sag es Ihnen trotzdem. Anstatt zuzusehen, wie die Kirche mein Haus einreißt, werde ich daraus ein Heim für kranke Hunde und Katzen machen. Und wenn es den Tieren besser geht, werde ich sie auf dem Parkplatz vor der Kirche herumrennen lassen. Also fangen Sie am besten schon mal an zu fegen.«

Ich bezahlte und verließ die Apotheke mit Normas bitterbösem Blick im Rücken.

18

Ich ging nach Hause, wo Lillian und ich eine Weile an Hazel Marie herumdokterten. Ich hoffte inständig, dass sie irgendwann einschlafen würde, aber sobald ihr die Augen zugefallen waren, musste sie an den Kleinen denken und fing wieder an zu weinen. Und immer wenn ich ihr den Rücken kehrte, reichte Lillian ihr ein Glas zu trinken. Wenn es nicht Ginger Ale war, dann ein Milkshake oder ein Glas Limonade, denn schließlich, so Lillian, bräuchte sie etwas im Magen. Es war ein Wunder, dass sie nicht anfing überzulaufen. Nach einer Weile aß sie eine Scheibe trockenen Toast und behielt sie bei sich, was mich sehr erleichterte.

Sie wollte unentwegt aufstehen und nach dem Jungen suchen, aber wir konnten sie davon überzeugen, dass sie am besten im Bett blieb, bis wir wussten, wo wir suchen sollten.

Ich erbot mich, ihre sämtlichen Verwandten in Benson's Gap anzurufen, wobei ich so tun wollte, als bräuchte ich Bruder Verns Dienste als Prediger, ohne Klein Lloyd zu erwähnen.

»Schließlich wissen wir nicht, wer noch alles mit ihm unter einer Decke steckt, aber ich möchte wetten, dass wir nur nach unserem Reverend Vernon Puckett zu suchen brauchen, weil er den Jungen garantiert bei sich hat.«

»Er hat ihn vielleicht irgendwo versteckt«, gab Lillian zu bedenken.

»Malen Sie nicht den Teufel an die Wand«, sagte ich. »Und außerdem, wenn ich Bruder Puckett finde, dann finde ich auch Klein Lloyd, das dürfen Sie mir glauben. Dieser Mann sitzt schneller hinter Gittern, als er erwartet hat. Lügt der mich an, um sich das Kind zu schnappen. Vom Einbruch in mein Haus ganz zu schweigen. Der legt sich nicht noch einmal mit mir an, sag ich euch!«

Hazel Marie schlief fast den ganzen Nachmittag, wurde nur

hin und wieder von Lillian geweckt, die ihr zu trinken gab. Währenddessen sprach ich mit einer ungeheuren Anzahl Pucketts. Dass es so viele davon gab, hätte ich mir nicht träumen lassen. Zuerst hatte ich meine Schwierigkeiten, weil ich nicht gewohnt war zu schwindeln. Aber nach einer Weile glaubte ich schon fast selber, dass die kleine Kirche, die ich erfunden hatte, unbedingt Bruder Verns geistlichen Beistand bräuchte. Die meisten Leute, mit denen ich mich unterhielt, hatten eine etwas schlichte Art, sich auszudrücken, und ich versuchte, mich ihnen möglichst anzupassen.

»Ich such Bruder Vernon Puckett«, sagte ich. »Den bräuchten wir dringend, damit unsere Gemeinde nicht zerfällt, das muss er unbedingt verhindern.«

Das sprach die Leute natürlich mehr an als die Formulierung: ›Hätten Sie wohl die Güte, mir zu sagen, wo Reverend Vernon Puckett sich im Augenblick aufhält?‹

Aber niemand wusste, wo er war. Oder sie sagten es mir nicht.

Nach dieser Enttäuschung hatte ich plötzlich eine Idee. Es war Dienstag, und um neun Uhr abends würde Bruder Verns Predigt im Fernsehen laufen. Wenn er nicht abgesagt und eine Vertretung vor die Kamera geschickt hatte, konnten wir davon ausgehen, dass er mindestens eine Stunde lang in Spartanburg sein würde.

Als ich Hazel Marie erzählte, was mir eingefallen war, wollte sie auf der Stelle losfahren und vor dem Studio auf ihn warten.

»Nein«, sagte ich. »Wenn er Sie vor Beginn der Sendung sieht, macht er sich womöglich aus dem Staub. Wir sollten uns erst vergewissern, ob die Sendung tatsächlich live übertragen wird.«

Als Lillian hörte, was wir vorhatten, wollte sie hierbleiben und mit uns Bruder Verns Gottesdienst sehen. Also behielten wir Hazel Marie so lange im Bett, bis Deputy Bates aufgestanden und weggefahren war, und führten sie dann sachte die Treppe herunter. Ich hatte sie wählen lassen zwischen meinem Hauskleid aus Baumwollchenille und meinem blauen Wickelmorgenmantel aus Satin und durchbrochener Spitze, den ich mir für den Fall, ich müsste jemals ins Krankenhaus, zugelegt hatte. Sie entschied sich für Letzteren, wer hätte das gedacht?

»Kommen Sie erst mal in die Küche«, sagte Lillian. »Sie müssen Ihren Mund nochmal mit Salzwasser ausspülen. Und ich hab Ihnen 'nen Milkshake gemacht, damit Sie 'n bisschen zulegen.«

Hazel Marie brachte den Milkshake mit ins Wohnzimmer, und Lillian bereitete ihr auf dem Sofa ein weiches Lager. Ich schaltete den Fernseher ein, und wir warteten gespannt auf Bruder Verns Sendung, in der er live als Vertreter Gottes und ausgestattet mit der Macht des Heiligen Geistes die Frohe Botschaft verkünden würde.

Und da war er auch schon, in einem königsblauen Anzug mit farblich abgestimmter Krawatte, auf die eine weiße Taube gestickt war. Sein Haar glänzte nass und war bis auf eine einsame Stirnlocke mit Pomade glatt an den Kopf geklatscht. Er machte viel Aufhebens um das Anstecken eines tragbaren Mikrophons an seinem Revers, wobei er lachend so tat, als wisse er nicht damit umzugehen. Ein Allerweltskerl eben, der sich mit technischen Spitzfindigkeiten nicht zurechtfand.

»Lasst uns beten, ihr Brüder und Schwestern vor dem Bildschirm«, fing er an, aber keiner von uns senkte das Haupt. »O Herr, mach, dass der Teufel heute Nacht die Koffer packt, und sende uns Deine Engel, auf dass sie sich um uns herum niederlassen, damit wir würdig werden, Deinen Segen zu empfangen, gelobet sei der Herr, Amen.

Also«, fuhr er fast ohne Pause fort, »ihr sollt alle wissen, dass euch in dieser Nacht ein besonderer Segen zuteil wird. Ich will nicht sagen, dass ich froh darüber bin, ihr wisst es, aber Bruder Winslow, der die nächste Stunde übernehmen sollte, ist krank geworden, wir alle beten für Sie, Bruder Winslow. Nun haben mich die guten Leute vom Fernsehen gefragt, ob ich zwei Stunden für euch predigen könnte statt der einen.« Er hielt inne, ließ seinen Blick über die Versammlung schweifen und bemühte sich um einen überraschten Gesichtsausdruck. »Ob ich zwei Stunden predigen kann? Meine Brüder und

Schwestern, ich kann auch zehn Stunden predigen! Es macht mir keinerlei Mühe, solange da draußen Leute sind, die mir zuhören! Aber bevor ich so richtig in Fahrt komme, wollen wir Schwester Rubynell hören. Kommen Sie zu mir, Schwester Rubynell. Sie wird begleitet von der Glory Boys Band; verbeugt euch, Jungs. Sie sind heute extra aus Shelby, North Carolina hierher gekommen, und dafür danken wir ihnen.«

Hazel Marie richtete sich auf und sagte: »Er wird zwei Stunden auf der Bühne stehen, in dieser Zeit kann ich es schaffen. Ich fahr nach Spartanburg und frag ihn, wo er Junior versteckt hat.«

»Nicht so hastig«, sagte ich. »Sie wissen doch gar nicht, wie Sie hinkommen sollen, und wir wissen noch nicht mal, ob die Sendung tatsächlich live ist. Wir müssen sicher sein, bevor Sie irgendetwas unternehmen.«

Mittlerweile hatte Rubybell in einem Fetzen, der aussah wie einer meiner Morgenmäntel, die Bühne betreten, ein wahrhaft köstlicher Anblick. Ihr Haar war silberweiß und zu einer derart beeindruckenden Höhe aufgetürmt, dass Norma Cantrell, wenn sie es sähe, vor Neid erblassen würde. Sie musste etwa in meinem Alter sein, nur hatte sie etliche Pfunde und Falten mehr. Zu ihrer Lockenpracht trug sie bis auf eine dicke Schicht blauen Lidschatten nicht die Spur von Make-up. Der Kontrast war gelinde gesagt krass.

»Die Frau sieht aus, als wäre sie in den Schleudergang geraten«, meinte Lillian stirnrunzelnd.

So klang sie auch, denn als sie ganz unvermittelt den Mund aufmachte, kam eine laute, schrille Version des Psalms *Errette mich, mein Gott* heraus. Unwillkürlich musste ich an Fingernägel denken, die über eine Schultafel kratzten, und drehte den Ton leiser. Aber das half nicht viel, denn sie kam mehr und mehr in Fahrt, fing an, im Rhythmus mit den Fingern zu schnippen und ermunternd in Richtung Band *Auf geht's, Jungs* zu rufen, obwohl besagte Jungs am liebsten von der Bühne gesprungen wären, und ließ keinen Schlag mehr aus. Sie musste ein prächtiges Paar Lungen haben, das musste der Neid ihr lassen.

Ich blickte verstohlen zu Lillian und Hazel Marie hinüber, weil ich wissen wollte, was sie von Rubynells Darbietung hielten, denn schließlich wollte ich niemandem zu nahe treten, indem ich offen meine Missbilligung kundtat. In Lillians Gemeinde wird in die Hände geklatscht, mit den Füßen aufgestampft und mit volltönenden Stimmen gesungen, deshalb lauschte sie Rubynell eher mit gemischten Gefühlen. Hazel Marie dagegen schien hellauf begeistert und nickte andächtig zu Schwester Rubynells Gejohle. Wir Presbyterianer schätzen routinierte Chöre, die uns die Singerei abnehmen, und mogeln uns ansonsten mit ein paar gemeinsamen Kirchenliedern durch den Gottesdienst.

»Ich danke Ihnen, Schwester, und euch danke ich auch, ihr Glory Boys«, stimmte Bruder Vern in den letzten Ton der Elektrogitarre mit ein. Beifall brach los, als die Kamera etwa ein Dutzend Leute anvisierte, die auf Klappstühlen saßen.

»Jetzt hört mir alle gut zu, ihr braven Leute vor dem Bildschirm und auf dem Fernsehgelände, denn ich habe gute und schlechte Nachrichten für euch«, sagte Bruder Vern. »Die schlechte Nachricht ist, dass da draußen ein Teufel sein Unwesen treibt und alles an sich rafft, was er kriegen kann. Macht euch nichts vor, der will keinen Apfelstrudel mit Vanillesauce, auch keinen Erdbeerkuchen mit Sahne. Ihn gelüstet es nach euren Seelen, ihr Männer. Und nach den euren auch, ihr Frauen und Kinder. Er nimmt, was er kriegen kann. Aber die gute Nachricht ist die, dass Jee-sus auch mal Hunger hatte, und wisst ihr, was Er gegessen hat? Na? Ich will es euch sagen, Er hat den Tod geschluckt. Gott sei Lob und Dank, Er hat sich den Tod geschnappt, hat ihn verschluckt mit Haut und Haaren, seitdem braucht keiner von uns mehr den Teufel zu fürchten. Hört mir zu, ihr Leute, dann will ich euch sagen, was ihr tun könnt. Aber zuvor muss ich mir das Gesicht abwischen.«

Er lachte leutselig und brachte ein großes weißes Taschentuch zum Vorschein. Damit tupfte er sich den Schweiß von der feucht glänzenden Stirn.

»Also gut, hört mir zu«, sprach er weiter, während er auf und ab ging. »Ihr müsst Jee-sus im Herzen haben. Wartet, Leute, wartet. Hört zu, um Ihn zu finden, braucht ihr weder Drogen zu nehmen noch einen Flug im Hale-Bopp zu buchen. Nein, meine Herren, das geht ganz anders. Ihr braucht nur zu sagen ›Komm zu mir, Jesus‹, und das war's. Wartet, schaltet nicht um, ihr kriegt ja doch nur einen zu sehen, der euch ein Auto andrehen will oder einen Doppelwhopper. So einen braucht ihr doch nicht, also bleibt dran, weil ich euch noch viel mehr zu sagen habe.

Aber zuerst möchte ich, dass ihr einen ganz besonderen Gast hier im Studio kennenlernt. Er ist extra aus Memphis Tennessee hierhergekommen, um uns von einer besonderen Mission zu erzählen, mit der Gott ihn beauftragt hat. Kommt hier rüber mit der Kamera.« Als Bruder Vern beiseite trat, versicherte er sich mit einem Blick über die Schulter, dass die Kamera ihn auch wirklich im Bild hatte. Er zog sich einen Stuhl neben ein Sofa, auf dem eine ziemlich dicke Frau saß. Sie hielt einen Säugling im Schoß, der aussah wie eben erst geboren. Neben ihr saß ein unscheinbares Männlein mit glänzender Glatze, das noch einen Säugling im Arm hatte. Zwischen den beiden saß ein etwas älteres Kind.

»Das hier ist Bruder Stedman Jones und seine brave Frau, Schwester Leesie. Willkommen in unserer Sendung *Schüret die Flamme*, ihr Lieben. Nun, Leute«, sagte Bruder Vern und sah direkt in die Kamera, »Bruder Stedman und Schwester Leesie haben sich Gottes Gebot, ›Seid fruchtbar und mehret euch‹, wahrhaft zu Herzen genommen und sind mit sage und schreibe sechzehn Kindern gesegnet! Lob sei Gott dem Herrn!«

Die Kamera schwenkte schnell über eine Horde Kinder, die sich hinter dem Sofa zusammengerottet hatten. Lillian schüttelte den Kopf und sagte: »Sechzehn Mäuler zu stopfen. Wie machen die das bloß?«

Die Kamera schwenkte zurück zu Bruder Vern, der sich seinen Gästen zuwandte und sagte: »Was hat Gott jetzt mit Ihnen vor, Bruder Stedman?« – »Gut, dass Sie fragen«, sagte Bruder Stedman und rollte eine schmale, etwa einen halben Meter lange Papierrolle auf. »Ich will, dass jetzt sofort alle anrufen, um sich dieses spezielle Geschenk für nur dreiundzwanzig Dollar zu sichern, Verpackung und Versand sind im Preis inbegriffen. Seht ihr, es ist ein Aufkleber für eure Stoßstange, damit auch alle wissen, wohin ihr fahrt. Und ob ihr's glaubt oder nicht, Wal Mart's ist es nicht!«

»Was steht denn da drauf?«, fragte Lillian.

»Da steht«, antwortete ich und las blinzelnd das im grellen Licht der Fernsehscheinwerfer leuchtende Blatt Papier: ›Warnung! Fahrer könnte jeden Moment verschwinden.‹ Was um alles in der Welt soll das heißen?«

»Es ist eine Anspielung auf die Himmelfahrt«, erklärte mir Hazel Marie, die mich immer wieder überraschte. »Sie wissen schon, wenn alle Christgläubigen in den Himmel aufgenommen werden.« Ich erinnerte mich vage, dass einmal ein Pastor, der in unserer Kirche zu Besuch war, etwas Ähnliches erwähnt hatte.

»Was Sie nicht sagen«, meinte ich und wandte meine Aufmerksamkeit wieder der Sendung zu.

»Hört ihr das, Leute?« Bruder Vern hielt den Aufkleber in die Höhe. »Wenn ihr das hier auf eure Stoßstangen klebt, dann tut ihr euren Nächsten einen Riesengefallen, weil ihr sie nämlich vor all den Autos warnt, die führerlos durch die Gegend rasen, wenn die Trompeten erschallen, während wir, die Fahrer, aus unseren Sportwagen und Pickups und Wohnzimmersofas schnurstracks himmelwärts geweht werden, hab ich Recht, Bruder Stedman? Warum erzählen Sie unseren Brüdern und Schwestern nicht, was Sie drüben in Memphis gemacht haben? Wie ich weiß, hatten Sie da eine ganze Menge zu tun.«

»Das kann man wohl sagen«, pflichtete Bruder Stedman ihm bei, und angesichts seiner sechzehn Kinder konnte ich mir schon denken, was er die ganze Zeit getrieben hatte. »Ich hab diese Aufkleber verkauft und mich außerdem mit diesen Abtreibungskliniken befasst. Ich hab zwei davon geschlossen und bin dreimal im Gefängnis gesessen, gelobet sei der Herr. Ich brauche eure Gebete, denn da sind die Liberalen und die Humanisten und die Homosexuellen, und alle sind sie gegen mich.«

»Nun, meine Gebete haben Sie, Bruder«, versicherte ihm

Bruder Vern. Während Bruder Vern weiterpredigte, kam mir der Gedanke, dass es Christen gab, die anscheinend immer gegen irgendetwas protestieren müssen. Wenn es nicht die Gleichberechtigung von Schwarz und Weiß war, war es die Emanzipation der Frauen. Wenn es nicht der Sexualkundeunterricht war, dann waren es eben die Liberalen oder die Demokraten. Jetzt waren es die Abtreibungsbefürworter und die Homosexuellen, die das Land in den Ruin trieben und das Christentum in Gefahr brachten. Nun, ich war in meinem Glauben an den Gott von Calvin und Knox offenbar zu gefestigt, um diese etwas weit hergeholte Möglichkeit ernsthaft in Betracht zu ziehen. Dieser Gott hatte von Anfang an alles am Laufen gehalten, weshalb ich nicht ganz einsah, warum ihm dies nicht auch heutzutage gelingen sollte. Außerdem hatten wir in Abbotsville weder Abtreibungskliniken noch Homosexuelle.

»Nun«, sagte Bruder Vern und zog meine Aufmerksamkeit wieder auf sich. »Bruder Stedman, ich möchte, dass unsere Zuschauer einen Blick auf Ihre hübsche Familie werfen. Zeigt uns ein Lächeln, Kinder, Ihr seid bei Vorsicht Kamera! Na kommt schon, holt sie alle ins Bild, gelobet sei der Herr für die vielen Zacken in Ihrer Krone, Schwester Leesie.«

Die Ärmste war die ganze Zeit mit einem festgefrorenen Grinsen dagesessen, ohne auch nur ein Wort zu sagen. Natürlich hatte sie auch keiner dazu aufgefordert, und höchstwahrscheinlich war sie ohnehin zu müde. Ich fragte mich noch immer, wie sie es fertigbrachte, diese vielen Kinder zu ernähren, sauber zu halten und hübsch anzuziehen.

»Schaut mal, da!«, schrie Lillian, wobei sie aufsprang und auf den Fernseher deutete. »Seht doch!« Ich schaute angestrengt hin.

»Das ist doch Junior!« Hazel Marie quälte sich aus dem Sofa, wobei sie sich die Rippen hielt und ihren Milkshake auf meinen Perser schüttete. »Das ist er! Bruder Vern hat ihn in diese Familie gesteckt! Da ist er doch, sehen Sie ihn denn nicht?«

»Das ist er«, bestätigte ich, als ich das kleine verhärmte Gesicht mit der dicken Brille entdeckte. Alle Kinder lächelten geübt in die Kamera, wie sie es schon hundertmal getan hatten, während Klein Lloyd etwas verloren dabeistand. Ich sah, dass er seine Fliege trug. Bestimmt hatte er niemanden gefunden, der ihm den Knoten seiner schicken neuen Krawatte hätte binden können.

»Ich muss sofort da hin«, sagte Hazel Marie. »Miz Springer, ich frage Sie nur ungern, aber könnten Sie mir Geld leihen für ein Taxi? Ich werde es Ihnen zurückzahlen, und wenn ich zwanzig Jahre dazu brauche.«

»Ein Taxi? Nach Spartanburg? Das sind vierzig Meilen, ich denk ja nicht dran!« Ich stand auf und schaltete den Fernseher aus. »Wir werden mein Auto nehmen. Macht euch fertig.«

19

»Wartet auf mich«, rief Lillian. »Ich komme auch mit, aber ich muss noch den Milkshake vom Teppich wischen.«

»Lassen Sie den alten Lumpen«, sagte ich. »Für so etwas haben wir jetzt keine Zeit. Vor uns liegen vierzig Meilen, und er wird noch genau« – ich sah auf die Uhr – »anderthalb Stunden auf Sendung sein. Wir müssen uns beeilen, wenn wir es schaffen wollen.«

»O bitte, beeilen wir uns«, sagte Hazel Marie. Sie zitterte so stark, dass schimmernde Wellen über ihren blauen Satinmantel liefen. Lillian sah zuerst sie an, dann mich. »Soll ich ihr was zum Anziehen holen?«

»Nein«, sagte ich, »das dauert zu lang. Ihr zwei setzt euch schon mal ins Auto und ich sperre das Haus ab.«

Ich nahm meine Handtasche, sah nach, wie viel Bargeld ich in meiner Börse hatte, schaltete die Lichter aus und hastete zur Garage. Hazel Marie saß schon auf dem Beifahrersitz, während Lillian vor dem Auto stand und auf mich wartete.

»Wollen Sie, dass ich fahre?«, fragte sie.

»Auf keinen Fall. Ich bin durchaus imstande, diesen Wagen zu fahren.«

»Zufällig weiß ich aber, dass Sie nachts nicht besonders gut sehen.«

»Sie auch nicht«, entgegnete ich. »Außerdem gedenke ich die Scheinwerfer einzuschalten, also steigen Sie schon ein.«

Sie kippte den Fahrersitz nach vorn und zwängte sich unter vernehmlichem Ächzen und Stöhnen auf den schmalen Rücksitz. »Hu«, sagte sie, als sie es geschafft hatte, »für eine normale Person ist das aber nicht gebaut.« Hazel Marie hatte die Hände ineinander verkeilt und starrte krampfhaft nach vorn.

Ich fuhr durch die Stadt, begegnete Gott sei Dank nur wenigen Autos zu dieser Stunde, denn ihre Scheinwerfer blendeten mich. Bis wir die Interstate erreichten, hatte ich gelernt, nicht direkt ins Licht zu sehen. Der Verkehr war nicht sehr dicht, ich konnte mich mühelos einfädeln, musste mich nicht wie bei Tage in einen ununterbrochenen Strom von Autos zwängen.

»Miz Springer«, sagte Hazel Marie sanft und ein wenig zögernd, »Sie brauchen vor einer Auffahrt nicht stehen zu bleiben. Fahren Sie einfach in die nächstliegende Spur, wenn ich das sagen darf.«

»Ich fahre den Wagen«, sagte ich ihr zur Erinnerung, hielt mich aber an ihren Rat. Ich hatte gedacht, man müsse grundsätzlich stehen bleiben und in beide Richtungen gucken, bevor man auf eine größere Straße fuhr.

Nach einer Weile wollte Lillian wissen: »Wie schnell fahren Sie denn?«

»Ich bin schon fast am Limit.«

»Na, dann legen Sie noch 'nen Zahn zu«, sagte sie. »Wir müssen da sein, bevor er sich mit dem Jungen wieder aus dem Staub macht.«

»Ja bitte, Miz Springer«, sagte Hazel Marie.

»Jetzt hört mir mal zu, ihr zwei, ich will genauso schnell da sein wie ihr. Aber ich möchte, dass wir heil und gesund dort ankommen, also erspart mir bitte eure Kommentare.«

»Ich könnte schon fahren zur Not«, sagte Hazel Marie.

Ich sah sie mir an, wie sie sich neben mir die Rippen hielt vor Schmerzen. »Sie können kaum aufrecht sitzen, geschweige denn ein Lenkrad übernehmen. Ich bring uns schon hin, keine Sorge. Und auch rechtzeitig.«

In der Tat war Autofahren bei Nacht gar nicht so schwer, wie ich gedacht hatte. Es gab nicht viel Verkehr, und was es gab, brauste gebündelt an uns vorbei.

»Oje«, sagte Lillian, als ein Blitz den südwestlichen Himmel erhellte. »Wie's aussieht, braut sich da was zusammen.«

»Wahrscheinlich Wetterleuchten«, sagte ich. Aber auch ich war besorgt. Ich konnte ganz gut ohne eines dieser heftigen Gewitter auskommen, die für gewöhnlich eine Hitzewelle beendeten.

Zeitweise waren wir das einzige Auto auf der Straße. Der

vierspurige Highway führte uns bergauf und bergab, entlang der Großen Wasserscheide, wand sich zwischen steilen Felsen hindurch, bevor er das Flachland erreichte. Unsere Scheinwerfer schnitten einen Tunnel in die Nacht, während vereinzelte Blitze vor uns die Dunkelheit zerrissen. Ich dachte, die Reifen auf dem Asphalt gäben ein Summen von sich, bis ich merkte, dass Hazel Marie neben mir stöhnte. Oder betete.

»Mir ist gerade was eingefallen«, sagte Lillian, während sie sich nach vorn zwischen die Vordersitze beugte. »Was hat der Junge in dieser Familie zu suchen? Glauben Sie, Bruder Vern hat ihn weggegeben?«

»Sagen Sie doch so etwas nicht«, rief Hazel Marie erschrocken. »Das würde der doch nicht tun.«

»Würde er wohl«, widersprach ich. »Auf diese Weise wäre das Kind aus Ihrer und aus meiner Reichweite. Aber da machen Sie sich mal keine Sorgen. Wir wissen, dass Bruder Stedman in Memphis lebt, und in Anbetracht seiner zahlreichen Aktivitäten dürften wir kaum Probleme haben, ihn aufzuspüren.«

»Ich will Junior heute Nacht mitnehmen. Ich glaube nicht, dass ich es ertragen könnte, wenn wir ihn nicht kriegten.«

»Wir kriegen ihn«, sagte ich mit aller Gewissheit, die ich aufbringen konnte. Ich hatte keine Lust, in der Nacht nach Memphis zu fahren, aber wenn es sein musste, würde ich es tun.

»Da ist mir noch was eingefallen«, sagte Lillian. »Weiß eigentlich jemand, wohin genau wir fahren müssen?«

Lillian sprach aus, was mir auch gerade durch den Kopf gegangen war. Dieses Fernsehstudio war mir so real vorgekommen, dass ich wahrscheinlich gedacht hatte, ich könne aus den Bergen geradewegs darauf zufahren.

»Ich glaube, ich weiß, wo es ist«, sagte Hazel Marie. »Ich war mal da, als Bruder Vern die Idee hatte, eine Familienband zu gründen. Die Puckett Pickers oder die Pickin' Pucketts, das war noch nicht entschieden, aber es hat nicht geklappt. Er sagte, die Musik müsse zum Ruhme Gottes sein, aber wir konnten den Ton nicht lange genug halten, um jemanden zu rühmen.«

»Was Sie nicht sagen«, meinte ich staunend und fragte mich, welche verborgenen Talente wohl sonst noch in Hazel Marie schlummern mochten. Abgesehen von denen, die Wesley Lloyd zu schätzen wusste, natürlich.

»Da fällt mir noch was ein«, sagte Lillian.

»Um Gottes willen, Lillian«, sagte ich, »was ist denn jetzt schon wieder?«

»Wir sollten uns irgendeinen Plan zurechtlegen. Ich meine, sollen wir einfach reinmarschieren und ihn uns schnappen? Oder warten wir, bis er rauskommt und greifen dann zu? Das sollten wir uns lieber vorher überlegen.«

Also dachten wir alle etwa eine Meile lang angestrengt nach. Ich hätte mich am liebsten bei Bruder Vern mit gleicher Münze revanchiert, aber mir fiel partout nicht ein, wie. Ich warf einen Blick auf Hazel Marie, sah jedoch im Schein der Innenbeleuchtung nur ihren verkniffenen Gesichtsausdruck. Entweder hatte sie starke Schmerzen oder dachte angestrengt nach. Vielleicht auch beides.

»Miz Springer«, sagte sie und zog dabei die Schultern in die Höhe, dass ich schon dachte, ihre Schmerzen seien wieder schlimmer geworden. »Ich bitte Sie nur ungern, aber könnten Sie mal kurz rechts ranfahren?«

»Ich soll anhalten?« Ich nahm den Fuß vom Gas und erntete zorniges Gehupe von einem Sattelschlepper hinter mir, der Baumstämme geladen hatte. Der Luftzug, den er verursachte, als er uns überholte, brachte mein Auto zum Schlingern. »Ist Ihnen wieder schlecht?«, fragte ich Hazel Marie.

»Nein, Ma'am, es ist nur, dass ich, na ja, ich muss so dringend Pipi, ich glaube kaum, dass ich noch länger warten kann.«

»Pipi?« Ich hätte beinahe gelacht, doch dann fiel mir nichts ein, was sie sonst hätte sagen können. »Lillian, wir brauchen eine Tankstelle. Sagen Sie es mir, wenn Sie ein Hinweisschild sehen. Die letzte liegt schon ein paar Meilen hinter uns, wir müssten bald wieder an einem Schild vorbeikommen.« Aber links und rechts von der Straße blieb alles dunkel.

»Ich halt es nicht mehr aus, Miz Springer. Ich muss wirklich ganz dringend.«

»Da kann ich Ihnen leider auch nicht helfen. Wo soll ich jetzt eine Toilette hernehmen. Ich kann schließlich nicht hexen.«

Sie stöhnte.

Lillian hatte eine Idee: »Wie wär's, wenn wir einfach kurz anhalten, sie kann ja neben dem Auto in die Hocke gehen.«

»Nicht gerade die feine englische«, sagte ich. »Lillian, daran sind nur Sie schuld, weil Sie den ganzen Tag Flüssigkeit in sie reingeschüttet haben.«

»Es wird sie schon keiner sehen, fahren Sie rechts ran. Wenn man muss, dann muss man eben, ob das nun die feine englische ist oder nicht.«

Es blieb mir also nichts anderes übrig, als mich dem Unabänderlichen zu fügen, und so tastete ich nach dem Blinker. Hazel Marie riss noch im Fahren die Tür auf, und Lillian schob sich nach ihr aus dem Auto.

»Sie gehen in die Hocke«, sagte sie, »und ich bleib hier stehen, dann kann man Sie von den vorbeifahrenden Autos aus nicht sehen.«

»Sollen die mich doch sehen, ist mir ganz egal«, murmelte Hazel Marie, raffte ihre beziehungsweise meine blaue Satinrobe und kauerte sich neben den Wagen.

»Glauben Sie, dass hier Schlangen sind?« Mit dieser Frage hätte Lillian beinahe Hazel Maries Strom zum Versiegen gebracht.

Plötzlich traf uns ein heller Lichtstrahl, als wäre um zehn Uhr nachts die Sonne aufgegangen. Mein Herz hörte schier auf zu schlagen, als ich hinter uns das bedrohliche Zischen einer Hydraulikbremse hörte. Ein riesiger LKW mit blinkenden Lichtern über der Fahrerkabine und einem Paar Scheinwerfer, die uns auf Meilen sichtbar werden ließen, hielt hinter uns am Straßenrand.

»Gütiger Gott«, sagte Lillian. Sie breitete ihren Rock aus, um Hazel Marie Sichtschutz zu geben.

»Beeilen Sie sich«, drängte ich. »Um Gottes willen, er steigt aus!« Ich sah die schattenhafte Gestalt eines Mannes aus der Kabine steigen und auf uns zugehen. Er beugte sich zu meinem Wagenfenster herunter und fragte: »Brauchen Sie Hilfe, Ladies?« Da entdeckte er Hazel Marie, von der nur der Kopf zu sehen war und die sich die Hand vors Gesicht hielt. Das ehrte sie. Ich konnte nicht viel von ihm erkennen, nur dass er eine Baseballmütze trug und einen ausgeprägt männlichen Geruch verströmte. Saß wahrscheinlich schon eine halbe Ewigkeit in diesem Truck fest.

»Nein, aber vielen Dank fürs Anhalten«, sagte ich. »Wir sind in Ordnung, es war nur ein, na ja, Sie wissen schon, ein dringendes Bedürfnis.«

»Na ja«, sagte er grinsend und spuckte auf die Straße, »ich kenne das, aber ihr Ladies müsst vorsichtig sein. Hier in der Gegend soll sich ein Kerl mit Blaulicht herumtreiben, der gar nicht von der Polizei ist.«

»Beeilen Sie sich, Hazel Marie«, sagte ich.

»Ich versuch's ja«, antwortete sie.

»Wohin fahren Sie denn?«, fragte der Trucker.

»Nach Spartanburg«, sagte Lillian. Ich sah sie scharf an, um sie daran zu hindern, einem wildfremden Menschen unser Ziel auf die Nase zu binden. »Wissen Sie zufällig, ob es da eine Fernsehstation gibt?«

»Meinen Sie diesen christlichen Sender? Wo der ist, weiß ich. Ihr könnt mir hinterherfahren, wenn ihr wollt. Ich muss zur Milliken Fabrik an der I 85 und fahr direkt dran vorbei.«

In diesem Moment kam Hazel Marie wieder hoch, strich ihre Satinrobe glatt und sagte: »O vielen Dank auch. Das ist wunderbar. Wir fahren Ihnen hinterher.«

Der Trucker richtete sich auf, um sie über das Auto hinweg ins Visier zu nehmen. Dann beugte er sich wieder hinunter, um sich auch von dieser Perspektive ein Bild von ihr zu machen, und schien sich nicht so recht entscheiden zu können, welcher Anblick ihm lieber war. Offenbar geschah es ihm nicht alle Tage, dass er sich am Straßenrand mit einer verprügelten Blondine in blauem Satin unterhielt. Aber ich konnte mich auch täuschen.

»Mal sehen, ob ich es wieder nach hinten schaffe«, sagte Lillian und zwängte sich an Hazel Maries Sitz vorbei. »Wir haben's verflucht eilig, Mr. Truckin' Man, also steigen Sie gnadenlos aufs Gas.«

»Moment mal«, sagte ich. »Wir brauchen nicht so schnell zu fahren. Sind Sie drin, Miss Puckett? Dann langen Sie bitte nach vorn, Lillian, und schlagen Sie die Tür zu.«

»Kein Problem«, sagte der Trucker und ging in die Hocke, um sich Hazel Marie noch einmal durchs Fenster anzusehen. »Fahren Sie mir einfach hinterher, bleiben Sie ein paar Autolängen hinter mir, und der Luftsog wird das Übrige erledigen. Haben Sie CB-Funk hier drin?«

»Ich glaube nicht«, sagte ich.

»Na ja, ich werd Sie schon nicht verlieren, und wenn wir zu Ihrer Ausfahrt kommen, dann lasse ich meine Lichter aufblitzen und stoß ein paarmal kräftig ins Horn, dann Blinker raus und ab mit Ihnen. Bleiben Sie einfach in meiner Spur.« Er stand auf und ging wieder zu seinem Truck zurück. Dann hielt er plötzlich inne und kehrte um. »Ich hoffe, Sie nehmen mir meine Frage nicht übel, aber sind Sie so 'ne Art Gospeldreigesang?«

Ich hätte mich beinah verschluckt bei dem Gedanken, dass Lillian in ihrer weißen Schwesterntracht, Hazel Marie in meinem blauen Satinmantel und ich in meinem Hemdblusenkleid von Leslie Fay vor laufender Kamera gemeinsam Gospellieder sangen.

»Nein«, antwortete ich, und weil ich merkte, dass ich ihm unser Vorhaben irgendwie erklären musste, fügte ich hinzu: »Wir fahren wegen der Wiederauferstehungsfeier hin.« Gott möge mir mein Geflunker verzeihen, aber wie hätte ich ihm unsere Aufmachung anders erklären sollen? Ich halte eigentlich nichts vom Lügen, aber jetzt galt es die Sache auch zu Ende zu bringen.

»Oh, tut mir Leid«, sagte er. »Machen Sie sich mal keine Sorgen, ich werd Sie schon hinbringen« und hüllte Hazel Marie in einen zärtlichen Blick.

»Wir müssen uns beeilen«, sagte sie. »Die Sendung ist um elf vorbei, und ich muss unbedingt vorher dort sein.«

»Sie schaffen es, verlassen Sie sich ganz auf mich!« Er rannte zu seinem Truck zurück, stieg in die Kabine, legte den Gang ein und steuerte das Gefährt hupend an uns vorbei.

Ich fuhr ihm hinterher, und es war genauso einfach, wie er gesagt hatte, weil ich nicht auf den Verkehr achten musste. Diese Last nahm er mir ab. Ich brauchte nicht mehr zu tun, als meinen Blinker zu setzen, wenn er es tat, die Spur zu wechseln, wenn er es tat, und immer hinter ihm zu bleiben.

»Oje«, sagte Lillian.

»Was ist jetzt schon wieder?«

»Da kommt noch so'n oller Truck hinter uns. Womöglich will der uns aus dem Weg haben.«

»Glaub ich nicht«, sagte Hazel Marie, als sie über die Schulter blickte. »Nein, die haben uns in den Schaukelstuhl gesetzt.«

»In den was?«

»Wir stecken zwischen zwei Sattelschleppern, die keinen anderen rein lassen. Er hat den zweiten wahrscheinlich über CB angerufen und ihm gesagt, dass wir es eilig haben.«

Da waren wir also auf dem Highway, zwischen zwei riesigen Lastzügen, die auf der I 26 nach Westen fuhren, hupten und sämtliche Lichter aufblinken ließen – und das waren nicht wenige. Nach einer Weile näherte sich von hinten ein Auto, fuhr eine Zeitlang neben uns her, und seine Insassen starrten neugierig zu uns herüber.

»Was wollen die denn?«, fragte Lillian. Ich machte mir auch langsam Sorgen.

»Sehen Sie diese Antenne?« Hazel Marie zeigte auf den Wagen. »Sie haben CB-Funk und von uns gehört.«

»Du lieber Gott!«, keuchte ich, als grelle Scheinwerfer das Auto neben uns ausleuchteten und eine Hupe ertönte, die klang wie Bruder Stedmans Trompeten des Jüngsten Gerichts. Ein großer Truck war dem Auto dicht auf den Fersen, berührte fast dessen Stoßstange. Dieser neue Laster ließ seine Scheinwerfer aufblenden und hupte wie wild. Der Fahrer des Autos stieg aufs Gas wie eine gehetzte Fledermaus. Zu Tode erschrocken, was ihm nicht zu verdenken war. Der dritte Truck fiel wieder ein bisschen zurück, bis der Anhänger auf gleicher Höhe mit uns war, und in dieser Konstellation – ein

Truck vor uns, einer hinter uns und einer neben uns – fuhren wir weiter.

»Gott sei Dank.« Hazel Marie lehnte ihren Kopf zurück und schien sich zum ersten Mal ein wenig zu entspannen.

Das war die einfachste Fahrt, die ich jemals unternommen hatte, und ich beschloss, mir eines dieser CB-Funkgeräte zuzulegen und künftig für jeden Ausflug eine Eskorte anzufordern.

Wir fuhren weiter gen Osten, wobei sich der dritte Truck gelegentlich an die Spitze setzte, um ein schnelles Auto vorbeizulassen, und dann wieder neben uns herfuhr. Als wir an die Abzweigung der I 85 kamen, musste ich mir keine Gedanken darüber machen, auch ja die richtige Ausfahrt zu erwischen und mich in den dichteren Verkehr einzufügen. Ich fuhr mit meinem kleinen Wagen einfach unseren freundlichen Truckern hinterher, die uns den Weg freiräumten.

»Ich glaube, ich sehe es«, sagte Hazel Marie und deutete mit dem Finger auf ein paar rote Lichter vor uns. »Sehen Sie? Ich wette, das ist der Sendemast.«

»Ich kann jetzt nicht hinsehen«, sagte ich, »aber Sie haben bestimmt Recht. Er lenkt uns auf die äußere Spur. Ah ja, er gibt uns Lichtsignale. Helft mir die Ausfahrt finden.«

Der Truck vor uns blinkte und blitzte wie ein nervöser Christbaum und drückte ein paarmal kräftig auf die Hupe. Ich setzte den Blinker, um ihn wissen zu lassen, dass ich seine Botschaft begriffen hatte.

»Da ist es!«, schrie Lillian. »Fahren Sie langsamer! Biegen Sie ab! Schnell, sonst fahren Sie noch dran vorbei!«

»Drücken Sie auf die Hupe, Miz Springer«, sagte Hazel Marie.

»Ich kann nicht alles gleichzeitig tun«, rief ich, nahm den Fuß vom Gas, suchte nach der Ausfahrt, hupte ein paar Mal und hoffte, dass der Truck hinter uns nicht versehentlich über uns hinwegrollte. Als wir endlich auf der Ausfahrt waren, stießen alle drei Trucks kräftig ins Horn und betätigten die Lichthupe. Die Genesungswünsche für Hazel Marie, nahm ich an. Gott möge mir verzeihen, dass ich geschwindelt hatte, aber sie konnte alle guten Wünsche tatsächlich brauchen.

Der Fernsehsender war ein gedrungener Zementblock, über den ein stählerner Sendemast hinausragte, übersät mit roten Blinklichtern und weithin sichtbar. Den Parkplatz davor umgab ein von Unkraut überwucherter Drahtzaun, an dessen offen stehendem Tor eine Sicherheitsbeleuchtung angebracht war. Ungefähr ein halbes Dutzend Autos standen auf der unebenen Fläche, aber Menschen sahen wir keine. Eine gelbe Glühbirne brannte über dem Gebäudeeingang, und durch eine kleine Fensteröffnung schräg über der Tür fiel ein schwacher Lichtschein.

»Das sieht mir ziemlich geschlossen aus. Kann mir nicht vorstellen, dass da wer drin ist«, sagte ich, während ich nach einer strategisch günstig gelegenen Parklücke Ausschau hielt.

»Da ist jemand«, sagte Hazel Marie. »Die Studios haben keine Fenster, deshalb sieht alles dunkel aus.«

Ich wusste das.

»Ich stelle mich neben das Gebäude, dann überlegen wir, was zu tun ist«, sagte ich.

»Ach bitte, Miz Springer«, sagte Hazel Marie, »fahren Sie doch kurz da rüber, in die Ecke. Ich muss noch mal Pipi.«

Ich verdrehte die Augen, auch wenn mich keiner sehen konnte, und fuhr in die dunkelste Ecke des Parkplatzes. Hazel Marie schlüpfte aus dem Auto, und ich musste noch einmal das Rascheln von Satin und den Anblick ihres Scheitels über mich ergehen lassen, als sie sich neben die offene Wagentür kauerte.

»Sie verliert 'ne Menge Flüssigkeit«, bemerkte Lillian. »Wir sollten auf der Heimfahrt Halt machen und ihr was zu trinken holen.«

»Kommt nicht in Frage!«

»Hu«, seufzte Hazel Marie, als sie sich wieder ins Auto setzte. »Was für eine Erleichterung. Ich wär beinah geplatzt.«

»Also«, sagte ich. »Jetzt sind wir hier, und Bruder Verns Show wird noch etwa zehn Minuten dauern. Wie machen wir's?«

»Ich schleich mich rein und hol Junior«, sagte Hazel Marie.

»Das werden Sie mal schön bleiben lassen. Sie haben ja fast nichts an«, erinnerte sie Lillian.

»Ich gehe«, sagte ich. »Der Kleine wird herkommen, wenn er mich sieht. Er kennt mich.«

»Mhm, und dieser Bruder Vern kennt Sie auch«, gab Lillian zu bedenken. »Glauben Sie denn, der wird seelenruhig zusehen, wie Sie mit dem Kind an der Hand aus dem Haus spazieren? Alles da drin arbeitet für Bruder Vern, und wenn der schreit ›Haltet die Frau auf!‹ dann halten die Sie auf.«

»Nun, was schlagen Sie dann vor?«, fragte ich, allmählich nervös, weil wir zwar da waren, aber nicht wussten, was zu tun war.

»Ich wette, diese Trucker hätten uns geholfen«, sagte Hazel Marie. »Wir hätten ihnen nur zu sagen brauchen, dass mein kleiner Junge von so 'nem verrückten Schlangenbeschwörer entführt worden ist.« Wer einmal mit dem Geflunkere anfängt, dem wächst es bald über den Kopf, deshalb bin ich grundsätzlich dagegen.

»Oh«, sagte ich, »zu spät, leider.« Und erschauerte bei dem Gedanken an eine Horde wilder Trucker, die in eine Live-Sendung einbrechen. Andererseits hätte Schwester Rubynell dann wenigstens einen Grund gehabt für ihr Gekreische, und die Kinder hätten alle fröhlich mitgekreischt. »Wir müssen uns schleunigst etwas einfallen lassen.«

»Mich kennt Bruder Vern nicht«, sagte Lillian. »Lassen Sie mich raus. Ich geh da rein und schnapp mir unseren Jungen.«

20

»Na gut«, sagte ich, weil mir im Moment auch nichts Besseres einfiel. »Miss Puckett, lassen Sie Lillian auf Ihrer Seite raus und klettern Sie auf den Rücksitz, wenn es geht. Uns bleibt nicht viel Zeit, wenn die beiden rauskommen, und es würde zu lange dauern, bis Lillian sich wieder nach hinten gezwängt hat.«

Sie nickte, öffnete die Wagentür und stieg sachte aus. Lillian schob sich aus dem Auto, und Hazel Marie kroch stöhnend auf die Rückbank. Ein Blitz erhellte für Sekundenbruchteile das Gebüsch entlang des Zauns und ihr schmerzverzerrtes Gesicht.

»Jesusmaria!«, japste Lillian, als dem Blitz ein grollender Donner folgte. »Ich muss die Sache erledigen, bevor mich der Blitz erschlägt.«

Sie wollte schon losgehen, aber ich hielt sie flüsternd zurück.

»Lillian, Lillian! Kommen Sie noch mal her.«

Sie beugte sich zum Fenster herunter und raunte: »Was ist?«

»Hier, nehmen Sie«, sagte ich und drückte ihr zwei neue Hundertdollarscheine in die Hand. Ich hatte immer ein paar Scheinchen bei mir, für alle Fälle. Und weil Wesley Lloyd mir immer nur fünfzig Dollar gegeben hatte. »Ich hab keinen einzigen Schwarzen in der Sendung gesehen, womöglich lassen die Sie gar nicht rein. Sagen Sie einfach, Sie würden für jemanden arbeiten, der zu schwach sei, um aus dem Auto zu steigen, aber Bruder Vern unbedingt einen Hunderter stiften und sich mit dem anderen einen von Bruder Stedhams Stoßstangenaufkleber kaufen wolle. Drücken Sie das Geld nicht jedem beliebigen Kerl in die Hand und sehen Sie zu, dass Sie in den Saal kommen, damit Klein Lloyd Sie bemerkt.«

»Gute Idee«, sagte sie. »Geld spricht eine klare Sprache. Und es öffnet Türen.«

Sie eilte auf das Gebäude zu, wobei ihre Pantoffeln gegen

ihre Fersen schlappten. Ich bewunderte ihren Mut, mitten in der Nacht an eine Tür zu klopfen, die Weißen gehörte.

»Sobald sie drin ist, fahr ich den Wagen direkt vor die Tür«, sagte ich zu Hazel Marie. »Wir lassen die Autotür offen, dann brauchen die beiden nichts weiter zu tun als reinzuspringen.«

»Lassen Sie auch den Motor laufen«, stöhnte Hazel Marie, wobei sie ihre restlichen Zähne zusammenbiss.

Wir beobachteten, wie Lillian an die Vordertür klopfte. Dann drückte sie auf eine Klingel, und eine Weile dachte ich schon, dass niemand reagieren würde. Als die Tür endlich aufging, konnten wir sie ein paar Minuten lang – zumindest kam es uns so vor – mit jemandem sprechen sehen. Schließlich hielt sie die zwei Geldscheine in die Höhe, und die Tür öffnete sich ein bisschen weiter. Dann ging sie hinein, und die Tür fiel hinter ihr ins Schloss.

»Sie ist drin!« Ich stellte mich unmittelbar vor den Haupteingang und schaltete die Scheinwerfer aus. Ich langte hinüber und machte die Beifahrertür weit auf.

Meine Hände lagen zitternd auf dem Lenkrad, als ich mich fragte, was drinnen vor sich gehen mochte. Ich stellte meinen linken Fuß auf die Bremse und beließ den anderen, startbereit, auf dem Gaspedal. Abgesehen vom Donnergrollen, Hazel Maries keuchendem Atem und dem gedämpften Verkehrslärm auf der Interstate herrschte vollkommene Stille.

»Ich hoffe, dass alles klappt«, sagte Hazel Marie. »Sie ist nun schon so lange da drin. Und wenn er sie zu sich aufs Podium holt? Manchmal tut er das, pickt aufs Geratewohl einen Zuschauer heraus, um ihn zu fragen, weshalb Gott ihn zu ihm geführt hat.«

Wieder blitzte es, diesmal schon näher, und vereinzelte schwere Regentropfen trafen auf die Windschutzscheibe. Ich schaute nach links und sah den dichten Verkehr auf der Interstate. Mir graute vor dem Moment, wenn ich mich wieder auf einer der Spuren einordnen musste.

»Lillian wird bestimmt nicht in der Schürze vor dem Bildschirm erscheinen«, beruhigte ich sie. Um uns beide auf andere

Gedanken zu bringen, fragte ich: »Welches Seminar hat eigentlich Bruder Vern besucht?«

»Gar keins. Er war Schuhverkäufer, und als er den Ruf des Herrn vernahm, stand er angeblich gerade zwischen den Weichledermokassins und den knöchelhohen Turnschuhen. Er sagt, er hätte im Schuhladen mehr über das Leben gelernt als die anderen im Priesterseminar.«

Ich ließ sie in dem Glauben, zumal sie es mir mit ihrer sanften Stimme so ernsthaft erklärte. Es liegt mir fern, jemandes Glauben zu zerstören.

»Nun ja«, sagte ich, »ich denke – O, da kommen sie!«

Die Tür flog auf, da kam auch schon Klein Lloyd angefetzt und gleich dahinter Lillian. Ein paar Männer und eine Horde Kinder rannten ihnen drängelnd, schubsend und schreiend hinterher.

»Rein! Hier rein!« Ich klappte den Beifahrersitz nach vorn, Klein Lloyd flog förmlich auf den Rücksitz und landete in den Armen seiner Mutter.

»Mama! Mama!«, rief er und drückte sich an sie.

»Mein Liebling«, sagte sie zärtlich. »Geht's dir auch gut, mein Kleiner?«

»Vorsicht, Klein Lloyd, deine Mutter ist verletzt. Machen Sie schnell, Lillian!«

Als sie glücklich im Auto saß, versuchte sie die Tür zu schließen. Männer, Teenager und kleine Kinder waren ihr dicht auf den Fersen. Einer der Männer stemmte sich mit aller Kraft gegen die Tür, während Lillian von innen zog und zerrte, um sie zuzukriegen. Sie schrie auf, als Hände sie packten und aus dem Auto zerren wollten. Ich ließ die Bremse los und trat heftig aufs Gas, dass die Reifen durchdrehten und das kleine Auto einen regelrechten Luftsprung vollführte. Durch den Schwung schlug die Tür zuerst auf, dann zu, wobei der Mann, der sich an ihr festgehalten hatte, zu Boden geschleudert wurde.

Der Drahtzaun vor uns kam uns bedrohlich nah. Ich riss das Steuer herum, sodass das Auto ins Schlingern und Schleudern geriet. Bevor ich wusste, wie mir geschah, standen wir verkehrt herum da. Praktisch in der eigenen Spur. Ich hörte Schreie, aber sie kamen alle aus dem Wageninneren. Ein paar Leute, darunter auch Kinder, wollten sich mir heftig gestikulierend in den Weg stellen, mich zum Anhalten zwingen. Sie stoben auseinander, als ich wieder auf sie zufuhr.

»Miz Springer!«, schrie Hazel Marie. »Überfahren Sie die Leute nicht!«

»Ich kann die Ausfahrt nicht finden!«

»Schalten Sie die Scheinwerfer ein!«, rief Lillian.

Das half. Ich fand endlich das Tor und raste hinaus auf die Straße.

»Du lieber Himmel«, sagte ich, »Wie soll ich bloß rüber auf die Interstate kommen?« Die Autos schoben sich nur langsam vorwärts, Stoßstange an Stoßstange.

Hazel Marie hielt zwar Klein Lloyd im Arm, versuchte sich aber trotzdem aufzurichten und einen Blick durch die Windschutzscheibe zu werfen. »Wir kommen bald an einer Zubringerrampe vorbei, gleich hinter dem Hügel. Die sollten Sie nehmen.«

Mein Magen hob sich leicht, als wir über den Hügel segelten und die Interstate vor uns lag. Eine durchgehende Linie von Scheinwerfern füllte beide Spuren nach Süden. Das konnte mich nicht mehr schrecken, zumal Hazel Marie mir gesagt hatte, wie man einfädelt: Einfach drauflosfahren, zügig, ohne anzuhalten oder lang zu gucken, auf die rechte Spur flitzen.

Klein Lloyd schrie auf. Lillian rief Jesus um Beistand an, aber ich gab unbeirrt Gas und ließ den Wagen elegant in den Verkehr gleiten. Soviel Gehupe und Bremsengequietsche hatte ich noch nie provoziert. Das stört keinen großen Geist, dachte ich mir und stieß einen Seufzer der Erleichterung aus, als wir uns im Verkehrsfluss bewegten. Meine Mitfahrer kriegten allmählich wieder Farbe im Gesicht.

»Verfolgt uns jemand?«, fragte ich.

Lillian drehte sich um und meinte: »Nur zwei Millionen Autos, aber ich kann nicht erkennen, wer drin sitzt.«

»Na ja, hoffen wir das Beste. Klein Lloyd, bist du in Ordnung? Wir sind froh, dass wir dich wiederhaben.« Nachdem ich Abbitte geleistet hatte, sagte ich zu Lillian: »Helfen Sie mir die Scheibenwischer suchen; der Regen prasselt ganz schön runter. Ich wünschte, das Auto wäre nicht gar so neu, sodass ich wüsste, wo alles ist.«

»Wissen Sie denn, wohin Sie fahren?«, fragte sie schließlich, als ich endlich auf den richtigen Knopf gedrückt und die Scheibenwischer in Gang gesetzt hatte.

»Nein, Lillian, keine Ahnung. Ich weiß nur, dass ich Bruder Vern davonfahre. Ansonsten tue ich, was ich kann.«

»Wir kommen nach Atlanta, wenn Sie in dieser Richtung weiterfahren«, sagte Hazel Marie. »Achten Sie auf die Ausfahrt nach Greenville und fahren Sie da runter. Auf diese Weise kommen wir auch zurück nach Abbotsville.«

»Ach du lieber Gott!«, sagte ich, als uns plötzlich ein ohrenbetäubender Motorenlärm umgab und grelle Scheinwerfer von hinten in den Wagen blendeten. Ich verstellte den Rückspiegel. »Was soll das? Warum fährt dieser Truck so nah auf?«

»Ich kann nichts sehen«, sagte Lillian, die sich umgedreht hatte und eine Hand schützend vor die Augen hielt. »Er ist mächtig nah, aber er sieht anders aus als die Trucks, die uns herbegleitet haben.«

»Mal sehen«, sagte Hazel Marie und keuchte vor Schmerz, als sie versuchte sich umzudrehen. »Wechseln Sie auf die linke Spur rüber, wenn's geht, Miz Springer, damit ich ihn mir von der Seite ansehen kann.«

Ich lenkte das Auto ruckartig auf die Überholspur und erntete dafür das obligatorische Hupkonzert. Dabei war der Blinker doch noch von vorhin draußen, wo also lag das Problem? Dann drückte ich den Fuß aufs Gas, um endlich dem gleißenden Licht im Rücken zu entgehen.

»Ich sehe ihn!«, schrie Hazel Marie. »Du meine Güte, das ist ja Jeromes Pickup. Den kenne ich, sehen Sie, wie übertrieben hoch der liegt?«

Ein Monster Truck! In mir bimmelte eine Alarmglocke, die ich nicht gern hörte.

»Schaut euch diese Reifen an!« Lillian kniete mittlerweile verkehrt herum auf ihrem Sitz, um einen besseren Ausblick zu haben. »Was will er denn mit solchen Riesenreifen an 'nem Pikkup?«

»Lasterschlappen«, meinte Hazel Marie, als wäre das eine plausible Erklärung. »Ich hab den Truck vorhin auf dem Parkplatz gar nicht bemerkt.«

»Vielleicht war er ja auf der Rückseite des Gebäudes geparkt«, meinte ich. »Aber wenn das derselbe Truck ist, den ich schon mal gesehen habe, dann hat er die merkwürdige Angewohnheit, plötzlich aus dem Nichts aufzutauchen. Die Frage, die sich uns jetzt stellt, lautet: Wie können wir ihm entkommen?«

»Wir müssen uns eine Strategie überlegen«, sagte Hazel Marie. »Er darf uns auf keinen Fall einholen, Miz Springer. Er ist jetzt auf unsere Spur rübergewechselt! Lieber Gott, mach, dass er uns nicht erwischt.«

»Mama?«, sagte Klein Lloyd.

»Keine Angst, Kleiner«, sagte ich, »noch hat er uns nicht, und wenn dieses Auto hier hält, was es verspricht, dann wird er uns auch nicht zu fassen kriegen!«

»Was wollen Sie tun?«, fragte Lillian. »Bis nach Atlanta mit ihm um die Wette fahren?«

Ich sagte: »Denken Sie an etwas, an jemanden.«

»Ein Gutes hat die Sache«, erklärte Hazel Marie, »dieses Monster ist nicht zu übersehen. Nicht mal im Dunkeln. Miz Springer, wechseln Sie wieder auf die rechte Spur, aber fahren Sie erst noch ein Stück weiter, damit er uns nicht wieder in den Kofferraum kriechen kann.«

»Ich hoffe, Sie haben was ausgetüftelt«, sagte ich.

»Setzen Sie keinen Blinker«, sagte sie. »Wir wollen ihn nicht vorwarnen. Fahren Sie einfach rüber, sobald es geht, vielleicht verliert er uns dann aus den Augen.«

Ich befolgte ihren Rat, was den übrigen Fahrern nicht besonders gefiel. Manche Leute sind ja solche Flegel mit ihren Hupen. Ich hupte kurzerhand zurück.

»Das wär geschafft«, sagte ich, »ist er uns noch auf den Fersen?«

»Sehen Sie nach, Miss Lillian«, sagte Hazel Marie. »Junior

und ich werden uns ducken, damit von hinten nur zwei Köpfe zu sehen sind, vielleicht verwechselt er uns dann.«

»Er ist immer noch auf der Überholspur«, sagte Lillian, »und um ihn herum sind 'ne Menge Autos.«

»Gut«, murmelte Hazel Marie, die mit Klein Lloyd auf Tauchstation gegangen war. »Miz Springer, Sie nehmen jetzt die erste Abzweigung nach Greenville und biegen dann gleich wieder rechts ab, auf eine beliebige Landstraße. Dort fahren Sie rechts ran und schalten die Scheinwerfer aus. Auf diese Weise bringen wir ihn vielleicht dazu, ebenfalls abzubiegen, dann aber geradeaus weiterzufahren.«

An diesem Plan war nichts auszusetzen. Er klang, als hätte er sich schon viele Male bewährt. Wir verließen also zwischen mehreren Fahrzeugen die Interstate und bogen kurz darauf noch einmal rechts ab, auf eine nur spärlich beleuchtete Landstraße. Dort hielt ich an, schaltete die Scheinwerfer aus und ließ den Motor laufen. Wir saßen im Dunkeln, hörten uns gegenseitig atmen und Klein Lloyd schniefen.

»Da ist er!«, rief Lillian und deutete auf den Monstertruck, der schwarz wie der Teufel an der Abzweigung vorbeibrauste. Jerome fuhr nicht langsamer, versuchte offensichtlich schnellstens dorthin zu gelangen, wo er uns vermutete. Das Dröhnen des Motors hallte durch die Nacht. Ich erschauerte bei dem Anblick und dem Geräusch, denn es war zweifellos derselbe Truck, den ich schon zweimal gesehen hatte. Dank Hazel Marie wusste ich jetzt, wer ihn fuhr, und hätte vor Angst beinahe ... na ja, beinahe Pipi gemacht, um es in ihren Worten auszudrücken.

»Gütiger Himmel«, murmelte ich, »das Ding könnte uns ohne weiteres von der Straße schubsen, und kein Mensch würde es jemals erfahren.«

»Was sollen wir tun, wenn er zurückkommt?«, fragte Lillian. Ihre Hände verkrampften sich, und ich machte mir Vorwürfe, weil ich sie in diese gefährliche Lage gebracht hatte.

»Bis dahin sind wir längst über alle Berge«, beruhigte sie Hazel Marie. »Wir müssen ein paar Meilen zurückfahren. Miz Springer, fahren Sie wieder auf die Interstate, aber in die entgegengesetzte Richtung. Da wird er uns nicht vermuten.«

Ich wendete, tastete mich an die Kreuzung vor, bog auf die Zubringerrampe und fuhr wieder auf die Interstate zurück. In diese Richtung hatten wir mehr Schwerverkehr, aber weil wir in der Menge sicherer waren, war mir das sogar ganz recht.

»Das wird ihn nicht lange täuschen«, befürchtete ich.

»Das stimmt schon«, sagte Hazel Marie, »aber bis er merkt, dass er uns auf den Leim gegangen ist, ist unser Vorsprung bereits so groß, dass wir sicher nach Hause kommen.«

»Na ja, da wär noch was«, meinte Lillian. »Was sollen wir tun, wenn er uns bis nach Abbotsville verfolgt? Wenn der wirklich hinter uns her ist, dann wird uns auch das Haus nichts nützen.«

»Das können wir nicht ändern«, redete ich beruhigend auf sie ein. Und auf mich. »Falls es nötig sein sollte, hetzen wir ihm Deputy Bates und Lieutenant Peavey und Binkie Enloe auf den Hals. Daheim sind wir sicher. Ich möchte nur nicht, dass er uns in den Bergen erwischt.«

»Sehen Sie, da drüben ist die Fernsehstation.« Lillian deutete an meinem Gesicht vorbei, aber ich war zu beschäftigt, um ihrer Aufforderung Folge zu leisten. »Da sind immer noch Leute auf dem Parkplatz. Reden über uns, nehm' ich an.«

Ich hörte Klein Lloyd mit seiner Mutter flüstern, dann sagte er laut: »Miss Lillian, ich möchte Ihnen danken, dass Sie mich rausgeholt haben. Und Ihnen auch, Miz Springer. Meine Mama und ich wissen es zu schätzen.«

»Gern geschehen, Schätzchen«, sagte Lillian und tätschelte ihm die Hand.

»Manche Dinge müssen eben getan werden«, sagte ich und wechselte schnell das Thema, weil ich nicht unwirsch klingen wollte. »Lillian, erzählen Sie uns doch, was passiert ist, als Sie da drin waren.«

»Na ja, zuerst hatte ich schon Angst, dass die mich nicht reinlassen würden. Die können es nämlich nicht leiden, wenn um diese Zeit noch jemand an ihre Tür klopft. Aber kaum haben sie Ihre fetten Scheinchen gesehen, da haben sie es sich schnell anders überlegt. Der erste Mann, der an die Tür gekommen ist, wollte sie mir gleich abnehmen, aber ich sag zu ihm: ›Nix da, ich hab meine Anweisungen, die Mäuse gehen direkt an Bruder Vern und Bruder Stedman.‹ Er sagt, dass die auf Sendung sind und nicht gestört werden dürfen, und ich sag, dass ich auf sie warte. Das geht 'n paar Mal so hin und her, und am Ende lässt er mich rein, stellt mich aber in irgend 'ne Ecke, wo ich nicht im Weg rumsteh und hübsch warten soll, bis Miss Ruby wieder singt, dann kann ich meine Spenden überreichen. Es passt mir ganz gut in den Kram, dass die alle so viel zu tun haben und mich komplett vergessen, so kann ich mich in aller Ruhe nach unserem kleinen Jungen umsehen, und ich frage mich, wie ich es am besten anstelle, dass er mich sieht.«

»Ich hab Sie gesehen, Miss Lillian!«, rief Klein Lloyd so aufgeregt, dass ihm die Brille auf die Nase rutschte. »Ich hab es zuerst gar nicht glauben wollen, dass Sie das waren in der Ecke. Ich hab Sie nicht mal reinkommen sehen.«

»Na ja, ich hatte ganz schön Angst, dass du was sagen könntest. Laut, weißt du, sodass jeder gleich merkt, was los ist.«

»Aber ich war mucksmäuschenstill, nicht? Ich hab kein Sterbenswörtchen gesagt!« Er hüpfte vor Freude auf und ab, und ich hätte ihn beinahe ermahnt, verkniff es mir aber, weil seine Mutter dabei war. Ich hätte nie gedacht, dass der Junge soviel Temperament besaß. Nervöse, plappermäulige Kinder kann ich nicht ausstehen, Sie etwa?

»Nein, das hast du nicht, Liebchen. Du hast genau das Richtige getan. Ich hab einfach den Finger auf die Lippen gelegt, damit du weißt, dass du nichts sagen darfst, dann hab ich dich zu mir rübergewunken.«

»Und weißt du, was ich dann gemacht hab, Mama? Miz Springer, raten Sie mal, was ich dann gemacht hab! Ich hab einem von den großen Jungs neben mir zugeflüstert, dass ich aufs Klo müsste, und er hat okay gesagt. Und da bin ich aufgestanden und rausgegangen, und Miss Lillian ist mir nachgekommen. Dann haben wir angefangen zu rennen, nicht, Miss Lillian?«

»Wir sind ganz schön geflitzt!«, sagte Lillian lachend. Ich muss gestehen, dass ich Klein Lloyds schnelle Auffassungsgabe bewunderte, auch wenn er mir seine Geschichte ins Ohr brüllte. Nicht viele Neunjährige hätten so gerissen reagiert.

»Ich bin richtig stolz auf dich, Baby«, sagte Hazel Marie, »und ich bin so froh, dass ich dich wieder bei mir habe.«

Alle waren mucksmäuschenstill, als ich das Auto über die Ausfahrt auf die I 26 zusteuerte. Der Verkehr wurde dünner, als wir hügelaufwärts in Richtung Abbotsville fuhren. Keiner von uns sagte etwas, weil wir alle voller Sorge an Jerome denken mussten.

Als nach einer Weile aber immer noch keine grellen Scheinwerfer hinter uns auftauchten, lehnte ich mich entspannt zurück und lockerte meinen Griff um das Lenkrad. Obwohl wir nun glücklich auf dem Heimweg waren, lobte mich niemand für meine ausgezeichneten Fahrkünste. Dabei hatte ich mittlerweile wirklich den Dreh raus, fand ich.

»Übrigens müsste ich wieder mal für kleine Mädchen«, sagte Hazel Marie. »Halten Sie's zurück«, sagte ich. »Ich hab keine Lust, rechts ranzufahren, wenn Jerome hinter uns her ist. Ich fahr die nächste Ausfahrt raus, dann suchen wir uns ein Maisfeld.«

Ich weiß nicht, was an dem Vorschlag so komisch war, aber sie lachten die ganze Heimfahrt darüber.

21

Am nächsten Morgen schliefen wir alle ein bisschen länger als gewöhnlich, nur Lillian nicht, die bereits vor sieben aufgestanden war, um Deputy Bates das Frühstück zu machen. Er sollte nicht merken, dass wir in der Nacht über die Staatsgrenze gefahren waren. Ich hatte sie noch vorgewarnt, bevor wir zu Bett gegangen waren, ihr gesagt, dass wir uns eine glaubhafte Erklärung für unsere nächtlichen Aktivitäten zurechtlegen müssten, bevor wir jemandem etwas darüber erzählen konnten.

Ich erinnerte sie daran, dass Lieutenant Peavey mich gebeten hätte, die Stadt möglichst nicht zu verlassen, und fügte hinzu: »Aber was er nicht weiß, macht ihn nicht heiß.«

Ich stand etwa um acht auf und sah nach Hazel Marie und Klein Lloyd.

»Ich glaube, da hat sich was gelockert, Miz Springer«, sagte Hazel Marie und versuchte sich aufzusetzen. »Es tut mir schrecklich Leid, dass ich Ihnen solche Umstände mache. Aber dank Ihnen und Miss Lillian hab ich meinen Kleinen wieder, deshalb geht's mir auch schon viel besser.«

»Sie bleiben schön brav im Bett liegen«, sagte ich. »Ich hab Ihnen Tylenol besorgt, und wenn das die Schmerzen nicht lindert, bringe ich Sie heute zum Arzt. Klein Lloyd, lauf runter und lass dir von Lillian Frühstück machen, aber weck Deputy Bates nicht auf.«

»Ja, Ma'am«, sagte er, lebhafter und fröhlicher, als ich ihn jemals gesehen hatte. Sein Aussehen war dadurch leider nicht besser geworden, dafür hatte er zu viel Ähnlichkeit mit Wesley Lloyd.

»Hat Bruder Vern dich auch gut behandelt?« Ich setzte mich zu Klein Lloyd an den Küchentisch, während sich Lillian am Spülbecken zu schaffen machte. Ich bemerkte, dass er sich seine Plastiktüte noch nicht zurückgeholt hatte; jedenfalls lag sie nicht auf seinem Schoß oder neben seinem Stuhl.

»Ja, Ma'am, war schon okay«, sagte er und warf mir dabei verstohlene Blicke zu, als hätte er noch immer Angst, mir in die Augen zu sehen. »Ich dachte, er würde mich zu meiner Mama bringen.«

»Das dachte ich auch, sonst hätte ich dich bestimmt nicht mitfahren lassen, das musst du mir glauben. Er hat dir doch nicht etwa weh getan?«

»Nein, Ma'am.«

»Was wollte er von dir? Hat er das gesagt?«

»Er hat gesagt, dass meine Mama ihm irgendwas nicht geben will, was sie von meinem Daddy gekriegt hat. Er hat gedacht, ich weiß, wo sie es versteckt hat, aber ich weiß ja nicht mal, was das sein soll.«

Lillian sagte: »Der Mann führt nix Gutes im Schilde, wenn Sie mich fragen.«

»Das können Sie laut sagen«, sagte ich. »Klein Lloyd, ich möchte, dass du heute im Haus bleibst, entweder bei mir oder bei Lillian. Deine Mutter fühlt sich noch nicht ganz wohl, deshalb muss sie noch im Bett bleiben. Lillian, ich will dem Jungen keine Angst einjagen, aber Bruder Vern und Jerome Puckett sind wahrscheinlich noch nicht fertig mit uns. Falls Sie diesen Truck sehen oder hören sollten, dann sagen Sie mir bitte sofort Bescheid. Wir sollten nicht alleine auf die Straße gehen, bis wir wissen, was die im Schilde führen.«

»Ich werd den Kleinen nicht aus den Augen lassen«, versprach Lillian. »Komm hier rüber, Liebes, wir wollen ein paar Kekse backen, damit Deputy Bates was zum Abendessen hat.«

Er stand auf und ging lächelnd zu ihr. Da hatte ich zum ersten Mal, seit ich den Jungen kannte, das Gefühl, als gleiche er Wesley Lloyd nicht im Geringsten.

Es klingelte an der Vordertür. Lillian und ich sahen uns an, Klein Lloyd war blass geworden.

»Das ist niemand, nur keine Angst«, sagte ich. »Jerome wird es nicht wagen, hierher zu kommen und zu klingeln. Lillian, Sie und Klein Lloyd bleiben hier drin. Ich werde nachsehen, wer das ist, und den Betreffenden möglichst schnell abwimmeln.« Außer es ist Sam, räumte ich innerlich ein.

Es war aber nicht Sam. Es war Pastor Ledbetter, der ein selbstgefälliges Lächeln aufgesetzt hatte und wegen unserer letzten Begegnung nicht im Mindesten beleidigt wirkte. An seiner Seite stand ein kleiner, dürrer Mann in einem Anzug aus blauweißem Seersucker, ein Kleidungsstück, in dem Wesley Lloyd nicht einmal hätte begraben sein wollen. Der Mann hatte ein paar rötliche Haarsträhnen sorgfältig über den Bereich gezogen, aus dem sich sein Haar weitgehend zurückgezogen hatte. Er lächelte, ohne die Zähne zu zeigen, wobei sein schmaler Schnauzbart sich zu einem geraden, dunklen Strich zwischen Mund und Nase dehnte. Wässrige blaue Augen starrten mich durch eine Goldrandbrille an, und ich brauchte eine Minute, um mich meiner Kinderstube zu entsinnen.

»Guten Morgen«, sagte ich, indem ich den Blick von dem merkwürdigen kleinen Mann mit den hypnotischen Augen löste und Pastor Ledbetter meine Aufmerksamkeit schenkte. Er wirkte heiter und beschwingt, sodass sich meine Befürchtung, er könne sich wieder einmal über die Pflichten einer Frau verbreiten, schnell verflüchtigte. Aber sollte er noch ein einziges Mal auf Wesley Lloyds Nachlass zu sprechen kommen, dann würde ich seiner Kirche den Rücken kehren, soviel stand fest. Vielleicht würde ich mich der Episkopalkirche anschließen, in der erwachsene Männer niederknien mussten. Was einer Menge Männer, insbesondere bei den Presbyterianern, gewiss nicht schaden konnte. »Ich habe Sie nicht erwartet, Pastor, aber kommen Sie nur herein.« – »Miss Julia«, sagte Pastor Ledbetter, der mit gewinnendem Lächeln dem Fremden den Vortritt gab und ihm dann folgte. »Bitte entschuldigen Sie, dass ich Sie nicht vorher angerufen habe, aber ich wollte Ihnen rasch ein neues Mitglied unserer Kirche vorstellen, Dr. Fowler. Doktor, das hier ist unsere Miss Julia Springer, eines unserer aktivsten Gemeindemitglieder. Ich weiß nicht, was die Erste Kirche ohne sie anfangen sollte.«

»Sehr erfreut, Mrs. Springer«, sagte der Mann und schüttelte mir die Hand. »Ich bin Dr. Fred Fowler.«

Trauen Sie etwa Leuten, die sofort vor aller Welt ihre Titel ausposaunen? Ich nicht und war daher auf der Hut.

Ich bat sie Platz zu nehmen und fragte, ob ich ihnen etwas zu essen oder zu trinken anbieten könne. Nein, antworteten beide, sie seien nur gekommen, damit Dr. Fowler und ich miteinander bekannt würden, was mich leicht stutzig werden ließ, zumal Pastor Ledbetter normalerweise kein solches Aufhebens um neue Kirchenmitglieder machte. Zumindest nicht in meiner Gegenwart. Sie saßen einträchtig nebeneinander auf dem Sofa, wobei Dr. Fowler ein wie mir schien heimtückisches Grinsen aufgesetzt hatte, als hätte er ein vergnügliches Geheimnis, während Pastor Ledbetter mich sein breites Sonntagslächeln sehen ließ.

»Wie fühlen Sie sich, Miss Julia?«, fragte der Pastor. »Ein bisschen nervös in letzter Zeit?«

»Nein«, antwortete ich vorsichtig und wunderte mich über seine Fürsorge. »Kann ich nicht sagen. Ich bin viel zu beschäftigt, um über mein Befinden nachzudenken. Und wie steht's mit Ihnen, Pastor, geht's Ihnen gut?«

»Oh«, sagte er lachend und warf einen Seitenblick auf Dr. Fred Fowler, der mich nicht aus den Augen ließ. Er hatte noch kein einziges Mal geblinzelt. »Zumindest fehlt mir nichts, was ein Nachmittag auf dem Golfplatz nicht wieder heil machen könnte.«

»Nun, ein Golfnachmittag würde mich zum Krüppel machen«, entgegnete ich. Beide fanden die Bemerkung ausgesprochen geistreich. »Haben Sie Familie, Dr. Fowler? Ich würde sie gern kennenlernen und willkommen heißen in unserer Stadt.«

»Nein, leider nicht, der Herr hatte wohl andere Pläne mit mir, aber vielleicht begegne ich ja hier jemandem.«

»Kann schon sein, aber ich fürchte, hier in Abbotsville ist die Auswahl nicht so groß«, sagte ich und dachte dabei an den Mangel an verfügbaren Frauen in den Fünfzigern. »Wollen Sie hier in Abbotsville eine Praxis betreiben oder Ihren Ruhestand genießen?«

»O, ich habe noch nicht vor, mich zur Ruhe zu setzen. Mir gefällt meine Arbeit«, sagte er und schlug die Beine übereinander, als wolle er mir demonstrieren, wie angenehm ihm meine Gegenwart war. Was ich von der seinen nicht behaupten konnte, denn seine Augen hatten einen eigenartig durchdringenden Blick. Wenn er sich einbildete, ich würde mich noch einmal auf so eine komische Liege begeben und meine Beine festschnallen lassen, dann war er auf dem Holzweg. Er starrte mich eine Minute lang an und sagte: »Was würden Sie sagen, wenn ich hier in Abbotsville eine Praxis eröffnen würde?«

»Nicht viel«, antwortete ich. »Ich habe keine Ahnung in diesen Dingen. Erkundigen Sie sich doch bei der Ärztekammer oder fragen sie die anderen Ärzte in der Gegend, die können Ihnen auf jeden Fall mehr sagen als ich. Aber Sie sind nicht mehr ganz jung, wenn ich das sagen darf. Sind Sie nicht ein bisschen spät dran?«

Sein Lächeln wurde breiter, entblößte aber immer noch keine Zähne. Ich begann mich zu fragen, ob er als Kind dringend eine Zahnspange gebraucht und keine bekommen hatte. Dr. Fowler und Pastor Ledbetter warfen einander viel sagende Blicke zu, und Pastor Ledbetter hob eine Augenbraue an.

»Nein«, engegnete Dr. Fowler, »ich hatte bereits eine Praxis, drüben in Chattanooga, aber mir ist nach ein wenig Abwechslung. Sie kennen dieses Gefühl doch auch, Miz Springer, hab ich Recht?«

Ich verzog den Mund, schaute von einem zum anderen, wunderte mich über dieses eigenartige Gespräch. Ich bemühte mich jedoch um etwas Toleranz, weil ich die Erfahrung gemacht hatte, dass gebildete Menschen im zwischenmenschlichen Bereich oft kläglich versagten. »Nein, ehrlich gesagt nicht. Ich befürchte eher, dass die Leute einen für leichtfertig halten, wenn man zu häufig den Ort wechselt. Das ist bei Ärzten nicht so günstig, wie Sie wissen. Die Leute machen sich immer Gedanken über einen Arzt, der seine Praxis aufgibt und in eine andere Stadt zieht; sie fragen sich, ob mit ihm irgendetwas nicht stimmt. Sie sind mir hoffentlich nicht böse, aber Sie wissen ja, wie die Leute sind.«

»Das weiß ich in der Tat«, erwiderte er, indem er die Handflächen aneinander legte und an sein Kinn hob. »Mrs. Springer, ich sehe schon, Sie wissen die Leute einzuschätzen, und ich würde mich gern ausführlicher mit Ihnen unterhalten, wenn ich darf. Hätten Sie denn hin und wieder Zeit, ein wenig mit mir zu plaudern?«

»Das kann ich Ihnen im Moment nicht sagen. Ich habe neuerdings ziemlich viel zu tun, aber ich helfe Ihnen natürlich, soweit es in meiner Macht steht.«

»Ich bin sicher, dass Sie das irgendwie hinkriegen«, sagte Pastor Ledbetter und stand auf. Dr. Fowler folgte seinem Beispiel und schüttelte mir die Hand, während der Pastor weiterhin versuchte, mich einzuspannen. »Sie könnten sich drüben in der Kirche treffen«, sagte er und legte mir seine schwere Hand auf die Schulter. »Sie könnten Dr. Fowler ein wenig herumführen, ihm von der Kirchengemeinde erzählen, der Stadt und von sich.« Pastor Ledbetter wandte sich an den Doktor. »Sie weiß einfach alles über die Geschichte dieser Stadt.«

»Es wäre mir ein Vergnügen«, sagte Dr. Fowler. »Wie wäre es mit kommendem Freitag um zehn?«

»Ich weiß nicht genau, ob ich Zeit habe«, sagte ich, weil ich mich bedrängt fühlte durch ihre vereinten Bemühungen. »Ich bin mir sogar ziemlich sicher, dass ich am Freitag nicht kann. Vielleicht nächste Woche einmal, vielleicht findet aber Pastor Ledbetter auch jemand anderen, mit dem Sie sprechen könnten.«

»Es wäre mir aber wirklich lieber, wenn Sie das wären, Mrs. Springer«, sagte Dr. Fowler, indem er noch einmal meine Hand nahm und ein bisschen drückte. Er war zwar nicht mehr ganz jung, aber zu jung, um mit mir zu flirten. Ich hatte von Männern gehört, die Jagd machten auf reiche Witwen, ungeachtet des Altersunterschieds. Ich entzog ihm meine Hand und trat einen Schritt zurück.

»Sie oder keine, Miss Julia«, sagte Pastor Ledbetter betont leutselig.

Ich lächelte und begleitete die beiden zur Tür. »Dann wird's wohl eher keine werden«, entgegnete ich. Diese Bemerkung schienen sie wieder ungeheuer witzig zu finden, denn sie verließen mich sehr wohlgelaunt.

Ich sah ihnen nachdenklich hinterher. Auf der anderen Straßenseite beugte Pastor Ledbetter sich über den kleineren Doktor, wobei er ununterbrochen auf ihn einredete und dabei lebhaft gestikulierte. Ich verschränkte die Arme und schüttelte den Kopf. Das übertraf alles, was ich je erlebt hatte. Ich konnte es kaum erwarten, Lillian zu erzählen, dass mein Pastor sich neuerdings als Cupido verdingte. Ich lehnte mich gegen die Tür und lachte leise in mich hinein. Ich würde es auch Sam erzählen.

Noch immer lächelnd ging ich zurück ins Wohnzimmer. Ganz gleich, wie alt man wird, der leiseste Hauch von Interesse, den ein Mann einem entgegenbringt, hebt sofort die Stimmung. Ich gebe es zwar ungern zu, aber es ist wahr, auch wenn der Mann so unangenehm aussieht, dass es einem fast den Magen umdreht. Wie lässt sich so etwas erklären? Dr. Fowler besaß keine einzige ansprechende Eigenschaft, abgesehen von der Tatsache, dass er mich ansprechend fand. Und das genügte schon, um meine Laune deutlich zu verbessern. Ich bin anscheinend auch nicht klüger als die anderen Weibsbilder.

Ich setzte mich ans Fenster und schaute hinüber zur Kirche. Da stand sie, gütig und heilig, und ihr Turm ragte in den Himmel auf. Ein Ort der Andacht und des Gebets, könnte man meinen, und doch gab es darin so viele Aufregungen und verletzte Gefühle und Cliquen und Intrigen und Grabenkämpfe, dass man es nie für möglich halten würde. Und gerade jetzt braute sich wieder etwas zusammen. Hätte ich doch nur gewusst, was es war.

Ich stützte den Ellenbogen auf die Armlehne und überlegte. Im Unterschied zu den vorausgegangenen Geistlichen musste Pastor Ledbetter sich an niemandes Weisung halten. Nur an diejenige Wesley Lloyds, aber der war ja nicht mehr da, um seine Wünsche kundzutun. Pastor Ledbetter konnte tun und lassen, was er wollte. Und jetzt, wurde mir plötzlich klar, jetzt wollte er sich ein Denkmal setzen, indem er zur Aufrechterhaltung familiärer Werte ein Gebäude errichten ließ, das einen Haufen Geld verschlang. Ein »Aktionszentrum«, wie er es nannte, gebaut mit dem Vermögen von Wesley Lloyd Springer, dem allseits bekannten Muster an Tugend und Familiensinn.

Ich sprang derart schnell auf die Beine, dass es mir einen Stich in den Rücken versetzte. Das also war es, was dem Pastor im Kopf herumgeisterte. Deshalb kam er zu mir und tat so, als gehörte ich zum engeren Familienkreis. Er versuchte, mich in seine Pläne zu integrieren.

Aber welche Rolle spielte dann Dr. Fred Fowler, der neue Busenfreund des Pastors?

Ich ging auf und ab, rieb mir die schmerzende Stelle im unteren Rückenbereich und versuchte dabei Pastor Ledbetters Gehirnwindungen nachzuvollziehen. Gar nicht so einfach, außer man wusste, dass er ungeheuer hartnäckig sein konnte. Er besaß die Geduld Hiobs und konnte wenn nötig seinen Kopf auch gegen den Kirchenrat durchsetzen. Natürlich erst seit Wesley Lloyd tot war. Folglich war anzunehmen, dass er noch immer Baupläne hatte.

Vielleicht hatte Dr. Fowler eine Menge Geld. Ärzte nehmen es nicht so genau mit den Abgaben, das weiß man ja. Vielleicht gedachte Pastor Ledbetter, nachdem er Wesley Lloyds Willen nicht hatte brechen können, nun mit unser beider finanzieller Unterstützung schon bald den Grundstein zu legen.

Das war es, ich war mir ganz sicher. Man bringe Dr. Fowler und mich zusammen, richte es so ein, dass wir beide kräftig spenden, und schon hatte man, was man wollte. Dieser Mann ging über Leichen, um Gottes Werk, oder was er darunter verstand, zu tun. Was die anderen darunter verstanden, war ihm gleich. Pastor Ledbetter besaß einen heißen Draht nach oben, und niemand konnte ihm weismachen, dass er womöglich nur im Vorzimmer gelandet war.

Nun, dann würde er eben noch mal anrufen müssen, denn ich hatte keine Lust, mich von Leuten wie ihm manipulieren zu lassen. Das Einzige, was ich im Augenblick tun konnte, war herauszufinden, ob Dr. Fowler von Pastor Ledbetter eingeweiht oder genauso hinters Licht geführt worden war wie ich. Irgendwie musste ich mich an diesen Arzt heranpirschen und herausfinden, ob er tatsächlich die Frau in mir sah, oder ob er mich nur als Leiter wahrnahm, die auf einen mit einer Gedenkplatte versehenen Steinklotz führte.

Und ich wusste auch schon wie.

22

»Lillian«, rief ich in die Küche, »ich geh mal kurz hinüber zur Kirche.«

»Wozu?«, rief sie zurück, aber da war ich schon aus der Tür. Ich eilte über die Straße und den Parkplatz, weil ich hoffte, Dr. Fowler noch zu erwischen, bevor er wieder wegfuhr. Wenn ich ihn allein antraf, konnte ich herausfinden, ob er an mir oder an meinem Portemonnaie interessiert war.

Ich öffnete die Tür zum Gemeindehaus und sah die beiden, noch immer im Gespräch vertieft, am anderen Ende des Flurs neben Pastor Ledbetters Büroräumen stehen. Ihre Mienen hellten sich auf, als sie mich sahen.

»Miss Julia«, rief der Pastor, während er auf mich zukam und mir die Hand entgegenstreckte. »Ich hatte gehofft, dass Sie es sich anders überlegen würden. Gerade eben sagte ich zu Dr. Fowler, wie sehr wir Ihren finanziellen Beistand zu schätzen wüssten, und er ist ganz versessen darauf, Sie näher kennenzulernen.«

»Nun, Dr. Fowler«, erwiderte ich, »ich habe gerade bemerkt, dass ich ein wenig Zeit habe. Wenn Sie wollen, zeige ich Ihnen unsere Kirche gleich jetzt.«

»Das wäre wunderbar«, sagte Dr. Fowler. »Es ist mir eine besondere Freude, von einer so hübschen Lady herumgeführt zu werden. Nehmen Sie meinen Arm, gehen wir.«

Ein Kavalier der alten Schule. Ich legte meine Hand in die Beuge seines Seersucker-gewandeten Arms, lächelte ihm zu und wünschte, ich könnte zu ihm auf-, nicht hinüber- beziehungsweise leicht hinunterblicken. Aber wer arm dran oder verwitwet ist, der darf nicht wählerisch sein, und ich muss gestehen, dass die Aussicht auf ein bisschen anregende Gesellschaft, auch wenn sie etwas kurz geraten war, mein Herz höher schlagen ließ.

»Fabelhaft«, sagte Pastor Ledbetter und bleckte grinsend

die Zähne. »Ein besseres Arrangement kann man sich gar nicht wünschen. Lassen Sie sich Zeit. Im Augenblick ist die Kirche leer, keine Versammlungen oder so, also spazieren Sie herum, solange Sie wollen. Ich arbeite ein bisschen an meiner Predigt, und später überlegen wir uns dann, wohin wir essen gehen wollen.«

»Schön«, sagte Dr. Fowler, während er mich anstarrte. »Miss Julia und ich werden einstweilen dieses großartige Gebäude erkunden, nicht wahr, Miss Julia?« Und er tätschelte meine Hand, die immer noch in seiner Armbeuge steckte.

»Jawohl, und ich fange gleich mal mit unserem Gemeindehaus an, wo wir uns jeden Mittwoch Abend zu Gebet und anschließendem Abendessen treffen. Früher hat sich hier noch eine Pfadfindergruppe regelmäßig eingefunden, bis der damalige Pastor dem ein Ende setzte mit der Begründung, die Jungs seien nicht christlich genug.« Ich deutete mit der freien Hand durch den großzügigen, mit Linoleum ausgelegten Saal, an dessen Wänden sich Klapptische und Stühle stapelten.

Dr. Fowler und ich erstiegen die Treppe zum Sanktuarium, wobei er mir die Türen aufhielt und über jeden meiner Schritte wachte. Diese seltsamen Augen beherrschten wirklich alle Tricks.

Als wir an der hinteren Wand des menschenleeren Sanktuariums standen, fiel mir wieder einmal auf, wie geräumig und elegant dieser Raum doch war. Weiße Wände mit cremefarbenen Deckenfriesen, dazu entlang des Mittelgangs ein dunkelroter Teppich, der wegen seines Prozessionswertes zahllose Bräute anlockte, rote Samtkissen auf den Kirchenbänken, gestiftet von einer Gruppe mit knochigen Hintern, acht große Kandelaber aus Williamsburger Messing, zwei Kanzeln und eine Empore, die zu beiden Seiten von Orgelpfeifen gesäumt war. Ein Ort, der in seiner Schönheit der angemessene Rahmen war, um Gott darin zu preisen, und das ist nur recht und billig, wenn man bedenkt, wie teuer seine Erbauung und Ausstattung war.

Wir schlenderten Arm in Arm den Mittelgang entlang, und ich zeigte ihm den Platz, auf dem ich für gewöhnlich saß. Dann ließ ich ihn eines der Gesangbücher sehen, die auf der Innenseite des Umschlags Wesley Lloyds Namen trugen.

»Sie müssen ihn sehr vermissen«, sagte Dr. Fowler zärtlich.

»Es geht so«, erwiderte ich, weil ich zum einen das Gefühl hatte, in Gottes Sanktuarium ehrlich sein zu müssen, und außerdem annahm, dass Dr. Fowler ohnehin bereits über Wesley Lloyds Neigungen informiert worden war.

»Nun ja, unser Herz versucht den Schmerz zu ersticken, damit es nicht selbst daran zugrunde geht«, sagte Dr. Fowler, »möglicherweise durchleben Sie im Augenblick gerade diese Phase.« Er wirkte so überaus verständig, dass ich fast schon zu glauben geneigt war, er wäre ein besserer Arzt, als sein Äußeres nahe legte.

Wir begaben uns hinter die Kulissen der Empore für den Chor und warfen im Vorübergehen einen Blick in den Übungsraum, wo in tadelloser Ordnung dunkelrote Chorgewänder der Dinge harrten, die da kommen sollten. Dann schlenderten wir durch die Halle in das neue Sonntagsschulgebäude. Mittlerweile hatte Dr. Fowler meine Hand von seinem Arm genommen und in die seine gelegt und drückte unser beider Hände an seine Seite. Ich tat so, als bemerke ich die Veränderung nicht, plapperte wie ein Wasserfall, erklärte ihm, wie dieses Gebäude entstanden war, wie viele Räume es hatte, wie viele Mitglieder es nutzten und so weiter und so weiter. Sie wissen ja, wie ich bin, wenn ich nervös werde.

»Miss Julia«, sagte er, indem er seine Schritte verlangsamte und sich im Gehen sanft gegen mich lehnte. »Julia, Sie scheinen sich hier so gut auszukennen. Man kann sehen, dass Sie an diesem heiligen Ort in Ihrem Element sind.«

Mein Puls fing an zu flattern. Was für ein nettes Kompliment, zumal ich mich immer für einen tiefgründigen Menschen gehalten hatte. Und dieser Doktor war der Erste, der dies sofort erkannte. Er war sehr einfühlsam, ich konnte mir vorstellen, dass er in seiner neuen Praxis gut zurechtkommen würde. Aber derlei Gedanken brachten mich nicht an die Information, die ich brauchte, deshalb hörte ich auf, in dieser Richtung weiterzudenken.

»Ich möchte Ihnen die Kapelle zeigen«, sagte ich und führte ihn durch die Halle. »Es ist ein winziger Altarraum, der von der Familie Belcher gestiftet worden und anfangs ein wenig zu kurz gekommen war, weil Wesley Lloyd ihn übersehen hatte. Sehen Sie, hier.« Ich öffnete mit der freien Hand eine Tür, und wir blickten in den schönen Raum, erleuchtet von der Morgensonne, die durch die Milchglasscheiben schien.

»Hübsch«, hauchte er.

Ich nickte zustimmend, bis ich bemerkte, dass er nicht den Raum, sondern mich dabei ansah. Soviel Aufmerksamkeit hatte ich seit Wesley Lloyds Beerdigung nicht mehr bekommen, sag ich Ihnen. Ich spürte ein ungewohntes Flattern im Bauch und hatte Mühe, mich zusammenzunehmen.

Schließlich war es schon so lange her, dass ein Mann mir nah gekommen war, dass ich dachte, Gott würde ein Auge zudrücken, wenn ich dieses kleine Kribbeln genoss. Wer weiß? Wesley Lloyd lag schließlich noch nicht sehr lange unter der Erde, wenn sich auch seine Gedanken schon geraume Zeit nicht mehr um unser trautes Heim gedreht hatten.

»Die Kirche bietet ihren Mitgliedern eine Menge Möglichkeiten«, bemerkte ich und unterdrückte ein Zittern in der Stimme. »Aber Pastor Ledbetter scheint zu denken, dass wir zur Förderung des Familiensinns ein neues Gebäude benötigen.«

»Familiensinn ist sehr wichtig«, sagte Dr. Fowler mit gedämpfter Stimme, um sie dem heiligen Ort anzugleichen, wobei seine Augen die meinen suchten, »vor allem in der heutigen Zeit. Nun, Teuerste, was haben Sie mir noch zu zeigen? Ich begebe mich ganz in Ihre sanften Hände.«

Ich schwöre, und das tue ich sonst kaum, dass ich plötzlich weiche Knie bekam. Mein Verstand sagte mir, dass Dr. Fowler alles andere war als attraktiv – klein, schmächtig, rothaarig, blass und obendrein schon stellenweise kahl –, alles in allem so gar nicht mein Typ, aber dennoch waren meine Sinne aufgewühlt und das nicht etwa wegen Pastor Ledbetters Bauvorhaben. Hier stand ein Mann und sah mir tief in die Augen, atmete stoßweise und raunte mir süße Worte ins Ohr. Er hätte wohl, bei günstiger Beleuchtung, jeder vernachlässigten Frau gefallen.

»Wieso gehen wir nicht hier rüber«, sagte ich mit zitternder Stimme, als er meine Linke in beide Hände nahm. »Ich möchte Ihnen den Hochzeitssaal zeigen. Wir haben viele Hochzeiten in der Kapelle, kleine Hochzeiten, wissen Sie, besonders zweite Hochzeiten.« In diesem Moment fing ich tatsächlich an zu kichern, man möchte es nicht für möglich halten. »Ich meine, Leute, die zum zweiten Mal heiraten. Witwen und so.«

»Hübsch«, sagte er und blickte wieder mich dabei an.

Es war ein anheimelnder Raum, ganz in Grün gehalten – Teppich, Wände, Draperien, gepolsterte Kirchenstühle und Liebesbank. Alles sehr beruhigend und einladend. Wesley Lloyd hatte einen Teil der Ausstattung finanziert, zum Beispiel die goldgerahmten Porträts früherer Pastoren und maßgeblicher Gönner der Kirche. Dazu gehörten natürlich auch Wesley Lloyds Vater und Großvater.

»Ich kann schon verstehen«, sagte Dr. Fowler, indem er meine Hand streichelte, »dass dieser Raum jemandem, der eine zweite Ehe eingehen möchte, viel bedeuten kann. Zweite Ehen können sehr glücklich sein.«

Ich holte tief Luft und atmete durch den Mund wieder aus. »Es ist ein bisschen warm hier drin«, sagte ich, indem ich den Ausschnitt meines Kleides diskret lüftete. »Wochentags läuft die Klimaanlage nicht.«

Ich wies auf die Porträts an der Wand, zu mehr war ich im Augenblick nicht fähig. Dr. Fowler las die einzelnen Schilder unterhalb der Gemälde und drückte mich dabei eng an sich.

Um die Wahrheit zu sagen, hatte ich gedacht, dass die Gefühle, die plötzlich in mir aufwallten, schon vor Jahren mitsamt der Asche meiner Ehe begraben worden waren, aber der schmächtige Dr. Fowler erwies sich als männlich genug, um mein Feuer zu schüren. Und reden Sie mir nicht von Alter. Wenn Sie nicht über sechzig Jahre lang sich beherrschten und in jeder Lebenslage stets eine vollendete Dame waren, dann können Sie nicht ermessen, welches Feuer mit einem Mal nach außen drängt, gerade wenn man es am wenigsten erwartet. Alter und Entbehrung sind mächtige Stimulantien, und falls Sie es nicht glauben, warten Sie, bis Sie selbst in diese Lage kommen.

Dr. Fowler wandte den Blick von dem Porträt, das er gerade angesehen hatte, und sog die Luft ein, als er mich streifte. Er lehnte sich an die Wand, noch immer meine Hand haltend, und ehe ich wusste, wie mir geschah, trat ich schon an ihn heran. Magisch angezogen von animalischer Gier und Old Spice. Ich beugte mich zu ihm vor und sog den Duft ein. Ich hatte schon immer eine Schwäche für Old Spice.

»Oh«, hauchte ich.

»Julia«, rief er, und seine Stimme klang schrill vor Begierde.

Ich zog seine Hand an meine Brust, ohne sie irgendwelche Stellen von Belang berühren zu lassen, und lehnte mich gegen ihn. Die Aufregung löste einen Trommelwirbel in meinem Kopf aus.

»Miss Julia!« Er blickte nervös nach allen Seiten.

»Keine Sorge. Wir sind allein«, flüsterte ich und wünschte, er hätte noch mehr Haare, damit ich darin wühlen konnte. Es gab in der Tat eine Menge Eigenschaften an ihm, die ich mir anders gewünscht hätte, aber ich schloss ganz einfach die Augen und konzentrierte mich auf meine Gefühle, nicht auf sein Aussehen. Es war lange her, dass mir eine Empfindung dermaßen zu Kopf gestiegen war, und ich wollte sie auskosten, so gut es ging und solange er willig war. Noch schien er es zu sein.

»Ich … ich weiß, dass wir allein sind.« Seine Stimme überschlug sich. Das war die Leidenschaft.

Er versuchte mir seine Hand zu entziehen, aber ich hielt sie fest und schmiegte mein Gesicht an seinen Hals, der inzwischen feucht war von Schweiß. Ein Mann in höchster Erregung. Ich hatte schon völlig vergessen, wie das war.

»Miss Julia … bitte«, keuchte er und nahm den Kopf zur Seite, damit ich mich noch enger an ihn pressen konnte.

O Gott, wenn ein Mann so sehr in Wallung gerät, dass er um die Gunst einer Frau winselt, dann kann man ihr kaum verübeln, dass auch sie die Leidenschaft packt.

»Schsch«, flüsterte ich und hatte gar nicht bemerkt, dass ich so nah an seinem Ohr war. Er quiekste. Ob Sie's glauben oder nicht, er quiekste und hätte mich damit beinahe aus der Stimmung gebracht. Da fiel mir Gott sei Dank ein, dass manche Männer am Gipfel der Begierde angeblich die merkwürdigsten Geräusche hören ließen, gar lauthals schrien, während andere keinen Mucks von sich gaben. Wesley Lloyd hatte zu Letzteren gehört, und ich fand es interessant, einmal andere Erfahrungen zu machen. Um vergleichen zu können, wissen Sie.

»Miss Julia«, flüsterte er in höchster Erregung, seinen Körper zwischen mir und der Wand windend. »Ich muss ...«

»Bitte warten Sie«, sagte ich und verstand plötzlich die Bedeutung des Wortes *rasch*.

»Sie verstehen nicht«, sagte er, indem er seine freie Hand auf meine Taille legte und mich in Richtung Liebesbank lenkte.

»Ich glaube doch«, keuchte ich. Gott, ich wünschte, der Mann würde ein bisschen besser aussehen, aber mittlerweile war ich wie im Rausch. Dass ich eigentlich hierher gekommen war, um herauszufinden, was Pastor Ledbetter im Schilde führte, hatte ich vergessen.

Ich schloss meine Augen ganz fest und erinnerte mich im Dunkeln an Wesley Lloyds Vorlieben. Er pflegte seine Gattenpflicht gern im Finstern zu erfüllen, wo man sich auf seinen Tastsinn verlassen musste.

Als Dr. Fowler mich fester um die Taille nahm und seinen Leib gegen den meinen presste, spürte ich sein wachsendes Interesse.

»Ich muss ...«, krächzte er und drückte mich von sich. »Ich muss *wirklich* ...«

Die Tür flog auf, und wir sprangen auseinander.

»Was um alles in der Welt?« Im Raum stand Pastor Ledbetter mit hervorquellenden Augen und offenem Mund.

»*... hier raus!*«, bellte Dr. Fowler. Er rannte zum Pastor und verschanzte sich hinter seinem Rücken. »Die Frau ist verrückt, Larry, wie Sie gesagt haben. Stellen Sie sich vor, sie hat mich regelrecht vergewaltigt!«

Er starrte mich mit hochrotem Gesicht an, strich sich über

sein zerzaustes Haar und knöpfte sich mit zitternden Fingern sein Jackett zu.

»Diese ... diese Frau«, fuhr er fort, mit vor Entrüstung quiekender Stimme. »Sie werden es nicht glauben, Larry.«

»Doch«, entgegnete Pastor Ledbetter, wobei die Empörung sein Gesicht noch mehr in die Länge zog und seinen Rücken beugte. »Doch, ich glaube Ihnen. Ich habe es mit eigenen Augen gesehen. Miss Julia, was sollen wir bloß mit Ihnen anfangen? Sie wissen doch, dass wir solche Sachen bei uns nicht dulden. Und dann auch noch in der Kirche. Ich bin schrecklich enttäuscht von Ihnen und bedaure Sie zutiefst.«

»Ich konnte sie mir nicht vom Leib halten, Larry«, sagte Dr. Fowler, der endlich seinen Atem unter Kontrolle bekam. »Ich hab versucht mich von ihr zu befreien, aber ich habe noch nie eine so fehlgeleitete Person frei herumlaufen sehen.«

Die Schande schwappte über mich hinweg und durch mich hindurch, als ich Dr. Fowlers Worte und Taten vor wenigen Minuten anders deutete. Du lieber Himmel, da hatte ich mich ja unsterblich blamiert.

Mir blieb nichts anderes übrig, als in Ohnmacht zu fallen.

Als ich die Augen aufschlug, lag ich auf der grünsamtenen Liebesbank in der Hochzeitskapelle, wobei mein Kopf auf der Sitzfläche ruhte und die Beine darüber hinausragten. Pastor Ledbetter saß neben mir auf einem Stuhl und fächelte mir mit einem großen Briefkuvert Luft zu.

»Ich denke, dass ich einfach hier liegenbleibe und sterbe, Herr Pastor«, sagte ich kleinlaut, als die Erinnerung an das erniedrigende Erlebnis mein Gedächtnis überflutete.

»Nein, nein«, sagte er beschwichtigend. »So etwas dürfen Sie nicht sagen. Sie haben Satan das Ruder überlassen, Miss Julia, jetzt müssen Sie ihn bekämpfen. Er hat Ihre Seele vergiftet.«

»Glauben Sie?« Ich legte meine Hand über die Augen, weil ich vor Müdigkeit und überreizten Nerven kein Licht vertrug.

»O ja. Dr. Fowler hat das gesagt.«

Ich erschauerte. »Wo ist er?«

»Er ist fort, keine Sorge. Er wollte lieber gehen, weil er befürchtete, seine Anwesenheit könne bei Ihnen einen Rückfall auslösen.«

»Da besteht wenig Gefahr«, murmelte ich und drehte den Kopf gegen die Rückenlehne. »Ich weiß nicht, was über mich gekommen ist. Ich dachte ... na ja, ist ja jetzt egal, was ich dachte.«

»Miss Julia, ich weiß doch, dass das nicht Ihre Art ist, dass Sie sich normalerweise nicht so gehen lassen. Dr. Fowler ist der Meinung, Sie bräuchten dringend eine Therapie, damit sich so etwas nicht wiederholt.«

»Therapie?« Ich wandte den Kopf, hielt mir die Hand über die Augen und blinzelte ihn zwischen den Fingern hindurch an. »So schlecht steht es um mich? Was ist denn los mit mir?«

»Ist Ihnen das Wort ...« – er senkte die Stimme zu einem Flüstern und beugte sich zu mir vor – »Nympho-*manie* ein Begriff?«

»Nympho... oh!« Mein Herz fing sofort wild an zu schlagen, als er im hellen Tageslicht den Namen meiner Krankheit aussprach. Dieses Wort, das man normalerweise nur zu flüstern wagte, über das so viel gemunkelt und das mit finsteren, gierigen Gelüsten in Verbindung gebracht wurde. Ich rang nach Luft.

»Verstehen Sie mich, Miss Julia?«, fragte er. Ich lag nur da und starrte an die Decke, versuchte den Schlag zu verdauen. »Wir sprechen hier von einer tödlichen Gefahr, da muss dringend etwas geschehen. Sie gefährden nicht nur Ihre eigene Seele, sondern die Seele von jedem Mann, dem Sie begegnen. Mit etwas wie Nymphomanie lässt sich nicht spaßen. Ich habe mich eingehend damit beschäftigt, auch mit anderen Sünden des Fleisches, ich weiß, wovon ich rede.«

»Wie bekommt man es?«, flüsterte ich.

»Da scheiden sich die Geister, Miss Julia.« Pastor Ledbetter lehnte sich zurück und wurde belehrend. »Einige so genannte Experten behaupten, diese widernatürliche Neigung sei angeboren und könne nicht geheilt werden. Andere wiederum meinen, sie sei eine angelernte Reaktion auf ein Kindheitstrauma, ein Stillstand auf einer bestimmten emotionalen Entwicklungsstufe und eine völlig normale, alternative Lebensweise. Natürlich wissen wir Christen das besser, nicht wahr? Es ist eine Sünde, die mithilfe von Willensstärke und der göttlichen Gnade bekämpft werden kann. Betroffene Menschen haben somit die Wahl, ein normales, anständiges Leben zu führen. Und das wollen Sie doch auch, nicht wahr?«

»O ja, natürlich. Ich habe doch immer ein normales, anständiges Leben geführt. Wirklich. Ich kann unmöglich schon mein ganzes Leben von dieser Krankheit befallen sein, ohne es zu merken, oder etwa doch? Das war vielleicht ein Kurzschluss, eine vorübergehende Verirrung oder so etwas.«

»Nein«, sagte er, und seine Gewissheit nahm mir jede Hoffnung. »Sie müssen das Kind beim Namen nennen. Es ist Sünde, nichts anderes. Sie müssen es sich eingestehen, der Wahrheit ins Gesicht sehen. Vielleicht ist es Ihnen ja gelungen, diese Impulse sogar vor sich selbst zu verbergen, aber jetzt, mit dem Kummer über Mr. Springers Tod und der Aufregung wegen seines unehelichen Kindes, jetzt haben Sie zugelassen, dass diese Verirrung das hässliche Haupt regt. Dr. Fowler war Ihnen völlig fremd, und was ist in seiner Nähe mit Ihnen geschehen? Sie sehen es ja. Was mag erst passieren, wenn Sie den Betreffenden kennen?«

Er hatte Recht. Wenn ich einem derart unappetitlichen Mann wie Dr. Fowler an die Wäsche wollte, dann war in der ganzen Stadt kein Mann mehr vor mir sicher. Der Gedanke, mich Bruder Vern oder Leonard Conover oder Lieutenant Peavey an den Hals zu werfen, verursachte mir Bauchschmerzen. Dann kam mir Sam in den Sinn, und ich schlug wieder die Hände vors Gesicht.

»Ich bitte Sie, Pastor, sagen Sie es keinem«, bettelte ich, wobei mir die Tränen übers Gesicht liefen und in den samtenen Polstern der Liebesbank versickerten. »Bitte versprechen Sie, dass Sie es keiner Menschenseele verraten werden.« Ich griff beschwörend nach der Hand, die mir immer noch frenetisch Luft zufächelte. »Vor allem nicht Norma Cantrell. Sonst tratscht sie es überall herum.«

»Jetzt hören Sie mir zu«, sagte Pastor Ledbetter, zog ein großes Taschentuch aus seiner Jackentasche und hielt es mir hin. »Ich werde nichts sagen. Aber Sie müssen mir versprechen, sich in Behandlung zu begeben, ich glaube nämlich fest daran, dass man Ihnen helfen kann. Sie müssen nur immer fleißig beten, Gottes Gebote achten und sich geistlichen Rat einholen, dann können Sie dieses Problem überwinden. Aber Sie müssen Ihre Geschäfte einem vertrauenswürdigen Menschen überlassen, der sich um alles kümmert, solange Sie behaftet sind.«

»Binkie macht das«, sagte ich und versuchte dabei, mich in meiner etwas ungünstigen Lage zu schneuzen.

»Miss Enloe ist kein Mitglied unserer Kirche, außerdem bin ich der Meinung, dass Ihr Vormund jemand sein sollte, der Ihre Werte teilt.«

»Vormund?«, sagte ich und fuhr in die Höhe. »Sie glauben also, ich bräuchte einen Vormund?«

»Das ist üblich in derlei Fällen, eine völlig legale, korrekte Vorgehensweise. Man würde einen Vormund beauftragen, Ihre Interessen zu wahren, es wäre zu Ihrem eigenen Besten, Miss Julia. Ich möchte nicht zusehen, wie man Sie per Gerichtsbeschluss in eine Anstalt sperrt, was passieren könnte, wenn Sie so etwas noch mal versuchten und es an die Öffentlichkeit käme.«

»Öffentlichkeit«, wiederholte ich. Ich setzte meine Füße auf den Boden, versuchte zu stehen und das Gleichgewicht zu halten. »Ich möchte unbedingt verhindern, dass es sich in der ganzen Stadt herumspricht. Und machen Sie sich keine Sorgen, es wird bestimmt nicht wieder vorkommen. Erstens halte ich mich rothaarigen Männern in Zukunft fern. Und was die Therapie und den Vormund anbelangt, so werde ich es mir durch den Kopf gehen lassen, ich verspreche es.«

»Zögern Sie es bitte nicht zu lange hinaus«, sagte er, während er sich zurücklehnte und mich begutachtete. »Es wäre für alle Beteiligten von Vorteil, wenn Sie sich freiwillig fügen würden. Sollte es zu einer Anhörung kommen, würde die Öffentlichkeit von Ihrem Zustand erfahren. Als Geistlicher kann ich eine Sünde, die vor meinen eigenen Augen begangen wird, nicht einfach ignorieren. Sie sollten wissen, dass der Herr mir ohnehin eine schwere Bürde auferlegt hat, und zwar mit ein paar Entscheidungen, die Sie unlängst getroffen haben.«

Gnade, dachte ich, während ich verzweifelt die Augen verdrehte. Wenn einem mit Gottes Weisung gedroht wird, sitzt man ganz schön in der Klemme.

»Ich wäre Ihnen sehr dankbar, wenn Sie Lillian anriefen, dass sie herkommt und mich abholt«, konnte ich schließlich sagen.

»Ich könnte Sie auch nach Hause begleiten, oder soll ich Sie fahren?«

»Nein, aber trotzdem vielen Dank.« Mir war das alles zu viel. Ich fing wieder an zu weinen, hätte mir am liebsten einen Sack über den Kopf gestülpt und mich in irgendeinem stillen Winkel meines Hauses verkrochen. »Rufen Sie Lillian an. Bitte, ich will, dass Lillian kommt.«

23

Als Lillian erschien, sagte ihr Pastor Ledbetter, ich hätte einen Schwächeanfall gehabt und brauche sorgfältige Pflege. Sie sah mich nur an, führte mich aus der Kirche, über die Straße und ins Haus. Und ehe ich mich's versah, lag ich schon im Bett, einen kalten Umschlag auf der Stirn und ein Lunchtablett auf dem Schoß. Und das alles tat sie ohne großes Getue oder Gemaule, vor allem ohne Augenrollen. Sie war ein Fels in der Brandung, und den brauchte ich dringend.

»Das Tablett können Sie fortnehmen, Lillian. Ich kann nichts essen.«

»Sie müssen aber etwas essen«, sagte sie. »Was ist überhaupt passiert?«

»O Lillian, es war scheußlich.« Ich zog mir die Bettdecke über den Kopf. Ich wusste nicht, wie ich jemals wieder einem Menschen ins Gesicht sehen sollte, nachdem ich mich so entsetzlich blamiert hatte. Lillian baute sich vor mir auf und sagte, die Hände in die Hüften gestemmt:

»Ein Schwächeanfall kann doch nicht so schlimm sein, außer man fällt hin und zeigt mehr als man wollte. Was Sie brauchen, ist ein Doktor, Sie sollten sich schleunigst untersuchen lassen.«

»Das weiß ich, und ich werd das auch tun. Sobald ich wieder bei Kräften bin.«

»Nun, dann fangen Sie mal gleich an, Ihre Suppe zu löffeln. Sie brauchen Flüssigkeit.« Das war Lillians Leib- und Magenmittel gegen jedes Zipperlein. Sie hielt mir einen Löffel hin, und als ich ihn nicht nahm, sagte sie: »Soll ich Sie füttern?«

»Selbstverständlich nicht.« Ich presste das Tuch fester gegen meine Stirn und kämpfte mit den Tränen. »Lassen Sie mich nur eine Weile ausruhen, dann werde ich auch etwas essen.«

Als Lillian wieder in die Küche hinuntergegangen war, kam

mir noch einmal alles in den Sinn, was ich in der letzten Stunde durchgemacht hatte, bis ich mich beinahe übergeben hätte vor Scham. Das Allerschlimmste war, dass Pastor Ledbetter und dieser abscheuliche Dr. Fowler wussten, wie ich mich aufgeführt hatte, und mich zwingen wollten, es jemandem zu erzählen. Ich konnte doch nicht einfach in die Praxis irgendeines Arztes spazieren und ihm frei von der Leber weg sagen: »Entschuldigen Sie die Störung, ich bin Nymphomanin.«

Ich ging im Geiste sämtliche Ärzte der Stadt durch. Soweit ich wusste, war keiner von ihnen Experte in der Behandlung plötzlicher, unkontrollierbarer Anfälle von physischer Lust. Außerdem waren sie alle Männer, was sollte werden, wenn es mich während der Untersuchung plötzlich überkam?

Ich stöhnte.

Und wenn sie mir ein Rezept ausstellten, das ich bei Buck Tatum einlösen musste, würde der es an sich nehmen und sofort wissen, was mir fehlte?

Ich wand mich vor Peinlichkeit. Und verschüttete prompt meine Suppe.

Was ich brauchte, war ein Spezialist, ein vertrauenswürdiger Spezialist, der mein Geheimnis nicht an die große Glocke hängen würde.

Ein Spezialist, dachte ich und riss mir den kalten Umschlag von der Stirn. Gott, ich hatte ja eine Expertin in Liebesdingen im Haus, ich bräuchte nur über den Flur zu gehen und sie um Rat zu bitten. Aber das brachte ich nicht fertig. Ich konnte mich niemandem anvertrauen. Weder Hazel Marie, noch Lillian, noch Binkie und schon gar nicht Sam. Niemand durfte etwas erfahren, und ich war fest entschlossen, alles zu tun, um mein Leiden geheim zu halten.

Alles drehte sich in meinem Kopf, als ich versuchte, diese plötzliche Veränderung an mir zu begreifen. Pastor Ledbetter hatte gesagt, ich bräuchte einen Vormund, aber was hatte das zu bedeuten? Würde der Betreffende nur mein Geld verwalten oder mich Tag und Nacht nicht aus den Augen lassen, damit ich auch ja keinem Mann zu nahe kam? Und er hatte außerdem angedeutet oder vielleicht auch ausgesprochen, dass er, falls ich mir nicht selbst einen Vormund aussuchte, Schritte einleiten würde. Noch dazu öffentliche.

Gott, als dieses Kind vor meiner Tür auftauchte, dachte ich, dass es nicht mehr schlimmer kommen könne. Ich hatte mich gründlich getäuscht. Was um alles in der Welt sollte ich tun?

Plötzlich hatte ich die Antwort. Ich hatte Pastor Ledbetter schon tausend Mal sagen hören, dass der Glaube Berge versetze, und jetzt war die perfekte Gelegenheit, die Probe aufs Exempel zu machen. Ich würde beten, wie ich noch nie gebetet hatte, und mich darauf verlassen, dass Gott mich heilen würde, um mir den Vormund zu ersparen.

Dann fiel mir ein, dass der Pastor behauptet hatte, mit Willenskraft ließe sich jedes Problem lösen, was für einen Calvinisten keinen Sinn ergab. Wie konnte man von freiem Willen reden und gleichzeitig sein Leben planen, formen und vorherbestimmen?

Wenn ich so weitermachte, würden mir all die theologischen Probleme noch Kopfweh verursachen. Ich durfte mein Hirn nicht überstrapazieren. Ich würde aus Leibeskräften beten und allen Männern aus dem Weg gehen, egal von welcher Art und Größe. Ja, ich würde um Heilung beten, und wenn ich schon einmal dabei war, würde ich darum beten, dass die beiden ihren Mund hielten. Und sollte Gott mich nicht erhören, würde ich es bis zum letzten Atemzug abstreiten.

»Was kann das jetzt gewesen sein, frag ich mich?« Ich legte den Hörer auf, und meine Hände zitterten so fürchterlich, dass ich sie vor Lillian verstecken musste. In einem Versuch normal zu erscheinen, hatte ich mich dazu durchgerungen, in die Küche hinunterzugehen. Ich wollte Lillian nicht beunruhigen, indem ich mich den ganzen Tag im Bett verkroch.

Klein Lloyd stand auf einem Hocker vor dem Küchentresen und sah Lillian zu, wie man Maiskolben schälte. Ich hatte ihr gerade versichert, dass ich mich von meinem Schwächeanfall voll und ganz erholt hatte, als das Telefon klingelte.

»Was ist?«, fragte sie. »Das war doch wohl nicht dieser Bruder Vern, oder?« »Nein, der doch nicht«, entgegnete ich und runzelte besorgt die Stirn. »Es war LuAnne Conover, die wissen wollte, wie es mir geht.«

»Weshalb sind Sie dann so aus dem Häuschen?«

»Weil sie angerufen hat, um sich nach meinem Befinden zu erkundigen, deshalb. Normalerweise hat sie um diese Zeit was anderes zu tun, als mich zu fragen, wie's mir geht. Wollt ihr ein Glas Tee? Lillian? Klein Lloyd? Das eine sag ich euch: Vor dem nächsten Sommer lasse ich eine Klimaanlage einbauen.«

»Im ganzen Haus?«

»Im ganzen Haus.«

»Ich hab nur an die Küche gedacht«, sagte sie. »Aber das ganze Haus ist noch viel besser. Manchmal wird das so heiß hier, dass ich den Kühlschrank aufmache und mich davorstelle.«

O Heimatland, dachte ich, kein Wunder, dass die Stromrechnung so hoch ist.

Ich stellte den Tee auf den Tisch, setzte mich und hörte zu, wie Lillian Klein Lloyd erklärte, wie man die Härchen von den Kolben zog. Dann, die Stirn noch immer in sorgenvolle Falten gelegt, stützte ich das Kinn in beide Hände. Ungerufen trat mir die Szene vor Augen, als ich mich zum Narren gemacht hatte, und ich hätte mich vor Scham am liebsten unter dem Tisch verkrochen. Allmählich kreisten meine Gedanken jedoch weniger um meinen schändlichen Annäherungsversuch als um Dr. Fowlers Reaktion darauf. Lieber Gott steh mir bei, dachte ich und richtete mich auf, ich hatte mich doch nicht getäuscht! Es war zwar schon eine Zeit lang her, dass ich mit einem Mann auf Tuchfühlung gekommen war, aber an das Wesentliche konnte ich mich durchaus noch erinnern.

Der Ärger rollte über mich hinweg wie eine von Troy Beckworths Flutwellen. Sie hatten die ganze Schuld auf mich geschoben, einfach behauptet, ich wäre verrückt, mich eine … na ja, Sie-wissen-schon genannt, dabei hatte dieser Mann genauso viel Interesse an mir bekundet wie ich an ihm. Und es dann abgestritten und behauptet, ich bräuchte einen Vormund. Und eine Therapie, von wegen!

Ich kniff meine Augen zusammen und erinnerte mich daran,

dass Pastor Ledbetter wie auf Stichwort erschienen war. Meine Güte, konnte es sein, dass die beiden das alles geplant hatten?

Ich mochte einfach nicht glauben, dass mein Pastor sich derlei übler Tricks bedienen würde, aber eine Menge Männer hatten sich Dinge herausgenommen, die ich ihnen nie und nimmer zugetraut hätte. Ich konnte keine Nymphomanin sein, denn sonst wäre ich wohl kaum Nacht für Nacht in mein einsames Bett geschlüpft, das schließlich auch dann einsam gewesen war, wenn Wesley Lloyd darin lag.

Die beiden hatten mir eine Komödie vorgespielt, und sie war ihnen gelungen. Das sollten sie mir büßen. Sam hatte Wesley Lloyds Nachlass noch immer in seiner Obhut, und das würde noch über Monate so bleiben. Bis dahin konnte niemand Hand daran legen. Und was die Sache mit dem Vormund anbelangte, so würde ich noch eins draufsetzen und mir zwei besorgen. Zwischen Binkie und Lillian dürfte ich gut aufgehoben sein, auch wenn ich ihnen nicht sagen konnte, weswegen sie mich unter ihre Fittiche nehmen sollten. Und um auch ja sicherzugehen, würde ich ein besonders scharfes Auge auf mich haben, sobald mir ein Mann über den Weg lief.

Es klingelte, und man stellte mich an Ort und Stelle auf die Probe.

»Ich geh schon, Lillian«, sagte ich und hoffte halbherzig, es möge Pastor Ledbetter sein, damit ich ihn wissen lassen konnte, dass Dr. Fowler keineswegs unschuldig gewesen war. Ich würde ihm ins Gesicht sagen, dass ich eine Verschwörung zwischen ihm und Dr. Fowler argwöhnte und sie beide noch zwingen würde, die Hosen runterzulassen. Na ja, das vielleicht nicht.

Auf meinem Weg zur Tür hielt ich abrupt inne. Ich durfte ihnen auf keinen Fall drohen. Sollten sie das Geheimnis meines vermeintlichen Leidens preisgeben, dann wüsste es bis Sonnenuntergang die ganze Stadt. Das würde ich nicht überleben.

Es klingelte noch einmal, was mich wieder zu mir brachte und zu der unerwünschten Gesellschaft von Lieutenant Peavey.

Ich bat ihn herein, wobei ich meine ganze Kraft zusammennehmen musste, um so zu tun, als würde ich mich über sein Kommen freuen. In Wirklichkeit schüchterte er mich ein. Das war schon so, bevor ich etwas zu verbergen hatte. Ich bot ihm einen Stuhl an und setzte mich in die entlegenste Ecke des Zimmers, um ihn ja nicht zu gefährden, falls Pastor Ledbetters Diagnose tatsächlich zutraf und mein Leiden unvermittelt aufflammen sollte. Vorsicht konnte nicht schaden, dachte ich mir, bis ich mir eine zweite Meinung eingeholt hatte.

Ich tat mein Möglichstes, um Lieutenant Peaveys Blick nicht zu begegnen, aber der Mann wirkte mächtiger als alles, was sich sonst noch im Zimmer befand, inklusive der imposanten Mahagonivitrine, die meine Porzellansammlung barg.

»Mrs. Springer«, fing er an, nahm sein kleines Notizbuch heraus und klickte auf den Kugelschreiber. »Ich würde Ihnen gerne ein paar Fragen stellen. Es geht um einen Vorfall, der sich vor kurzem ereignet hat.«

»Nicht ohne meinen Anwalt.«

»Sie können ihn anrufen, sobald Sie das Gefühl haben, dass Sie ihn brauchen.«

»Sie.«

»Wie bitte?«

»Mein Anwalt ist eine Sie, Binkie Enloe.«

»Nun ja«, sagte er und reckte den Hals, als wäre ihm der Kragen plötzlich zu eng geworden. Binkie hatte nun einmal diese Wirkung. »Na ja, sie ist gut. Aber wie es aussieht, habe ich mich nicht klar ausgedrückt. Ich bin eigentlich nicht hier, um Ihnen Fragen zu stellen, sondern um Ihnen eine Information zu überbringen, die eventuell mit dem Vorfall letzte Woche in Verbindung stehen könnte.«

Ich richtete mich auf. »Welche Information?«

»Unser Revier und einige andere in der näheren Umgebung haben die Meldung erhalten, dass man in Spartanburg letzte Nacht ein Kind gekidnappt hat, einen kleinen Jungen.«

Meine Augenlider fingen an zu zucken. »Gekidnappt, sagen Sie?«

»Genau, und über kurz oder lang wird sich wohl das FBI

der Sache annehmen. Wie's aussieht, ist eine Farbige einfach in ein Fernsehstudio reinmarschiert, hat sich den Jungen geschnappt und ist mit ihm auf und davon. Als ich gelesen habe, dass der Kleine Puckett heißt, dachte ich, es könnte einer von unseren Pucketts aus Abbot County sein.«

»Das ist ja fürchterlich, Lieutenant«, rief ich aus und fragte mich, ob er wohl mein Herzklopfen hörte. »Bitte entschuldigen Sie mich. Ich habe einen Topf auf dem Herd stehen und möchte nicht, dass etwas anbrennt.« Ich stand auf und eilte aus der Tür. »Ich komme sofort wieder«, rief ich zurück.

Ich schlüpfte in die Küche und zog die Tür hinter mir zu. »Lillian«, flüsterte ich. »Seien Sie still, sagen Sie kein Wort. Gehen Sie mit Klein Lloyd mal kurz hier rein.«

»Was ist los?«

»Schsch, ich sagte doch, Sie sollen still sein. Gehen Sie in die Speisekammer. Du auch, Klein Lloyd, rein mit dir.« Ich schob sie beide in die Speisekammer, zwängte mich hinterher und machte die Tür hinter uns zu.

»Was ist los? Was ist los?« Klein Lloyd wurde dermaßen zappelig, dass ihm die Brille verrutschte. Er klammerte sich an Lillian.

Ich strich ihm über den Rücken. »Hab keine Angst«, sagte ich zu ihm. »Wir passen schon auf dich auf, aber ihr beide müsst hier drin bleiben und dürft keinen Ton von euch geben. Egal, was ihr hört, seid mucksmäuschenstill.«

»Was ist da draußen los?«, flüsterte Lillian. »Wer war da an der Tür? Bruder Vern?«

»Nein, viel schlimmer. Es ist Lieutenant Peavey, er und sämtliche Polizisten aus zwei Staaten suchen nach Klein Lloyd.«

Ich legte ihr die Hand auf den Mund. »Schreien Sie jetzt bloß nicht. Ganz still. Ich werde ihn loswerden, bevor er merkt, dass wir den Jungen haben, und ihn uns wegnimmt. Sie werden doch nicht schreien, oder?«

Sie schüttelte den Kopf, wobei sie die Augen in der gleichen Art verdrehte wie ich. Sie packte meine Hand und stieß sie weg. »Ich hab nicht vor loszuplärren. Was denken Sie denn von mir? Sie werden doch den Jungen nicht der Polizei ausliefern?«

»Natürlich nicht. Warum sind wir wohl in der Speisekammer? Klein Lloyd, du bleibst schön hier bei Lillian, und hab keine Angst. Sobald der Officer gegangen ist, überlegen wir uns, was zu tun ist.«

Ich ging ins Wohnzimmer zurück und entschuldigte mich, den Lieutenant unterbrochen zu haben. »Sie wissen ja, wie das ist«, sagte ich. »Wenn man mehrere Töpfe auf dem Herd stehen hat, dann muss man aufpassen wie ein Habicht. Ich koche gerne, müssen Sie wissen.« Wenn er mir das abnahm, dann nahm er mir alles ab.

»Sie waren gerade dabei, von diesem armen gekidnappten Kind zu erzählen«, sagte ich, wobei ich mich hinsetzte und mir den Rock glatt strich.

»Ich versuche herauszufinden, ob das Kind, das in Spartanburg entführt worden ist, nicht derselbe Junge ist, der am Sonntag bei Ihnen abgegeben wurde. Wie heißt er doch gleich?«

»Wesley Lloyd Junior Springer. Puckett, meine ich, Puckett.«

»Was denn nun? Puckett oder Springer?« Er notierte sich alles in seinem kleinen Notizblock.

»Es ist kompliziert, Lieutenant. Ich denke, er ist als Springer bekannt, dem Gesetz nach aber ein Puckett.«

»Ich verstehe Sie nicht ganz.«

»Ich verstehe es auch nicht.«

Er schüttelte stirnrunzelnd den Kopf und studierte dabei seine Notizen. »Könnten Sie uns den Jungen, den Sie kennen, beschreiben? Die Informationen auf dem Fax, das wir erhalten haben, sind etwas dürftig: Circa neun Jahre alt, Brillenträger, aschblondes Haar.«

»Klingt ähnlich«, sagte ich, wobei mir einfiel, dass ich ihm ja ein Foto von Wesley Lloyd hätte zeigen können. Aber dann hätte ich ihm den Jungen ebenso gut gleich ausliefern können. »Liegt eine Beschreibung der Frau vor, die ihn mitgenommen hat?«

»Afroamerikanerin in Schwesterntracht, kräftig gebaut, aber nicht fett. Flink zu Fuß, wie es heißt. Sprang in ein Auto, das versuchte ihre Verfolger zu überfahren, hatte also mindestens einen Komplizen.«

»Ein Komplize also«, wiederholte ich und hoffte dabei, er möge das leichte Zittern in meiner Stimme nicht bemerken. »Welche Automarke?«

»Neu, dunkler Lack, wahrscheinlich ein ausländisches Fabrikat«, antwortete er. »Mehr konnten die Leute nicht erkennen, weil das Auto ohne Licht auf sie zugerast kam. Ein aufgescheuchter Haufen, wenn Sie mich fragen. Der Beamte, mit dem ich gesprochen habe, sagte mir, dass etliche Kinder in der Sendung aufgetreten seien, deren Eltern steif und fest behauptet hätten, die Tat sei von Liberalen begangen worden, um ihren Gottesdienst zu stören. Ganz schönes Durcheinander, nehm ich an. Ein Dutzend Kinder, die erschrocken weinen. Eltern, die Polizeischutz verlangen. Es hat eine Weile gedauert, bis die Beamten mit Bestimmtheit sagen konnten, wer denn eigentlich entführt worden war. Wie sich schließlich herausstellte, war es dieser kleine Puckett, aber sein Onkel, der sich als sein Vormund bezeichnete, konnte oder wollte keine Informationen über ihn rausrücken.« Er beobachtete meine Reaktion, das konnte ich sehen, zumindest war seine dunkle Fliegerbrille auf mich gerichtet wie eine doppelläufige Flinte. »Alles recht eigenartig.« »Sehr eigenartig«, pflichtete ich ihm bei und gab mir Mühe, seinem Blick standzuhalten. »Ich bin immer wieder schockiert, wenn ich höre, dass ein Kind entführt worden ist, und ich hoffe sehr, dass es nicht der kleine Junge war, der mich besucht hat. Aber soweit ich weiß, gibt es eine Menge Pucketts.«

»So ist es«, sagte er, klappte sein Notizbuch zu und stand auf. »Nun, Mrs. Springer, wenn Sie etwas hören sollten von dem Jungen, den Sie kennen, rufen Sie mich bitte an, damit ich wenigstens ein Kind von der Liste streichen kann.«

»Das werde ich mit Sicherheit tun, aber soweit ich weiß, sollte der Kleine am Sonntag in Raleigh sein, bei seiner Mutter.« Das hatte ich am Sonntag ja auch für die Wahrheit gehalten. »Sie wollten doch herausfinden, ob er dort auch gut angekommen ist, nicht?«

»Richtig. Ich werde das gleich heute überprüfen lassen. Nun ja, danke, dass Sie sich Zeit genommen haben, Mrs. Springer.«

»Gern geschehen«, sagte ich und begleitete ihn zur Tür. »Ich möchte gerne wissen, wie das Ganze ausgeht. Ich hoffe sehr, dass Sie den Jungen finden. Und die Frau, die ihn entführt hat.«

»Wir finden sie schon«, sagte er, wobei sein Mund eine harte Linie bildete. Ich sah beiseite, fest entschlossen, keine Münder mehr zu sehen. »Wenn ich eines nicht ausstehen kann, dann sind es Typen, die fähig sind, einem Kind wehzutun. Ich weiß nicht, wie es Ihnen geht, Mrs. Springer, aber die meisten von uns Polizisten sind froh, dass es in diesem Staat noch die Todesstrafe gibt.«

»Soso«, ich schluckte. »Ich auch.« Ich hoffte inständig, dass mein Gesicht nicht so blutleer aussah, wie es sich anfühlte, als ich die Tür hinter ihm schloss. Sobald ich abgesperrt hatte, lief ich in die Küche.

24

»Ihr könnt rauskommen«, flüsterte ich Lillian und Klein Lloyd zu. »Aber haltet euch vom Fenster fern. Ich will nicht, dass euch jemand sieht.«

»Wie soll ich das Abendessen kochen und zugleich vom Fenster wegbleiben?«, fragte Lillian, während sie, Klein Lloyd an der Hand, aus der Speisekammer spähte.

»Ich möchte nur sichergehen, dass er tatsächlich fort ist. Ich will Ihnen was sagen, Lillian, ich wusste nicht, dass es genauso schwierig ist, wenn man die Wahrheit verschweigt, wie wenn man lügt.«

»Ich mach mir keine Sorgen ums Lügen, ich mach mir Sorgen ums Gefängnis«, entgegnete sie.

Klein Lloyd rief: »Ich will nicht, dass Sie ins Gefängnis kommen, Miss Lillian.«

»Keine Sorge«, sagte ich. »Niemand geht hier ins Gefängnis, schon gar nicht Lillian. Ich meine, wenn jemand geht, dann wir alle.«

»Meine Mama auch?« Klein Lloyd klammerte sich in panischem Schrecken an Lillian.

»Miss Julia, Sie machen dem Kind Angst, und mir auch.«

»Tut mir Leid, tut mir Leid. Ich hab nur laut gedacht. Jetzt wollen wir uns mal zusammennehmen. Lillian, glauben Sie, Miss Puckett könnte allein zurechtkommen?«

»Die kommt ja noch nicht mal allein aus dem Bett. Sie wollen sie doch nicht etwa rauswerfen, oder?«

»Nein, nein«, sagte ich und winkte ab. »Ich dachte nur, wenn sie zurechtkäme, würde ich sie und Klein Lloyd irgendwo verstecken, bis Gras über die Sache gewachsen ist.«

»Da wächst aber kein Gras drüber«, erinnerte mich Lillian. »Gerade jetzt nicht, wo die Polizei mit drin ist. Wie haben die denn Wind gekriegt von der Sache?«

Ich hatte befürchtet, dass sie das fragen würde. »Na ja«, sagte ich, »Tatsache ist, dass uns da unten einer angezeigt hat. Hat behauptet, der Junge sei entführt worden.«

»Entführt!« Es hätte mich nicht überrascht, wenn man sie bis hinunter auf die Main Street gehört hätte.

»Schsch, nicht so laut. So schlimm ist es doch auch wieder nicht …«

»Kommen Sie mir bloß nicht mit so-schlimm-ist-das-nicht. Schlimmer kann's ja gar nicht mehr werden!«

»Kann es doch. Der Beschreibung nach sind Sie die Kidnapperin.«

»Jesusmaria!« Sie packte Klein Lloyd und drückte ihn an sich, bis er fast erstickt wäre. »Was sollen wir tun, Miss Julia? Sie wissen ja, dass ich keine Entführerin bin. Ich hab den Kleinen doch nur seiner Mama zurückgebracht, und da gehört er doch hin, Jesusmaria!«

»Lillian, Lillian. Hören Sie. Mit dieser Wendung haben wir zwar nicht gerechnet, aber wir kommen schon damit klar. Die wissen ja nicht, dass Sie das waren, nur jemand wie Sie, und sie haben keine Ahnung, dass Klein Lloyd und seine Mutter hier sind. Die denken nicht im Traum daran, dass sie hier nach den beiden suchen könnten.«

»Die werden mich und den Jungen so lange suchen, bis sie uns gefunden haben.« Sie wischte sich mit der Schürze über die Augen, umarmte dann wieder Klein Lloyd. »Aber keine Sorge, Schätzchen, du bist mir den ganzen Ärger wert.«

Er schien nicht überzeugt. Und ich erst recht nicht.

»Ich sage Ihnen, was wir tun werden«, sagte ich mit fester Stimme, meine Verzagtheit verbergend. »Ich werde wohl oder übel Sam und Binkie einweihen müssen.«

»Wie soll uns denn Miss Binkie aus dem Schlamassel rausholen?«, fragte Lillian. »Sie soll ja ziemlich clever sein, aber an den Tatsachen kann sie auch nichts ändern. Schließlich bin ich ja wahrhaftig da rein und hab den Jungen rausgeholt, und Sie haben das Fluchtauto gefahren, und das Beweisstück steht in Leibesgröße vor uns.« Sie streichelte dem ›Beweisstück‹ über den Scheitel.

»Eines haben Sie vergessen, Lillian, seine Mutter liegt im

ersten Stock. Wie kann der Junge entführt worden sein, wenn er bei seiner Mutter ist?« Noch während ich dies sagte, fiel mir ein, dass Lieutenant Peavey angedeutet hatte, Bruder Vern sei der Vormund des Jungen. Wenn das stimmte, und wer konnte schon wissen, in welches rechtliche Schlamassel Wesley Lloyd da geraten war, hatte Hazel Marie sich ebenfalls strafbar gemacht.

Bestimmt hatte Bruder Vern gelogen, versuchte ich mich zu beruhigen. Wesley Lloyd hätte sich mit Sicherheit nicht mit einem Kerl wie Vernon Puckett eingelassen. Ich stöhnte, weil ich ihm ja auch nicht zugetraut hätte, dass er sich mit Hazel Marie Puckett einlassen würde.

»Klein Lloyd, waren Bruder Vern und dein Daddy befreundet?«

»Weiß ich nicht«, sagte er.

»Na ja, ich meine, haben sie öfter miteinander geredet oder so?«

»Nein, Ma'am, bis auf ein einziges Mal, und das war bevor Bruder Vern nach Californien gefahren ist, da hat er mit meinem Daddy draußen im Hof geredet.«

Er wand sich aus Lillians Umarmung und schob seine Brille zurecht.

»Nun«, fragte ich, »worüber haben die beiden denn geredet?«

Er kniff die Augen zusammen und dachte scharf nach. »Ich hab gehört, wie Bruder Vern zu meinem Daddy sagte, er müsste Vorkehrungen treffen. Da hat mein Daddy zu ihm gesagt, dass ihn das nichts anginge und dass er Vorkehrungen treffen würde, wenn es ihm passte oder so etwas.«

»Klingt ganz nach Wesley Lloyd«, dachte ich laut. »Du würdest die beiden also nicht als Freunde bezeichnen?«

»Nein, Ma'am, Bruder Vern hat uns ja auch nicht oft besucht, weil er immer irgendwo gepredigt hat. Und mein Daddy hat ganz viel gearbeitet und war auch nicht oft daheim.«

Ich warf Lillian einen viel sagenden Blick zu und schüttelte den Kopf über die Art und Weise, wie dieser Junge aufgewachsen war.

»Früher oder später«, sagte ich zu Lillian, »müssen die Lügen ein Ende haben. Aber zuerst müssen wir wissen, mit wem wir es zu tun haben. Wenn irgendjemand herausfindet, dass Klein Lloyd bei uns ist, dann schickt ihn die Polizei entweder zurück zu Bruder Vern oder übergibt ihn dem Jugendamt. Und das werde ich nicht zulassen, und wenn ich das Blaue vom Himmel herunterlügen müsste.«

»Er verdächtigt uns, das weiß ich.« Hazel Marie lag im Bett, ihr Kopf von messingfarbenen Haarflechten eingerahmt. Die blauen Flecken auf ihrem Gesicht hatten inzwischen fast dieselbe Farbe angenommen. Die Bereiche um Augen und Mund waren noch immer geschwollen.

»Nein, das glaube ich nicht«, widersprach ich ihr. »Lieutenant Peavey hat sich höchstens an dem Namen Puckett festgebissen.« Ich stopfte das Laken am Fußende des Bettes wieder hinter die Matratze und fuhr fort: »Wenn die den Vorfall allerdings als Kindesentführung behandeln, könnten wir großen Ärger bekommen. Sie sollen nur wissen, womit wir es jetzt zu tun haben.«

»Ich glaube kaum, dass ich noch viel mehr ertragen werde.« Sie drehte den Kopf beiseite, als die Tränen wieder zu fließen begannen. »Ich verstehe nicht, wie man von Entführen sprechen kann, wenn eine Mutter ihr eigenes Kind bei sich haben will. Ich bin mit meiner Weisheit am Ende.«

»Reißen Sie sich zusammen«, sagte ich barsch, zog ein Kleenex aus der Schachtel und hielt es ihr hin. »Wenn es etwas gibt, was ich aus diesem ganzen Chaos gelernt habe, dann, dass man für sich eintreten muss. Das nimmt einem keiner ab, am allerwenigsten die Leute, auf die man sich eigentlich sollte verlassen können.« Soviel zum Thema Wesley Lloyd.

»Sie sind so stark, Mrs. Springer«, sagte sie, wobei sie sich die Tränen auf ihrem zerschundenen Gesicht trocknete. »Ich wünschte, ich könnte so sein wie Sie.«

Ich winkte ab und riet ihr, sich ein wenig auszuruhen. Als ich die Treppe hinunterging, kam mir zu Bewusstsein, dass ich nur deshalb so stark sein konnte – falls ich das überhaupt war –, weil ich mein Vermögen im Rücken hatte. In Hazel Maries Lage, ohne einen Pfennig Geld, ohne den klangvollen Namen, wäre ich jetzt wahrscheinlich auch am Ende meiner Kräfte. Armselig, aber wahr.

Ich hielt einen Moment lang auf den Stufen inne, weil meine Knie anfingen zu schlottern. Dieses Geld konnte mich nicht vor meiner Krankheit oder Sünde oder was immer es war beschützen, die nach Pastor Ledbetters Meinung als ständige Bedrohung über meinem Haupt schwebte. Mitsamt Wesley Lloyds Vermögen war ich nicht stärker oder sicherer als diese arme, bedauernswerte Frau in meinem Gästebett. Vielleicht war ich gerade wegen des Geldes noch schlechter dran als sie.

Trotz der Neonbeleuchtung herrschte am späten Nachmittag ein grünliches Dämmerlicht in der Küche. In nicht allzu weiter Ferne wurde bedrohliches Donnergrollen laut, und ein paar Zweige der Nandina-Büsche kratzten gegen das Fenster oberhalb des Tisches. Ich blickte hinaus und sah, wie der Wind durch die Weiden fuhr und die hellgrünen Unterseiten der Blätter sichtbar werden ließ.

»Du meine Güte, das wird ja ganz schwarz draußen«, sagte Lillian besorgt. »Da braut sich vielleicht was zusammen! Schätzchen«, sagte sie zu Klein Lloyd, »geh nicht zu nah an die Fenster ran, mit dem Wind kommt der Blitz.« Er rückte sich einen Stuhl neben die Speisekammer und blieb, die Hände zwischen die Knie geklemmt, brav darauf sitzen.

»Das sieht ja ziemlich schlimm aus da draußen«, sagte ich und erschrak, als es in der Nähe blitzte. Ein mächtiger Donnerschlag folgte keine Sekunde später. »Ganz nah«, sagte ich. »Ich werd mal den Fernseher ausstecken.«

Durch das große Wohnzimmerfenster sah ich, wie es mit einem Mal heftig zu schütten begann. Wie ein dichtes Tuch fiel der Regen und prasselte gegen die Scheiben. Blitze leuchteten auf, gefolgt von krachendem, grollendem Donner. Ich erschauerte und zog die Vorhänge zu. Als es dunkel wurde im Zimmer, wollte ich das Licht einschalten, ließ es aber sein, als es erneut blitzte.

Auf dem Weg zur Küche hörte ich draußen auf der Veranda eilige Schritte und dann ein Klingeln an der Tür. Ich spähte erst durch den Sehschlitz, bevor ich öffnete. Zu viele Leute hatten in letzter Zeit bei mir angeklopft und mir nur Schwierigkeiten ins Haus gebracht.

»Binkie, was um alles in der Welt!« Ich riss die Tür auf. Ihre Haare und ihre Kleider waren völlig durchnässt, und sie stand da und versuchte sich das Gesicht mit einem durchweichten Kleenex zu trocknen. »Kommen Sie rein! Was tun Sie denn bei dem Gewitter da draußen? Kommen Sie rein und trocknen Sie sich ab.«

»Tut mir Leid, dass ich auf Ihren Teppich tropfe, Miss Julia. Ich werde die Schuhe ausziehen, die sind durch und durch nass geworden.« Sie lachte und rang nach Luft. Obwohl Binkie aussah wie eine nasse Katze, hatte sie rote Wangen und glänzende Augen. »Ich bin schon eine Ewigkeit nicht mehr vom Regen überrascht worden! Und nicht mehr so gerannt! Wow, ich bin nass bis auf die Haut! Sehen Sie sich das an!«

Ihr Rock und ihre Bluse schmiegten sich eng an ihren Körper, ließen sie noch zierlicher aussehen als sonst. Sie wirkte in der Tat eher wie das kleine Mädchen, das auf dem Weg zum Kino immer an meinem Haus vorbeigeradelt war. Binkie hatte mir damals immer zugewunken, wenn sie mich im Garten sah oder auf der Veranda. Sie war schon damals ein feiner Kerl gewesen. Seit sie wieder in Abbotsville war und ihre Anwaltspraxis betrieb, musste sie hart arbeiten, um ernst genommen zu werden. Jeder hätte ihr am liebsten übers Haar gestreichelt. Gönnerhaft, wissen Sie. Einige Bürger der Stadt haben es sogar probiert und sich gehörig die Finger verbrannt. Sie nannte sich inzwischen Elizabeth T. Enloe, aber für mich würde sie immer Binkie bleiben.

»Dann wollen wir Sie mal abtrocknen«, sagte ich. »Was um alles in der Welt hatten Sie denn da draußen zu suchen?«

»Ich war im Gericht und wollte zu Fuß ins Büro.« Sie lächelte und strich sich das Haar aus dem Gesicht. »Und da hab ich einfach beschlossen, noch auf einen Sprung bei Ihnen reinzuschauen. Dachte, ich würde es noch schaffen, bevor es zu regnen anfängt, aber ich hab's wohl um eine Meile verpasst, nicht?«

Sie blickte auf, lächelte wieder und wandte sich ab, weil Deputy Bates den Flur entlang kam.

»Tut mir Leid, Miss Julia«, sagte er und machte kehrt. »Wusste nicht, dass Sie Besuch haben.«

»Nein«, sagte ich und verstellte ihm den Weg. Ich wollte ihn daran hindern, in die Küche zu gehen, weil ich noch nicht dazu gekommen war, ihn von der Rückkehr Klein Lloyds in Kenntnis zu setzen. Na ja, um ehrlich zu sein hatte ich noch keine Zeit gehabt, mir eine Geschichte auszudenken, weshalb das Kind plötzlich wieder bei uns aufgetaucht war. Überdies wollte ich nicht, dass er mir zu nah kam, zumal ich ja nicht wusste, ab welchem Alter ein Mann bei mir gewisse Gefühle auslösen konnte. Falls es etwas auszulösen gab, versteht sich. »Ich möchte Ihnen Binkie Enloe vorstellen, eine der besten Anwältinnen der Stadt. Binkie, Deputy Bates.«

Binkie warf mir einen schnellen Blick zu, bei dem es mich einen Moment lang fröstelte, und ich wusste nicht, weshalb.

Deputy Bates ging auf sie zu und schüttelte ihre Hand. »Eine der besten Anwältinnen, Punkt«, sagte er, und da wusste ich, warum. »Sie hat mich vor Gericht schon ein paar Mal über den Tisch gezogen.« Aber er lächelte, als er das sagte. Und sie auch.

»Wir wollen Ihnen ein paar Handtücher holen«, sagte ich. »Seien Sie doch so gut und leisten Sie ihr solange Gesellschaft, Deputy.«

»Coleman«, sagte er, den Blick noch immer auf Binkie geheftet.

»Was?«

»Coleman. Nennen Sie mich Coleman.« Er sah sie immer noch an, redete dabei aber mit mir. Dachte ich.

»Coleman«, wiederholte Binkie.

Ich eilte in die Küche und bat Lillian, Klein Lloyd nach oben zu schicken, zu seiner Mutter.

»Ich hab gedacht, Sie wollen nicht mehr rumlügen«, murrte sie.

»Das will ich auch nicht. Es ist nur noch zu früh, und ich weiß nicht, was Binkie hier will. Ich muss ihr erst auf den Zahn fühlen, bevor ich ihr das von Klein Lloyd und Miss Puckett auf die Nase binde. Jetzt bringen Sie den Jungen rauf, und machen Sie sich keine Sorgen.«

Sie maulte noch ein bisschen, schickte den Jungen aber über die Hintertreppe nach oben, nachdem sie ihm zum Nachtisch Schokoladenkuchen versprochen hatte.

Binkie stand neben der Tür, und das Wasser tropfte ihr vom Rocksaum. Im Zimmer herrschte die Art von Dämmerlicht, die ein Gewitter am späten Nachmittag üblicherweise mit sich bringt. Es goss noch immer in Strömen, aber nicht mehr gar so heftig wie zuvor. Deputy Bates, die Hände in den Hosentaschen, blickte lächelnd zu Binkie hinunter.

»Kommen Sie nach hinten in die Küche«, sagte ich, weil ich meinem pudelnassen Gast keinen meiner samtbezogenen Stühle anbieten wollte. »Binkie, Sie müssen unbedingt raus aus den nassen Kleidern!« Deputy Coleman Bates folgte Binkie in die Küche und ließ dabei bewundernde Blicke über ihre Figur gleiten, und der Anblick ihres nassen Rocks, der sich eng um ihre Hüften und Schenkel legte, war ja auch eine Wucht. Deputy Bates, ich meine Coleman, wäre beinahe gegen die Küchentür gelaufen.

Lillian kam in die Küche zurück und machte ein Mordsgetue um Binkie, befahl ihr, auf der Stelle die nassen Sachen auszuziehen, bevor sie sich den Tod holte.

»Ich werd Ihnen eins von Miss Julias Kleidern holen«, sagte sie, »und Ihre Sachen werfen wir in den Trockner.«

Ich führte Binkie ins Badezimmer im Erdgeschoss, wo sie sich auszog und in meinen blauen Satinbademantel schlüpfte, den Lillian nach seiner Fahrt nach Spartanburg gewaschen hatte. Ich frage mich, wo Lillian mit ihren Gedanken war, dicke Baumwolle wäre erstens wärmer gewesen und zweitens weniger figurbetont. Inzwischen konnte man ja beinah glauben, man sei nur dazu da, sämtliche weiblichen Einwohner der Stadt neu einzukleiden.

Ich muss schon sagen, ich hätte nicht gedacht, was blauer

Satin alles bewirken kann, denn als Binkie wieder in die Küche kam, konnte Deputy Bates, ich meine Coleman, seine Augen nicht mehr von ihr lassen. Wie der Trucker neulich, als Hazel Marie ihn trug. Binkie wurde verlegen und setzte sich rasch hin, wobei sie den Mantel eng um sich schlug und den Ausschnitt zuhielt, der etwas zum Klaffen neigte.

»Die haben wir gleich wieder trocken«, versprach Lillian, indem sie Binkies nasse Kleider zusammenraffte. »Wer möchte Kaffee? Oder Limonade? Ich hab auch Schokoladenkuchen.«

Lillian verteilte die Dessertteller und goss Kaffee ein. Es war das erste Mal, dass Coleman eine Mahlzeit nicht gebührend würdigte, die Lillian ihm vorsetzte. Seine Aufmerksamkeit galt allein Binkie.

»Ich danke Ihnen, Miss Lillian«, sagte Binkie und wandte sich dann an mich. »Miss Julia, ich weiß, dass Sie sich fragen, weshalb ich um diese Tageszeit bei Ihnen reinschneie. Ich hätte Sie auch ins Büro bitten können, aber ich wollte lieber hier mit Ihnen reden.«

Das klang ernst. Ich schaute fragend zu Lillian hinüber, die mitten im Raum stand und die Stirn in sorgenvolle Falten gelegt hatte. Was wusste Binkie, und woher wusste sie es?

»Worüber denn?«, fragte ich, weil ich mich vor ihrer Antwort fürchtete.

»Ich wollte sehen, wie Sie zurechtkommen«, sagte Binkie. Sie blickte erst Coleman an, dann wieder mich. »Wäre es Ihnen lieber, wir würden unter vier Augen miteinander reden?«

»Wozu denn, ich komme hervorragend zurecht. Wieso glauben Sie, dass es anders sein könnte?« Was blieb mir anderes übrig, als es durchzustehen und alles abzustreiten? Ich versuchte ein Lachen, das recht kläglich ausfiel. »Was soll das? Plötzlich sorgt sich Hinz und Kunz um meine Gesundheit. Zuerst Pastor Ledbetter, dann LuAnne Conover und jetzt auch noch Sie.« Ich blickte von einem zum anderen, und sie blickten zurück. »Warum, Binkie? Was ist Ihnen denn zu Ohren gekommen?«

»Ich habe ein paar Telefonate geführt«, erwiderte sie, wobei ihre Aussprache ebenso zackig war wie im Büro. »Und weil Sie meine Klientin sind, wollte ich mich davon überzeugen, dass es Ihnen gut geht. Das sehe ich jetzt, damit ist der Fall erledigt.«

»Für mich nicht«, widersprach ich und war nahe am Nervenzusammenbruch. »Jemand erzählt Geschichten über mich, und ich will wissen, welche. Was soll mir denn fehlen? Herzanfall? Gallenblasenprobleme? Gehirntumor?« *Nymphomanie?*

»Nichts von alledem«, antwortete Binkie. »Seien Sie unbesorgt. Die werden sich schon wieder beruhigen.«

»Binkie Enloe«, sagte ich, »das genügt mir nicht. Ich will wissen, was die Leute reden, weil es nicht stimmt, egal, was es ist.«

»Na ja«, meinte sie widerwillig, spießte ein Stückchen Schokoladenkuchen auf ihre Gabel und sah mich an. »Es ist nichts als Klatsch und Tratsch, aber man munkelt, dass Sie in letzter Zeit arg nachlassen. Sie wissen schon, ein bisschen vergesslich werden, ein bisschen wunderlich. Das ist völlig normal ab einem gewissen Alter.«

»Ich?« Mein Mund klappte auf, und ich wusste nicht, ob dieses Gerücht etwas mit meinem schändlichen Betragen von neulich zu tun hatte. »Heißt es etwa, ich würde langsam senil? Ist es das? Das ist es, nicht wahr?«

Lillian stand stocksteif mitten im Raum, und Coleman grinste belustigt. Aber diesmal galt sein Grinsen mir und nicht Binkie.

»Lillian«, sagte ich, »haben Sie das gehört? Ich bin senil! Halten Sie mich auch für wunderlich? Vergesse ich Sachen?«

»Auch nicht mehr als sonst«, antwortete sie.

»Wer sagt so etwas über mich, Binkie? Wo haben Sie das gehört?« Ich schluckte, weil ich mich fragte, ob Binkie diesen Leuten helfen würde, mich loszuwerden. Inzwischen traute ich keinem mehr.

»Ein paar Leute aus Ihrer Kirche haben bei mir angerufen. Sie waren besorgt, wollten wissen, wie sie Ihnen helfen könnten.«

»Heiland«, sagte ich und sackte in mir zusammen. »Und die haben Sie hergeschickt, um mich zu testen?« Pastor Ledbetter hatte mir zwar versprochen, niemandem etwas zu sagen, aber womöglich hatte der Herr ihm mittlerweile andere Instruktionen gegeben.

»Nein, mich nicht«, sagte sie und schob sich eine Haarsträhne hinters Ohr. »Ich wahre Ihre Interessen. Jemand anderer versucht herauszufinden, ob Sie noch zurechnungsfähig sind.«

»Wer denn?«

»Ihr Pastor, Mr. Ledbetter«, sagte sie. »Und irgendein Psychologe von einer christlichen Beratungsstelle hilft ihm dabei. Ein neues Mitglied Ihrer Kirche, glaube ich.«

»Dr. Fred Fowler? Meinen Sie den?« Ich keuchte und schlug die Hände vors Gesicht, damit keiner sah, wie feuerrot ich geworden war. Jesusmaria, dieser unansehnliche Wicht war Psychologe und behauptete nun, ich sei verrückt, was ja auch kein Wunder war, so wie ich mich vor ihm aufgeführt hatte.

Und mein Pastor wusste Bescheid, hatte lange, bevor ich Anlass dazu gegeben hatte, eine sündhafte Neigung in meinem Wesen gespürt. Ich richtete mich auf, als mir einfiel, welchen Verdacht ich bezüglich der beiden gehegt hatte. Vielleicht war dieser Zwischenfall in der Kirche eine teuflische Strategie. Und wie konnte Pastor Ledbetter, ein Mann Gottes, überhaupt auf Nymphomanie verfallen, wenn ihm nicht jemand auf die Sprünge geholfen hatte? Davon stand ja wohl nichts in einem seiner theologischen Nachschlagewerke.

Ich kniff die Augen zusammen, *saß in der Falle*!

»Wissen Sie, was die tun werden, wenn sie zu dem Entschluss kommen, dass ich nicht mehr alle Tassen im Schrank habe?« Ich hätte Binkie am liebsten auf Knien gebeten, mich zu retten, aber ich konnte ihr partout nicht sagen, warum man mich retten musste.

»Ich bin mir nicht sicher, Miss Julia«, sagte Binkie. »Aber ohne Zurechnungsfähigkeitsverfahren können die nicht viel tun. Dieses allerdings, da muss ich Sie leider warnen, ist nicht schwer durchzusetzen. Seien Sie vorsichtig, was Sie in ihrer

Nähe tun oder sagen. Geben Sie sich keine Blöße. Sie können mich jederzeit anrufen, wenn Ihnen etwas Sorgen bereitet. Also dann, Lillian, wenn meine Kleider trocken sind, würde ich gerne nach Hause gehen. Inzwischen hat der Regen ziemlich nachgelassen.«

25

Ich saß da, viel zu verdutzt, um noch gastfreundlich zu sein, und ließ Lillian die Kleider holen. Ich war jedoch noch klar genug im Kopf, um zu sehen, dass Binkies Leinenkostüm ziemlich zerknittert und schlampig aussah, aber sie wollte Lillian es partout nicht bügeln lassen.

Ich saß immer noch da und starrte vor mich hin, als Coleman darauf bestand, sie heimzufahren, starrte weiter, als die beiden sich kurz darauf verabschiedeten und hinausgingen, und starrte immer noch, als Lillian an den Tisch kam und zurückstarrte.

»Das ist doch nicht Ihre Art, hier flügellahm rumzusitzen«, sagte sie. Sie stützte sich mit beiden Armen auf den Tisch und beugte sich zu mir nach vorn. »Ich dachte, Sie hätten ein bisschen mehr Mumm in den Knochen, seit Mr. Springer gestorben ist und Ihnen mehr hinterlassen hat, als irgendjemand ausgeben kann. Und jetzt sind Sie wieder genauso wie damals, als er noch am Leben war, ganz verschrumpelt und kleinlaut, und lassen sich alles gefallen. Dieser Pfaffe, der hat doch gar nichts in der Hand gegen Sie, was ist denn bloß los mit Ihnen?«

»O Lillian«, flüsterte ich. Tränen stachen mir in die Augen, und ich spürte ein unangenehmes Brennen in der Brust. »Wie es scheint haben alle irgendetwas gegen mich in der Hand. Und mein Pastor … Es tut einfach weh, das ist alles.«

»Wo nichts ist, kann auch nichts wehtun. Sie brauchen denen doch nur zu zeigen, dass Ihr Verstand so gut funktioniert wie eh und je.«

»Ich dachte, das hätte ich schon. Aber da ist etwas, das Sie nicht wissen, Lillian.«

»Ich weiß, was ich wissen muss, und noch ’n bisschen mehr. Da ist alles in Ordnung mit Ihrem Verstand, und das wissen Sie auch. Neenee, Miss Julia«, sagte sie, wobei sie sich aufrichtete und den Kopf schüttelte, »die kriegen Sie nicht klein. Warum denken Sie so etwas? Nun stehen Sie schon auf, Sie müssen mir helfen, Hazel Marie und unserem kleinen Schätzchen was zum Abendessen herzurichten.«

Als wir für die beiden Tabletts beladen hatten, rief Coleman an und sagte, er würde mit Binkie essen gehen und erst spät zurückkommen. Schnelle Arbeit, das musste man ihm lassen! Also beluden Lillian und ich uns auch zwei Tabletts und trugen alles hinauf in Miss Pucketts Zimmer.

»Ein Picknick!«, rief Klein Lloyd. »Ich hab noch nie Picknick gemacht!«

»Na, dann wird's aber höchste Zeit«, sagte ich und stellte die Tabletts ab. Dann half ich Hazel Marie, sich im Bett aufzusetzen und schimpfte Lillian, die nicht mit uns essen wollte. »Jetzt setzen Sie sich schon hin und essen, um Gottes willen«, sagte ich zu ihr. »Wenn Sie sich nicht zu gut dafür sind, meine ich.«

»Ich esse mit Ihnen, Miss Lillian«, verkündete Klein Lloyd und hopste von der Bettkante.

»Na, dann komm rüber, Schätzchen«, sagte sie, »und stell dein Tablett auf den Tisch hier neben das meine.«

»Ich seh schon, Miss Lillian«, sagte Hazel Marie, »Sie wollen mir meinen kleinen Jungen stehlen.«

»Nein, Ma'am, ich werd ihn schon nicht stehlen, ich werd ihn nur ein bisschen auffressen vor Liebe.« Lillian tätschelte seine Schulter, und er grinste wie ein Honigkuchenpferd.

»Apropos stehlen«, sagte ich, »was tun wir mit Bruder Vern und dieser Entführungsklage? Wir können Sie beide doch nicht auf ewig in diesem Zimmer einsperren.«

»Ich weiß schon, Mrs. Springer«, sagte Hazel Marie, lehnte sich zurück in ihr Kissen und starrte gegen die Decke. »Und ich möchte Ihnen für alles danken, was Sie für uns getan haben. Auch Ihnen, Miss Lillian. Morgen bin ich bestimmt kräftig genug, um Ihnen nicht mehr zur Last zu fallen, wenn Sie uns noch eine Nacht ertragen.«

Ich legte meine Gabel beiseite. »Und wo um alles in der Welt wollen Sie hin?«

»Ich weiß es nicht. Zurück zu meiner Mutter, denk ich. Das wird zwar ihrem Neuen gar nicht passen, weil der schon drei

Kinder hat, aber ich weiß nicht, was ich sonst tun soll. Junior muss bald wieder in die Schule, also muss ich mir irgendwo 'ne Wohnung und 'nen Job suchen.«

Stille verbreitete sich im Raum, und ich fühlte Lillians blitzende Augen auf mir. »Sie sollten nichts überstürzen«, sagte ich. »Außerdem bringt es uns auch nicht weiter, wenn Sie hier weggehen und Lillian wegen Kindesentführung ins Gefängnis kommt.«

»O Gott, sagen Sie doch so etwas nicht!« Lillian hörte auf zu essen und starrte mich angstvoll an.

»Tut mir Leid«, fuhr ich fort. »So hab ich das nicht gemeint. Ich wollte sagen, dass wir alle unter Verdacht stehen, ein Kind entführt zu haben, und dass wir dieses Problem aus der Welt schaffen müssen, bevor jeder wieder seiner Wege gehen kann. Jetzt denken Sie mal scharf nach, Miss Puckett. Könnte es sein, dass Mr. Springer ohne Ihr Wissen Ihren Onkel zum Vormund bestimmt hat für Ihren Sohn?«

»Nein, Ma'am! So etwas hätte er nie getan!«

»Nun, solange die Polizei dieser Ansicht ist, können wir ihr nicht verraten, wo sich der Junge befindet. Bitte denken Sie nach. Hat Mr. Springer jemals angedeutet, dass er so etwas vorhatte? Ist es möglich, dass er Bruder Vern gegenüber derlei Andeutungen machte?«

»Auf gar keinen Fall, Mrs. Springer«, antwortete Hazel Marie. Sie nahm sich das Tablett vom Schoß und richtete sich kerzengerade auf. »So etwas hätte Wesley Lloyd nie getan. Er hat immer gesagt, ich würde gut sorgen für Lloyd, und außerdem konnte er Bruder Vern nicht ausstehen.«

Da war ich ausnahmsweise einer Meinung mit Wesley Lloyd.

»Na gut«, sagte ich. »Wenn Sie sich dessen ganz sicher sind, dann darf die Polizei ruhig erfahren, dass wir das Kind haben, dann können die uns Lloyd nicht einfach wegnehmen. Wenn Bruder Vern Sperenzchen macht, lassen wir uns von ihm ein schriftliches Dokument vorlegen. Und weil er das nicht kann, drehen wir den Spieß kurzerhand um und beschuldigen ihn der Kindesentführung.«

»Wie soll das denn gehen?«, fragte Lillian. »Sie haben den Jungen doch aus der Hand gegeben. Das ist keine Kindesentführung nicht.«

»Haarspaltereien, Lillian«, sagte ich. »Schließlich hat er mich belogen. Wir brauchen etwas, womit wir seine Beschuldigungen widerlegen, zum Gegenschlag ausholen können. Miss Puckett, Sie haben noch nicht genug gegessen. Sie sind mager wie ein Hering, wenn ich das sagen darf.«

»Bruder Vern sucht nach etwas«, sagte Hazel Marie, wobei sie auf einer Gurkenscheibe herumstocherte. »Ich hab Ihnen doch schon erzählt, dass er immer wieder gefragt hat, was Wesley Lloyd uns hinterlassen hat, und dass er mir Junior weggenommen hat, um mich dazu zu bringen, es ihm zu geben. Was das sein soll, weiß ich immer noch nicht.«

»Wahrscheinlich glaubt er, Sie hätten ein Bankkonto«, sagte ich, »oder die Besitzurkunde für das Haus. Wir können nicht wissen, was er vermutet, und in Anbetracht meiner jüngsten Erfahrungen lässt sich auch schwer sagen, ob Wesley Lloyd irgendetwas veranlasst hat. Wenn Sie also sicher sind, dass Bruder Vern uns nichts anhaben kann, dann sollten wir Lieutenant Peavey einweihen, damit er die Polizei von Spartanburg und das FBI aus der Sache heraushält. Wir werden ihm alles sagen, was wir über Bruder Vern wissen. Danach wird das Jugendamt ihm bestimmt kein Kind mehr anvertrauen. Aber zuvor sollte ich wohl besser Sam und Binkie anrufen, nur um auf Nummer sicher zu gehen.«

Am darauf folgenden Morgen war ich lange vor meiner üblichen Aufstehzeit in der Küche. Ich schaltete die Kaffeemaschine ein und zog meinen Morgenmantel etwas zu wegen der Kühle, die das Gewitter hinterlassen hatte. Wesley Lloyd hatte seine festen Vorstellungen gehabt, wie man den Tag am besten einteilte. Es gibt eine Zeit zum Schlafen, pflegte er zu sagen, und eine Zeit zum Aufstehen. Seine Donnerstage wollten sich freilich nicht so recht in den Stundenplan fügen, aber die zählten wohl nicht, nehme ich an, weil er sie sowieso zur Hälfte in Miss Pucketts Bett verbracht hatte. Eine der Annehmlichkeiten des Witwendaseins war jedoch der Umstand, dass man im Großen und Ganzen tun und lassen konnte, was man wollte, ohne kalte Blicke oder scharfe Worte zu ernten. Ich fand heraus, dass ich es genoss, zu Bett zu gehen und aufzustehen, wann immer es mir gefiel, und niemandem Rechenschaft abzulegen, weil ich seine Routine durcheinander brachte.

So saß ich also in der stillen Küche, trank meinen Kaffee und dachte über all die Dinge nach, die ich wieder einrenken musste: Die Sache mit Hazel Marie und Klein Lloyd, die Entführungsklage Lieutenant Peaveys, die Drohung des Pastors und die Sache mit Bruder Vern.

Da, plötzlich ein Kratzen oder Schaben. Ich erstarrte, dachte an die Nacht, in der Hazel Marie an meiner Hintertür aufgetaucht war, und schlich auf Zehenspitzen an die Tür, um in den Garten zu spähen. Niemand. Doch als ich mich wieder dem Tisch zuwandte, hörte ich es erneut.

Die Speisekammer, dachte ich. Mein nächster Gedanke waren Mäuse. Und dieser Gedanke ließ mich erschauern. Ich stand still, lauschte angestrengt. Der Kühlschrank schaltete sich ein, aber ansonsten rührte sich nichts. Ich war weder scharf darauf, einer Maus zu begegnen, noch irgendetwas zu essen, was Nagerzähne angeknabbert hatten. Ich sah mich nach einer Waffe um und griff mir eine Pfanne.

Ich schlich an die Tür der Speisekammer, lehnte mein Ohr dagegen, lauschte. Nichts. Aber da ich etwas gehört hatte, musste auch etwas da sein. Ich stieß die Tür auf.

»Husch, husch! Raus, ihr widerlichen Viecher!«, kreischte ich und hielt drohend die Pfanne in die Höhe.

Nichts regte sich. Ich ließ die Pfanne sinken, dachte schon, dass Pastor Ledbetter womöglich doch nicht ganz im Unrecht war, weil ich offenbar schon anfing, mir Sachen einzubilden. Ich wandte mich ab, hörte dann eindeutig einen Schluckauf und unterdrücktes Schluchzen.

»Wer ist da? Wer ist da drin?«

Hinter einem Stapel Haushaltstücher hörte ich die Stimme von Klein Lloyd: »Ich bin's. Nicht schießen, bitte.«

»Nicht schießen?«, rief ich und musste lachen. »Kind, ich

werde dich doch nicht erschießen! Was tust du denn da drin? Komm raus und sprich mit mir.«

Er kam unter einem Regal hervorgekrochen. Er trug den Cowboy-Schlafanzug, den ich ihm gekauft hatte, und hielt seine Plastiktüte in der Hand. Sein Haar, noch ganz zerzaust vom Schlafen, stand ihm in allen Richtungen vom Kopf. Seine Brille saß schief.

»Tut mir Leid«, schniefte er und wischte sich die verweinten Augen.

»Was tut dir denn Leid? Mir ist es gleich, wenn du um fünf Uhr morgens in der Speisekammer kauern willst, aber am Tisch sitzt es sich gemütlicher. Willst du vielleicht Kaffee? Oder ein Glas Milch?«

»Lieber Kaffee, wenn es Ihnen nichts ausmacht.« Da stand er in seinem weiten Schlafanzug und drückte diese Plastiktüte an die Brust, und ich bemerkte um seine Schultern ein leichtes Zittern.

»Frierst du?«

»Nein, Ma'am, ich wollte Sie nur nicht stören.«

Ich goss ihm eine Tasse Kaffee ein und stellte sie ihm auf den Tisch.

»Du störst mich nicht, Klein Lloyd«, sagte ich und rückte uns Stühle zurecht. »Komm, setz dich hin. Ich bin froh, dass du mir Gesellschaft leistest.«

»Ja, Ma'am.« Er schüttete eine Ladung Zucker und Milch in seinen Kaffee, und ich fragte mich, als er das Ganze angestrengt umrührte, wie er dieses Gebräu bloß trinken konnte. Aber jedem das seine.

Ich sagte: »Erzähl Lillian bloß nicht, dass ich dir Kaffee gegeben habe, okay?«

Er schaute mich an, sah, dass ich lächelte und lächelte zurück. »Okay.«

»So«, sagte ich. »Wir müssen dich und deine Mutter irgendwo unterbringen, nicht wahr? Bald fängt die Schule wieder an.«

»Ja, Ma'am.«

»Freust du dich, bei deiner Großmutter zu wohnen?«

»Nein, Ma'am, nicht so besonders.«

»Ach, und warum nicht?«

»Ich weiß nicht.« Er zuckte die Schultern und sah sich in der Küche um. »Hier gefällt's mir besser.«

»Na ja«, sagte ich verdutzt, »freut mich zu hören. Aber ich nehme an, du wirst dich an die Entscheidung deiner Mutter mit der Zeit schon gewöhnen, meinst du nicht?«

»Doch, Ma'am, ich denke schon.«

Wir saßen schweigend da, tranken unseren Kaffee und warteten auf die Morgendämmerung. Mir fiel nichts ein, worüber ich mit ihm hätte sprechen können, abgesehen von den Dingen, die mir auf der Seele brannten, und die eigneten sich nicht für ein Kind.

Er stellte seine Tasse ab und richtete sich auf, sah mit einem Mal völlig verändert aus. Er blickte kurz zu mir auf, hielt die Augen dann wieder auf den Tisch gesenkt und holte tief Luft. »Mrs. Springer?«

»Ja?«

»Wenn Ihnen jemand etwas zum Aufbewahren geben würde, was würden Sie tun?«

»Na ja, ich würde es behalten, du nicht?«

»Doch Ma'am.« Er hob die Tasse mit beiden Händen an den Mund und blies auf den heißen Kaffee. Dann stellte er sie ohne zu trinken wieder ab und fragte: »Na ja, Sie möchten aber doch wissen, wie lange Sie es behalten sollen, nicht?«

Ich tat so, als würde ich mir die Frage überlegen, indem ich die Stirn in tiefe Falten legte. »Ich glaube schon. Gehe ich recht in der Annahme, dass dir jemand etwas überlassen hat, ohne dir zu sagen, wann du es zurückgeben sollst?«

»Ja, Ma'am, aber es ist noch mehr als das, ich meine, was passiert, wenn man es nicht zurückgeben kann?«

»Ach so«, sagte ich. »Zum Beispiel wenn dir jemand etwas gegeben hat und du verlierst es zufällig?«

»O nein!« Er starrte mich aus weit aufgerissenen Augen an. »Nein, Ma'am, ich würde es nie verlieren!«

»Na ja, ich habe auch nur hypothetisch gesprochen, weißt du.«

»Was? Ich meine, wie bitte?«

»Hypothetisch. Nur so allgemein, verstehst du? Ich wollte nicht sagen, dass dir so etwas passieren würde.« Obwohl ich genau das vermutet hatte.

Ich sagte: »Noch mal von vorn. Du willst also wissen, was ich tun würde, wenn mir jemand etwas zur Aufbewahrung gäbe. Ich habe es nicht verloren, aber ich kann es nicht mehr zurückgeben. Und du willst wissen, wie lange ich es behalten sollte?«

Er nickte und sah mich dabei aufmerksam an. Mit einem Kind zu sprechen war nicht so schwer, wie ich immer gedacht hatte.

»Lass mich nachdenken«, sagte ich, wobei ich mir mit dem Finger auf den Mund tippte und das Problem überdachte. »Ich brauche noch ein paar zusätzliche Informationen. Ist dieses Etwas vielleicht kaputt? Kannst du es deshalb nicht zurückgeben?«

»Nein, Ma'am.«

»Und du hast es noch, hast es niemandem gegeben.«

Er schüttelte feierlich den Kopf.

»Mit anderen Worten, du hast gut darauf aufgepasst. O, jetzt weiß ich. Du hast es lieb gewonnen und willst es nicht zurückgeben. Ist es das?«

»Nein, Ma'am, ich will es nicht mehr. Ich weiß nur nicht, was ich damit tun soll.«

»Na ja, dann sag dem Betreffenden einfach, dass du es nicht mehr behalten willst. Das würde ich an deiner Stelle tun.«

Er sank auf seinem Stuhl zusammen, sein Kopf zog sich in den Kragen seines Schlafanzugs wie bei einer Schildkröte. »Ich kann nicht. Mein Daddy hat es mir gegeben.«

Grundgütiger, und ich hatte mir eingebildet, ich hätte so gut gespielt mit diesem seltsamen Kind.

»Na ja«, sagte ich, »das ändert die Sache. Wenn er dir nicht gesagt hat, wie lange du es behalten sollst, dann wollte er es dir wohl schenken, nehme ich an. Ich bin mir sogar ganz sicher.«

Mir fiel die goldene Uhr ein, die Wesley Lloyd immer bei sich getragen hatte, die mit der schweren Goldkette und der

Rotariernadel. Aber nein, die hatten sie ihm ja abgenommen und mir gegeben, als sie nach der letzten Besichtigung den Sarg zugenagelt hatten. Vielleicht ging es ja um einen Scheck oder einen größeren Geldschein.

»Falls es sich um Geld handeln sollte, Klein Lloyd, so kann ich dir versichern, dass dein Vater stolz auf dich wäre, wenn du es zur Bank bringen würdest, damit es sich vermehren kann. Das würde er damit machen.«

»Nein, Ma'am, es ist kein Geld.« Er drehte und wendete seinen Löffel. Seine Hände waren klein und zart wie die seiner Mutter. Da fiel mir auf, dass dem Jungen dieses Problem großes Kopfzerbrechen bereitete. Für ihn war es kein Spiel.

»Na schön«, sagte ich und beugte mich zu ihm hinunter, um ihm in die Augen zu sehen. »Ich rate dir Folgendes: Rede mit deiner Mutter darüber. Sie weiß bestimmt, was zu tun ist.«

»Daran hab ich auch schon gedacht.« Seine Stimme war so leise, dass ich mich noch weiter zu ihm vorbeugen musste. »Aber mein Daddy hat es mir in der Nacht gegeben, als er zu Jesus gegangen ist, und er hat gesagt, dass ich es keinem weitersagen darf.«

»Du meine Güte«, sagte ich. »War ... hat dein Daddy, ich meine, hat er denn gewusst, dass er, nun ja, dass er zu Jesus gehen würde, als er dir das gab?« Bilder jener fürchterlichen Nacht, in der ich Wesley Lloyd über seinem Lenkrad fand, blitzten in mir auf, die blinkenden roten und blauen Lichter von Krankenwagen und Polizei, die Schläuche und schwarzen Geräte mit Skalen und Knöpfen, mit denen die Sanitäter hantierten, um ihn wiederzubeleben, die rauhe Herzlichkeit der jungen Deputies, die versuchten eine alte Frau zu trösten, die zitternd auf der Verandatreppe saß.

»Ich weiß es nicht.« Klein Lloyd schniefte und wischte sich mit dem Handrücken die Tränen aus dem Gesicht. Ich gab ihm meine Serviette. »Er hat sich nicht wohlgefühlt, aber er musste trotzdem noch weg. Meine Mama wollte den Arzt anrufen, und deswegen ist er, glaube ich, wütend geworden. Sie ist mit mir in der Küche geblieben, während er ins Wohnzimmer ging, um etwas zu erledigen. Dann hat er mich zu sich gerufen, und wir sind hinausgegangen zu seinem Auto, da hat er es mir gegeben. Er hat gesagt, ich soll es behalten und keinem Menschen etwas davon erzählen, wir würden uns dann nächste Woche wiedersehen.« Er schniefte nass. »Aber das ging ja nicht.«

So also hatte Wesley Lloyd seine letzten Minuten zugebracht, das sah ihm ähnlich. Einen Arzt zu konsultieren, wenn man sich nicht wohl fühlte, hätte bedeutet, die eigene Schwäche einzugestehen. Es überraschte mich kein bisschen, dass er zu stur war, um sich helfen zu lassen. Aber dass Hazel Marie es zumindest versucht hatte, freute mich.

»Du hast dir gedacht, nehm ich an, dass er dieses Etwas deiner Mutter gegeben hätte, wenn er gewollt hätte, dass sie davon erfährt?«

Er nickte. Dann schob er die Brille nach oben und rieb sich mit den Fäusten die Augen.

»Da hast du ja eine ganz schöne Last mit dir herumgeschleppt.« Ich klopfte ihm anerkennend auf die Schulter. »Aber hör zu«, fuhr ich fort, »mach dir keine Sorgen, weil du ein Geheimnis hast vor deiner Mutter. So war dein Daddy nun mal. Er hat dich eben wie einen Mann behandelt, und seiner Meinung nach sollten Männer ihre Mütter nicht in ihre Angelegenheiten einweihen.« Dasselbe galt auch für Ehefrauen und Freundinnen, hätte ich hinzufügen können, verkniff es mir aber.

»Haben Sie denn meinen Daddy gekannt?«, fragte er, und die Stimme versagte ihm bei dem Versuch, nicht zu weinen.

Ich sah ihn ein paar Minuten forschend an und dachte dabei, wie nachlässig es von mir gewesen war, nicht zu erkennen, dass der Junge schließlich seinen geliebten Vater verloren hatte und um ihn trauerte. Irgendwie war es mir nie in den Sinn gekommen, dass außer mir noch irgendjemand verletzt sein könnte.

Ich holte tief Luft, bis ich sicher war, dass meine Stimme nicht zittern würde. »Ja, ich kannte ihn, und ich bin traurig, dass er nicht mehr bei uns ist. Ich weiß, dass du ihn vermisst, aber solche Dinge passieren nun einmal, weißt du. Wir müssen stark sein und tun, was zu tun ist.« Plattitüden, mehr hatte ich nicht zu bieten. Ich klopfte ihm noch einmal auf den Rücken.

»Ja, Ma'am, wenn Sie meinen.« Die Plastiktüte auf seinem Schoß raschelte, weil er nervös auf seinem Stuhl herumzappelte.

»So«, sagte ich, »jetzt haben wir noch immer das Problem, was mit dem Ding zu tun ist, das er dir gegeben hat. Und ich glaube, dass ich eine Idee habe. Du suchst dir einfach jemanden, zu dem du Vertrauen hast, zeigst es ihm und lässt ihn entscheiden, was zu tun ist. Dein Daddy hat bestimmt nicht gewollt, dass du es für immer geheim hältst. Er wollte vielleicht nur, dass du darauf aufpasst, meinst du nicht?«

Sorgenfalten zerknitterten seine Stirn, ließen ihm die Brille auf die Nasenspitze rutschen. »Glauben Sie wirklich, er hätte gewollt, dass ich mit jemandem darüber rede?«

»Ja, er hätte bestimmt gewollt, dass dir jetzt, wo er fort ist, die Verantwortung von den Schultern genommen wird. Er würde allerdings auch wollen, da bin ich ganz sicher, dass du sehr vorsichtig bist, wem du es erzählst. Aber da gibt es eine Menge Leute, denen du sein Geheimnis anvertrauen könntest – Deputy Bates, Lillian, Mr. Sam Murdoch. Und natürlich deine Mutter. Jeder von ihnen könnte dir weiterhelfen.«

Er starrte weiterhin auf den Tisch, vermied meine Augen, seine Hände ruhten jetzt auf der Tüte in seinem Schoß.

»Wie wär's mit Ihnen?«, flüsterte er.

»Mit mir?« Ich war verdutzt. Was hatte ich getan, um mir sein Vertrauen zu verdienen? Anders gefragt, was hatte ich getan, dass man mir eine weitere Last aufbürden wollte? »Na ja«, stammelte ich schließlich. »Ich werde dir natürlich helfen, wo ich kann, aber ein anderer würde dir wahrscheinlich besser helfen können.«

»Nein, Ma'am, meine Mama hat gesagt, dass Sie die beste Freundin sind, die sich ein Mensch nur wünschen kann.«

»Soso«, sagte ich, »sieh mal an.«

»Es ist da drin«, sagte er und rollte seinen Plastikbeutel auf, und ich bereitete mich darauf vor, ein Löwenbuch mit angemessenem Ernst zu behandeln. Um ehrlich zu sein, begann ich mich langsam zu fragen, ob der Junge noch alle Tassen im Schrank hatte, wenn er anfing, sich über solche Lappalien den Kopf zu zerbrechen.

Er schob die Kaffeetasse beiseite, holte das Buch aus der Tüte, legte es auf den Tisch, fing vorsichtig an darin zu blättern und fand einen dünnen, rosa Briefumschlag.

Als er ihn mir reichte, trafen sich unsere Blicke, und diesmal sah ich nicht Wesley Lloyd, sondern Klein Lloyd selbst.

Ich nahm den Brief und drehte ihn um. Er war versiegelt. Es widerstrebte mir, eine Botschaft zu öffnen und zu lesen, die mein Mann kurz vor seinem Tod für seinen Sohn geschrieben hatte. Ich war weder sicher, ob ich etwas so Persönliches überhaupt wissen wollte, noch fühlte ich mich in der Lage, sein trauerndes Kind zu trösten. Ein Brief, gleichsam aus dem Grab, würde doch nur alte Wunden aufreißen. Ich wünschte mir, Lillian wäre hier und könnte mir helfen.

»Hast du das schon gelesen?«, fragte ich.

»Nein, Ma'am, ich hab nur drauf aufgepasst, wie er es mir gesagt hat.«

»Nun«, sagte ich und holte tief Luft, »dann wollen wir mal sehen, was da steht.«

Ich griff hinter mich nach dem Brotmesser, das auf der Theke lag, und schlitzte den Brief auf. Ich zog ein dünnes rosa Blatt Papier heraus, faltete es auseinander und las still den Satz, der da in der gewichtigen Handschrift meines Mannes stand, begutachtete seine unverwechselbare Signatur und fühlte, wie der Boden unter meinen Füßen schwankte.

»Klein Lloyd«, flüsterte ich, »es war gut, dass du mir das gezeigt hast. Es hat etwas mit dem Vermögen deines Vaters zu tun. Ich muss eine Weile darüber nachdenken, bevor ich eine Entscheidung treffen kann. Warum gehst du inzwischen nicht leise nach oben und ziehst dich an? Du könntest auch noch ein bisschen schlafen, wenn du magst. Es ist noch früh, also versuche deine Mutter nicht aufzuwecken.«

»Okay«, sagte er, sichtlich erleichtert. »Endlich hab ich sie los, die olle Tüte.« Er knüllte sie zusammen und warf sie in den

Müll, bevor er aus der Tür ging. »Danke für den Kaffee, Mrs. Springer.«

Ich hörte das Tapsen seiner bloßen Füße auf dem blank polierten Holzboden zwischen den Perserteppichen. Dann blickte ich mit blutendem Herzen wieder auf das rosafarbene Blatt Papier, auf dem mein Mann seinen Letzten Willen kundgetan hatte.

26

Der Junge hatte Vertrauen zu mir, das ließ mir ein bisschen Zeit. Er hatte das Testament nicht gelesen, hätte seinen Inhalt wohl auch nicht verstanden, wenn er ihn gelesen hätte, also wusste kein Mensch auf Gottes grüner Welt Bescheid. Nur ich.

Ich starrte auf das rosa Blatt, bemerkte die pastellfarbenen Blümchen, die die obere Kante zierten, und schloss daraus, dass Wesley Lloyd sich ein Blatt von Hazel Maries Briefpapier genommen hatte, um mich an den Bettelstab zu bringen.

Ich grübelte, was meinen Mann in besagter Nacht dazu bewogen haben mochte, diesen Satz zu schreiben. Das Datum jener Nacht, in der er starb, stand rechts oben. Er musste gespürt haben, dass mit ihm irgendetwas nicht in Ordnung war, eine Art Vorahnung, die ihn zu dieser drastischen Testamentsänderung verleitete. Wenn er sich mehr Zeit genommen hätte, um seine große Verantwortung zu überdenken, hätte er vielleicht auch für mich Vorkehrungen getroffen. Oder auch nicht. Vielleicht hatte er in Wirklichkeit überhaupt nichts von mir gehalten und mir deshalb keinen Pfennig hinterlassen.

Ich vergrub mein Gesicht in den Händen, und meine Schultern bebten vor Schmerz über die Erkenntnis, dass er in seiner Sterbestunde keine Sekunde an mich gedacht hatte. In diesem letzten Zeugnis dessen, was ihm wichtig war, hatte ich keinen Platz gefunden. Ich las den Satz erneut: »Hiermit verfüge ich, dass mein einziger Sohn, Wesley Lloyd Junior Puckett (Springer), mein gesamtes Vermögen erben soll, und bestimme Sam Murdoch zu seinem Verwalter und Vormund, bis er die Volljährigkeit erreicht hat.« Datum und Unterschrift.

Mit einem einzigen Satz hatte dieser Mann, mit dem ich vierundvierzig Jahre lang verheiratet gewesen war, mich um Haus und Hof, gleichsam an den Bettelstab gebracht. Mein Heim gehörte mir nicht mehr, ganz zu schweigen von all den anderen Besitztümern, auf die ich so stolz gewesen war. Meine

Möbel, mein Auto – alles – alles gehörte jetzt einem Kind, das niemals hätte zur Welt kommen dürfen.

Meine Hände zitterten, als der Zorn durch mich hindurchfegte wie ein Stromstoß. Am liebsten hätte ich das Blatt zusammengeknüllt, fein säuberlich zerfetzt, um es anschließend in den Boden zu stampfen, mir die Haare zu raufen und die Seele aus dem Leib zu schreien. Und am allerliebsten hätte ich Wesley Lloyd genauso tief verwundet, wie er mich verwundet hatte.

Ich bebte am ganzen Leib bei dem Versuch mich zu beherrschen, so heftig war meine Wut. Ich rang keuchend nach Luft und versuchte mich mit meinem neuen armseligen Zustand anzufreunden.

Damit war Hazel Maries Problem, wie sie sich durchbringen und wo sie mit Klein Lloyd leben sollte, natürlich gelöst. Sie konnte auf der Stelle hier bei mir einziehen, wenn sie wollte. Lillian konnte für sie arbeiten und würde es Klein Lloyd zuliebe auch tun. Hazel Marie konnte meine Freunde einladen, meinen Platz in der Sonntagsschule und auf der Kirchenbank einnehmen, mein Auto fahren, mein Leben führen. Sie konnte mich in jeder Hinsicht ersetzen, wie sie mich in Herz und Bett meines Mannes ersetzt hatte. Und damit noch nicht genug, weil ja mein Pastor und die halbe Stadt dachten, ich sei verrückt geworden, sei unzurechnungsfähig, eine Gefahr für jeden Mann, der mir vor die Füße lief.

Das war zu viel.

Ich brauchte Zeit, um nachzudenken, was zu tun war. Ich faltete das Blatt zusammen, steckte es in den Umschlag zurück und ließ es in die Tasche meines Morgenmantels gleiten. Ich hob meine Tasse Kaffee und nippte an der kalten, bitteren Flüssigkeit. Alles hübsch der Reihe nach, sagte ich mir, das vorrangige Problem war dieses neue Testament.

Klein Lloyd würde annehmen, dass ich mich um sein Geheimnis kümmerte, und mir keine Fragen stellen. Er wusste ja nicht, dass es ihn betraf. Und dank der Verlässlichkeit ihres Sohnes, der Wesley Lloyds Anweisungen befolgte, wusste auch Hazel Marie nichts. Sam, der sich nach dem älteren, gerechteren

Testament richtete, wusste ebenfalls nichts. Wenn ich schwieg, würden die Dinge genauso weiter laufen. Ich biss die Zähne zusammen, als ich mich daran erinnerte, wie wichtig es Wesley Lloyd war, dass man tat, was getan werden musste. Ich würde lediglich seinem Beispiel folgen, weil eine Ehefrau vom Vermögen ihres Mannes profitieren sollte. Es stand ihr nun einmal zu.

Und außerdem, sagte ich mir, konnte man davon ausgehen, dass Wesley Lloyd in dieser Nacht nicht mehr ganz bei Verstand gewesen war. Oder vielleicht nicht? Er war krank gewesen, todkrank sogar, als er den Stift angesetzt hatte. Und außerdem hatte er das Testament nicht notariell beglaubigen lassen. Das bedeutete doch, dass es ungültig war, oder nicht? Ach, wäre bloß Sam hier gewesen!

Dann dachte ich daran, wie ich es rechtfertigen könnte, Wesley Lloyds späten Gesinnungswandel umzuschreiben. Ich könnte einen Fonds für die Ausbildung des Jungen anlegen, ihm und seiner Mutter monatlich einen gewissen Zuschuss überweisen. Sie wäre mir ja so dankbar. Sie und alle anderen hätten bestimmt eine hohe Meinung von mir für diesen Akt der christlichen Nächstenliebe und Großzügigkeit.

Sie würde mich für die beste Freundin halten, die ein Mensch sich nur wünschen konnte.

Ich schlug erneut die Hände vors Gesicht, schluchzte wegen der misslichen Lage, in die Wesley Lloyd mich gebracht hatte, und weil ich erkannte, dass ich, falls Pastor Ledbetter sich durchsetzen sollte, mich niemandem gegenüber mehr als großzügig würde erweisen können.

Als ich Lillian dann die Auffahrt entlanggehen hörte, stand ich hastig auf und verließ die Küche. Ich konnte ihr heute Morgen nicht unter die Augen treten. Ich ging hinauf in den oberen Stock und schloss mich im Schlafzimmer ein. Mit der Erkenntnis, dass mein Mann mir seine Fürsorge entzogen hatte, weil er mich möglicherweise nicht genügend schätzte, wollte ich keinen Menschen sehen. Und erst recht nicht mit dem Wissen, dass ich jetzt ernsthaft mit dem Gedanken spielte, für den Rest meines Lebens mit einer Lüge zu leben.

Ich setzte mich in den Sessel am Fenster, dessen geblümten

Bezug Wesley Lloyd so gehasst hatte. Er mochte weder Blumen noch Pastellfarben, und die weinrote Wohn- und Esszimmereinrichtung spiegelte seine Vorlieben wider. Ich war der Meinung, dass ein Schlafzimmer ruhig etwas sanfter, femininer sein durfte, aber er hatte dem sofort Einhalt geboten, als er den Sessel sah, den ich hatte neu beziehen lassen. Während ich nun hier saß, dachte ich unwillkürlich daran, dass dieser Sessel das einzige Möbelstück im ganzen Haus war, das ich ausgesucht hatte. Und Wesley Lloyd hatte es gehasst.

Das war schon eigenartig.

Ich strich über die Armlehne und versuchte mir darüber klar zu werden, wie sehr er mich gekränkt hatte und – gleichsam vom Grab aus – noch immer kränkte. Ich spürte ein schmerzhaftes Brennen in der Brust, als ich mich selbst davon zu überzeugen suchte, dass es mein gutes Recht gewesen wäre, seinen Letzten Willen zu zerreißen. Wer konnte es mir verübeln?

Niemand, sagte ich mir, weil kein Mensch es jemals erfahren würde.

Ich richtete mich auf, als Bruder Vern mir in den Sinn kam. Wusste er etwas? Aber das konnte er nicht. Ich war mir nicht sicher. Er hatte nach etwas gesucht, das Wesley Lloyd den beiden Pucketts hinterlassen haben könnte. Er konnte nicht wissen, dass der Junge ein Testament seines Vaters besaß. Oder doch? Selbst wenn er etwas ahnen sollte, so hatte er doch nichts in der Hand, oder?

Sobald Klein Lloyd irgendjemandem erzählte, dass er mir einen Brief seines Vaters anvertraut hatte, konnte sein Onkel mich beschuldigen. Jeder würde sofort erraten, was es mit diesem Brief auf sich hatte. Dann wäre ich erledigt. Hazel Marie konnte mich verklagen. Klein Lloyd würde mir nie mehr vertrauen, sich immer fragen, ob ich ihm nicht etwas genommen hatte, was ihm gehörte.

Du könntest fortziehen, sagte ich mir, das Haus verkaufen und nach Florida übersiedeln. Fort aus dieser Stadt mit ihren argwöhnischen Gesichtern und einen angenehmen, sicheren Lebensabend genießen.

Ich bezweifelte, ob ich dazu fähig war. Zum Genießen, meine ich. Andererseits war es völlig egal, wie ich mich entscheiden würde – für die Bekanntgabe dieses Testaments oder dagegen –, denn die Enttäuschung wegen Wesley Lloyd hatte mir das Leben so oder so gründlich vergällt. Herr, vergib mir meine Verbitterung.

Ich kleidete mich langsam und sorgfältig an, wobei ich keinen rechten Zugang zu meiner üblichen morgendlichen Routine fand. Der Reißverschluss klemmte, die Knöpfe sträubten sich gegen die Knopflöcher, die Haarbürste fiel zu Boden, die Haarnadeln rutschten mir durch die Finger, dennoch überwand ich geduldig jedes Hindernis, während mein Geist auf irgendeinem fernen Planeten wandelte.

Als ich glücklich angezogen war, steckte ich mir den Briefumschlag ans Innenfutter meines Kleides. Ich würde ihn nirgends aufbewahren, wo man ihn womöglich finden konnte. Als ich meine Hand darübergleiten ließ, hatte ich die Antwort. Dieses Testament würde ein paar Tage mein Geheimnis bleiben. Ich wollte ausprobieren, ob ich mit der Last leben konnte. Nichts war verloren oder gewonnen, wenn ich die endgültige Entscheidung hinauszögerte.

Ja, das war die Lösung.

Na, dachte ich, dann will ich mal so tun, als würde dieser Brief nicht existieren, als wäre alles, wie es war, bevor Klein Lloyd ausgerechnet mich zu seiner Vertrauten machte. Und wenn wir schon mal dabei sind, wollen wir gleich noch so tun, als hätten wir Dr. Fred Fowler nie angefasst.

Ich war viel zu beschäftigt, sagte ich mir, um mich über Last-Minute-Testamente aufzuregen, die höchstwahrscheinlich ohnehin keinen Pfifferling wert waren.

Hoch erhobenen Hauptes ging ich also hinunter, um allen die Stirn zu bieten.

»Was ist los mit Ihnen?«, fragte Lillian, als ich in die Küche kam. »Sie sehen ja so verbiestert aus heut Morgen.«

Du lieber Gott, es war mir also schon anzusehen?

»Es geht mir gut«, sagte ich. »Ich habe nur nicht besonders geschlafen. Mir ist zu viel durch den Kopf gegangen.«

»Sie müssen mal anfangen, klar Schiff zu machen«, sagte sie mir. »Sie können Miss Puckett und den Kleinen nicht ewig verstecken, und Sie können der Polizei nicht ewig was vorlügen.«

»Das weiß ich doch. Und heute ist der richtige Tag, um reinen Tisch zu machen, nehm ich an.« Ich setzte mich hin, ungewohnt müde und schlecht gelaunt, und stemmte die Ellenbogen auf den Tisch. »Ich weiß nicht, warum, aber irgendwie hab ich das Gefühl, als müsste ich die Probleme der ganzen Menschheit auf mich nehmen. Hazel Marie ist eine erwachsene Frau und kann durchaus selbst für sich und ihr Kind sorgen. Ich sehe keinen Grund, warum ausgerechnet ich sie vor der Polizei verstecken oder vor den eigenen Verwandten beschützen soll.«

»Das klingt aber gar nicht nach Ihnen.« Lillian baute sich vor mir auf und sah mich missbilligend an. Sie wischte sich die Hände mit einem Geschirrtuch trocken und sagte: »Sind Sie sicher, dass es Ihnen gut geht?«

Das rosa Blatt Papier versengte mir die Haut.

»Ich bin in Ordnung«, wiederholte ich und blickte dabei haarscharf an ihr vorbei. »Mir ist nur plötzlich aufgegangen, dass ich mich übernommen habe, ich hätte mich nicht in Sachen einmischen dürfen, die mich nichts angehen. Damit ist jetzt Schluss.«

»Hm«, sagte sie, faltete das Geschirrtuch zusammen und legte es auf die Küchentheke. »Und was soll jetzt werden?«

»Das weiß ich noch nicht.« Ich rieb mir die Stirn und hörte Papiergeraschel unter meinem Kleid. »Ich habe gute Lust, den Episkopalen beizutreten, und wehe Pastor Ledbetter, wenn er das Mitglied einer anderen Kirche verleumdet. Dann sollte ich Lieutenant Peavey anrufen und ihm von Hazel Marie und Klein Lloyd erzählen und die Maske fallen lassen.«

»Das können Sie doch nicht tun!«

»Na ja, es wird mir nichts anderes übrig bleiben.«

»Was ist mit diesem Bruder Vern? Wenn der Anspruch erhebt auf Klein Lloyd und ihn seiner Mama wegnimmt?«

»Das wird er nicht. Er wollte den Kleinen doch nur haben,

weil er dachte, die beiden hätten von Wesley Lloyd Geld gekriegt. Sobald er von Sam und Binkie erfährt, dass beide keinen Cent haben, wird er sich schleunigst verkrümeln.«

Das rosa Blatt Papier erzitterte bei jedem Pochen meines Herzens. Es entwickelte allmählich ein Eigenleben.

»Nun, und was wird aus mir?«, fragte Lillian. »Glauben Sie denn, die Polizei lässt ein Delikt, das sie Kindesentführung nennt, ganz einfach unter den Tisch fallen?«

»Das wird sie, wenn sie erst mal die Wahrheit kennt, und die werde ich ihr erzählen.« Natürlich nicht die ganze Wahrheit, noch nicht.

Wohl wissend, welches Risiko ich einging, beziehungsweise, in welche Gefahr ich ihn brachte, wenn Pastor Ledbetter hinsichtlich meiner sündigen Neigungen Recht hatte, ging ich Sam besuchen. Als ich seine breite Veranda betrat, bemerkte ich frische graue Farbe auf den weichen, rosafarbenen Steinstufen. Weiße Schaukelstühle standen zu beiden Seiten der offenen Verandatür.

»Hallo, Julia.« Sam bat mich ins Haus. »Ich habe dich schon kommen sehen. Was ist los?«

»Eine Menge, Sam.« Ich trat in den kühlen Flur, und er führte mich ins Wohnzimmer. Stapel von Büchern auf Tischen und Fußboden sowie Zeitungen, die zusammengefaltet auf dem Sofa lagen, wiesen darauf hin, dass Sam in diesem Raum wirklich lebte. Meiner dagegen war immer kalt und tadellos, falls Gäste kamen.

»Setz dich, Julia. Willst du Kaffee?«

»Ich will nur eines, und zwar, dass ich endlich aus diesem Schlamassel herauskomme, in den ich da geraten bin.« Sam lächelte, und in seinen Augenwinkeln bildeten sich lustige Fältchen. »Womit willst du anfangen?«

Das eben war die Frage. Bei welchem Geheimnis brauchte ich am meisten Hilfe? Auf dem Weg hierher hatte ich daran gedacht, ihm Wesley Lloyds rosa Vermächtnis zu zeigen und einfach das Schicksal hinzunehmen, das es für mich bereithielt. Dann hatte ich es mir wieder anders überlegt, und als ich endlich angekommen war, hatte ich beschlossen, noch eine Weile zu warten. Mal sehen, ob mein schreckliches Geheimnis im selben Zimmer leben konnte wie Sams Ehrlichkeit.

Komisch, es fiel mir nicht im Traum ein, dass Sam das neue Vermächtnis geheim halten könnte. Für mich stand fest, dass er das nicht tun würde. Manche Leute sind eben grundehrlich. Andere wieder nicht.

»Pastor Ledbetter«, sagte ich, und dann erzählte ich ihm, wie Dr. Fowler auf mich angesetzt worden war, um mich zu testen, verschwieg ihm aber, dass die beiden womöglich aus gutem Grund zu der Annahme gelangt waren, ich sei ein unkeusches Weib und zudem nicht mehr bei Verstand. »Können die das tun?«

Sam lehnte sich zurück, und es hatte ganz kurz den Anschein, doch das bildete ich mir bestimmt bloß ein, als verdrehte er ärgerlich die Augen. »Ich sag dir was, Julia, Pfaffen haben von allen Leuten am wenigsten gesunden Menschenverstand. Bis auf die Ärzte vielleicht.« Er beugte sich nach vorn. »Hör mir zu. In diesem Staat ist es nicht besonders schwierig, jemanden für unzurechnungsfähig erklären zu lassen. Die beiden brauchen nur zu beweisen, dass du nicht mehr imstande bist, die Konsequenzen deines Verhaltens zu begreifen.«

»Ich begreife sie wohl. Ich muss tagein tagaus mit ihnen leben. Aber Sam, man kann nie wissen, was sie alles über mich erzählen könnten. Du weißt ja nicht, was sie mir vorwerfen. Ich muss etwas dagegen tun.«

»Mach es wie Sophokles und schreib ein Theaterstück.« Er lachte mich aus.

»Wovon redest du da?«

»Sophokles' Sohn wollte seinen Vater für unzurechnungsfähig erklären lassen, um an sein Vermögen heranzukommen. Der alte Mann bat um die Chance, seinen gut funktionierenden Verstand unter Beweis stellen zu dürfen. Die Richter waren einverstanden. Also ging er nach Hause und schrieb den *Oedipus*. Als er den Richtern Passagen daraus vorlas, entschieden sie nicht nur zu seinen Gunsten, sondern erwiesen ihm die Ehre, ihn nach Hause zu geleiten. Höchstwahrscheinlich tranken sie sogar noch einen Krug Wein mit ihm. Deine Geschichte ist nicht neu, Julia, solche Sachen sind schon im fünften Jahrhundert vor Christus passiert.«

»Das weiß ich auch«, sagte ich, dabei war ich bei weitem nicht so belesen wie Sam Murdoch. »Aber wenn mein Geisteszustand vom Schreiben eines Theaterstücks abhängt, bin ich in größeren Nöten, als ich dachte.«

Sam lachte. »Ach, Julia, das war doch nur ein Gleichnis.« Dann wurde er wieder ernst. »Hör zu, ich will dir keine Angst machen, aber ich spreche mal lieber mit Binkie darüber. Lass mich dir den Ablauf eines solchen Verfahrens erklären: Man stellt einen Antrag, das darf jeder, dass jemand für unzurechnungsfähig erklärt werden soll. Danach wird ein vorläufiger Vormund bestimmt, der die Interessen der betreffenden Person vor Gericht zu wahren hat. Wird die Person dann tatsächlich für unzurechnungsfähig erklärt, dann muss ein permanenter Vormund gefunden werden, und das war's dann.«

Ich dachte nach. Ich würde eine solche Demütigung nicht durchstehen, aber Sams Schilderung hörte sich an, als hätte ich genügend Schutzengel, die mich davor bewahrten.

»Na ja, Sam«, sagte ich, »es wäre natürlich schrecklich, wenn es so weit käme, aber schlimmstenfalls könntest du mein vorläufiger Vormund werden und Binkie der permanente. Es kommt mir fast so vor, als würde dann alles weitergehen wie bisher, nur dass man ein paar gerichtliche Verfügungen unterzeichnen müsste und so. Nachdem du es jetzt erklärt hast, klingt es nicht mehr gar so übel.«

Sam schüttelte den Kopf und sah zu Boden. »Nein, Julia, so einfach ist es auch wieder nicht, aber darum kümmern Binkie und ich uns. Wir werden nicht zulassen, dass die dich aufs Kreuz legen, du musst dich wehren. Und dass du das kannst, weiß ich. Von mir lässt du dir ja auch nichts gefallen.«

Ich brachte ein Lächeln zustande, obwohl mir das rosa Briefpapier am Innenfutter beinah ein Loch in die Haut gebrannt hätte.

27

Als ich zu meinem Haus zurückkam, ging ich durch den Hintergarten in die Küche. Fast hätte ich auf dem Absatz kehrt gemacht, als Lillian mir verkündete, dass Pastor Ledbetter und Dr. Fowler im Wohnzimmer auf mich warteten. Halt suchend fasste ich an die Theke und betete inständig um eine kleine Ohnmacht, damit ich ihnen nicht gegenübertreten müsste. Aber es klappte nicht.

»Ich hab denen gesagt, dass ich nicht weiß, wann Sie zurückkommen«, sagte Lillian, während sie Limonadengläser auf ein Tablett stellte. »Aber sie wollten trotzdem warten. Sie gehen besser rein, weil Miss Puckett eben aufgestanden ist und versucht sich anzuziehen.«

»Ist Klein Lloyd bei ihr?«, stammelte ich.

»Jawoll, und ich hab sie beide gewarnt, dass sie ja droben bleiben und sich still verhalten sollen.«

Ich sah Lillian dabei zu, wie sie Käsehäppchen auf einem Silbertablett arrangierte, und wappnete mich für das Martyrium, das mich erwartete. Ich versuchte meine Verlegenheit mit Wut zu kompensieren, in die ich mich bewusst hineinsteigerte, um ihnen gewappnet entgegen zu treten, aber es war nicht einfach. Irgendwie lähmte dieses rosa Blatt Papier am Innenfutter meines Kleids meine Lebensgeister, denn nichts schien mir mehr der Mühe wert zu sein.

Ich holte tief Luft, hielt Lillian die Tür ins Wohnzimmer auf und folgte ihr. Beide Männer erhoben sich, als ich das Zimmer betrat, wobei Pastor Ledbetter seine verwerflichen Absichten mit einem breiten Lächeln zu vertuschen suchte.

Ich nickte zur Begrüßung, um das Risiko eines Händedrucks zu vermeiden, und setzte mich in einen der viktorianischen Sessel am Kamin. Lillian stellte das Tablett auf das Teetischchen vor dem Sofa, auf dem die beiden Männer Platz genommen hatten. Sie bot ihnen die Käsehäppchen an und verließ nach einem aufmunternden Blick in meine Richtung den Raum.

Ich saß da und wartete stumm darauf, bis einer von ihnen das Wort ergriff, verkniff mir meine natürliche Neigung, ihnen mit Smalltalk das Gefühl zu verleihen, als seien sie mir willkommen. Dieser Besuch war ihre Idee gewesen, und weil sie mich damit in Verlegenheit gebracht hatten, war ich fest entschlossen, auch bei ihnen keine Hochstimmung aufkommen zu lassen. Ich beobachtete, dass sie sich über ihre Limonadengläser hinweg viel sagende Blicke zuwarfen. Dann nahmen sie mich ins Visier und trieben mir die Schamesröte ins Gesicht. Ich konnte Dr. Fowler nicht in die Augen sehen, war aber dennoch nicht gewillt, den Blick zu senken. Ich schaffte es nicht einmal, nach meinem Glas auf dem Tablett zu greifen, blieb reglos sitzen und wartete.

Endlich räusperte sich Pastor Ledbetter. »Ah, Miss Julia«, fing er an, stellte sein Glas ab und tupfte sich den Mund mit einer Serviette ab. »Haben Sie sich die Angelegenheit durch den Kopf gehen lassen, die wir in der Kirche miteinander besprochen haben? Wir dürfen nicht zu lange warten, wissen Sie.« Er warf Dr. Fowler einen bedeutsamen Blick zu. Um sich zu vergewissern, dass dies auch die richtigen Worte waren, nehme ich an.

»Pastor, ich habe nur über das nachgedacht, was Sie in der Hochzeitskapelle zu mir sagten, und bin zu dem Schluss gelangt, dass Sie im Unrecht sind. Außerdem bin ich mittlerweile der festen Überzeugung, dass Sie und Dr. Fowler ein böses Spielchen mit mir getrieben haben, um mich zu kompromittieren. Ich möchte zu gern wissen, wie Sie das vor Gericht erklären wollen, besonders wenn ich den Geschworenen beschreibe, was Dr. Fowler in der Hosentasche hatte. Na ja, nicht direkt in der Tasche, na, Sie wissen schon, was ich meine.«

»Moment mal«, fiel Dr. Fowler mir ins Wort und sprang auf.

Pastor Ledbetter hielt seine Hand in die Höhe und übernahm das Ruder. »Lassen Sie mich das klären, Fred. Miss Julia, Dr. Fowler hat mir bereits alles erzählt. Was Sie da bemerkt zu haben glauben, falls es da überhaupt etwas zu bemerken gab, war nichts als eine unwillkürliche Nervenreaktion auf einen unangenehmen Reiz, unter den gegebenen Umständen nichts Ungewöhnliches. Ich rate Ihnen dringend, sich nicht darauf zu berufen. Man könnte Sie für etwas zurückgeblieben halten, wenn Sie von solchen Sachen so wenig verstehen. Also«, sagte er und beugte sich zu mir nach vorn, »nun zu meinem eigentlichen Anliegen heute. Wir würden ungern gerichtlich gegen Sie vorgehen, aber irgendetwas muss geschehen. Am liebsten würden wir diese leidige Angelegenheit gütlich regeln. Haben Sie sich schon etwas überlegt?«

»Nein, habe ich nicht.«

»Das sollten Sie aber, Miss Julia.« Er saß breitbeinig vor mir, rieb sich die Hände und blickte mich dabei ernst an. »Ich will ehrlich zu Ihnen sein. Sie sind geistig nicht mehr ganz auf der Höhe, und diese Geschichte, dass Sie das Kind zu sich nehmen und es als Mr. Springers Sohn ausgeben, hätte uns bereits eine Warnung sein sollen. Und jetzt« – er breitete die Hände aus – »jetzt sehen Sie, wohin es uns geführt hat.«

»Ich habe nicht die leiseste Ahnung, wovon Sie sprechen, Pastor«, sagte ich.

»Es ist so«, fuhr er fort und legte seine Hände auf die Knie. Er warf Dr. Fowler einen weiteren Blick zu, der sich mit übereinander geschlagenen Beinen zurückgelehnt hatte und mich mit seinen seltsamen Augen fixierte. »Wir, das heißt, die Kirche, die Kirchengemeinde, sind Ihre Familie, die einzige, die Sie in der Stadt haben. Es ist unsere Pflicht, aufeinander aufzupassen. Nun, Miss Julia, ich komme nicht nur als Pastor zu Ihnen, sondern auch als Mitglied dieser Familie, um Ihnen zu sagen, dass wir alle zutiefst besorgt sind um Sie. Abgesehen von dem Zwischenfall, den ich mit eigenen Augen beobachten konnte, musste ich erfahren, dass Sie auch noch bei anderer Gelegenheit ein merkwürdiges Verhalten an den Tag legten. Das alles weist darauf hin, dass es sehr nachlässig von mir war, dieser Sache nicht mit mehr Nachdruck auf den Grund zu gehen. Nun, ich weiß –«

Er hob die Hand, Innenfläche nach außen, um jedes Gegenargument bereits im Keim zu ersticken, aber ich ignorierte sie. »Erzählen Sie mir, wann ich mich angeblich so merkwürdig verhalten habe.«

»Nana«, sagte er, wobei er lächelnd den Kopf schüttelte, »wir brauchen doch nicht ins Detail zu gehen. Es genügt vollauf, dass mehrere Personen, Leute, die sich um Sie sorgen und Ihnen helfen wollen, ein paar beunruhigende Dinge beobachten konnten.«

»Wer?«, fragte ich.

»Jetzt regen Sie sich bloß nicht auf. Wir müssen vernünftig darüber reden und eine Entscheidung fällen, zu Ihrem eigenen Besten.«

»Wer?«

»Miss Julia«, sagte er seufzend, »eben davon rede ich doch. Sie denken nicht mehr klar. Sie sollten sich überlegen, wie Sie sich Ihre Zukunft vorstellen, statt über die Vergangenheit nachzugrübeln. Das liegt hinter uns, jetzt mache ich mir nur Sorgen um Sie, deshalb sollten Sie wissen, dass Dr. Fowler ein Seniorenzentrum eröffnet hat, einen hübschen, christlichen Ort, der unseren älteren Mitbürgern die sorgsamste Pflege bietet. Man darf seine eigenen Möbel und ein paar persönliche Dinge mitbringen und erhält Hilfe, wenn man sie braucht. Es ist herrlich dort, sag ich Ihnen, und täglich werden morgens und abends Gottesdienste abgehalten. Das Pflegepersonal hat Tag und Nacht Dienst, dazu gibt es ausgebildete Diätisten und Therapeuten. Na ja, und für Unterhaltung ist ebenfalls gesorgt, man kann gemeinsame Ausflüge unternehmen und allerhand Aktivitäten pflegen, zum Beispiel Aerobic oder gemeinschaftliches Singen. Und regelmäßig finden Geburtstagsfeste statt. Die Tage sind ausgefüllt mit gesunder Betätigung, und alle Mahlzeiten werden in einem hübschen Speisesaal auf weißen Tischdecken und bei Kerzenlicht serviert.«

Ein Rest des alten Feuers flammte in mir auf, und ich vergaß das rosa Blatt Papier, das an mein Innenfutter geheftet war. Ich richtete mich auf, dankbar für all das Calcium, das ich über die Jahre zu mir genommen hatte, und blickte ihm in die Augen.

»Werden Sie mir jetzt endlich verraten, wer behauptet hat,

ich würde mich merkwürdig benehmen, oder haben Sie etwa Ihr Versprechen gebrochen und die Gerüchte selber in Umlauf gebracht?«

»Nana, Miss Julia, wir werden uns doch nicht aufregen.«

»Aufregen?« Meine Stimme klang auf der letzten Silbe alarmierend schrill, und ich versuchte krampfhaft, nicht völlig die Fassung zu verlieren. »Ich möchte lediglich wissen«, fuhr ich etwas ruhiger fort, »wer Sie auf die Idee gebracht hat, dass man mich in ein Altenheim stecken sollte.«

»Nun«, sagte er und warf dem stummen Dr. Fowler erneut einen seiner viel sagenden Blicke zu, strich sich die Haare aus der Stirn und seufzte. »Mehrere Leute sind mit ihren Befürchtungen zu mir gekommen. Die einen sagten mir, dass Sie hier im Haus ein Tierheim eröffnen wollen. Außerdem haben Sie eine Menge merkwürdiger Arzneien gekauft, obwohl Sie sie überhaupt nicht brauchen. Sie müssen zugeben, dass das ein bisschen eigenartig ist und Ihnen überhaupt nicht ähnlich sieht. Andere haben mir erzählt, dass sie Sie auf der Straße angesprochen und entweder eigenartige oder gar keine Antworten erhalten haben, als lebten Sie in einer anderen Welt. Das sind nur ein paar Beispiele, Miss Julia, dazu kommt noch jenes gewisse Ereignis, von dem ich lieber schweigen möchte – sofern Sie sich helfen lassen. Überlegen Sie, Miss Julia, Sie haben diesen fremden Jungen bei sich aufgenommen, ohne sich zu erkundigen, wer er ist und was er will. Sie sind nicht mehr bei Trost, Miss Julia, man muss sich um Sie kümmern. Wir haben Sie alle gern und machen uns Sorgen um Sie.«

»Oh, ich bin mir sicher, dass Norma Cantrell schon ganz krank ist vor Sorge um mich«, sagte ich. »Genau wie Buck Tatum und Troy Beckworth. Die sollten alle beide vor ihrer eigenen Haustür kehren, bevor sie ihre Nasen in meine Angelegenheiten stecken. Ich würde ihnen nicht eine Minute lang trauen, zumal sie die größten Tratschmäuler in der ganzen Stadt sind. Abgesehen von Norma natürlich, die bekanntlich dumm ist wie Bohnenstroh. Aber das wissen Sie ja, nehme ich an.«

Ich fuhr herum und herrschte Dr. Fowler an: »Und was ist für Sie dabei drin, Herr Doktor, wenn Sie sich bei einsamen alten Damen einschmeicheln? Kriegen Sie etwa die Zimmer in Ihrem Altersheim nicht voll?«

»Ich …«, fing er an, rutschte unruhig auf seinem Stuhl hin und her und wich zum ersten Mal meinem Blick aus. »Pastor Ledbetter und der Kirchenrat haben mich gebeten, Ihren Geisteszustand zu prüfen. Zu Ihrem eigenen Besten, möchte ich betonen.«

Da sank mir der Mut. Wenn meine Zurechnungsfähigkeit von Dr. Fowlers Urteil abhing, dann war ich verloren, dann hatte ich die Wahl, mich freiwillig zu fügen oder ein Gericht über mich urteilen zu lassen. Und all dies geschah nur zu meinem eigenen Besten.

Als ich den Mund aufmachte und wieder schloss, weil mir die Stimme versagte, hörte man Schritte auf der Veranda. Dann klingelte es an der Tür.

28

»Bruder Vern«, sagte ich verdutzt, wobei ich krampfhaft überlegte, wie viel er wohl wusste beziehungsweise erahnte und was er zu unternehmen gedachte. Ich stand da wie vom Donner gerührt und fragte mich, wie ich ihn wieder loswerden konnte. Und Pastor Ledbetter und Dr. Fowler gleich dazu, wenn ich schon dabei war. Mein Geist flatterte mal hierhin, mal dorthin, auf der Suche nach einer zündenden Idee, wie ich Lillian und Hazel Marie warnen konnte.

Schließlich fragte Bruder Vern: »Mrs. Springer, kann ich reinkommen?«

»Jaja«, stammelte ich, »kommen Sie rein.«

Ich führte ihn ins Wohnzimmer, wo er den beiden Männern zunickte, die aufstanden, als er den Raum betrat. Ich sah Pastor Ledbetters Blick, als er Bruder Verns braunen Polyesteranzug, seine gelbe Krawatte und die weißen Schuhe musterte. Dazu trug der Mann allem Anschein nach auch noch ein kurzärmeliges Hemd, zumal man aus den Jackettärmeln keine Manschetten lugen sah. Bruder Vern wirkte erhitzt, sein Gesicht glänzte rot unter dem pomadigen schwarzen Haar.

Ich stellte die Männer einander vor, und die beiden Geistlichen beäugten sich wie zwei Hunde, die sich sachte beschnuppern. Dr. Fowler schien sich in Luft aufgelöst zu haben, weil sie ihm keinerlei Beachtung schenkten. Ich konnte sehen, wie sich bei Pastor Ledbetter die Nackenhaare sträubten, weil er sofort witterte, was Bruder Vern im Schilde führte.

»Reverend Puckett hat einmal pro Woche eine eigene Fernsehshow. *Schüret das Feuer* heißt sie, nicht wahr?«, verkündete ich und war erleichtert, dass das Gespräch eine andere Wendung nahm.

»Genau«, stimmte er mir zu. »Ich predige jede Woche für eine Gemeinde von ungefähr vierzig- bis fünfzigtausend Seelen, Lob sei dem Herrn.«

Eins zu null für Bruder Vern, dachte ich und freute mich diebisch, einen gegen den anderen auszuspielen. Nicht dass ich es besonders genossen hätte, verstehen Sie, aber so hatte ich wenigstens meine Ruhe.

»Ein Fernsehprediger also«, sagte Pastor Ledbetter und warf Dr. Fowler einen Blick zu. »Ich wusste gar nicht, dass diese Art von Gottesdienst Sie interessiert, Miss Julia.« Das goss Öl in das Feuer, das er unter mir angezündet hatte.

»Ich möchte nicht annehmen, dass der liebe Gott nur sonntags früh um elf auf uns herunterschaut«, entgegnete ich.

»Nein, gewiss nicht«, stimmte Bruder Vern mir zu. »Um genau zu sein, Bruder, ändert der liebe Gott neuerdings eine ganze Menge. Haben Sie Ihre Sonntagabendandachten etwa noch nicht auf Freitagabend verlegt?«

»Was?« Pastor Ledbetter sah verdutzt aus, dachte wohl, er hätte sich verhört.

»Das ist die Zukunft«, fuhr Bruder Vern fort, der richtig in Fahrt kam, als er entdeckte, dass er einem regulären Geistlichen ein paar Tricks beibringen konnte. »Der liebe Gott hat eine Menge Prediger angesprochen und ihnen erklärt, dass Sonntagnachmittage der Familie gehören und nicht von der Kirche unterbrochen werden sollten. Freitagabende sind als Ersatz goldrichtig, sie leiten das Wochenende richtig ein. Außerdem ist es eine gute Möglichkeit, die Leute an den Freitagen von den Bars und Tanzschuppen fernzuhalten. Und«, fügte er mit wissendem Grinsen hinzu, »von den Country Clubs.«

Zwei zu Null für ihn.

Pastor Ledbetter warf sich in die Brust und widersprach: »In der Bibel heißt es klar und deutlich, man habe den Sabbath zu achten und zu heiligen.«

»Sie kennen freilich Ihre Bibel, Bruder«, sagte Bruder Vern mit einem schlauen Funkeln in den Augen. »Und unsere jüdischen Freunde achten tatsächlich Woche für Woche den Sabbath. Wir evangelischen Christen jedoch ehren den Herrn alle Tage, ganz gleich, was auf dem Kalender steht.«

»Na ja, ich …«

»Mr. Puckett«, unterbrach ich, »wollten Sie nicht etwas mit

mir besprechen? Pastor Ledbetter und Dr. Fowler wollten ohnehin gerade gehen.«

Pastor Ledbetter fand seine Stimme wieder. »Miss Julia, seien Sie mir nicht böse, aber wir sind noch nicht fertig. Weshalb darf Mr. Puckett nicht einfach vorbringen, was er vorzubringen hat, und danach können wir unser Gespräch fortsetzen.«

Pastor Ledbetter schien nicht gerade erpicht darauf zu sein, mich mit einem Prediger alleine zu lassen, der mit den Mitteln des Fernsehens Geld einzutreiben pflegte, um im Fernsehen bleiben zu können. Er dachte wahrscheinlich, ich sei eine dieser verlorenen Seelen, die glaubten, dass ein Prediger mit Cadillac ihre Spendenschecks dringender bräuchte als sie selbst. Ich bemerkte, wie Dr. Fowler einen kleinen Notizblock aus der Jackentasche zog.

»Dann lassen Sie uns Platz nehmen«, sagte ich. Ich wusste nicht, ob Bruder Vern mir aus meiner Zwickmühle helfen konnte, aber immerhin würde er die beiden anderen etwas ablenken. Und ich stellte glücklich fest, dass ich mich in keiner Weise zu ihm hingezogen fühlte. »Nun, Mr. Puckett, womit kann ich Ihnen dienen?«

Er setzte sich mir gegenüber in den zweiten viktorianischen Sessel und ignorierte die beiden Männer auf dem Sofa. »Haben Sie gehört, dass man meinen lieben kleinen Großneffen entführt hat?«

Pastor Ledbetter und Dr. Fowler tauschten erstaunte Blicke, und Dr. Fowler begann sich Notizen zu machen.

»Habe ich«, entgegnete ich. »Das heißt, ich habe gehört, dass in Spartanburg ein Kind vermisst wird. Sagen Sie bloß nicht, dass das Ihr Kind ist! Das kann doch aber gar nicht sein, Mr. Puckett, ich meine, Sie haben ihn doch nach Raleigh mitgenommen? Oder nicht? Das haben Sie zumindest *mir* erzählt.« Ich mochte ein wenig dick aufgetragen haben, aber er schien es nicht zu bemerken.

»Nun ja«, sagte er, förderte ein großes weißes Taschentuch zutage und wischte sich damit die Handflächen trocken. »Wir waren ja auch auf dem Weg, aber wenn Gott der Herr einem befiehlt zu predigen, dann muss man auf der Stelle anhalten und predigen.«

»Aber Sie haben den Jungen doch am Sonntag hier abgeholt«, rief ich ihm ins Gedächtnis. »Und der Lieutenant, der mich davon in Kenntnis setzte, meinte, der Junge sei am Dienstag entführt worden. Und zwar nachts, zu einem Zeitpunkt, da ein Kind in seinem Alter längst im Bett sein sollte. Das hört sich an, als hätte man sich nicht um ihn gekümmert.«

»Der Junge hatte drei Mahlzeiten am Tag und 'ne Menge Schlaf«, entgegnete Bruder Vern. »Und gleich nach der Sendung hätte ich ihn nach Raleigh zu seiner Mama gebracht.« Er wischte sich mit dem Taschentuch den Schweiß von der Stirn.

Pastor Ledbetters Augen wanderten von einem zum anderen, und er schien sich im Geiste zu notieren, in welche Geschichten ich noch verwickelt war. Dr. Fowler kritzelte allerhand in seinen Notizblock.

»Mrs. Springer«, fuhr Bruder Vern fort, und in seiner Stimme schwang mit einem Mal ein bittender Unterton. »Mag sein, dass ich was falsch gemacht hab, weil ich den Jungen nicht gleich nach Raleigh gebracht hab, aber ich hab ein blütenreines Gewissen. Ich hab mich erstklassig um ihn gekümmert, aber was kann ich dafür, wenn plötzlich so ein schwarzes Weibsbild auftaucht und ihn mir wegschnappt. Jetzt bin ich gekommen, damit Sie mir helfen, ihn zurückzukriegen. Die Polizei tut ja, was sie kann, aber wie's aussieht, könnte es gar nicht schaden, wenn man eine Belohnung aussetzte.« Er wischte sich über die Stirn und starrte mich aus schwarzen Augen an. »Ich bin hier, um Sie an Ihre Christenpflicht zu erinnern.«

Pastor Ledbetter fuhr in die Höhe und öffnete den Mund, um Einspruch zu erheben. Ich ließ ihn gar nicht erst zu Wort kommen.

»Wie viel?«

»Na ja, so viel Sie entbehren können. Das bleibt allein Ihnen überlassen, aber es sollte genug sein, um die Leute auf den Jungen aufmerksam zu machen. Damit derjenige, der etwas beobachtet hat, sich auch meldet. Vielleicht lässt sich sogar diese

Farbige ködern. Ich werde die Summe in meiner Sendung erwähnen, dann sucht jeder nach dem kostbaren Kind.«

»Wie viel?«

»Miss Julia.« Pastor Ledbetter hielt es nicht mehr aus. »Denken Sie nach, bevor Sie sich in Unkosten stürzen. Beten Sie doch erst einmal. Wer weiß, wo der Junge ist? Oder wer ihn bei sich hat? Lassen Sie sich auf nichts ein, bevor Sie nicht mehr Informationen haben.«

Dr. Fowlers Augen glühten, als er eine zweite Seite bekritzelte.

Ich winkte ab und konzentrierte meine Aufmerksamkeit weiter auf Bruder Vern.

»Wie viel?«

»Na ja, ich hab an, sagen wir, zehntausend gedacht?«, meinte Bruder Vern.

»Zehntausend«, wiederholte ich.

»Fünf, wenn Sie wollen.«

»Ich dachte eher an fünfundzwanzig«, entgegnete ich. »Fürs Erste.«

Bruder Verns Gesicht hellte sich auf, und Pastor Ledbetter vergrub das seine in den Händen.

»Der Herr segne Sie, Mrs. Springer!«, rief Bruder Vern aus. »Ich werde diesen Jungen zurückholen, Lob sei dem Herrn!«

»Miss Julia«, protestierte Pastor Ledbetter, »tun Sie das nicht. Sie sind nicht bei Trost, das wissen Sie, und wir wissen es auch. Fassen Sie keine vorschnellen Entschlüsse, bevor sich nicht ein Vormund für Sie findet. Ich bitte Sie, werfen Sie Mr. Springers hart verdientes Geld nicht auf die Straße. Dies wollen Dr. Fowler und ich doch gerade verhindern, indem wir uns um Sie kümmern.«

»Herr Pastor, um mich braucht man sich nicht zu kümmern, und Mr. Springers Vermögen ist noch genauso sicher wie an dem Tag, da er dies irdische Jammertal verließ.« Ich schenkte den Dreien ein gewinnendes Lächeln. »Sollten Sie noch mehr benötigen, Bruder Vern, dann lassen Sie es mich wissen.«

»Gott segne Sie, Mrs. Springer!« Bruder Vern lehnte sich zurück und grinste triumphierend zu Pastor Ledbetter hinüber. Da hörte man, wie die Küchentür aufflog und Lillians abgenutzte Absätze über den Fußboden in Richtung Wohnzimmer schlappten. Ich schnellte in die Höhe, mein Herz pochte wild.

»Ich hab Ihnen noch mal Limonade gebracht«, flötete sie, einen vollen Krug auf einem Tablett balancierend.

Wie von der Tarantel gestochen sprang Bruder Vern auf. »Das ist sie!« Sein Zeigefinger zitterte, als er auf sie zeigte und schrie: »Sie ist es! Holen Sie den Sheriff!«

»Jesusmaria!«, quiekte Lillian und warf die Arme in die Höhe, und mit ihnen in hohem Bogen Tablett und Krug, sodass ein Liter Limonade quer durchs Zimmer schwappte. Dann machte sie kehrt und rannte in die Küche.

»Ins Zuchthaus mit dir!«, rief Bruder Vern und rannte hinter ihr her. »Bleib stehen, Weib, du bist verhaftet!«

»Was um alles in der Welt ist hier los?«, fragte Pastor Ledbetter, der aufgestanden war und sich Lillians Limonade von der Hose wischte. »Haben jetzt alle den Verstand verloren?«

Dr. Fowler nickte, befeuchtete einen Finger, blätterte um und kritzelte fieberhaft weiter.

29

Ich rannte aus dem Zimmer, zur Treppe, während Pastor Ledbetter hinter mir her brüllte: »Der Mann ist verrückt! Rufen Sie die Polizei!«

»Das habe ich vor«, brüllte ich zurück und hastete die Treppe hinauf. Wozu brauchte ich das Telefon, schließlich hatte ich einen leibhaftigen Deputy im Haus.

Bruder Verns Stimme, laut vor Wut und rechtschaffener Entrüstung, hallte aus der Küche, dazu Lillians klägliche Hilferufe.

Atemlos und voller Angst vor dem, was Bruder Vern uns allen antun konnte, langte ich oben an.

»Deputy Bates! Wachen Sie auf, raus aus den Federn, wir brauchen Sie!« Ich hämmerte gegen die Tür.

»Was ist denn?«, rief er, aber die Tür blieb zu.

Ich hämmerte noch fester dagegen. »Beeilen Sie sich! Machen Sie auf, wir brauchen Sie, sofort!«

Ich hörte ein Rascheln hinter der Tür, das von dem Getöse unten fast übertönt wurde. Pastor Ledbetter kam an die Treppe und ließ seinen Bass ertönen:

»Miss Julia!«, rief er herauf. »Wenn Sie nicht auf der Stelle die Polizei rufen, dann tue ich es. Das ist unerträglich! Ich werde das nicht dulden, ich werde das einfach nicht dulden!«

Ich beugte mich über das Geländer und sagte: »Pastor, ich hole die Polizei so schnell ich kann. Nun gehen Sie in die Küche und retten Sie Lillian vor diesem Irren.« Ein Topf knallte gegen die Küchenwand und fiel scheppernd zu Boden.

Ich pochte noch einmal gegen Deputy Bates' Tür und schrie: »Stehen Sie auf! Wir müssen Lillian retten. Deputy Coleman Bates, raus aus den Federn, nun machen Sie schon!«

Hinter mir flog eine zweite Tür auf, und Klein Lloyd kam herausgerannt, die Augen weit aufgerissen vor Angst, seine Mutter dicht hinter ihm.

»Was ist denn los?«, rief sie. »Brennt es? Lauf, Junior, alle müssen aus dem Haus!«

»Feuer! Feuer!«, schrie Klein Lloyd und hopste wild gestikulierend durch den Flur.

»Nein, nein!« Ich packte ihn und drückte ihn an mich, um ihn zu beruhigen. »Da ist kein Feuer, es ist wegen Lillian. Ich muss Deputy Bates dazu bringen, uns zu helfen.«

Hazel Marie hämmerte mit mir gegen die Tür, als das Getöse aus der Küche immer lauter wurde. Sie hatte sich eines meiner Kleider angezogen und sah zum ersten Mal aus, als würde sie wieder zu den Lebenden zurückkehren.

»Deputy Bates!«, brüllten wir gemeinsam.

Die Tür öffnete sich einen winzigen Spalt und offenbarte ein ungnädig funkelndes Auge und eine Haarsträhne.

»Was ist denn?« Coleman Bates klang nicht gerade begeistert, dass man ihn zur Pflicht rief.

»Es ist wegen Lillian! Und Bruder Vern!« Ich spürte, wie Hazel Marie zusammenzuckte, als sie den Namen hörte, und hatte eine Minute lang den Eindruck, als wolle sie kehrtmachen und davonrennen. »Kommen Sie raus und verhaften Sie ihn! Ich will, dass er hinter Gitter kommt, bevor er Lillian wehtut!«

Deputy Bates schloss den Schlitz seiner dunkelblauen Uniformhose. Dann griff er sich ein weißes Unterhemd und schlüpfte hinein. »Ist er handgreiflich geworden?«

»Das versuche ich Ihnen die ganze Zeit zu sagen! Er ist handgreiflich, und das in meinem Haus!«

»Deputy Bates«, rief Klein Lloyd, »lassen Sie es nicht zu, dass er Miss Lillian wehtut!«

»Wo kommst du denn auf einmal her, Kumpel?« Deputy Bates stutzte, war sichtlich überrascht, Klein Lloyd zu sehen, dann bemerkte er Hazel Marie. Ihr Gesicht sah zwar schon erheblich besser aus, konnte einem aber noch immer einen Schock versetzen, wenn man auf den Anblick nicht gefasst war. Und das war er nicht.

»Sehen Sie sich das an«, sagte ich und zeigte auf sie. »Sie ist ein Beispiel dafür, wozu dieser Mann fähig ist. Das geht nämlich auf seine Kappe, zumindest hat er es veranlasst. Und mein

Haus hat er auch verwüstet. Und jetzt versucht er, Klein Lloyd seiner Mutter wegzunehmen!« Dann fiel mir ein, dass Coleman sie ja gar nicht kannte. »Das hier ist seine Mutter.«

»Ma'am«, sagte er und nickte ihr zu. Offenbar tat er sich etwas schwer, die Situation zu erfassen.

Ein durchdringender Schrei von Lillian, dazu brüllende Männerstimmen ließen die Wände erzittern.

»Er bringt Miss Lillian um!«, schrie Klein Lloyd und hopste in heller Aufregung mit den Armen rudernd von einem mageren Beinchen aufs andere. »Wir müssen ihr helfen!«

»Ja doch, verdammt noch mal, ich glaub's ja!« Deputy Bates ließ die Türe offen und rannte barfuß zum Schrank. Er griff ins oberste Fach und holte seinen Gürtel mit der Dienstwaffe herunter. »Sie bleiben alle hier oben, hier sind Sie sicher.«

Er riss die Tür auf, wischte an uns vorbei, zückte die Waffe und ließ den Gürtel im Laufen fallen. Ich hatte nicht die Absicht, oben zu bleiben, aber ein Blick in sein Zimmer verschlug mir den Atem.

»Binkie?«, fragte ich ungläubig. Ich begriff nicht sofort, was sie im Zimmer meines Untermieters zu suchen hatte. Der Groschen fiel allerdings, als sie sich hastig die Bluse zuknöpfte.

»Hi, Miss Julia«, begrüßte sie mich, ein zartes Rot auf den Wangen. »Nett, Sie wiederzusehen.«

Sie schlüpfte in ihre Schuhe und fuhr sich mit den Fingern durchs Haar, das dringend Kamm und Bürste nötig hatte.

Hazel Marie und Klein Lloyd standen neben mir und wussten nicht so recht, wie sie sich verhalten sollten. Ich riss mich zusammen und stellte sie einander vor.

»Freut mich«, sagte Hazel Marie mit einem schnellen, wissenden Lächeln.

Das Getöse unten hörte schlagartig auf, und in der Stille der Waffenruhe hörte man Deputy Bates ein Machtwort sprechen: »Jetzt mal sachte, alle miteinander, dann wollen wir die Sache regeln.«

Es ist schon erstaunlich, was ein Mann in Uniform, selbst wenn es nur eine halbe Uniform ist, bewerkstelligen kann, wenn er mit einem Schießeisen bewaffnet ist.

»Nun, Binkie«, sagte ich, als ich mich wieder in der Gewalt hatte. »Gut, dass Sie hier sind. Ich nehme an, dass einige von uns in den nächsten paar Minuten einen Anwalt brauchen werden. Wir gehen besser nach unten.«

Vor nicht allzu langer Zeit hätte mich der Gedanke, dass in einem meiner Schlafzimmer etwas Ungesetzliches, Unmoralisches vor sich gehen könnte, schlichtweg empört. Mittlerweile hatte ich andere Sorgen, als mich über Binkie und Deputy Bates aufzuregen. Wesley Lloyd wäre bestimmt anderer Meinung gewesen, wie jeder andere Heuchler auch.

Mir fiel ein, dass Binkie vielleicht dasselbe Problem haben könnte, dessen Pastor Ledbetter mich bezichtigte. Aber falls dem so sein sollte, schien sich Deputy Bates nicht daran zu stören.

30

Deputy Bates hatte Dr. Fowler, Bruder Vern, Pastor Ledbetter und Lillian mittlerweile im Wohnzimmer versammelt, wo sie friedlich vereint und in angemessenem Abstand voneinander saßen, als wir uns zu ihnen gesellten. Deputy Bates stand mit gesenkter Waffe vor dem Kamin und hatte die Situation offensichtlich fest im Griff, trotz halber Uniform, bloßer Füße, und obwohl man ihn kurz zuvor jäh unterbrochen hatte.

»Oh, Miss Julia«, rief Lillian, indem sie die Schürze vom Gesicht nahm. »Lassen Sie es nicht zu, dass die mich ins Gefängnis stecken! Sie wissen doch, dass ich den Kleinen nicht gekidnappt hab!«

Klein Lloyd rannte zu ihr und schlang die Arme um ihren Bauch. Hazel Marie stand neben ihr und tätschelte ihre Schulter. Ich sagte: »Sie kommen nicht ins Gefängnis, Lillian. Unternehmen Sie was, Binkie.«

»Was wirft man ihr denn vor, Deputy?«, fragte Binkie, Profi durch und durch, trotz falsch geknöpfter Bluse.

»Noch wirft niemand irgendjemandem etwas vor«, antwortete er und lächelte sie flüchtig an. »Ich versuche noch immer herauszufinden, wer was getan hat.«

»Das will ich Ihnen sagen«, meldete ich mich zu Wort. Aber da fingen alle gleichzeitig an zu reden.

»Die Frau da«, rief Bruder Vern und zeigte dabei auf Lillian, uns übrigen Schweigen gebietend, »die hat diesen Jungen entführt.« Er deutete auf Klein Lloyd. »Und die da«, bellte er, wobei er mit dem Finger auf Hazel Marie wies, »ist eine Person ohne jede Moral und als Mutter völlig ungeeignet.«

»Miss Julia«, Pastor Ledbetter erhob sich halb, um besser dozieren zu können, aber Deputy Bates bedeutete ihm, Platz zu behalten. Der Pastor setzte sich wieder. »Miss Julia, ich muss protestieren. Was ist hier los? Wer ist diese Frau? Wer ist dieser Mann, und warum werden Dr. Fowler und ich gegen unseren Willen hier festgehalten?« Er blickte von Hazel Marie zu Bruder Vern und dann hinauf zur Decke. Dr. Fowler hatte seinen Notizblock vollgeschrieben und durchwühlte seine Taschen nach einem Zettel, auf dem er weiterschreiben konnte.

»Niemand hält Sie zurück«, begann Deputy Bates, aber da fuhr Bruder Vern in die Höhe.

»Ich verlange, dass Sie diese Frau wegen Kindesentführung verhaften! Und wenn Sie sich weigern, werde ich es selber tun! Das ist mein gutes Recht als Bürger!«

»Das versuchen Sie mal, Freundchen«, sagte Binkie und baute sich vor ihm auf.

»Nanana, Leute«, sagte Deputy Bates. »Beruhigt euch mal wieder.«

»Wie soll ich mich beruhigen«, schluchzte Lillian, »wenn die mich ins Gefängnis stecken wollen!«

»Nein, das werden sie nicht, Miss Lillian!«, rief Klein Lloyd und schlang seine Arme um sie. »Ich lasse das nicht zu.«

»Halt dich da raus, Junge«, sagte Bruder Vern und warf ihm einen kalten Blick zu. »Du kommst zu Pflegeeltern oder ins Heim. Ich hab schon genug Probleme mit dir gehabt.«

»Du hältst besser die Klappe, Vernon Puckett«, sagte Hazel Marie, zog Klein Lloyd an sich und stellte sich neben Lillian. »Wir haben die Schnauze voll von dir. Ich bin auf deine Anweisung hin halbtot geprügelt worden, dann hast du mir meinen Jungen weggenommen, und jetzt werd ich dafür sorgen, dass du in den Knast kommst!«

»Schluss jetzt!« Pastor Ledbetter war es nicht gewohnt, sich durch ein Machtwort Gehör verschaffen zu müssen. »Ich weiß zwar nicht, was hier vorgefallen ist, aber dass hier jemand den Verstand verliert, ist nicht zu übersehen.« Er sah mich an. »Außerdem verstehe ich nicht, was diese zwei jungen Frauen da oben mit dem Officer getrieben haben. Sieht mir ganz danach aus, als würden Sie zu allem anderen, was ich über Sie weiß, auch noch ein unordentliches Haus führen, Miss Julia. Da muss dringend jemand eingreifen und etwas unternehmen.«

Das war eine klare Drohung, und ich wurde innerlich ganz

klein bei dem Gedanken, er könne alles sagen, was er wusste oder zu wissen glaubte. Auch wenn seine Diagnose falsch war, auch wenn Dr. Fowler sozusagen von sich aus auf den Geschmack gekommen war, wollte ich nicht dastehen wie ein Häufchen Elend und vor aller Welt Abbitte leisten.

»Es ist nicht das, wonach es aussieht, Pastor. Bitte, es ist nur ein schreckliches Durcheinander.« Ich verschränkte die Arme vor der Brust und dachte an das rosa Blatt Papier am Innenfutter meines Kleides.

»Klopf klopf, ist jemand zu Hause?« Sam steckte den Kopf zur Tür herein. Er sah sich um und sagte: »Sieht ganz so aus, als seist du beschäftigt, Julia. Ich komme später wieder.«

Er machte Anstalten zu gehen, aber ich rief ihn zurück. »Bleib hier, Sam, ich brauche dich.« Wenn ich schon meiner Verantwortung für mich selbst enthoben werden sollte, dann sollte Sam dafür sorgen, dass es bei der Entmündigung wenigstens mit rechten Dingen zuging.

»Oh, mal was anderes«, sagte er mit einem ironischen Lächeln, während er die Augen über die merkwürdige Gruppe schweifen ließ, die in meinem Wohnzimmer versammelt war. Er kannte weder Hazel Marie noch Bruder Vern oder Dr. Fowler, aber er erfasste die Situation sofort. Ich wollte mich neben ihn stellen, aber ich hatte Angst vor meiner Reaktion und vor der Meinung Pastor Ledbetters.

Sam bemerkte stirnrunzelnd die Waffe in Deputy Bates' Hand. »Ärger?«

»Viel Lärm um nichts«, antwortete Deputy Bates, legte den Revolver auf den Kaminsims, blieb aber in der Nähe. »Also, Leute. Jetzt wollen wir mal ein paar Dinge klarstellen, und ich will nicht, dass alle gleichzeitig reden. Miss Lillian, Sie zuerst. Haben Sie diesen Jungen entführt?«

»Nein, Sir, hab ich nicht.« Sie richtete sich auf und strich ihre Schürze glatt. Sie hatte Vertrauen zu Deputy Bates, weil sie wusste, dass er sie anhören und keine falschen Schlüsse ziehen würde. »Bruder Vern da hat den Kleinen von Miss Julia weggeholt, hat frech behauptet, dass er ihn zu seiner Mama bringen will, dabei hat er ihn mitgenommen und ins Fernsehen gebracht, und dann haben wir rausgekriegt, dass er Jerome beauftragt hat, die arme Kleine hier halbtot zu prügeln.« Sie wies auf Hazel Marie. Während sie sich die Augen wischte, fuhr sie fort: »Und die Zähne hat er ihr auch rausgeschlagen. Der Mann ist eine Gefahr für anständige Leute.«

»Gefahr!«, rief Bruder Vern und sprang auf. Deputy Bates tippte ihm auf die Schulter, und Bruder Vern setzte sich wieder, schimpfte aber weiter. »Ich werd Ihnen sagen, wer eine Gefahr ist. Das sind all diese Weiber, die wild durch die Gegend rennen und unserm Herrn ins Handwerk pfuschen! Hazel Marie hat jahrelang in Sünde gelebt, und um die Frucht ihrer Verbindung will ich mich jetzt kümmern. Sein Daddy hätte gewollt, dass jemand auf ihn Acht gibt, der Verantwortungsgefühl besitzt, und das ist sie bestimmt nicht!« Die Worte tropften ihm aus dem Mund wie der Schweiß von der Stirn. Bruder Vern war rechtschaffen wütend.

»Und dann dieses Weib hier«, rief er, »ein schwarzes Küchenmädchen, kommt mir nichts dir nichts in mein Studio spaziert, während ich auf Sendung bin, und schleift mir das Kind wieder zurück in diesen Sündenpfuhl! Denn nichts anderes ist dieses Haus!«

»Ganz meine Meinung«, pflichtete Pastor Ledbetter ihm bei und sah Bruder Vern dabei beinahe solidarisch an. »Dabei wissen Sie noch nicht einmal die Hälfte, Bruder.«

Ich griff nach einer Stuhllehne, um nicht hinzufallen. O Gott, betete ich, lass nicht zu, dass er es ausplaudert. Bitte, lass es nicht zu.

»Einen Moment mal«, meldete sich Binkie zu Wort. »Immer hübsch der Reihe nach. Wie mir scheint, ist der Vorwurf der Kindesentführung hinfällig. Hier ist der Junge, und hier seine Mutter. Wo ist da die Entführung?«

»Aber«, warf Bruder Vern ein, »sie hat ihn mir weggenommen.«

»Und Sie haben ihn mir weggenommen«, konnte ich erwidern.

»Er ist doch mein Kind«, fiel Hazel Marie ein. »Und ich hab ihn bei Miz Springer gelassen, nicht bei ihm, und er hat kein

Recht auf ihn und braucht nicht so viel Wind zu machen, wenn ich ihn mir zurückhole.«

»Mit Kindesentführung kommen Sie da nicht durch«, sagte Binkie mit all dem Nachdruck ihrer erstklassigen Juraausbildung. »Was meinen Sie dazu, Sam?«

»Ich gebe Ihnen Recht. Der Junge ist da, wo er hingehört.«

»Ja nun«, plärrte Bruder Vern, »und was ist mit meiner Belohnung? Miz Springer, Sie haben mir eine ordentliche Belohnung angeboten, und ich finde, ich hab Anspruch darauf. Wenn ich nicht gewesen wäre, säße dieses Kind immer noch irgendwo versteckt.«

»Da haben Sie völlig Recht, Reverend Puckett«, meinte Pastor Ledbetter und erstaunte uns alle. Sogar Bruder Vern schien sich über seinen unverhofften Fürsprecher zu wundern. »Miss Julia hat Ihnen dumm und vorschnell etwas versprochen, und mir scheint, dass sie ihr Versprechen halten sollte. Sie ist viel zu hastig in letzter Zeit und muss lernen, die Folgen ihres Tuns zu tragen, sofern sie sie überhaupt begreift, meine ich.«

»Moment mal«, fiel Sam ihm ins Wort. »Bevor Sie weiter dummes Zeug daherreden, von welcher Belohnung reden Sie denn da?«

»Genau«, sagte Binkie.

Pastor Ledbetter brachte Bruder Vern mit einem Jetzt-übernehme-ich-Blick zum Schweigen. »Miss Julia hat demjenigen, der den entführten Jungen wiederfindet, fünfundzwanzigtausend Dollar Belohnung versprochen. Ich kann das bezeugen, Dr. Fowler ebenso, wie wir übrigens noch einen weit erstaunlicheren Vorfall bezeugen können. Und dieses Versprechen müssen Sie, denke ich, einlösen, Miss Julia.«

»Aber –«

»Es hat überhaupt keine Entführung gegeben«, fiel Binkie mir ins Wort. »Keine Entführung, keine Belohnung.«

»Da gibt es etwas, was wir hier alle übersehen«, bemerkte Dr. Fowler, wobei er bewies, dass er genauso gut sprechen wie schreiben konnte. Ich bereitete mich innerlich auf seine Enthüllung vor. »Ich merke schon, dass ich als Außenstehender nicht mit allem vertraut bin, was hier vor sich geht, aber wie es scheint, stellt sich uns eine wichtige Frage.«

»Und die wäre?«, fragte Binkie und musterte ihn aus zusammengekniffenen Augen.

»Nun, soweit ich es verstanden habe, hat man dieses Kind in einer anderen Stadt entführt und jetzt hier wiedergefunden. Diese Frau« – er zeigte auf Lillian – »gibt zu, ihn mitgenommen zu haben. Die Frage ist jetzt, wie ist ihr das gelungen? Ist sie zu Fuß gegangen? Oder mit dem Auto gefahren? Hatte sie Hilfe?«

Hazel Marie und Klein Lloyd sahen mich an. O Gott, worauf wollte Dr. Fowler hinaus?

»Miss Julia«, jammerte Lillian.

»Genau«, schrie Bruder Vern. »Irgendwer hat dieses Auto gefahren! Alle haben ausgesagt, dass jemand anders am Steuer saß.« Er wandte sich mir zu und kniff die Augen zusammen. »Waren Sie dieser Jemand, Miz Springer? Haben Sie der Entführerin geholfen?«

Binkie sagte: »Sie brauchen nicht zu antworten.«

Sam meinte: »Da keine Entführung stattgefunden hat, ist auch nicht wichtig, wer an welchem Steuer saß.«

»Aber es hat eine Verschwörung stattgefunden, dass jemand entführt werden soll.« Pastor Ledbetter blieb hartnäckig. »Dazu all das ziellose Herumgefahre, der Plan, dieses schöne Haus in einen Hundezwinger zu verwandeln, merkwürdige Antworten auf harmlose Fragen, schamloses Belügen der Polizei, der Versuch, Rauschmittel zu kaufen, das Gemauschel mit Leuten, die man nicht kennt, aber bei sich aufnimmt, als gehörten sie zur Familie, das Versprechen, einem Wildfremden fünfundzwanzigtausend Dollar zu schenken, und zu guter Letzt ein skandalöser Vorfall, der Sie alle entrüsten würde, wenn ich Ihnen davon erzählte. Nun, da hat sich einiges angesammelt, wie Sie sehen. Keiner von uns tut Miss Julia einen Gefallen, wenn er diese eindeutigen Anzeichen einer Persönlichkeitsstörung ignoriert. Sie braucht professionelle Hilfe, und wenn man sie nur durch ein Gerichtsverfahren dazu bringen kann, sie in Anspruch zu nehmen, muss man es eben tun.

Der Kirchenrat und ich versuchen doch nur, sie vor Schaden zu bewahren. Wir wollen uns um sie kümmern, zumal es doch nicht zu übersehen ist, dass sie sich nicht um sich selber kümmern kann.«

»Sonnenklar«, pflichtete Dr. Fowler ihm bei. »Das kann ich bezeugen.«

31

Mein Kopf flog von Sam zu Binkie, während ich darauf wartete, dass endlich einer von ihnen sagen würde, die Anschuldigungen seien lächerlich. Sam runzelte gedankenschwer die Stirn, und Binkie kaute auf ihrem Daumennagel herum.

»Können die das tun?«, fragte ich.

»Sie müssten es beweisen«, antwortete Sam zögernd, als frage er sich, was ich wohl Schlimmes getan haben mochte.

»Was ihnen schwerlich gelingen dürfte«, fügte Binkie hinzu.

»Kommt ganz drauf an«, warf Dr. Fowler ein, »was man ihr nachzuweisen sucht. Dass ein Verbrechen vorliegt, dürfte tatsächlich schwer zu beweisen sein. Aber Bruder Verns Aussage und die vieler anderer, dazu meine eigene und die des Pastors, könnten durchaus genügen, um sie auf verminderte Zurechnungsfähigkeit zu verklagen.«

Binkie wirbelte herum, dass ihr das Haar in die Stirn fiel, und herrschte ihn an: »Wer sind Sie eigentlich?«

»Ich bin Fred Fowler, Doktor der klinischen Psychologie.« Er warf sich in die Brust, als er das sagte. »Und die Gemeinde der Ersten Presbyterianischen Kirche hat mich beauftragt, die Angelegenheit in die Hand zu nehmen.«

»Du liebe Zeit!«, sagte Binkie und riss ihre Arme hoch.

Sam verdrehte die Augen, was ich ihn noch nie hatte tun sehen. Hazel Marie legte ihren Arm noch fester um Lillians Schultern, und Pastor Ledbetter lehnte sich zufrieden zurück. Bruder Verns schwarze Augen heischten gierig nach weiteren unerwarteten Vorteilen.

»Nun, Mrs. Springer«, fuhr Dr. Fowler fort, und seine Stimme klang so sanft, als müsse er eine Tobsüchtige zähmen. »Wir möchten nicht, dass Sie sich aufregen. Niemand wird Ihnen etwas zuleide tun, das verspreche ich Ihnen. Und niemand wird irgendwelche peinlichen Details offenbaren, solange Sie sich helfen lassen. Alles wird wieder gut. Uns ist doch nur an Ihrem Wohlergehen gelegen. Ich schlage vor, Sie unterziehen sich in meiner Klinik ein paar Tests. Dabei können Sie mal so richtig entspannen. Sie haben es verdient.«

»Sam?«, sagte ich, weil mir langsam dämmerte, dass die mich tatsächlich in einen mit Linoleumböden ausgelegten, nach Beruhigungsmittel riechenden Schlafsaal für Geistesgestörte einweisen konnten, wo ich für den Rest meines Lebens zu Quizshows und dem Gedudel von Jenny Jones verdammt war.

»Sie wissen doch, dass wir uns um Sie kümmern, Miss Julia«, sagte Pastor Ledbetter. »Ich habe bereits Schritte unternommen, weil ich ganz sicher bin, dass Mr. Springer gewollt hätte, dass wir uns um Sie kümmern.«

»Wovon reden denn die?«, fragte Lillian, und in ihren weit aufgerissenen Augen spiegelte sich die Angst, die in mir aufzusteigen begann.

»Binkie?« Ich wandte mich Hilfe suchend an sie.

»Ich denk nach, ich denk nach«, sagte sie, wobei sie hin und her ging. »Wir haben ein Problem, ein großes Problem ... Wissen Sie, was ich meine, Sam?«

»Ja, den Protokollführer.«

»Den Protokollführer?«, keuchte ich, und das Herz rutschte mir in die Hose. »Ihr meint *Leonard*? Leonard *Conover*?«

»Genau«, sagte Sam. »Leonard Conover ist derjenige, der Ihre Unterlagen in die Hand bekäme, der letztendlich über Ihren Antrag verfügen und einen Vormund für Sie bestimmen würde. Aber warte mal, Julia, wir haben auch noch ein paar Möglichkeiten.«

»Seien Sie da mal nicht so sicher«, sagte Pastor Ledbetter. »Womöglich wissen Sie keine Einzelheiten über Miss Julias abweichendes Verhalten in letzter Zeit.«

Ich sah seine selbstzufriedene Miene und das Funkeln in Dr. Fowlers eigenartigen Augen, und da begriff ich, dass sie mir ohne mit der Wimper zu zucken mein Leben zerstören würden. Ich stellte mir vor, wie meine Freunde und Nachbarn in einer öffentlichen Verhandlung im Zeugenstand von den Veränderungen reden würden, die sie angeblich an mir beobachtet hätten. Ich stellte mir vor, wie Dr. Fowler den Zwischenfall in der Hochzeitskapelle schildern würde, und ich stellte mir Leonard Conover vor, für den die Sonne aufgehen würde, wenn Pastor Ledbetter mein Vormund würde. Ich bebte innerlich. Männer, Geistliche hatten mein Leben lang Entscheidungen für mich getroffen, mir gesagt, ich solle mir keine Gedanken machen, einfach nur tun, was man von mir erwartete, man wisse schon, was das Beste für mich sei, was ich wolle, sei unwichtig. Und ich hatte sie gewähren lassen, weil ich stets der Ansicht gewesen war, dass sie Recht hatten, dass sie mehr wussten als ich, dass es meine Aufgabe war, ihnen zuzustimmen und weiterzumachen, sogar als das eisige Messer der Bitterkeit ein immer breiteres, immer tieferes Loch in mein Herz schnitt. Dabei lächelte ich, lächelte immerzu. Erst seit Wesley Lloyds Tod fühlte ich mich wie ein Mensch. Pastor Ledbetter hatte Recht: Jawohl, ich hatte mich verändert. Ich war anders als früher. Jetzt sagte ich, was ich dachte, anstatt es hinunterzuschlucken. Jetzt tat ich, was ich wollte, nicht mehr nur, was ich sollte. Jetzt folgte ich meinen eigenen Neigungen, anstatt auf Anweisungen zu warten. Ich hatte entdeckt, dass ich weder ein Kind war noch eine Geisteskranke, und mich geweigert, wie eines von beiden behandelt zu werden. Ich war eine erwachsene Frau.

Kein Wunder, dass die dachten, ich sei verrückt.

Und doch wusste ich, dass es ohne Wesley Lloyds Geld diese allgemeine Sorge um mein Wohlergehen nicht gäbe, nicht einmal, wenn ich mich jedem einzelnen Mann in der Stadt an den Hals werfen würde. Wäre ich genauso pleite wie Hazel Marie, brächte man mir vielleicht ein paar Töpfe und zu Weihnachten eine Schachtel Glitzerschnee vorbei, aber keiner hätte versucht, mich in ein Sanatorium zu stecken, das zweihundert Dollar am Tag kostete. Dieses Geld hatte mir eine Freiheit geschenkt, wie ich sie mir nie hätte träumen lassen, und jetzt würde es mich in einen engeren Käfig sperren, als Wesley Lloyd es jemals getan hatte.

Meine Hände zitterten, als ich begann, das Oberteil meines Kleides aufzuknöpfen.

Bruder Vern sog zischend die Luft ein, während Dr. Fowler und Pastor Ledbetter einen Schritt zurückwichen. Pastor Ledbetters Gesicht wurde blass, seine Kinnlade klappte nach unten, als hätte ich es nun auf ihn abgesehen.

»Nicht doch«, keuchte er. »Fred, tun Sie doch was.«

Aber Fred zog den Kopf ein und trollte sich in die Ecke. Er würde sich nicht mehr mit mir anlegen.

Ich öffnete den zweiten Knopf. Sam und Binkie sahen mir verdutzt zu, desgleichen Lillian und Deputy Bates.

Hazel Marie war die einzige, die etwas unternahm. Sie kam herüber, stellte sich schützend vor mich hin und legte beide Hände auf meine.

»Nein, Schätzchen«, sagte sie, so leise, dass ich sie kaum hören konnte. »Tun Sie das nicht. Lassen Sie uns beide nach oben gehen.«

Meine Knie wurden weich, als ich in ihr armes, zerschundenes Gesicht blickte, und ich kämpfte gegen die Tränen. Noch nie hatte mir jemand einen Kosenamen gegeben und es wirklich ehrlich gemeint.

»Ist schon gut«, flüsterte ich. »Wirklich, ist gut.«

Wir sahen uns lange an, dann nickte sie und nahm ihre Hände von den meinen. Aber sie blieb vor mir stehen, während ich weiter mein Oberteil aufknöpfte. Ich griff in mein Kleid und löste das rosa Blatt Papier vom Futter. Als ich es herausgeholt hatte, knöpfte mir Hazel Marie das Kleid wieder zu und stellte sich neben mich.

»Hier, Sam«, sagte ich und hielt ihm das Blatt entgegen. »Das hier solltest du lesen. Ich denke, es wird ein paar Dinge ändern.«

32

Sam kam zu mir und nahm mir das Blatt aus der Hand. Er faltete es auseinander, las es und warf mir einen bewundernden Blick zu. Es könnte aber auch Mitleid gewesen sein, so genau konnte ich das nicht sagen. Jeder sah Sam dabei zu, wie er den Brief noch einmal las, den Kopf schüttelte und nachdenklich die Lippen schürzte. Hazel Marie legte mir den Arm um die Taille, und ich war ihr dankbar für ihren Beistand, weil ich ein wenig wackelig auf den Beinen war. Alle im Raum erahnten, dass dieser rosa Zettel enorm wichtig war. Nur Sam und ich wussten Bescheid.

Binkie fragte: »Was ist los?«

»Ein holographisches Testament«, sagte Sam.

»Ein holo-was?«, fragte Hazel Marie.

»Ein handschriftliches Testament.« Er gab es Binkie zu lesen. »Dem Datum nach hat Wesley Lloyd Springer es in jener Nacht geschrieben, als er starb. Und es ändert die Sachlage. Und zwar erheblich.«

»Was steht denn drin?«, fragte Lillian, die die gespannte Atmosphäre spürte und missdeutete. »Wann hat Mr. Springer denn das geschrieben, bevor oder nachdem er gestorben ist?«

»Vorher, Miss Lillian«, beruhigte sie Binkie, »vorher. Irgendwann an seinem Todestag.«

»Lies es laut vor, Binkie«, sagte ich, »damit es jeder erfährt.«

»Hier, Sam«, sagte sie und reichte ihm das Blatt. »Das ist Ihre Aufgabe.« Sie ging durchs Zimmer und stellte sich neben Deputy Bates. »Darin steht«, sagte Sam, »dass Mr. Springer sein gesamtes Vermögen seinem Sohn hinterlassen hat, diesem Kleinen hier.«

Totenstille, alle starrten auf den Jungen. Nur ich nicht, weil ich immer noch versuchte gegen das Zittern anzukämpfen, das mich in Erwartung des Mitleids befallen hatte, das von allen Seiten auf mich einstürmen würde.

»Was!« Pastor Ledbetter hatte als Erster seine Stimme wiedergefunden. »Aber das kann doch nicht wahr sein! Kann der das tun? Ist so etwas legal?«

»So legal wie nur irgendwas«, antwortete Sam. »Ich kann die Unterschrift beglaubigen.«

»Ich glaub das einfach nicht! Miss Julia, ich ... Sie, wir müssen was unternehmen, es anfechten, dagegen klagen, irgendwas!«

»Vergessen Sie's, Pastor«, sagte Binkie, die unter Deputy Bates' Arm stand, den er über den Kaminsims gelegt hatte. »Dieses Testament ist solide wie ein Fels, so Leid es mir tut für Miss Julia.«

Als Pastor Ledbetter Hilfe suchend zu Dr. Fowler hinüberblickte, der keine zu bieten hatte, redete Bruder Vern Sam an. »Buchstabieren Sie mir das bitte, Bruder.«

»Es bedeutet ganz einfach, dass der Junge das Vermögen seines Vaters erbt, sobald er volljährig ist.«

»Alles?«

»So ist es.«

»Gelobt sei Gott der Herr! Kind«, sagte er, indem er Klein Lloyd wohlwollend ansah, »du bist unglaublich gesegnet und deine Familie zweifellos mit Dir. Hazel Marie, du wirst Hilfe brauchen bei der Erziehung des Jungen. Es ist eine große Verantwortung, aber ich werde keinen Schritt von deiner Seite weichen.«

Hazel Marie stand noch immer neben mir. Sie schaute von Sam zu Bruder Vern und wieder zu Sam.

»Wollen Sie damit sagen«, fragte sie, »dass Wesley Lloyd dies alles hier meinem Junior hinterlassen hat, sobald er erwachsen ist?«

»Ja«, sagte Sam, »aber das heißt auch, dass er und Sie von nun an keine finanziellen Sorgen mehr haben.«

Inzwischen zitterte Hazel Marie schlimmer als ich. Sie presste die Hand auf den Mund. »Ich versteh das nicht«, sagte sie.

»Es bedeutet, Hazel Marie«, erklärte ich, »dass Sie von jetzt an nicht mehr jeden Pfennig zweimal umdrehen müssen.«

Sie drückte sich an mich, hielt sich schluchzend beide Hände vors Gesicht. »O Miz Springer, das ist nicht richtig.«

»Natürlich ist es das«, sagte ich, ihren Rücken tätschelnd. »Sam würde keinen solchen Fehler machen.«

»Nein, ich meine, es ist nicht fair. Sie waren seine rechtmäßige Frau, kann er denn so etwas tun?«

»Mama?« Klein Lloyd kam zu uns, und sein Gesicht war zerfurcht vor Sorge, weil seine Mutter weinte. »Was ist denn los, Mama? Was wird mit uns passieren?«

»Überhaupt nichts, Klein Lloyd«, sagte ich. »Eure Sorgen sind vorbei, und deine Mama weint vor Freude. Von nun an brauchst du keine Angst mehr zu haben, wo ihr leben werdet oder was ihr tun sollt. Ihr könnt sogar hier in diesem Haus wohnen, wenn ihr wollt.« Ich streichelte mit einer Hand Hazel Marie den Rücken und legte den anderen Arm um Klein Lloyds Schultern, um die beiden in ihrer Freude zu trösten.

»In diesem Haus?« Klein Lloyds Gesicht fing an zu leuchten bei dem Gedanken. »Mit Ihnen? Und mit Miss Lillian? Hörst du das, Mama? Miz Springer möchte, dass wir hier bei ihr wohnen.«

»Ach Junge.« Ich seufzte und dachte, das Herz würde mir brechen.

Ich warf einen Blick hinüber zu Lillian, die den Hinterkopf auf die Stuhllehne gelegt hatte. Ihre Augen waren geschlossen, und ihre Lippen bewegten sich in einem, wie ich hoffte, inbrünstigen Gebet für uns alle. Besonders für mich, zumal ich diejenige war, die es am nötigsten hatte.

»Miss Julia«, sagte Pastor Ledbetter, »es tut mir ja so Leid.« Er ließ sich auf einen Stuhl fallen und stützte die Ellenbogen auf die Knie. Dann wischte er sich mit beiden Händen übers Gesicht, runzelte die Stirn und schüttelte langsam den Kopf. »Niemand konnte diesen Ausgang der Ereignisse vorhersehen. Denken Sie nicht«, fragte er, wobei er hoffnungsfroh zu Dr. Fowler hinübersah, »dass wir Miss Julia dabei helfen könnten, das neue Testament anzufechten?«

»Unwahrscheinlich«, schnappte er, als ginge ihm die ganze Situation unendlich auf die Nerven, »wenn es so echt ist, wie es zu sein scheint. Außerdem, wenn wir ihr helfen würden, es anzufechten, wie sähe das aus, wenn man sie anschließend für unzurechnungsfähig erklären lassen wollte?«

»Gutes Argument«, sagte Binkie.

»Na ja«, sagte Pastor Ledbetter, »ich glaube kaum, dass mir irgendjemand glauben wird, aber ich bin ernsthaft besorgt um Miss Julia. Was wird sie tun, wenn das Testament sie mittellos gemacht hat? Sam, was kann die Kirche tun, um ihr zu helfen?«

»Das Beste wäre vielleicht«, antwortete Sam ruhig, »wir lassen Julia erst mal die Chance, alles zu verdauen. Es kommt ja für sie wie ein Schock, wissen Sie. Es gibt ein paar Möglichkeiten, die sie in Erwägung ziehen könnte, warum also lassen Sie und der brave Doktor oder was immer er ist ihr nicht ein bisschen Zeit? Wenn sie dann die Hilfe der Kirche braucht, wird sie es Sie wissen lassen.«

»Ja, das wird wohl das Beste sein.« Er richtete sich zu voller Größe auf und beugte sich zu mir herunter. »Das Ganze tut mir wirklich unendlich Leid, Miss Julia. Vielleicht war mein Vorgehen gegen Sie falsch, aber Sie sollten wissen, dass ich nur das Beste im Auge hatte.«

»Ich weiß, Pastor, und ich danke Ihnen für die gute Absicht. Und ich wüsste es noch mehr zu schätzen, wenn Sie Leonard bremsen würden, bevor er noch ernsthaft Schaden anrichtet.«

Er nickte und murmelte etwas über den Herrn, der eine neue Aufgabe für ihn bereithielte. Wir lernen immer, dass wir denen vergeben müssen, die uns übel wollen, aber ich kann Ihnen sagen, es war wirklich schwer für mich, über diese gegenwärtige Aufgabe den Mund zu halten.

Nachdem Pastor Ledbetter und Dr. Fowler sich verabschiedet hatten, warf Bruder Vern sich mächtig ins Zeug, um die Lücke zu füllen. »Lassen Sie auch mich meine tiefe Betroffenheit über ihr Unglück äußern, Miz Springer«, sagte er, wobei er Mühe hatte, das Grinsen zu unterdrücken, das an seinen Mundwinkeln zerrte. »Nanana, Hazel Marie, jetzt reiß dich mal zusammen, Mädchen, dann sollen uns die Anwälte hier erzählen, wie viel unser Junge geerbt hat. Vielleicht sollten wir rasch besprechen, wie wir das Ganze angehen wollen; solche Sachen darf man nicht schleifen lassen, weißt du.«

Hazel Marie nahm ihr tränennasses Gesicht von meiner Schulter und blickte sich zu ihm um. »Bruder Vern, es gibt kein wir. Deputy Bates, ich möchte Anzeige erstatten gegen diesen Mann. Können Sie mir dabei helfen?«

»Ja, Ma'am«, sagte er. »Wir müssen vor Gericht, aber fürs Erste würde ich Ihnen raten, Bruder Vern, sich von den Leuten hier fernzuhalten. Haben Sie mich verstanden?«

»Aber Hazel Marie, ich gehöre doch zur Familie, bin dein nächster männlicher Verwandter«, flehte Bruder Vern. »Der nächste erwachsene Verwandte, meine ich. Aber wenn dir das nichts bedeutet, denk dran, dass ich dafür sorgen kann, dass man dir den Jungen wegnimmt und mich zu seinem Vormund bestimmt. Ich würde lieber auf diesen Schritt verzichten, weil zu viel schmutzige Wäsche gewaschen werden müsste, aber wenn du mir keine andere Wahl lässt, muss ich es tun.«

Sam hielt Bruder Vern das Testament vor die Nase, sodass dieser es lesen, aber nicht an sich nehmen konnte, und sagte: »Vielleicht sollten Sie sich das hier mal durchlesen, bevor Sie irgendwelche Schritte unternehmen.«

Bruder Vern las es sich zwei- oder dreimal durch, wobei sein Gesicht während des Lesens immer länger wurde. »Hazel Marie ist nicht der Vormund?«, fragte er schließlich.

»Nein«, sagte Sam. »Sondern ich.«

Hazel Maries Körper bebte vor Anspannung ob der veränderten Sachlage. »Soll das heißen«, fragte sie mich, »dass er mir den Jungen auch wegnehmen will?«

»Nein, nein«, beruhigte sie Sam. »Im Testament steht nur, dass ich der Vermögensverwalter und finanzielle Vormund des Jungen bin. Das Gericht wird mich dazu bestimmen, für das Wohlergehen des Jungen zu sorgen, seine Schulbildung und seine Angelegenheiten zu regeln, bis er alt genug ist, es selbst zu tun. Sie sind seine Mutter und erste Bezugsperson, und ich muss dafür sorgen, dass Sie beide angenehm leben können. Und«, sagte er mit fester Stimme zu Bruder Vern, »wenn Sie Miss Pucketts Erziehungsbefähigung anzweifeln, wird das nichts daran ändern, dass für das Vermögen ich verantwortlich bin. Überdies hat meine Meinung an den Gerichtshöfen des Landes einiges Gewicht, und soweit ich das beurteilen kann, leistet Miss Puckett ausgezeichnete Arbeit bei dem Jungen.«

Bruder Verns Miene verfinsterte sich, als Sam ihm diese Rede hielt. Danach blieb er keine Minute länger, sondern verabschiedete sich wütend, wobei er mit Türenknallen seine mangelhaften Manieren demonstrierte. Irgendwann verrät ein Mensch immer seine Kinderstube.

»Ich kann das alles immer noch nicht glauben«, sagte Hazel Marie, wobei ihre Augen schon wieder verdächtig glänzten. »Und ich bleib dabei, dass es nicht richtig ist. Miz Springer, was soll jetzt bloß aus Ihnen werden?«

»Na ja«, sagte ich, holte tief Luft und versuchte mich anmutiger in mein Schicksal zu fügen als Bruder Vern. »Na ja, ich bin eben mittellos. Offensichtlich war es Wesley Lloyd egal, ob ich ein Dach über dem Kopf habe oder nicht.«

»Mir ist es nicht egal, Miz Springer!«, rief Klein Lloyd. »Sie können doch bei uns wohnen, nicht, Mama?«

»Na und ob.« Hazel Marie lächelte ihr verkniffenes Lächeln. Ich hoffte, sie würde sich mit Wesley Lloyds Geld zuallererst die Zähne richten lassen. Und als zweites musste sie ihrem Sohn eine Brille kaufen, die ihm passte. »Warum tun Sie das nicht, Miz Springer? Ich würde mich wirklich freuen.«

»Nein, das wäre nichts für mich. Ich kann keine Almosen annehmen, obwohl ich Ihnen sehr dankbar bin für das Angebot. Nein, ich muss mich dem Willen Gottes beziehungsweise Wesley Lloyds oder wer immer dafür verantwortlich ist, eben fügen. Der Herr gibt es, der Herr nimmt es«, fügte ich fromm hinzu, obwohl mir im Augenblick überhaupt nicht fromm zumute war.

»Nun«, meinte Sam, in dessen Augen ein lustiges Funkeln trat, als er breit zu grinsen anfing. »Alles hat er nun auch wieder nicht weggenommen.«

Da musste Binkie laut lachen und kuschelte sich an Deputy Bates, und das in meinem Wohnzimmer. Das mittlerweile gar nicht mehr das meine war, weshalb die beiden von mir aus ruhig kuscheln konnten.

»Ich wüsste nicht, was so komisch wäre an einer alten Frau, die nicht einmal mehr ein Kopfkissen besitzt, um ihr müdes Haupt darauf zu betten, und Hungers sterben soll«, schalt ich sie. »Ein bisschen Mitgefühl wäre ganz nett, oder wartet wenigstens mit eurem Gelache, bis ich aus der Tür bin.«

»Keine Sorge, Miz Springer«, sagte Hazel Marie. »Solange ich noch ein Hemd am Leib habe, werden Sie niemals hungern.«

Binkie und Sam konnten sich kaum mehr halten vor Lachen, beide rangen nach Luft und hielten sich die Bäuche, bis ich so wütend war, dass ich am liebsten laut geschrien hätte.

»Sagen Sie es ihr, Sam«, sagte Binkie, die langsam wieder Luft bekam.

»Julia, Julia, Julia«, sagte Sam. »Tut mir Leid, dass wir so vorgehen mussten, aber irgendwie mussten wir die Leute ja loswerden, die ihre Finger in deinen Taschen hatten. Tatsache ist«, sagte er und kam zu mir herüber, »dass in diesem Staat ein Ehepartner grundsätzlich Anspruch auf das Erbe hat. Egal, was Wesley Lloyd beabsichtigt haben mochte – er hat es wohl gewusst –, dir als seiner Witwe steht die Hälfte seines Vermögens zu. Und die Hälfte des Springervermögens ist nicht zu verachten. Wir werden das Testament anfechten müssen, aber das ist nur eine Formalität.«

Ich musste mich hinsetzen. Mir blieb die Luft weg. Ich wollte Sam nicht zu nah neben mir haben, weil ich nicht wusste, wozu ich in meinem geschwächten Zustand fähig war, denn plötzlich verspürte ich den mächtigen Drang, ihn zu umarmen.

»Heißt das vielleicht«, fragte Lillian, »dass Miss Julia und der Kleine das Geld von Mr. Springer erben?«

»Jawoll«, sagte Sam immer noch grinsend. »So ist es.«

»Jesus, ich danke dir!«

»Und ich danke North Carolina«, sagte ich, Ehre wem Ehre gebührt. Dann kniff ich die Augen zusammen, blickte die beiden argwöhnisch an und fragte: »Sam, du und Binkie, habt ihr beiden das die ganze Zeit gewusst?«

»Na klar«, meinte Binkie. »Aber ich hatte schon Angst, dass einer von denen es auch wissen könnte.«

»Na, das ist vielleicht ein Ding!«, rief Deputy Bates, der jetzt seinen Arm fest um Binkie gelegt hatte. Er sah fast so glücklich aus wie ich mich zu fühlen begann.

»Aber Julia«, sagte Sam, »du hast dir doch nicht wirklich Sorgen gemacht, oder? Du hättest bei mir wohnen können, das weißt du doch.«

»Gar nichts weiß ich.« Außerdem würde er mir niemals ein derartiges Angebot machen, wenn er über meinen verdächtigen Zustand Bescheid wüsste.

»Ach was, du weißt sehr wohl, dass ich mich um dich kümmern würde.«

»Sam Murdoch, lass mich auf der Stelle etwas klären. Ich brauche weder dich noch irgendeinen anderen Mann, der sich um mich kümmert. Ich kann das wunderbar selbst. Und ich kann es noch besser mit der Hilfe von Klein Lloyd und Hazel Marie, wenn die beiden das möchten. Ich denke, dieses Haus ist groß genug für uns alle drei. Und für Deputy Bates und auch für Binkie, wenn sie möchte.«

»Und für mich auch«, sagte Lillian.

»Ja, für Sie auch, Miss Lillian«, sagte Klein Lloyd und sah so glücklich aus, dass ich Angst hatte, er würde wieder mit seinen mageren Armen zu rudern anfangen.

»Lob sei dem Herrn«, sagte Hazel Marie und grinste, dass man ihre breite Zahnlücke sehen konnte.

Wir mussten dringend ein paar Dinge in Ordnung bringen. Darunter war auch eine Therapie für mich, falls Pastor Ledbetter auch nur annähernd Recht hatte. Auch wenn ich dazu eigens eine Spezialklinik in der Schweiz oder in Schweden aufsuchen musste. Ich würde eine Liste zusammenstellen von all unseren Pflichten, und danach konnten Hazel Marie und ich uns ein bisschen die Zeit damit vertreiben, Wesley Lloyds Geld auszugeben. Er hatte immer gehofft, er könnte es eines Tages mit ins Grab nehmen, aber jetzt gehörte es uns, und ich wusste, dass wir es besser verwenden würden als er das jemals getan hatte. Und genießen würden wir es auch besser.

Sein Geld ausgeben und es genießen, das tun wir jetzt schon eine ganze Weile. Lillian kommt immer noch tagsüber, und Binkie geht ein und aus, obwohl Deputy Bates auch viel Zeit bei ihr verbringt. Sie sollten daran denken, endlich Nägel mit Köpfen zu machen, und wenn sie nicht bald selbst auf die Idee kommen, werde ich ihm wohl auf die Sprünge helfen müssen.

Von Bruder Vern haben wir nichts mehr gehört, aber er schürt noch immer eifrig die Flamme. Vor ein paar Wochen habe ich ihm zwanzig Dollar geschickt und dafür ein Buch erhalten, das er selbst geschrieben hat. Es ist schrecklich düster, handelt vom Untergang der Welt, und ich konnte es nicht ausstehen.

Pastor Ledbetter besucht uns nicht oft. Seine Zeit ist neuerdings zu sehr von den Senioren beansprucht, er ist meistens im Pflegeheim und predigt für kranke, geistig verwirrte und sterbende Menschen, wovon nichts auf mich zutrifft. Er zeigt sich mir gegenüber allerdings sehr beflissen, grüßt mich alle Sonntage kummervoll, als müsse er mich meines harten Schicksals wegen beklagen. Er ist immer noch misstrauisch gegen Hazel Marie, und sie gegen ihn. Oder eher gegen die presbyterianische Art des Gottesdienstes. Sie ist unsere feierliche Atmosphäre nicht gewöhnt, aber sie begleitet mich hoch erhobenen Hauptes.

LuAnne Conover kann sich noch immer nicht an unser Wohnarrangement gewöhnen. Sie sagte mir, dass sie sich niemals überwinden könne, mit einer Frau Freundschaft zu schließen, mit der Leonard ein Techtelmechtel gehabt hätte. Ich dachte im Stillen, dass ich mir keine Frau vorstellen konnte, die mit Leonard ein Techtelmechtel haben könnte, sagte aber nichts. Sie besucht uns ein bisschen öfter, seit Hazel Marie ihr ein paar Frisurentipps gegeben hat.

Ich habe mich besser, als man meinen könnte, mit der Tatsache zurechtgefunden, in einem Haus voller Menschen zu leben. Mein Schlafzimmer habe ich ins Erdgeschoss verlegt, in den Raum, den Wesley Lloyd früher als Arbeitszimmer benutzt hatte, und Hazel Marie unser gemeinsames Schlafzimmer überlassen. Das Bett, das ich mit ihm geteilt hatte, warf ich hinaus und kaufte zwei neue, für sie und für mich. Ich bin dabei, mich sämtlicher bedauerlichen Assoziationen zu entledigen.

Dieses Haus bietet jedem seiner Bewohner genügend Raum, um sich zurückzuziehen, wenn er möchte, und wenn Deputy Bates uns verlässt, wird sein Zimmer ein Wohnzimmer für Hazel Marie und Klein Lloyd. Dann hat sie sogar einen eigenen Eingang. Bis jetzt hat sie noch keine Anstalten gemacht, sich mit jemandem zu verabreden, obwohl in der Kirche bereits ein paar Witwer ein Auge auf sie geworfen haben. Ich denke, dass es ihr nicht anders geht als mir – gebranntes Kind scheut nun mal das Feuer.

Aber im Augenblick genieße ich ihre Gesellschaft und lerne eine Menge von ihr.

Sam ist Sam, und genauso mag ich ihn, mehr habe ich dazu nicht zu sagen.

Na ja, wenn ich es mir recht überlege, könnte ich doch noch was dazu sagen. Sam fragte mich vor nicht allzu langer Zeit, ob ich ihm nicht etwas zu sagen hätte.

»Was sollte denn das sein?« Ich fragte mich, ob ihm etwa mein schreckliches Geheimnis zu Ohren gekommen war. Ich hatte mein Problem übrigens ganz gut im Griff, falls da überhaupt ein Problem war, zumal keiner der Männer, die in letzter Zeit in meine Nähe gekommen waren, mich innerlich auch nur im Geringsten aufgewühlt hatten.

Na ja, um ehrlich zu sein, hatte ich ein bisschen was gespürt, sooft Sam mich angelächelt hatte.

»Ledbetter hat immer wieder Andeutungen gemacht, dass etwas nicht in Ordnung wäre mit dir. Bist du denn krank, Julia?« Er legte beide Hände auf meine Arme und sagte: »Falls dir irgendetwas fehlen sollte, will ich es wissen.«

Ich schüttelte den Kopf und fühlte, wie seine Fürsorge mir Tränen in die Augen trieb. »Nein, das willst du nicht«, flüsterte ich. »Es ist zu scheußlich.«

»Erzähl es mir. Und lass mich dir helfen.«

»Es ist unheilbar, Sam, wenigstens hat das der Pastor gesagt.« All die Schmach, die ich in mir eingeschlossen hatte, schien sich über seine Schulter zu ergießen, als ich mich an ihn lehnte. »Er sagte, es sei eine Sünde, gegen die ich mein Leben lang ankämpfen müsse, und ich weiß nicht, ob er Recht hat oder nicht. Und Sam, ich hab es so satt, deswegen zu beten, ich weiß einfach nicht mehr, was ich tun soll.«

»Ich kann mir nicht vorstellen, dass du eine so schlimme Sünde begangen haben könntest, meine Süße.« Er legte seine Arme um mich und zog mich an sich, er ahnte ja nicht, in welche Gefahr er sich begab.

»Lass mich lieber los, Sam«, sagte ich, weil ich es nicht über mich brachte, ihn dieser Gefahr auszusetzen. »Pastor Ledbetter und Dr. Fowler sagten, ich hätte« – ich senkte die Stimme, brachte das Wort nur mit Mühe über die Lippen und wollte vor allem Sam vor den Folgen bewahren – »*Nymphomanie*«.

»Was?« Er fing an zu lachen und lachte so heftig, dass ich mich seinen Armen zu entwinden suchte, um mich in eine dunkle Ecke zu verkriechen. »O Julia, warum hast du mir nicht gesagt, dass du an dieser Krankheit leidest?« Er strich mir mit dem Finger über die Wange und sagte: »Weißt du denn nicht, dass ich ein Heilmittel dagegen habe?«

Und das hat er wirklich, aber mehr sage ich jetzt wirklich nicht mehr dazu.

Wir übrigen kommen auch gut miteinander zurecht. Klein Lloyd ist ein bisschen dicker geworden, hat inzwischen mehr Ähnlichkeit mit seiner Mutter und, wie Lillian behauptet, ein paar meiner Gesten angenommen. Was ihm zweifellos in Zukunft helfen wird. Sam hat ihm ein kleines Konto eingerichtet, und ich habe ihn gelehrt, wie man Schecks ausschreibt und seine Kontoauszüge überprüft. Ich muss sagen, er hat sich gar nicht dumm angestellt. Man ist nie zu jung, um zu lernen, mit Geld umzugehen. Auch nicht zu alt, dafür bin ich der lebende Beweis.

Ich habe eine Menge gelernt aus diesem Tohuwabohu, vor allem, dass man kein verlogenes Leben führen sollte. Wesley Lloyd hat das probiert, und was hat er nun davon? Ein Herz, das dem Stress nicht mehr gewachsen war, und zwei Witwen, die kaum einen Gedanken an ihn verschwenden. Auch ich wollte lügen, hab es beinahe getan, und was habe ich davon, dass ich der Versuchung widerstanden habe? Eine richtige Familie, obwohl wir nicht miteinander verwandt sind, und ein lupenreines Gewissen. Und dafür gebe ich gern die Hälfte von Wesley Lloyds Vermögen.